CSSCI集刊　　学术支持单位 南京大学文学院

董 晓　傅元峰　主编

文学研究

南京大学出版社

图书在版编目(CIP)数据

文学研究 / 董晓, 傅元峰主编. -- 南京: 南京大
学出版社, 2025.4. -- ISBN 978 - 7 - 305 - 29328 - 3

Ⅰ. I106 - 53

中国国家版本馆 CIP 数据核字第 202564XE25 号

出版发行　南京大学出版社

社　　址　南京市汉口路 22 号　　　　　邮　编　210093

　　　　　WENXUE YANJIU
书　　名　文学研究
主　　编　董　晓　傅元峰
责任编辑　荣卫红　　　　　　　　　编辑热线　025 - 83685720

照　　排　南京紫藤制版印务中心
印　　刷　南京玉河印刷厂
开　　本　787 mm×1092 mm　1/16 开　印张 13　字数 316 千
版　　次　2025 年 4 月第 1 版
印　　次　2025 年 4 月第 1 次印刷
ISBN 978 - 7 - 305 - 29328 - 3
定　　价　48.00 元

网　　址：http://www.njupco.com
官方微博：http://weibo.com/njupco
官方微信号：njupress
销售咨询热线：(025)83594756

目　录

CONTENTS

世界战争文学研究

主持人语

陈世华

  2025 年是中国人民抗日战争暨世界反法西斯战争胜利 80 周年。数十年来,描写世界反法西斯战争和中国抗日战争的文艺作品(小说、戏剧、影视、音乐……)不胜枚举。在人类伟大的艺术作品中,部分作品的灵感正源自战争本身或对战争的深切仇恨。而在强烈控诉战争的作品中,最具影响力的或许并非那些感伤情调的作品,而是如约瑟夫·海勒《第二十二条军规》(*Catch 22*,1961)和库尔特·冯内古特的《五号屠场》(*Slaughterhouse-Five*,1965)等充满黑色幽默的佳作,这些作品或令人震撼,或使人警醒,或启人深思……

  本专栏所呈现的四篇文章《美国战争文学中士兵个体困境探源》(胡亚敏)、《文学想象、科学话语与国家安全——多学科视域下的美国冷战文学研究》(柳晓)、《触觉创伤、羞辱疗法与"感受陷阱"——派特·巴克〈重生三部曲〉中的耻感》(胡强、许娟娟)和《内省·互文·希望:大江健三郎评论研究》(陈世华、徐诗云),分别探讨了美国战争文学中美军士兵战争创伤与个体困境之根源,文学如何表现在国家政治与科学话语交织的背景下产生的核心概念与文化主题,英国作家帕特·巴克如何从感官角度揭示社会规训下一战士兵的情感困境,以及日本战后作家大江健三郎如何在作品中反映战后的残酷现实与未来的希冀。四篇文章虽然主题各异,却潜藏着千丝万缕的联系:一是均反映了战争对国民的普遍性影响;二是均考察了文学对战争及其后果的叙事方式;三是均通过文学为人类未来发展提供深刻启示。

  当我们停下脚步,回想起战争时,战争不仅是对人力、资源等物质的无情消耗,更是对人类社会乃至地球的极大破坏,是"个人和政治因素的混合,留下了缓慢痊愈的深度创伤"[①]。战争既不应该被遗忘,也不应该被视为事物的常态(和平)的缺失。因此有必要深入文学与历史,剖析产生战争的诸多根源,展现战争的种种恐怖场景与残酷后果,在抚慰战争创伤的同时,寻找减少或规避暴力、走向美好未来的可能途径,并以中国自古以来爱好和平,将战争视为社会秩序和"礼"崩坏的结果的中国智慧解决世界战争难题。

---

① 拉塞尔·雅各比:《杀戮欲:西方文化中的暴力根源》,姚建彬译,商务印书馆 2013 年版,第 71 页。

美国战争文学中士兵个体困境探源

胡亚敏 *

摘　要：美国战争文学深刻揭示了美军士兵在战争中面临的困境，其根源在于个体与国家之间的矛盾在战争环境下被激化。古典政治理论强调，政治的目的是构建以正义为基础的共同体，个体通过参与政治实现自身的善，从而实现个体与社会的共生共长。然而，美国在发动战争时，大量运用本质为工具理性的国家理性为其行为辩护，导致战争的正义性受到质疑。美军士兵一方面渴望履行公民责任与义务，另一方面又追求个体自由和道德价值，但在战争性质存疑的背景下，美国无法成为士兵实现至善的途径。因此，美军士兵只能选择在个体层面进行反抗，但这种下层政治式的反抗难以帮助他们获得真正的自由、独立和崇高的生活，最终只能陷入难以摆脱的创伤与困境之中。

关键词：美国战争文学；个体困境；个体与社会

　　自 19 世纪起，美国战争文学就有将美国军队视为美国社会缩影的传统。韦恩·查尔斯·米勒在《武装的美国：小说中的形象——美国军事小说史》中认为，赫尔曼·梅尔维尔的《毕利·巴德》开创了美国文学的先河，开始关注军事体制下普通人的命运，将军队视为独裁国家的缩影，并严肃提出这样一种政府可能在美国存在①。20 世纪众多美国战争文学更是将军队视为美国社会的隐喻，尤其关注个人与独裁政府之间的对立。美国经典战争文学通常采取反战立场，注重描写以美国军队为象征的专制独裁政府如何践踏人性，以及普通民众和士兵在美军体制中如何艰难维护自身尊严和人性。

　　很多美国战争文学作品都肯定了敢于反抗美国军队的士兵。"一战"小说《三个士兵》和《永别了，武器》，"二战"小说《第二十二条军规》和《五号屠场》，越战小说《追寻卡西艾托》等作品，都极力推崇美军士兵的反抗行为。在美国文化传统中，敢于对美军独裁统治进行反抗的美军士兵由于有勇气表达"公民的不服从"态度②，有勇气拒绝阿伦特所说的

---

　　* 　作者简介：胡亚敏，国防科技大学外国语学院教授，主要研究方向为英语文学和世界战争文学。本文系国家社科基金重大项目"世界战争文学史研究"（22&ZD290）阶段性成果。

　　①　Wayne C. Miller. *An Armed America: Its Face in Fiction—A History of the American Military Novel*, New York University Press, 1970, p. 49.

　　②　Henry David Thoreau. "Resistance to Civil Government", in *The Norton Anthology of American Literature Vol.1*, Nina Baym(ed.), W. W. Norton, 1985, p. 1563.

"平庸之恶"①,而被视为真正的美国英雄:就像洞穴比喻中挣脱枷锁跑到洞外的囚犯看到事物真相,冒着生命危险回到洞中将真相告诉伙伴,这些人被爱默生称为"诗人",被梭罗称为"有良知的人",被阿伦特誉为"敢于摒弃平庸的恶的人"。② 他们在战争中对美国政府和军队的对抗,展现的是单独个体与社会的对抗。

美国战争文学不仅呈现了美军士兵的反抗,更是书写了他们在反抗军队与战争时的矛盾和复杂情感。士兵一方面渴求个人自由,另一方面认为自己作为公民有维护国家安全的义务。然而,战场上的残酷与不确定性,以及战争可能具有的非正义性,使美军士兵丧失了对国家和政府的信任,开始质疑是否该继续履行责任,并选择以个体行为来对抗整个制度,以实现个体化。然而,这种反抗方式在战争中效果甚微。现代社会中个体化并不能在"孤独和自由"③中实现,只有将个人融入社会,才能在社会化的过程中实现个体化。令人遗憾的是,战争中的美军士兵却没有可以融入的社会,更无从寻找通向自由与道德之路,只能沉溺于创伤与困境之中。

一、个体与社会的关系

美军士兵在战争中面临的困境,实为社会与自我的关系,士兵对人何以为人问题的理解。亚里士多德认为政治是至善生活,"旨在维系以'正义'的方式生活在一起的人类共同体"④。政治与至善和美德的联系突出了公共生活的重要意义。《政治学》开篇,亚里士多德就强调政治公共生活代表着至善和优良生活:"一切社会团体都以善业为目的",以城邦为代表的社会团体所追求的"善业也一定是最高而最广的"。⑤ 人类由个体组成家庭以保障繁衍,但这仅是人类在生物学意义上的存在,只有当人类有了城邦生活,人才能被定义为人:"人类在本性上,也正是一个政治动物。凡人由于本性或由于偶然而不归属于任何城邦的,他如果不是一个鄙夫,那就是一位超人。"⑥人的个人生活和家庭生活都被归为私人领域的生活,不具有人所独有的崇高性,人无法从中获得优良生活,更不可能实现至善。

与之相对,城邦(社会)的建立可以帮助人类获得人性。只有在城邦和社会中,人类通过言说和行动参与政治生活,才能超越生物学意义上单纯活着的状态,获得最高的美德和至善,拥有人特有的生命形式。城邦和社会是在人类发展过程中"自然地生长起来的","城邦的长成出于人类'生活'的发展,而其实际的存在却是为了'优良的生活'"。⑦ 如果说"至善"是人类的追求和终极目标,那么"社会"则是通向至善的必由之路。人拥有的公共生活使人有别于动物,公共生活因而也在人类社会中占据重要地位。

---

① 汉娜·阿伦特:《艾希曼在耶路撒冷:一份关于平庸的恶的报告》,安尼译,译林出版社 2017 年版,第 306 页。
② 胡亚敏:《美国战争小说中的单独媾和主题》,《英美文学研究论丛》2015 年秋季刊。
③ 于尔根·哈贝马斯:《后形而上学思想》,曹卫东、付德根译,译林出版社 2012 年版,第 173 页。
④ 周保巍:《"国家理由",还是"国家理性"?——三重语境下的透视》,《读书》2010 年第 4 期。
⑤ 亚里士多德:《政治学》,吴寿彭译,商务印书馆 1983 年版,第 3 页。
⑥ 亚里士多德:《政治学》,吴寿彭译,第 7 页。
⑦ 亚里士多德:《政治学》,吴寿彭译,第 7 页。

在古希腊社会,为了至善和优良生活,人们需要参与公共生活。随着现代民族国家的产生,公共生活因保障人的自由权利而具有美好性质。这也是西方政治学中社会契约论的基础。人类最初生活在没有国家和法律的自然原始状态中,由于存在诸多不便和不安全因素,便联合起来,签订契约,进入社会,每人让渡部分个人自由和权利,以获得社会保护和利益,因此个人与社会之间存在权利义务关系。对霍布斯来说,进入社会的目的是个人安全;对洛克来说,是维护个人自由,或保障个人财产权;而对于卢梭来说,则可能是获得人们的平等。人的公共生活只是获得个人安全和自由的途径。西方社会契约论从个体安全和自由出发,以个体安全和自由为目标,可以说个体是西方现代政治的起点,个体的绝对自由则是其终点。

西方思想传统中既有整体主义,也有个体主义。整体主义认为整体具有特殊地位,个人自由应置于集体利益之下。在古希腊罗马哲学传统中,整体主义占主导,强调城邦和公共生活的重要性。随着城邦式微,整体主义受到个人主义的冲击和挑战。"从亚历山大时代以降,随着希腊丧失政治自由,个人主义发展起来了,犬儒派和斯多葛派是其代表。"①中世纪基督教神学也有强烈的整体主义精神,"强调社会、国家的权威性"②,但在唯名论与唯实论的论争中,也隐隐能听到个人主义的声音。文艺复兴后个人的重要性开始突显,神学中卑微的个人开始成为大写的自我,霍布斯、洛克、卢梭、亚当·斯密、斯宾诺莎、莱布尼茨、康德等诸多思想家从政治、经济和哲学的不同层面论证了个人主义的意义和重要性,"在一定意义上说,西方近代哲学就是要为这一社会精神生活的主流提供直接或者间接的论证"③。个人主义强调社会由独立个体组成,而社会的目标在于实现个人目标,因此个体及其自由和权利先于社会。

格劳秀斯、霍布斯等学者认为,人们签订社会契约,建立国家,旨在以一种普遍理性的法则使个人更"安全"。国家就是人们为了更好享受个人权利而产生的联合体。随着民族国家的产生,人一出生便成为公民,享有这个政治社会的公民权利。"对人而言,政治共同体值得他栖息其中的原因就是他可以在其中受到政治和法律的保护——这就是现代国家对于人的意义所在。"④人渴望进入公共生活,是渴望从共同体中获得权利和保护。

社会契约论本身就体现了私人领域和公共领域之间的冲突,社会的建立是人们相互妥协的结果。即便人们根据社会契约论建立起共同体,个人与社会之间的矛盾并没有消失。社会契约论的源起与发展展示了个体自由与国家权力之间的悖论和张力,个人自由和安全需要由国家权力来维护,但国家权力又可能妨碍个体自由。正因为统治者有滥用权力的可能,洛克和孟德斯鸠等学者致力于探讨如何通过设置相关措施,防止政府违反自然法,反对政府独裁与专制,从而保护个人自由。

个体自由与国家权力之间的矛盾在战时更加突出。私人领域与公共领域分属不同领域,但在现实生活中个人领域与公共领域有时很难有清晰的分界。一方面,人需要通过社

①　罗素:《西方哲学史》(下卷),马元德译,商务印书馆1982年版,第126—127页。
②　刘晓虹:《整体主义与个人主义之争:西方哲学的一条重要线索》,《学术界》1999年第6期。
③　刘晓虹:《整体主义与个人主义之争:西方哲学的一条重要线索》,《学术界》1999年第6期。
④　汪民安:《何谓"赤裸生命"》,《马克思主义与现实》2018年第6期。

会契约获得国家保护；另一方面，在个人安全得到保障的情况下，人又会追求更多自由。这一情况在战时尤为明显，深陷战乱时，人们通常渴望摆脱"赤裸生命"的命运，获得政治的保护性外套。因此人们会更愿意放弃部分个人自由。但现代社会生命权力的治理也可能导致人们对个人自由和权利进行反思。

福柯认为生命权力出现于18世纪，这与现代民族国家的诞生时间相吻合。民族国家强调疆界区隔，导致了战争框架的划分，强化了战争框架内的"我们"与战争框架外的"他们"的对立，"使我们无法理解他人生命可能会逝去或受伤"①，从而陷入战争。正是因为"为确定性、安全性、稳定性而战的战争每天都在进行"，人们"将信任、关爱的区域与风险、怀疑以及永久警惕的荒野分开"②，个体与国家权力之间的冲突就会加剧。虽然国家权力强调保护框架内人们的安全，但框架外他者的生命依然是个人在寻求至善和优良生活时所难以忽视的论题。

生命权力强调国家的职责是保护国内人口的健康安全，延长生命，增加人口的幸福和安全指数。当生命权力运用到极致时，会以"国家理性"（reason of state）的名义，在"必须保卫社会"的口号下③，为权力牺牲道德和法律等要求来为自己的对内政治治理与外交政策的正当性进行辩护。弗里德里希·迈内克在《马基雅维里主义："国家理由"观念及其在现代史上的地位》中指出，国家理性"是民族行为的基本原理，国家的首要运动法则。它告诉政治家必须做什么来维持国家的健康和力量。国家是一种有机结构，其充分的权势只有依靠允许它以某种方式继续成长才能够维持"④。在战争中，国家更是不断调用国家理性，为发动战争加以辩护，由此，"生命权力必定走向死亡权力，生命权力以'必须确保人们的生命'为幌子煽动人们相互残杀，必然使得战争种族主义在现代国家中作为根本的生命权力机制发挥作用"⑤。

美国正是充分利用国家理性以维护国家安全或世界和平的名义为发动战争辩护。当国家行为偏离了个体所追求的至善和优良生活时，士兵则会陷入个体与社会的矛盾。西塞罗认为，人类履行一切义务的终极目的是"以崇高的高尚的精神寻求……道德上的正确"⑥，"一个得到大自然很好陶冶的人"⑦只愿意追随"给他以行为准则的人，或是一个教给他真理的导师，或者是一个为了普通的善而根据正义和法律进行治理的统治者"⑧。当国家权力与正义、道德和高尚同义时，人们会愿意与之同行。但当国家权力与至善背道而驰，人们该如

---

① Judith Bulter. *Frames of War: When Is Life Grievable?*, Verso, 2009, p. 1.

② Zygmunt Bauman. *Liquid Modernity*, Polity, 2000, p. 184.

③ 米歇尔·福柯：《必须保卫社会》，钱翰译，上海人民出版社2010年版，第44页。

④ 弗里德里希·迈内克：《马基雅维里主义："国家理由"观念及其在现代史上的地位》，时殷弘译，商务印书馆2008年版，第52页。该译本将reason of state译为"国家理由"，本文的译法主要依据周保巍的《"国家理由"，还是"国家理性"？——三重语境下的透视》（《读书》2010年第4期）一文中的观点，在正文中，统一译为"国家理性"。

⑤ 莫伟民：《战争作为权力关系的分析器：福柯的生命权力思想探究》，《复旦学报（社会科学版）》2016年第5期。

⑥ 西塞罗：《论义务》，张竹明、龙莉译，译林出版社2015年版，第33页。

⑦ 西塞罗：《论义务》，张竹明、龙莉译，第6页。

⑧ 西塞罗：《论义务》，张竹明、龙莉译，第6—7页。

何选择呢？这里呈现出国家的一个悖论,如果说城邦和社会是人类获得至善和优良生活的必由之路,那么在现代战争中,美军士兵开始质疑美国政府的正义和道德,为了获得个人的至善,士兵是否还必须通过美国呢？

美军士兵在战争中遭遇的困境正是源于私人领域与公共领域之间可能存在的矛盾和冲突。美国内战小说《红色英勇勋章》中弗莱明既梦想参加"古希腊式的战斗"①,成为荷马般的英雄,又渴望保全自己的生命安全,个人安全与公共生活之间的矛盾使其因恐惧而逃离战场,又因害怕被社会抛弃而英勇作战。"二战"小说《第二十二条军规》中尤索林迫于纪律要求执行任务,但又无法面对战争中的血腥和残酷,无法忍受美军及政府的荒谬逻辑而逃离战场,其他人亦认为陷入国家责任与个人自由困境的尤索林疯了。越战小说《追寻卡西艾多》中伯林面对征兵令想拒绝服役,又深感担负着责任和义务,更害怕因不履行责任而被社会鄙视,因而感叹道:"我害怕当一个遗弃者,害怕被认为是一个懦夫,我对这点的恐惧甚至比对懦弱本身的恐惧更甚。"②伊拉克战争小说《黄鸟》中士兵墨菲也被夹在对个人自由的追求与国家责任之间,最终在精神崩溃中走向自我毁灭。

二、现代战争中的个体困境

美国战争文学中存在的个体和国家之间的矛盾,生动反映了现代社会中的个体困境。值得探讨的重要问题是,战时产生的个体与国家之间的冲突的本质是什么？ 在面对个体与国家的冲突时,个人能否运用理性来进行反抗？

由于战争具有的特殊性和复杂性,个体与国家之间的冲突更为突显。如果秉承社会契约论精神,国家在卷入战争时,确实是为了保护民众的安全,而民众为了自己的安全和共同体的福祉,通常也会愿意受到相应约束。虽然民众总体不愿作战,但通常会愿意支持正义而必要的战争。现代性强调个人能充分调用理性来做出独立判断。"现代性曾试图用立法理性消除矛盾和忧虑,精心地筹划清晰的外部环境,不给优柔寡断、反复无常和矛盾心理留下任何空间。"③现代战争的复杂性在于,人们对于战争是否正义通常秉持不同态度,真实的战争场景并没有清晰划定的外部环境,在确定战争的正义性、必要性和本质时,从不同角度产生的不同理解会增加判断难度,从而加剧个体与国家之间的冲突。

由于战争的复杂性,为了更好地确定战争是否正义,西方正义战争理论提到一种"双重后果"(double effect):虽然战争会伤及无辜,但也带来更多人的自由与和平。如果非战斗人员的死亡是为了获胜而不得不付出的代价,即使有误伤平民的现象,也可被视为正当。沃尔泽认为,"双重后果是在绝对禁止攻击非战斗人员和合法正当的军事行为之间达成平衡的一种方法"④。

---

① 斯蒂芬·克莱恩:《红色的英勇标志》,刘士聪、谷启楠译,人民文学出版社 2004 年版,第 5 页。
② Tim O'Brien. *Going After Cacciato*, Delacorte Press/ Seymour Lawrence, 1978, p. 322.
③ 齐格蒙特·鲍曼:《个体化社会》,范祥涛译,上海三联书店 2002 年版,译者序,第 4 页。
④ Michael Walzer. *Just and Unjust Wars: A Moral Argument with Historical Illustrations*, Basic Books, 2006, p. 153.

美国学者安德鲁·菲阿拉在《正义战争神话：战争的道德幻觉》中提到一个"胖子比喻"：山洞里洪水慢慢涨起，一群人拼命往外冲，一个胖子卡在洞口，出不去也退不回，其身后的众人因被挡而面临被淹死的危险。根据"双重后果"原则，这群人可以用炸药把胖子炸开，以确保其他人能安全逃离。由于其他人的初衷是自救而非夺人性命，以一个人的生命换来更多人生存的可能，可被认为是正当的[①]。这种以结果主义进行的道德推理虽然引发了各种质疑和讨论，但在战时则通常被认为是一种可能的解决方案。

沃尔泽在《正义与非正义战争》中认为，"最高紧急状态"（supreme emergency）是双重后果在战争中的具体表现。通常，平民因为没有直接参与作战，在战争中享有豁免权。但如果人们"不仅面临着失败，而且面对的很可能是政治共同体的灭顶之灾"[②]，为了保卫"国家本身，或其努力保护的政治共同体及共同体成员的生命和自由"[③]，则有必要偏离平民豁免原则的做法，这从道德上也可以被接受[④]。罗尔斯也认为在最高紧急状态下，为了保护"良序社会"，可以暂时忽视平民豁免原则[⑤]。

阿甘本指出在出现政变、内战、外敌突袭等政治危机时，主权者为恢复政治秩序常采用特殊的政治—法律状态，宣布进入"例外状态"，实行暴力统治，"例外状态从而构成了'公共法律与政治事实的失衡点'，处于一个'模糊、不确定、临界的边缘'，在法律性与政治性的交会之处，如内战、起义和反抗"[⑥]。虽然西方一直有正义战争论的传统，但战争是否正义，主权者能否随意宣称出现例外状态，能否采取特殊的暴力统治，实则很难判断，因为情况通常不是非黑即白、善恶分明、清晰易辨。在现实战争中，如何判断某一时刻的状况足够紧急，可以被称为"最高紧急状态"？在胖子比喻中，炸死胖子是不是唯一的解决方案？会不会出现洪水消退、不再上涨、其他人不再有生命之忧的情况？山洞会不会存在另一个出口？如果洪水上涨速度不快的话，让胖子饿上两天变瘦，或许就不再被卡在洞口？然而，普通民众并无渠道获取足够的信息来做出客观判断，只有国家和政府才更有宏观洞察的能力。民众看到的只是国家宣布了最高紧急状态，或例外状态，看到了在最高紧急状态下普通平民的死亡，就容易认为是国家的不合理决策导致了战争中的悲剧，从而产生对国家的不信任和敌对情绪。

"二战"中美国在日本投放原子弹的行为，展现了人们对战争正义性的不同思考。关于这一行为的正当性，学界一直有不同的声音。一方认为这是美国在最高紧急状态中，为了以最小的代价取得战争的胜利而不得不采取的行动。虽然核战带来了大量平民的死亡，但

---

① Andrew Fiala. *The Just War Myth: The Moral Illusions of War*, Rowman & Littlefield Publishers, 2008, p. 110.

② Michael Walzer. *Just and Unjust Wars: A Moral Argument with Historical Illustrations*, p. 268.

③ Michael Walzer. *Just and Unjust Wars: A Moral Argument with Historical Illustrations*, p. 230.

④ 沃尔泽对双重后果的认定限定了许多条件。他认为，在实际战争中，只有满足一定的条件，双重后果才合理。例如，"行为者应怀着善的意图，也就是说，他只想取得可以接受的后果，既不想产生恶的后果，也不想以恶为手段来实现目标，而且，如果意识到可能产生的恶，他会竭力使之最小化，并自己承担需付出的代价"（Walzer，2006：155）。

⑤ John Rawls. *The Law of Peoples*, Harvard University Press, 1999, p. 99.

⑥ Giorgio Agamben. *State of Exception*, Trans. Kevin Attell, University of Chicago Press, 2005, p. 1.

这却是为了正义的必要牺牲,不应因此而质疑战争的正义性。另一方则认为该行为带来的伤害远大于结束战争而必须使用的军事暴力,美国的这一决定既是想尽快结束战争,更是想向苏联宣告核能力。因此,这两颗原子弹"与其说是二战的最后一颗炸弹,不如说是冷战的第一颗炸弹"[1]。围绕该行为的争议性,美国战争文学中大量出现对核战争的反思,冯内古特《猫的摇篮》《加拉帕格斯群岛》等作品均反思了核战争带来的深重创伤。日本也涌现出大量的"原爆文学"作品。

在美国战争文学中,普通美军士兵面临的困境是,在战争中必须面对的死亡和杀戮究竟是否真的是"紧急状态"? 战争中的杀戮究竟是为了"公意",还是为了私利? 卢梭在《社会契约论》中,在讨论人们达成社会契约时政治权力的正当性时,区分了"公意"(general will)与"众意"(will of all)两个概念。公意是国家全体成员的普遍意志或公共意志,能够深刻洞察和由衷地关怀全社会的公共幸福,其永远公正,代表了个人最高价值。而众意则着眼于私人利益,"只是个别意志的总和"[2]。众意哪怕是大多数人甚至全体人民意志的总和,也总有可能出现错误。

美国社会尽管推崇个人主义,但在政治生活中仍然强调公民需要基于"公意",为社会的公共利益和集体福祉做出牺牲。战争中,美国有时会将一部分人(有时甚至不是多数人)具有私利目的的战争动机(即所谓的"众意")伪装成"公意",等同于永远公正的人民共同体的意志,从精神和道德上施压,要求民众服从。民众将"众意"作为有责任和义务去遵守的"公意"时,也会陷入道德困境。

美军士兵选择走上战场也是基于对"公意"的认识。在众多美国战争文学中,士兵们没有去质疑战争是否必需、是否正义,而认为战争的爆发是美国"公意"的展现,体现了国家的公共意志。前往参战,就意味着执行公意,则会实现个人的最高价值。公意因具有完善的道德属性而成为个人的最好代言者。如果个人服从公意,就是自己服从自己、自己支配自己。卢梭的社会契约论坚持个人服从全体并指出其中的道德依据,士兵们也将奔赴战场杀敌视为展现自己美德的机会。

然而,美军士兵经历的真实战争与早先的认知并不相同,战争似乎并不总是合理、正当,有时更是远非正义,而陷入不安和矛盾。美国在很多战争中所展现出的强权意志与霸权意志,体现了散落在美国社会中的种种根本恶。在《极权主义之源》中,汉娜·阿伦特提出"根本恶",认为根本恶与极权主义体制相关。极权主义运动是"原子式的、孤独个体的一种大众组织"[3],极权统治用其所控制的意识形态和文化机器对一般人进行洗脑,"其最显著的特点是要求其成员完全的、无限制的、无条件的、不可更改的忠诚"[4],不仅消除一切异端思想,更力图封杀一切可能产生独立思想的社会空间,并"摧毁人身上的道德性"[5]。阿伦特认为,极权主义作为一种政治之恶,并没有随着纳粹的失败和"二战"的结束而消亡,而是散

———————

　① Paul Aron. *Unsolved Mysteries of American History: An Eye-Opening Journey Through 500 Years of Discoveries, Disappearances and Baffling Events*, John Wiley & Sons, 1998.

　② 卢梭:《社会契约论》,何兆武译,商务印书馆 2003 年版,第 35 页。

　③ Hannah Arendt. *The Origins of Totalitarianism*, A Harvest Book, 1968, p. 323.

　④ Hannah Arendt. *The Origins of Totalitarianism*, p. 323.

　⑤ Hannah Arendt. *The Origins of Totalitarianism*, p. 451.

落在现代社会的方方面面。这一切都成为战争文学书写的对象。

美军士兵对国家的强烈不信任感生动体现在战争文学的创作中。美国越战文学中，"美国政府通过对各类传媒的控制，刻意建构了一场迥异于客观实际的越战。同时，美国社会的意识形态对美国公众产生着潜移默化的作用，使他们不自觉地接受并认同政府通过新闻传媒、大众文化、学校教育等途径所宣扬的那场越战"①。美国主流战争小说中美军士兵通常要双线作战，与外部敌人在战场上作战的同时，又要在军营内部对抗军官乃至美军体系。从某种意义上说，美军士兵"真正的敌人与其说是军官，不如说是美国政府"②。将国家和政府视为敌人，则是个体与国家矛盾的极端体现，两者之间难以化解的矛盾则是美军士兵个体困境的重要原因。

三、现代美国战争中的国家与个体化

在美国战争文学中，面对战争中个体与国家的种种冲突和矛盾时，个体能做什么？出路究竟在哪里？

现代社会以存在理性和理性的人为基础，强调要努力运用个人的独立判断能力。早在古罗马时期，西塞罗就指出，"真实的、单纯的、真正的人类本性最强烈的要求"，包括"发现真理的热情"和"对于独立的追求"。③ 现代社会对个人独立的追求更是与理性紧密结合。康德在《答复这个问题：什么是启蒙运动？》中指出，"启蒙运动就是人类脱离自己所加之于自己的不成熟状态。不成熟状态就是不经别人的引导，就对运用自己的理智无能为力。"④他强调自由在启蒙中的重要作用：启蒙运动"除了自由而外并不需要任何别的东西"，其核心是"在一切事情上都有公开运用自己理性的自由"。⑤ 对理性的强调带来了现代社会的祛魅，使人逐渐摆脱对宗教的依赖。人们通过理性独立判断而成为个体的人，开启了西方所强调的个人主义和自由主义传统。霍克海默和阿道尔诺在《启蒙辩证法》中指出，"就进步思想的最一般意义而言，启蒙的根本目标就是要使人们摆脱恐惧，树立自主。……启蒙的纲领是要唤醒世界，祛除神话，并用知识替代幻想"⑥。

康德在论及启蒙时强调自由运用理性的重要性，那他是否支持在战争中也要充分运用理性来分析问题呢？康德在同一篇文章中论及理性的私用与理性的公用、小共同体与大共同体、服从与争辩之间的关系。理性的私用侧重于自我反省，而公共理性强调个人要对公共利益负责。康德表示："一个服役的军官在接受他的上级交下某项命令时，竟抗声争辩这项命令的合目的性或者有用性，那就会非常坏事；他必须服从。但是他作为学者而对军事

---

① 胡亚敏：《美国越南战争：从想象到幻灭——论美国越战叙事文学对越战的解构》，复旦大学出版社2009年版，第3页。

② 李公昭、胡亚敏：《两条战线的敌人：美国战争小说中的真正敌人》，《外国文学》2003年第2期。

③ 西塞罗：《论义务》，张竹明、龙莉译，第6页。

④ 康德：《历史理性批判文集》，何兆武译，商务印书馆1990年版，第22页。着重号为原文所有。

⑤ 康德：《历史理性批判文集》，何兆武译，第24页。

⑥ 马克斯·霍克海默、西奥多·阿道尔诺：《启蒙辩证法：哲学断片》，渠敬东、曹卫东译，上海人民出版社2006年版，第1页。

业务上的错误进行评论并把它提交给公众来判断时,就不能公开地加以禁止了。"①福柯在《何为启蒙》一文中这样评述康德的观点:"康德并不是要人盲目地、愚蠢地顺从,而是要人使自己的理性之使用适应于既定的境遇。这时,理性便应服从于这些特殊的目的。因此,在此就不可能自由地使用理性。"②在传统的认知中,在国家生死存亡之际,个体,尤其是军人,是不应自由地运用理性来评判战争的正义与错误的,而应服从军官和上级的命令。

　　美国文化有强烈的个人自由传统,认为要运用理性来争取权利以实现个体化。但基于社会契约论建立的现代西方社会并不鼓励人们在战时也充分进行理性判断,而更多宣扬理性主要用于自我反思,在涉及国家与社会的公共领域事务时,首要考虑的是公共利益能否得到保证。在美国战争文学中,很多美军士兵却将自我视为独立而理性的个体,具有做出正确判断的能力,并能够承担良知的责任。"一战"小说《永别了,武器》中的弗雷德里克·亨利,一听到"神圣、荣誉、牺牲"③等字眼,就会感到局促不安,因为他认识到"一战"并不像政客们所宣扬的那样,是一场"结束所有战争的战争"④。《第二十二条军规》中的尤索林决意要逃离战场,坚信自己是有良知的个体,因为他"并没有逃离自己的责任,而是在跑向自己的责任"⑤。

　　哈贝马斯认为,个体"被理解为个人的成就,**个体化**则被理解为个体的自我实现过程"⑥。个体化强调的是个体的独立性和主体性在社会生活中得到彰显的过程,真正的个体化是成长为真正的自我,而这一自我,既有对个人自由的向往,又有对社会至善的追求。只有在社会之中个体才可能实现个体化,"个体化不是一个独立的行为主体在孤独和自由中完成的自我实现,而是一个以语言为中介的社会化过程和自觉的生活历史建构过程"⑦。哈贝马斯强调"单个的主体必须在一种主体间性关系中使自己与他者照面"⑧。因为个体并非原子式个人,只有通过承认他者,通过重视主体间性的意义,才能真正实现个体化。

　　但在战争中,由于战争正义问题的不确定性,人们被教育需要以公共利益为重。很多美国人即使有对战争的个人意见,或难以找到渠道表达,或认为自己的表达在强大的国家面前过于卑微和微弱,因而失去与他人合作的意愿,陷入原子式个人主义,仅以个人方式表达不满和反抗。在始终质疑权力和政府、疏离公共领域生活的过程中,他们失去了对政治的控制,也丧失了个人的尊严和自由,无法实现个体化。

　　启蒙运动所倡导的自由和理性,带来对现实的反思,也带来现代性的本真精神和对现实的永恒批判态度。但在推动世界进步的同时,"被彻底启蒙的世界却笼罩在一片因胜利

　　① 康德:《历史理性批判文集》,何兆武译,第25页。
　　② 杜小真编选:《福柯集》,上海远东出版社1998年版,第532页。
　　③ Ernest Hemingway. *A Farewell to Arms*, Charles Scribner's, 1929, p. 184.
　　④ Herbert George Wells. *The War That Will End War*, Legare Street Press, 2022. 英国作家威尔斯在1914年发表相关文章,后收入 *The War That Will End War* 一书。"结束所有战争的战争"这一说法在"一战"中已进入大众语境,后来美国时任总统威尔逊引用了该说法,使之流传更广。
　　⑤ Joseph Heller. *Catch-22*, Dell, 1985, p. 461.
　　⑥ 于尔根·哈贝马斯:《后形而上学思想》,曹卫东、付德根译,第173页。黑体为原文所加。
　　⑦ 于尔根·哈贝马斯:《后形而上学思想》,曹卫东、付德根译,第173页。
　　⑧ 于尔根·哈贝马斯:《后形而上学思想》,曹卫东、付德根译,第185页。

而招致的灾难之中"①。齐格蒙特·鲍曼在《流动的现代性》中指出了这种现代性的悖论："在所有批判理论化中,存在着一种无政府主义的倾向:所有权力都遭到怀疑,只在权力那边才看到敌人的存在,自由的所有缺点和自由遭受的所有挫折,都归咎于这同一个敌人。"②美国文化传统一直有推崇"公民的不服从"的反抗态度,即鼓励公民与美国政府对抗。这加剧了民众对国家和政府的不信任,使民众不愿通过与政府沟通的方式来解决问题,而选择个人微观的方式来进行反抗,试图在"孤独"中完成自我实现。

如果个体只选择通过个人方式进行反抗,相关行为或许都只是所谓的"下层政治"式反抗。詹姆斯·斯科特在《六论自发性:自主、尊严,以及有意义的工作和游戏》中指出,所谓的"下层政治"是指下层民众如何"从微末之处、以集群之力、通过同谋协作来发挥作用,从底层带来政治变革"③。公开反抗过于危险,故而民众更愿意通过"隐匿而匿名的"、具体的"日常形式的抵抗",来展现对自主和自由的追求④。"下层政治"不需要通过正式组织来生效,更不需要等级制度来支撑,而是通过"磨洋工、偷猎、偷盗公物、说谎、破坏、擅离职守、旷工、私自占用和逃避责任"等私人方式来表达抗议⑤。

在战争中,"在很多情况下,对征兵、非正义战争、土地及自然资源的使用权,下层怀有一些群体性的态度,这些态度又无法安全地获得公开表达"⑥,因而会采取个人自救行为。美国战争文学中美军士兵通过消极应战、私下表达不满、杀死暴虐无情的军官等方式,表达对战争的反抗和对美国政府的抗议,美国越战文学描述了美军士兵在战场上通过说脏话、做白日梦、在头盔上写下抱怨和抗议的文字、吸毒、自残等方式进行反抗。美国伊拉克战争小说《黄鸟》中,美军士兵墨菲目睹了战争的残酷和不义而精神崩溃,在恍惚中赤身裸体地走出美军军营,遭遇当地人虐杀。但值得思考的是,这样的反抗行为是否有效?

下层政治式的反抗固然能够表达个人的不满,也能通过与他人的非正式和即兴的合作来表达诉求或实现愿望,美军士兵无奈中的被动反抗之举对权力确实也形成一定冲击,但这些反抗方式收效甚微,美军士兵在战争的残酷和不义面前,仍然深陷无力感之中。詹姆斯·琼斯的"二战"小说《细红线》中,法伊夫等美军士兵在战场上尽管努力挣扎,却仍有强烈的无力感,认识到个人力量的无足轻重,甚至期望自己"要是精神失常就好了,那样就不用担责任"⑦。这反映了美军士兵一方面认识到自己应承担社会责任,另一方面在面对战争中美国的腐败和不义时个人的困惑与无力,其困惑在于是否只能以完全个人主义式的方式来反抗战争,是否只能将个人与国家和社会完全对立起来,才能表明自己的立场,才能找到

① 马克斯·霍克海默、西奥多·阿道尔诺:《启蒙辩证法:哲学断片》,渠敬东、曹卫东译,第1页。

② Zygmunt Bauman, *Liquid Modernity*, p. 51.

③ 詹姆斯·C. 斯科特:《六论自发性:自主、尊严,以及有意义的工作和游戏》,袁子奇译,社会科学文献出版社2019年版,第17页。

④ 詹姆斯·C. 斯科特:《六论自发性:自主、尊严,以及有意义的工作和游戏》,袁子奇译,第39页。

⑤ 詹姆斯·C. 斯科特:《六论自发性:自主、尊严,以及有意义的工作和游戏》,袁子奇译,第15页。

⑥ 詹姆斯·C. 斯科特:《六论自发性:自主、尊严,以及有意义的工作和游戏》,袁子奇译,第16页。

⑦ 詹姆斯·琼斯:《红色警戒线》,姚乃强、武军、高骏译,译林出版社2012年版,第141页。姚乃强在译序中解释了对译名修改的原因:"本小说中译本在2006年4月出版时的书名为《细红线》,考虑到第二次根据本小说改编的电影在我国放映时的译名为《红色警戒线》且已为我国许多读者所熟悉,同时也为了更突出战争小说的特色,本次新版改为《红色警戒线》。"本文正文里的中译文采用《细红线》。

可能的出路？

　　这种迷恋用个体方案解决公共领域矛盾的做法，正是启蒙运动弊病的集中体现。对个人理性的极度自信，对个人自由的极度强调，必然带来对国家和政府权力的质疑而导致冲突。在流动的现代性中，个人常相信如果在公共领域中开辟出一片私人领地，就可以安于一隅，自享其乐。在战争中，无论是士兵还是平民，如果只关注个体困境，考虑如何走出困境，获得个人的安全、自由和幸福，表面上人们有更多选择权，却依然不能获得自由。鲍曼在《流动的现代性》中指出，"公共权力意味着个体自由的不完全性（incompleteness），但是公共权力的退却和消失，则意味着在法律意义上取得胜利的自由实际上的无能"[①]。如果丧失了集体的行动能力，任何对现状的改革都很难实现。

　　要获得真正的解放，人类需要更多、而不是更少的"公共领域"（public sphere）和"公共权力"。如果人类沉溺于个人感受而拒绝与权力进行沟通和磋商，则会忽视公共领域的建设，失去对权力的监管和控制，权力会随之制定对其有利的规则，比如通过宣布例外状态的存在，建立相应制度，使人沦为"活死人"和"赤裸生命"，从而体现出阿伦特所说的"根本恶"。大屠杀中有 600 万犹太人被屠杀，究其根源，除了纳粹的体制和相关措施外，也与普通人仅关注原子式自我密切相关。"如果个体首先不变成公民，那么法律意义上的个体就不能变成实际上的个体。"[②]只有通过积极参与公共领域生活成为公民，才能真正保障在法律上规定了的个体权利能够真正实现。社会与个体自主之间因而呈现出一种模糊而矛盾的关系，因为个体既是社会的敌人，又是社会的必要条件。

　　无论是越南战争，还是伊拉克战争和阿富汗战争，美军士兵的真正困境或许是其无法找到可以沟通、协商、参与的公共领域和社会。在士兵的认知中，美国政府与追求至善生活的政治渐行渐远。当个体想实现真正的自主判断时，社会已经难以为个体的成长与判断提供支撑："社会现在已经首先是个体强烈需要的、也是个体糟糕地错失了的条件。"[③]

　　美国战争文学中不少士兵选择通过逃跑和逃避来解决个人与国家和社会的矛盾与冲突，这与美国文学中的"逃跑母题"（escape motive）一脉相承。瑞普·凡·温克尔通过沉睡 20 年来逃避现实困境，哈克贝利·芬和霍尔顿则都想逃到西部去寻求自由。但是什么是自由，是值得深思的一个问题。美国以启蒙价值立国，推崇理性和自由。体系现代性只承认启蒙主义所推崇的理性，并只有一种"自由"，或只认可个体自由的重要性。这使启蒙走向其反面，真正的自由和解放反而被限制和摧毁。

　　美国战争文学中士兵的个体困境实为个体与国家之间的矛盾。要解决这一矛盾，既不能只强调个体的重要性，也不能只强调国家的权威，而需要在两者之间建立一种平衡。真正的个体化需要在社会化的过程中实现，同时又要在个体化的过程中实现社会化。然而，美国战争文学却呈现出现代美国战争的一个无解之局，即美军士兵个人无力找到一个可以通向至善和优良生活的国家和社会，难以通过社会化实现个体化，最终只能采取个人化的反抗方式，并让自己陷入难以走出的困境和创伤之中。

---

①　Zygmunt Bauman. *Liquid Modernity*, p. 51.

②　Zygmunt Bauman. *Liquid Modernity*, p. 40.

③　Zygmunt Bauman. *Liquid Modernity*, p. 40.

文学想象、科学话语与国家安全

——多学科视域下的美国冷战文学研究

柳 晓 *

摘 要：冷战时期，"国家安全"概念作为美国政治和国际关系理念中的新要素，对美国政治和文化形态产生了深远影响，在其理念和制度化背景下产生的"隐蔽领域"塑造了人们对虚构性小说的认识。政治和科学话语的交织互动，形成了"洗脑"和"病毒"等有关国家安全的核心概念和文化主题，并通过文学叙事使之戏剧化。这些叙事作为隐蔽领域的文化机制，一方面记录了冷战时期美国社会政治和文化心理的症候性表征，作为特殊介质使国家安全理念在美国官方机构和公众空间传播流动；另一方面体现了国家安全理念对文学表现形式和内容的影响，展现了小说形态和观念的动态变化及其在想象、挑战、质疑和构建美国国家安全意识形态中的独特作用。

关键词：冷战；美国文学；科学话语；国家安全

....

冷战作为一个有完整时间段的历史事件，引发了多学科的研究兴趣，与其相关的研究形成了永恒的学术领域。然而，受传统二元化冷战史观的影响，人们往往认为只有当文学涉及公开的政治问题时才可能属于冷战文学。因此，在 21 世纪之前的文学研究领域，冷战并未成为美国文学研究的重点。进入 21 世纪以来，美国冷战文学研究进入新阶段，多学科交叉、跨学科融合的冷战文学研究已成为一种趋势，这显然也跟新冷战史观密切相关，后者突出特征之一是在总体冷战观念下"多因素综合的研究旨趣"[①]。史学界的研究表明：冷战期间，一种全新的现代美国国家形态——"国家安全国家"出现，"它对冷战史的其他诸多问题有钩沉连带的意义"[②]。文学研究者曾呼吁使用一种"能够连接文学分析与冷战的意义或作用的系统性方法"[③]。故冷战时期美国的"国家安全"概念或许可以成为其中某个连接点，

---

* **作者简介**：柳晓，国防科技大学军政基础教育学院教授，主要研究方向为战争文学和叙事学。本文系国家社会科学基金重大项目"世界战争文学史研究"（22&ZD290）和国家社科基金重点项目"新世纪美国文学战争叙事与国家认同研究"（19AWW007）阶段性成果。

① 牛可：《美国"国家安全国家"的创生》，《史学月刊》2010 年第 1 期。

② 牛可：《美国"国家安全国家"的创生》，《史学月刊》2010 年第 1 期。

③ Steven Belletto & Daniel Grausam. *American Literature and Culture in an Age of Cold War: A Critical Reassessment*, University of Iowa Press, 2012, p. 4.

使我们能够基于冷战在美国的多层面指涉,梳理因国家安全理念体制化而产生的"隐蔽领域"与虚构性文学叙事之间的关系,探讨文学与冷战之间的交织互动如何构成观察、理解和评判美国国家安全思维模式的独特路径。

一、"隐蔽领域"中的文学叙事:链接官方话语和公共空间的独特介质

"冷战"一词最早由英国作家乔治·奥威尔提出,至 20 世纪 50 年代成为美国人用以描述与苏联之间"没有宣战的进攻性遏制"①的界定性概念。就美国国内的情境而言,"冷战"不仅指涉以美苏之间地缘政治和军备竞赛为标志的特殊历史时期(1945—1989),还涉及"二战"后美国在界定民族、自我身份等相关问题中的争斗,包括各种军事和非军事手段的运用。在冷战的总体准备过程中,美国塑造了"国家安全国家"这一概念,该理念明确体现在 1947 年颁布的《国家安全法》中:在一个即时战争和全面战争时代,处于战备状态的国家必须时刻做好准备,"利用其所有资源,将民用和军事机构联系起来"②。同年 12 月,美国政府首次提出和使用"隐蔽行动"这个概念。较之公开的外交活动和直接军事干涉而言,隐蔽行动是"一种代价很小而又容易获取目标的战略工具"③,其开展意味着美国以往政府体制中的功能性划分界限都被打破。

美国国家安全机构的变化深刻影响了美国知识生产方式和知识形态。各种隐蔽行动的开展及其背后隐蔽机构的快速增长使"公众对美国外交事务的认识结构发生了质的变化"④。公共领域的各种信息内容及其真实性无法被证实或确认,这不仅阻碍人们获取公共知识,引发人们对大众媒介真实性的质疑,还影响了公众对国家行动运行状况与话语手段的了解或想象。

语言和话语手段的变化具有认识论层面的意义。雅克·朗西埃曾指出,不能将史学中叙述时态的变化视为纯粹的风格或者修辞上的转变,因其引入了一种"新的真理制度"⑤而具有认识论层面的意义。约瑟夫·沃格尔进一步阐述了此观点,认为与认识有关的对象是符号实践、操作和形式的产物,而非我们在自然界中发现的东西,"每一种认识论的阐明都与美学决定关联"⑥。从知识史学的角度来看,知识的历史包括对表述知识的表征形式的考察,即对知识生产与审美选择和技巧的联系方式的考察。文学通过创造其参照物,成为"一

① 文安立:《全球冷战》,牛可等译,世界图书出版公司 2014 年版,第 19 页。

② Michael S. Sherry. *In the Shadow of War: The United States since the 1930s*, Yale University Press, 1995, p. 31.

③ 白建才:《冷战期间美国对外"隐蔽行动"问题析论》,《世界历史》2010 年第 4 期。

④ Timothy Melley. *The Covert Sphere: Secrecy, Fiction and the National Security State*, Cornell University Press, 2012, p. 7.

⑤ Jacques Rancière. *The Names of History: On the Poetics of Knowledge*, Minnesota University Press, 1994, p. 14.

⑥ Anders Engberg-Pedersen & Neil Ramsey. *War and Literary Studies*, Cambridge University Press, 2023, p. 7.

般知识生产的卓越典范"①,因而"既可以被视为知识的档案,也可以被视为知识的生产者"②。

如果说冷战时期美国公共知识状况的变化体现了国家安全理念及制度化在认识论层面产生的影响,那么该时期的美国文学则可以用以考察美国"国家安全国家"概念的塑造对既有概念和新的认知模式所产生的影响。文学研究者蒂姆西·梅利通过研究大量解密档案,用"隐蔽领域"概念来指称美国公共领域的一部分,并以此解释虚构性叙事作品之于国家安全的关联性。梅利阐述了关于隐蔽领域的一个核心悖论:冷战状态禁止美国公民了解更多的对外政策,而小说成为市民了解国家各种秘密行动的途径之一。坚持虚构作品的非严肃性与相关性,使得民众对国家秘密的了解"托付给了幻想和纯粹娱乐的领域"③。梅利认为这体现了"一种极好的意识形态安排"④,小说提供的知识"既是一种重要的知识形式,但又不是真实的知识"⑤。

小说创作者既是将历史与审美、真实与虚构相混同的文学叙事者,也是隐蔽领域的真相披露者。比如,唐·德里罗的《天秤星座》和多克托罗的《但以理书》,以及电影《满洲候选人》《丑陋的美国人》《谍影重重》等作品均是美国冷战文学史上涉及国家隐蔽行动的虚构性叙事作品。它们作为与冷战历史有关的独特类别,从一定程度上可以视为重新解读冷战、美国文学和国家安全叙事及其交互关系的档案库。阿兰·纳达尔将美国后现代艺术与小说之关联置于核时代和美国国家安全战略——"遏制"战略的背景下,指出叙事构建中的意识形态使大量普通公民将自身与民族国家认同及历史相关联,展示了文化产品如何将国家政策中的理念翻译为可感知的现实世界并传达给普通民众⑥。著名后现代主义作家梯姆·奥布莱恩的《林中之湖》讲述了一位有越战经历的美国政客约翰·韦德的故事。奥布莱恩运用多重叙事结构,集虚构性小说、历史文献、法庭证词等文类于一体,看似讲述的是小说主人公创伤性遗忘的个人悲剧性故事,实则披露了"美国军队在越南犯下的集体暴行已经被那些施暴者忘却,从而不为公众、历史学家所知"⑦的事实。

在文学理论领域,有学者指出两个关键性批评概念——"后现代主义和后殖民主义"如果离开冷战背景则会令人费解⑧。就后现代主义而言,其与冷战时期美国国家安全项目的推进密不可分。从认识论层面来看,后现代主义小说的兴起与隐蔽领域的产生之间具有某种类比性。多克特罗在探讨真相与虚构的关系时指出,"我们的理由和救赎在于:人们知道我们说的是谎言,但是美国总统对于界限的模糊则完全不同。他讲故事,制造谎言,将那些

①　Anders Engberg-Pedersen & Neil Ramsey. *War and Literary Studies*, p. 7.

②　Anders Engberg-Pedersen & Neil Ramsey. *War and Literary Studies*, p. 8.

③　Timothy Melley. *The Covert Sphere: Secrecy, Fiction and the National Security State*, p. 116.

④　Timothy Melley. *The Covert Sphere: Secrecy, Fiction and the National Security State*, p. 116.

⑤　Timothy Melley. *The Covert Sphere: Secrecy, Fiction and the National Security State*, p. 116.

⑥　Alan Nadel. *Containment Culture: American Narratives, Postmodernism, and the Atomic Age*, Duke University Press,1995, p. 8.

⑦　柳晓:《创伤与叙事:越战老兵奥布莱恩 20 世纪 90 年代后作品研究》,中国社会科学出版社 2013 版,第112 页。

⑧　Steven Belletto & Daniel Grausam. *American Literature and Culture in An Age of Cold War: A Critical Reassessment*, p. 3.

完全是虚构的东西作为真相和事实呈现"①。如果仅从文学的场域去理解多克特罗的上述观点,视之为替后现代小说辩护,则很大程度上忽略了其中的政治意义和文化价值。多克特罗的阐释实则为对冷战时期美国国家安全国家状态之回应,揭示了文学领域的虚构性叙事与国家安全领域隐蔽机构制造虚假信息之间的相通之处。如同小说家虚构文学作品,美国国家安全机构的情报人员则制造战略虚构、模拟和欺骗来混淆真相。这种相似性不仅展现了冷战时期美国国家安全理念对于战后美国小说,尤其是后现代小说产生的极大影响,还揭示了隐蔽领域兴起所带来的文化和政治价值观的转变。

隐蔽领域作为美国国家安全的文化机制,和冷战时期兴起的认知科学、大众传播等诸多新兴领域,是改变当时美国社会公众知识状况的关键因素。由此,美国作家和国家安全机构之间的类比性不仅构成冷战以来美国叙事文学作品中的主题特征,而且已成为情报学等多个学科领域的关注点。文学叙事作为隐蔽领域中的重要文化机制,通过传播信息和思想,影响普通民众对国家隐蔽行动领域的认知,成为链接美国国家官方空间与公共空间的独特介质,展现了其在隐蔽领域中的特殊作用。但这种作用究竟通过何种路径得以具体化,担负起认同、挑战、抵抗或者构建美国国家安全意识形态的任务,进而在美国文化中占据更为广泛的地位,产生更为深远的影响?或许可以从冷战时期多学科话语的维度分析美国政治文化中核心概念之缘起,来探察美国国家安全文化机制中的认知科学逻辑以及核心概念的文学表征。

二、"洗脑概念的文学幻想":国家安全理念传播中的认知科学逻辑

在研究美国文学与文化如何回应冷战时,约翰·古萨蒂斯(John Cusatis)曾梳理了冷战时期美国文化中的核心主题,包括遏制文化和遏制叙事;麦卡锡主义;普遍弥漫的恐惧;趋同文化;消费主义的兴起,以及反文化运动②。虽然比较全面地体现了该时期美国文学与文化实践之复杂性和多样性,但仍忽略了构成冷战本质的核心概念——"洗脑"。

在冷战史上,洗脑对于一般美国人来说只是朝鲜战争中的一个脚注,指抗美援朝战争期间"我国志愿军对联合国军战俘的政治思想教育"③。这种教育引起了美国当局的惊恐,宣称洗脑"只属于共产主义阵营"④。但事实上却是美国隐蔽机构在"远东发动的心理战"⑤,是其创造的"东方主义宣传的虚构,目的是动员国内支持大规模的军事建设"⑥。美国隐蔽机构成员兼新闻记者爱德华·亨特创造了洗脑概念,意图通过各类耸人听闻的媒体报道加剧美国公众对麦卡锡反共歇斯底里下的焦虑和恐惧。这种虚构不仅获得美国隐蔽机构的

① Adam Liptak. "Truth, Fiction and the Rosenbergs", *New York Times*, January 21, 2006.

② John Cusatis. *Research Guide to American Literature: Postwar Literature, 1945–1970*, Facts On File, 2010, p. 37.

③ 李公昭:《〈满洲里候选人〉与洗脑——从冷战妄想到反恐妄想》,《外国文学研究》2007年第4期。

④ David Seed. *Brainwashing: The Fictions of Mind Control: A Study of Novels and Films Since World War II*, The Kent State University Press, 2004, p. xiii.

⑤ Timothy Melley. *The Covert Sphere: Secrecy, Fiction and the National Security State*, p. 58.

⑥ Timothy Melley. *The Covert Sphere: Secrecy, Fiction and the National Security State*, p. 61.

认可,促使相关机构大力研发真正的精神控制武器,成为美国国会听证会和政府研究项目的论题,甚至构成美国 21 世纪所谓"反恐计划的关键部分"①。此外,洗脑亦作为文学艺术作品的主题和美国"二战"后最典型的幻想之一获得广泛关注。

在分析洗脑从单一的冷战脚注演变成具有多重内涵的文化幻想之原因时,梅利认为这与其结合了"处于冷战核心的隐蔽机构和意识形态转化的主题"②有关。但该论断忽视了冷战早期认知科学等多学科的兴起和发展对洗脑概念理论化及普及的重要支撑作用。

认知科学发展历程表明,冷战早期也是认知科学兴起的时期。著名心理学家乔治·米勒认为 1956 年麻省理工学院的信息理论研讨会是认知科学兴起的标志,有研究者指出"关于认知的各种想法的综合是由 20 世纪 50 年代初进入心理学领域的信息处理语言点燃的"③。同一时期,洗脑概念引起了心理学等领域研究者的兴趣。哥伦比亚大学心理学专家朱斯特·米尔卢等人将神经科学与社会政治学相关联,阐释洗脑作为社会影响理论的认知作用机理。米尔卢指出这种条件反射发生在所有群体中,是人类交流行为本身的一种功能。其基于自身的"二战"服役经历,将"精神扼杀"④与纳粹的"种族灭绝"联系起来,提出"任何社会都有可能通过通信网络创造出易受大规模精神控制和操纵的群体"⑤。米尔卢认为现代大众传播的宣传技巧已经系统化:"现成的意见可以每天通过新闻、广播等一次又一次地发布,直到它们到达神经细胞,在大脑中植入一种固定的思维模式"⑥,在这种环境下,人们的精神不断遭受视觉和语言攻击。米尔卢的研究不仅表达了对冷战时期美国信息控制和知识限制的焦虑,还从认知科学的角度阐释了洗脑背后的作用机理,为人们提供了思考冷战时期社会影响和意识形态转换的方式。

据统计,到 1960 年,洗脑已经成为"美国流行杂志上 200 多篇文章的主题"⑦,而且作为一个核心概念跨越了各种文类。在小说、电影等虚构叙事作品中,洗脑过程被戏剧化。约翰·弗兰肯海默的电影《满洲里候选人》生动诠释了这一效果,电影讲述了美国战争英雄肖上士在朝鲜战场被俘洗脑后回到美国,在苏联间谍机构操纵下刺杀美国总统候选人失败的故事,表现出创作者对洗脑及洗脑后果的关注。

对于美国文化中洗脑概念的流传,档案研究进一步揭示了不为人知的事实,也阐释了虚构性小说对于洗脑设计者的独特作用。由于很难获得敌对方用以洗脑的信息和实际运作方式,人们往往依靠虚构性叙事加以描述,"了解国家敌人的结构性障碍使得少数代表性

---

①　Timothy Melley. *The Covert Sphere: Secrecy, Fiction and the National Security State*, p. 46.

②　Timothy Melley. *The Covert Sphere: Secrecy, Fiction and the National Security State*, p. 47.

③　M. I. Posner & G. L. Shulman. "Cognitive science", in *The First Century of Experimental Psychology*, E.S. Hearst(ed.), Erlbaum Associates, 1979, p. 374.

④　Joost A.M. Meerloo."The Crime of Menticide",*American Journal of Psychiatry*, 1951(107).

⑤　Joost A.M. Meerloo. *The Rape of the Mind: The Psychology of Thought Control, Menticide, and Brainwashing*, World Publishing, 1956, p. 20.

⑥　Joost A.M. Meerloo. *The Rape of the Mind: The Psychology of Thought Control, Menticide, and Brainwashing*, p. 47.

⑦　Timothy Melley. "Brain Warfare: The Covert Sphere, Terrorism, and the Legacy of the Cold War", *Grey Room*, 2011(45).

作品极具影响力"①。通过虚构性幻想,洗脑不仅促使美国公众产生对国家隐蔽机构的想象,还塑造了国家安全国家自身规约的特质。冷战时期,公众以两种途径了解美国国家隐蔽行动:第一,由公众中的记者等激进分子披露、特工泄露,或敌方揭露国家的秘密事务。第二,形式多样的虚构话语中也暗藏隐蔽机构的行动,使"小说成为作家可以通过它来表达国家的秘密工作的为数不多的合法方式之一"②。《满洲里候选人》的创作者以多种标志性场景揭示了洗脑效果,暗含了对当时社会的焦虑:真正威胁美国社会的并非苏联间谍机构,而是美国政治精英反共歇斯底里下的冷战妄想。这也阐明了冷战时期美国国家安全塑造过程中的悖论:人们在对整个社会弥漫的消极、顺从性趋同产生焦虑和恐惧的同时,又意识到这种一致性或许正是冷战时期美国国家安全的需要。

著名小说家诺曼·梅勒在《夜幕下的大军》(*The Armies of the Night*)中描述,"政府当局用商业广告洗刷他们的大脑,用一揽子教育、一揽子的政治清洗他们的大脑"③,"受过美国教育体系熏陶的人,在无意识中都几乎是半个爱国者"④,可见洗脑已经成为当时美国政府培养冷战斗士和美国的爱国者的手段。作品在展现当时政治话语影响下美国社会状况的同时,也投射了小说家的质疑:战后的美国公共领域究竟是由个体根据自由个人主义来塑造自己的一个"思想市场"? 还是由控制人类思想和行动的社会机构所构成的一个新型领域?

从这个维度来看,梅勒的小说与 20 世纪 50 年代的《嚎叫》和《傀儡主宰》具有某种共性。《傀儡主宰》中被精神操纵的美国人为主人不人道的目的服务;《嚎叫》中一代人的"思想"遭受种族灭绝式的攻击。这些作品都是"在美国黑夜的波希米亚之旅中的精神诗意的反抗"⑤。

总之,洗脑概念通过文学叙事作品被戏剧化,从不同视角呈现了美国国家安全机构的运作情况,展现了冷战期间国家安全意识形态在认识论层面产生的影响。在冷战政治、认知科学话语与文学修辞的相互交织作用下,"洗脑"从被建构的"东方主义"宣传概念逐渐演变为内涵丰富的文学和文化幻想,其理论化和普及也为美国冷战时期"病毒"文化主题的产生提供了合适的土壤。

三、"病毒主题的文学修辞":国家安全话语中科学概念的形象化

"国家安全"理念作为冷战时期美国政治意识形态和国际关系理念中的新要素,是对"安全"和"利益"含义的"广泛的、高度综合性的界定方式"⑥,以及对"组织协调和一体化的

① Timothy Melley. *The Covert Sphere: Secrecy, Fiction and the National Security State*, p. 55.

② Steven Belletto. "Spectacles of Secrecy", *Contemporary Literature*, 2013(4).

③ 诺曼·梅勒:《夜幕下的大军》,任绍曾译,译林出版社 1998 年版,第 92 页。

④ 诺曼·梅勒:《夜幕下的大军》,任绍曾译,第 269 页。

⑤ Steven Belletto & Daniel Grausam. *American Literature and Culture in An Age of Cold War: A Critical Reassessment*, p. 175.

⑥ 牛可:《美国"国家安全国家"的创生》,《史学月刊》2010 年第 1 期。

强调"①。由此形成了新的文化形态,使诗歌、小说、文学批评被视为可能"对国家安全构成真正威胁"②,生成战斗武器的力量的存在。同时,构成冷战战略支柱的高科技巨轮和科学技术的快速发展对美国民众思维范式的塑造产生很大影响。20 世纪 50 年代的"计算机革命"极大推动了美国社会对信息和信息研究的重视;50 年代末的"认知革命"为先前各自分散的学科带来了"新的方向、联系和一致性"③。此外,与冷战政治同步的还有显微技术、病毒学等多学科的发展。信息论的适用范围不断扩大,信息传播促使传染、社会互动等概念的转变;显微技术发展使得"显微凝视以新的强度转向了人类"④,各种各样关于病毒的报道占据着当时各类媒体的版面。科技的发展不断改变人的认知和思维模式,也使病毒学等学科受到关注。

早在 1930 年科学家就已经发现了病毒,直到 50 年代显微技术发展催生了病毒学,研究者才发现病毒的信息循环对有机体的作用,认识到"病毒繁殖代表了信息流的改变;病毒实际上是信息传递系统"⑤。当时占据各类媒体版面的除了各种各样关于病毒的报道,还有大量政治话语。随着冷战的推进,国家安全法以及相关政策出台,美国政府对涉及国家安全的信息进行了严格分类,信息盗窃甚至可以构成死罪。这使人们将病毒复制过程与窃取信息带来的个人和政治威胁相结合,"信息"的传播和修辞在科学与政治话语的交互中激发出个体和群体的无限想象,"既可以是主流媒体猜测的主题,也是通俗小说和电影之吸引力所在"⑥。

研究表明:媒体最开始将病毒作为科学新发现报道时,在公共话语空间以"令人感到神奇"⑦来描述病毒。20 世纪 50 年代开始,关于病毒的讨论中"逐渐强化了军事隐喻"⑧。威廉·劳伦斯曾运用"病毒攻击、吞噬、摧毁"⑨等语言详细描述宿主细胞,这些病毒中"有许多是人类最严重的敌人"⑩,每个病毒颗粒都"侵入邻近细胞并将它们杀死"⑪。描述语言的变化折射出认识论的变化,也呼应了病毒学和冷战政治之间的概念交换。对于人体而言,病毒日渐危险、变化多端,潜入人体后会获取体内控制机制;对于国家而言,美国人眼中的"他者"意识形态等外在力量也变得像病毒一样,侵入国家的神经中枢,危及各类信息的传播与国家安全。由此,病毒感染的运行机制被类比为政治上的威胁:全球范围内新兴的他者意

---

① 牛可:《美国"国家安全国家"的创生》,《史学月刊》2010 年第 1 期。

② Erin G. Carlston. "Modern Literature under Surveillance: American Writers, State Espionage, and the Cultural Cold War", *American Literary History*, 2010(3).

③ Paul. N. Edwards. *THE CLOSED WORLD: Computers and the Politics of Discourse in Cold War America*, The MIT Press Cambridge,1996, p. xi.

④ Pricilla Wald. *Contagious: Cultures, Carriers, and the Outbreak Narrative*, Duke University Press, 2008, p. 158.

⑤ Pricilla Wald. *Contagious: Cultures, Carriers, and the Outbreak Narrative*, p. 181.

⑥ Pricilla Wald. *Contagious: Cultures, Carriers, and the Outbreak Narrative*, p. 158.

⑦ Pricilla Wald. *Contagious: Cultures, Carriers, and the Outbreak Narrative*, p. 170.

⑧ Pricilla Wald. *Contagious: Cultures, Carriers, and the Outbreak Narrative*, p. 172.

⑨ William Laurence. "Virus Study Aided by New Technique", *New York Times*, September 10,1953.

⑩ William Laurence. "Virus Study Aided by New Technique", *New York Times*, September 10,1953.

⑪ William Laurence. "Virus Study Aided by New Technique", *New York Times*, September 10,1953.

识形态对"民主国家"造成威胁。

　　冷战时期,美国政治精英的普遍信念是承担反共的全球责任和充当所谓"自由世界"领袖,这主导了整个冷战时代美国的国家身份认知,成为"(美国)民族主义意识形态在冷战时代的集中体现"①。从叙事与民族主义的关系来看,叙事引导人们理解和回应民族国家认同,包括"给重大事件设定一个单一的起源,通过指责(或赞扬)来组织因果关系,将解释和情感反应交织在一起"②。与政治变革相随的群体认同或者新的隶属关系往往需要关于群体起源的新叙事,而一系列科学发现为此提供了契机。当时报纸和期刊上充斥着"信息""病毒""传染""渗透"等相关概念,科学与政治的交互作用激发了人们对创造和保护生命的无限想象,也渲染了共产主义"威胁"的紧迫性,引发了人们对"洗脑"、个性丧失乃至人类灭绝的焦虑和恐惧,从而赋予反共一种科学属性,使美国后来在冷战时期对太平洋地区的军事入侵合理化。这些词汇广泛运用于小说和电影等文学叙事中,被戏剧化的同时,也充当了使科学和政治话语重新组合的宿主,为新的"美国神话"提供不同维度的诠释和读解。

　　先锋派作家威廉·巴勒斯敏锐地意识到病毒学的核心概念地位,认为病毒有助于描绘冷战世界中危险而盲目的趋同性的机制。在他的作品中,病毒具有复杂的蕴意,"既象征着一种以灭绝为目的的有机战争,也象征着将疾病、颠覆和解放相融合的过程"③。杰克·芬尼的《人体入侵者》讲述了美国圣特米拉小镇中迈尔斯医生发现外太空豆荚种子复制人类,实施取代人类的计划,并加以阻止拯救小镇的故事,其将当时的科技创新和病毒学理论融入幻想,戏剧化地表现了人性丧失转向的可能性,以及人类改变对国家的威胁性。小说中豆荚人作为政治与科学话语相融合的时代表征被赋予了一种特性:其缺乏激情和同情心,在蜂巢心态的作用下失去了自己的独特性。在特定的冷战政治话语与特殊历史语境下,读者的接受心理促使该作品在不同媒介的叙述中围绕病毒、传染相关的各种修辞传播开来,普及了关于病毒的科学知识的同时,借助科学的权威影响着国家的政治和文化形态。沃尔德指出,文化层面的传染病比生物层面的更可怕,甚至比物理攻击更具有摧毁性④。《人体入侵者》通过渲染疾病和群体的传播力量制造恐慌,用病毒诠释了非人化的威胁和流行病学的反应,以生物学方面的差异将"非美国意识形态"妖魔化,体现出对共产主义意识形态和价值观层面的诋毁。这类作品展现了一场将人类从外来入侵者手中拯救出来的极具预示性的战斗,出现在当代美国文化关于疾病暴发的各种作品中。由于这种叙事能制造有效的恐怖效果,成为科幻小说的典型范式,建构了冷战期间公众的认知与思维方式,将外来意识形态简化为入侵的病毒,不仅能造成公众的恐惧感,亦能成为政治势力的利用砝码。

　　这类叙事作品体现了冷战期间的政治话语与生物医学、病毒学等科学的互动性,反映了战后美国的政治变革、社会结构变化、科学和医学新发现给人们带来的各种不确定性。这不仅映射出冷战时期美国国内的进程状况,也是当时全球范围内社会政治变革的缩影,

---

　　① 王立新:《美国的冷战意识形态:内容与作用》,《史学集刊》2011 年第 5 期。

　　② Patrick. C. Hogan. *Understanding Nationalism: On Narrative, Cognitive Science, and Identity*,The Ohio State University Press,2009,p. 173.

　　③ David Seed. *Brainwashing: The Fictions of Mind Control: A Study of Novels and Films Since World War II*,p. 143.

　　④ Pricilla Wald. *Contagious: Cultures, Carriers, and The Outbreak Narrative*,p. 172.

为考察冷战史提供了一个多维度、多方位的视角,凸显了该时期文学文化反应的丰富性和复杂性。此外,这类作品在不同时期的改写也显示出"病毒"主题及其相关话语已成为一种政治文化遗产,为后冷战乃至后9·11时代美国文学提供了某种寓言式解读,折射出文学叙事作品在国家安全意识形态认同性的消解与建构乃至批判性反思中的不同功能。

四、结言

作为持续半个世纪的世界历史事态,冷战不仅渗透到美国政治、经济、军事、科技和文化等多个层面,也影响了社会认知框架和思维方式。冷战时期科学与政治话语的紧密交织下催生的"洗脑"、"病毒"等核心概念和文化主题,不仅与国家安全紧密相关,更是通过文学叙事被戏剧化。这些叙事反映了冷战期间美国社会复杂的心理症候,成为国家安全理念在官方机构和公众空间中传播的重要介质,也确立了冷战文学的特殊地位。

冷战时期的美国虚构性叙事文学作为一种独特的文学类别,不仅揭示了文学与科学、政治话语的互动关系,还生动记录了个人和社群对时代大事的反应,展现了冷战阴影下普通人的共同经历和心理情感。这些作品清晰地展示了美国国家安全理念对民众虚构小说的认知与对小说形式内容的影响,体现了小说作为一种形态和观念的动态变化的载体,在想象、挑战、质疑和构建美国国家安全意识形态中的独特作用,不仅为重新解读冷战时期美国文学作品提供了新的视角,也为分析后9·11时代美国文学中战争叙事对冷战遗产的继承方式奠定了基础。尽管21世纪的美国文学历程呈现出新的战争形式,但冷战时期美国文学中的诸多问题依然是21世纪美国战争文学研究的重点。对于研究不同历史时期战争文学的学者而言,无论是发掘特定历史时期战争文学中新的意义,还是从中构建一个可用的历史视角,都从不同维度展现了文学叙事非凡的蜕变能力和小说作为一种重要叙事形式的持久影响力。

触觉创伤、羞辱疗法与"感受陷阱"

——派特·巴克《重生三部曲》中的耻感

胡　强　许娟娟 *

摘　要：派特·巴克的《重生三部曲》以"一战"士兵的情感困境为焦点,通过对肌肤触碰与触觉意象的细致刻画,串联起"触觉创伤—羞辱疗法—羞耻反应"的线性叙事,勾勒出以耻感为底色的重生之路,呈现了充斥着痛苦情感的战时社会图景。触觉创伤因身体在自我与外界的冲突中遭受重创而产生,折射出战争中身体价值和自我尊严的丧失。羞辱疗法以身体规训为手段,隐含以男性荣誉为中心的社会道德指控,使士兵深陷羞耻情感的漩涡之中。"羞耻—愤怒"交替出现的"感受陷阱"是一种直接的羞耻反应,更是一种对社会规训机制的反抗。巴克的耻感书写是剖析战争、情感与社会之间关系的一种介质,不仅呈现出对微观感官世界的深度洞察,也展现了对宏观社会历史的理性反思。

关键词：派特·巴克;《重生三部曲》;触觉;耻感;社会规训

　　《重生三部曲》(*The Regeneration Trilogy*,1995)是当代英国小说家派特·巴克(Pat Barker,1943—　)的代表作。巴克并未沿袭传统历史小说与战争小说的宏大叙事,而是通过描写"一战"伤兵的治疗经历和心理变化,细致勾勒了战争时期的社会矛盾与情感危机。作品以暴力和创伤为主题,呈现了英国社会的痛苦和动荡,凸显了 20 世纪初期人们普遍面临的复杂且矛盾的情感。① 标题"重生"隐含着深刻的情感意蕴。"重生"源于作品中瑞弗斯医生的一项实验——切断并重新接合患者的左前臂神经,观察神经重生过程中的痛觉反应。② 从"切断神经"到"接合神经"的实验流程,不仅指向用刀划破手臂的肌肤触碰过程,更与士兵从受伤到治疗的经历相呼应。在疗伤过程中,士兵面临的痛苦情感恰好是一种"痛觉反应"。以肌肤触碰为切入点,可以发现大量的触觉意象描写,包括战场上浑身的泥浆、刺刀肉搏战、手指触碰眼球、医院里的电疗与针刺等治疗方法,以及士兵割腕自杀、以头抵

---

　　*　**作者简介**：胡强,湘潭大学外国语学院教授,主要研究方向为英美文学;许娟娟,湘潭大学文学与新闻学院博士研究生,主要研究方向为英美文学。本文系湖南省社会科学基金项目"帕特·巴克战争小说中的历史书写研究"(23JL008)阶段性成果。

　　① 　Peter Childs. *Contemporary Novelists: British Fiction since 1970* , Palgrave Macmillan, 2005, pp. 58 - 78.

　　② 　派特·巴克:《重生三部曲》,宋瑛堂译,上海人民出版社 2018 年版,第 447 页。本文所引作品内容皆出自该书,少许部分稍作改动,下文仅标注页码。

触医生胸口等过激性肢体动作。触觉作为最基本的感觉系统,"本身极其复杂,与其他感官(以及情感)也密切相关"①。触碰是一种私人行为,更是个体"表达、体验和质疑社会价值观与等级制度的基本媒介"②,关联着感官与情感、个体与社会之间的深层互动。

《重生三部曲》中的触觉意象揭示了感官、身体与情感之间的内在关联。从身体史与情感史研究的双重角度来看,身体与情感具有相辅相成的关系,外部环境会对身体产生作用并影响情绪,情感的表达只有通过身体动作才能更好地实现。③ 泥浆、刺刀、电极、细针等物体给士兵带来痛苦的触觉感受,引发了消极的身体和情感反应。"暴露的感觉"使人渴望逃离或躲避他人,这种负面的情感体验实质上是一种羞耻感。④ 羞耻意味着"一个暴露自我的个体"⑤,主要源于自我的经历,但并非出于自我意愿,而是被强加在自我身上的。因此,耻感源于社会层面上"一种必须服从和尊重的东西"⑥。羞耻虽是构成个人情感生活的自我意识情绪,但取决于更广泛的社会群体规范,甚至是群体强制,其本质是一种"规训"的情感。⑦ 羞耻情感的自我与社会双重关涉在《重生三部曲》中具有深刻意义指向。士兵个体的负面情感不仅折射出普遍的群体情感,更反映出"一战"时期英国社会规训机制下的观念冲突。在前线战场上,极端触觉体验为何会使士兵感到身体价值和自我尊严的丧失? 在军事医院里,以身体为媒介的各种疗法为何无法治愈创伤,反而使士兵深陷羞耻情感的漩涡之中? 士兵的羞耻反应表现为一种羞耻与愤怒交织的情感状态,这与英国社会规训机制有着何种深层关联? 本文拟就上述问题展开讨论。

一、触觉空间中的"非人化"

触觉虽是一种基本感官知觉,却隐含深层的社会和文化意蕴。触觉是一种身体行为,更是一种文化行为,其含义和价值塑造了一种感知社会的模式。⑧《重生三部曲》中的触觉意象植根于前所未有的战时环境,描绘了士兵特殊的身体行为和感官感受,也揭示了感官背后的情感内涵与社会意义。士兵生活在特殊的触觉空间中,需要在夜晚完成战壕里的繁

---

① Constance Classen. *The Deepest Sense: A Cultural History of Touch*, University of Illinois Press,2012,p. xiv.

② Constance Classen. *The Book of Touch*,Berg,2005,p. 1.

③ 王晴佳、张旭鹏:《当代历史哲学和史学理论:人物、派别、焦点》,社会科学文献出版社 2020 年版,第270—272 页。

④ June P. Tangney,Paula M. Niedenthal,Michelle V. Covert,et al. "Are Shame and Guilt Related to Distinct Self-Discrepancies? A Test of Higgins's(1987) Hypotheses",*Journal of Personality and Social Psychology*,1998,75(1).

⑤ Emmanuel Levinas. *On Escape*,trans. Bettina Bergo,Stanford University Press,2003,p.65.

⑥ Dan Zahavi. *Self and Other: Exploring Subjectivity,Empathy,and Shame*,Oxford University Press,2014,p. 226.

⑦ Peter N. Stearns. *Shame: A Brief History*,University of Illinois Press,2017,p. 1.

⑧ Constance Classen,"Foundations for an Anthropology of the Senses",*International Social Science Journal*,1997,49(153).

重工作,以至于"视觉几乎毫无用武之处"①,触觉成为士兵感知外界环境的根本感觉。身体作为触觉器官,不仅使个体意识到自我的存在,更感知到自我与外在世界的边界。② 特殊触觉空间强化了士兵的自我存在感,使其在自我与外界的冲突中遭受重创,变成了"非人化"的存在。

在《重生三部曲》英文原著中,"mud/muddy(泥浆)"一词出现了 58 次。在士兵口述的战争景象中,泥浆成为挥之不去的阴影。"如果说第一次世界大战象征着整整一代年轻人幻想的终结,那么泥浆意味着这种幻想终结的开端。"③对士兵而言,泥浆带来极端的触觉体验,使其面临自我身体与外界环境之间的冲突。军官曼宁描述"所谓的'战线'是被炸出来的一列土坑,里面是会吸人的那种泥浆"(477)。会吸人的泥浆是一种介于固体和液体之间的"黏滞的东西","触碰黏滞的东西,就有被稀释为黏滞性的危险",会带来"一种变形的烦扰"。④ 泥浆的黏滞性构成了实际的身体威胁,一旦深陷其中,身体极有可能"变形"成"黏滞物",人就会失去对自我身体的掌控,产生强烈的恐惧感。曼宁目睹士兵斯卡德被炮火轰进土坑,"泥巴已经淹到他的胸口",众人合力救援却无能为力,在泥坑中"缓慢下沉"的斯卡德最终失去了生命(478)。被泥坑吞没的痛苦触觉体验,使士兵深刻感受到肉体被外在世界吞噬的恐惧感,意识到生命的脆弱与自我的弱小。

战壕泥坑不仅是肉体下沉之地,更是信仰崩塌之处。军官普莱尔在日记中写道:"一整个下午匍匐前进、冲刺、跌倒、再匍匐前进,横越大片湿地之后,弟兄们身上的泥浆干掉,形成土壳,看起来整个人都像是泥巴做的。"(734—735)在泥泞的战壕中,士兵无法直立行走,只能匍匐前进,意味着曾经令人安心的视觉世界被神秘莫测的触觉世界所取代。匍匐于地是身体在地面上的降低,标志着人类向笨拙的野兽姿态的倒退。⑤ 然而,西线泥泞和深坑是现代工业武器的产物。人类在战争中使用现代化技术,可在身体层面却回归史前时代,这种悖论使士兵"对进步、进化和历史本身的信念荡然无存"⑥,解释了普莱尔觉得自己"什么都像,就是不像人"(804)的原因。巴克多次将士兵比作青蛙、蜥蜴、蜗牛等爬行动物,该比喻不仅表现了士兵尊严的丧失,更折射出战争引发的信仰危机。

如果深陷泥坑象征士兵幻想破灭的开端,那么刺刀肉搏战则代表极端残酷的触觉体验,使士兵深切感知到战争如何将人异化成"非人"。军官坎贝尔的演讲《刺刀之精神》令许多士兵印象深刻,其认为用刺刀"戳(人的)肾脏,就像一把热刀切穿牛油"(146)。在刺刀肉搏战中,被刺士兵被物化为"牛油"和"布袋"(475),在濒死之时,其感受到的是刀刃的冰冷和无情;手持刺刀的士兵则成为去人性化的杀人机器,在终结他人生命时,其感受到的是鲜

① Eric J. Leed. *No Man's Land: Combat and Identity in World War Ⅰ*, Cambridge University Press, 1979, p. 144.

② Abbie Garrington. *Haptic Modernism: Touch and the Tactile in Modernist Writing*, Edinburgh University Press, 2013, pp. 16 - 17.

③ Santanu Das. *Touch and Intimacy in First World War Literature*, Cambridge University Press, 2005, p. 42.

④ 萨特:《存在与虚无》,陈宣良等译,生活·读书·新知三联书店 2007 年版,第 738 页。

⑤ Santanu Das. *Touch and Intimacy in First World War Literature*, p. 44.

⑥ Stephen Kern. *The Culture of Time and Space 1880 - 1918*, Harvard University Press, 1983, p. 291.

血的炽热和人性的冷漠。被杀者由于被触碰、被刺中而失去了宝贵的生命；杀人者由于主动触碰他人而感受到肉体的脆弱。在杀与被杀、触碰与被触碰的双向碰撞中，人类肉体的物质性和脆弱性被无限放大，士兵沦为失去尊严与价值的物品。

在残酷的战争中，负责善后的士兵也遭受了严重创伤。一次惨烈的炮击战后，普莱尔负责清理战场，将"混着人肉、焦黑碎骨"的泥沙铲进沙包，意外捡到了一颗眼球（130）。"他伸出拇指与食指，从缝隙里小心翼翼地抠出眼球，动作犹如挑上了盘中精选的一块肉。手指触碰圆滑的表面时滑了一下，再试一次才捏住。"（131）眼球脱离人体象征战壕中士兵视觉的丧失，眼球的"圆滑"触感则使普莱尔感受到前所未有的恐惧，因"被置于无法忍受的压力环境之中，产生了无法控制的身体和情感反应"[1]，最终患上麻痹性失忆症和失语症。恢复记忆后，普莱尔无数次回忆起掌心的眼球，记得"那颗眼球当时是带温度的"（569）。圆滑温热的触感引发士兵的身体麻痹和精神痛苦，折射出战争的极端暴力和残酷，特殊的触觉体验突破了人类认知的边界，给人类造成前所未有的肉体与精神创伤。

战场上遍布躯体碎片的惨烈景象，呈现出惊悚的战争景观，展示了现代战争对人类肉体的毁灭和精神的打击。战争将人推入泥泞，贬为"非人"，不仅是对人类本身的羞辱，也彻底颠覆了人类价值和地位。"也许在这之前或之后的任何一场战争都没有如此彻底地挑战战斗人员的价值和地位。战争抹去了战士们往日的尊严，将他们推入一个只有伤口、死亡或神经症而没有出口的世界。"[2]现代社会的冲突将士兵推向战场，进入特殊的触觉空间，使其面临自我与外界的冲突，意识到身体价值和自我尊严的丧失，最终遭受到身体和精神的双重创伤。个体意识到缺乏价值和尊严，觉得自己是"赤身裸体、不堪一击、与他人存在隔阂的"，因此遭受内心的折磨，甚至患上"灵魂上的疾病"。[3] 士兵的这种负面情感体验正是羞耻感的直接表现，其根源在于战场上特殊的触觉创伤。

二、身体规训与群体羞辱

《重生三部曲》二者中，军事医院是对士兵实施身体规训的重要场所。身体是可以"被驾驭、使用、改造和改善的"，对身体进行规训的目的在于建立"权力机制"，以实现"肉体的驯顺性"。[4] 士兵在战场上受伤或患病后，被送去军事医院接受治疗，大多被诊断为炮弹休克症，典型症状包括"双手麻痹、步履蹒跚、抽搐颤抖、心悸、幻觉和噩梦等"[5]。这些外在的身体症状指向难以承受的精神痛苦，其核心是一种强烈的恐惧感，不仅包括对死亡的恐惧，

---

[1]　Elaine Showalter. *The Female Malady: Women, Madness, and English Culture, 1830 - 1980*, Penguin, 1985，pp. 171 - 173.

[2]　Eric J. Leed. *No Man's Land: Combat and Identity in World War Ⅰ*, p.24.

[3]　Eve K. Sedgwick. *Shame and Its Sisters: A Silvan Tomkins Reader*, Duke University Press, 1995, p. 133.

[4]　米歇尔·福柯：《规训与惩罚：监狱的诞生》（修订译本），刘北成、杨远婴译，生活·读书·新知三联书店2012 年版，第 153—157 页。

[5]　Peter Leese. *Shell Shock: Traumatic Neurosis and the British Soldiers of the First World War*, Palgrave Macmillan，2002，p. 3.

更包含对"在同伴面前暴露自己是懦夫"①的恐惧。对自己"弱小低下"的恐惧实质上正是一种羞耻感。② 作品中士兵深受恐惧与羞耻折磨,渴望在医院获得情感救赎,但真正遭遇的却是以个人身体为媒介、以社会规范为手段的羞辱疗法。

"一战"期间,英国设立了多所军事医院专门治疗炮弹休克症,克雷格洛卡是其中"规模最大、最为重要的"③。虽然巴克对这所医院着墨不多,却特别强调了其令人"心寒畏怯"的特征(15)。医院外表"阴森森如巨窟",内部走廊"漫长而狭窄,左右各一排褐门,缺乏自然光","就像见不到天空的战壕"(26)。阴暗沉寂的医院与前线战壕别无二致,不仅为患者的艰难治疗历程埋下了伏笔,更为其无法治愈创伤的命运刷上了一层悲剧的底色。医院里的病房和诊室记录着士兵的"精神冲突"和"身心创伤",以一种不证自明的方式呈现出战争的恐怖。④ 医院实施的电疗法和针刺法,将士兵推向了比战壕更为黑暗的"地狱"。

在伦敦国家医院,瑞弗斯旁观了耶兰医生实施电疗法的全过程。患者卡伦因精神崩溃而患上失语症,耶兰的疗法是将卡伦的双手双脚绑紧,并将电极伸进其喉咙深处,"朝颈部与喉咙施予非常强的电流"(275),以促使其恢复语言能力。电击作为"一种最强有力的媒介",通过"刺激神经活动",通常会引发身体的"麻木、剧痛、痉挛"等反应。⑤ 电极刺激人体颈部、喉咙等脆弱部位,带来难以言喻的身体痛苦。作为权威执行者,耶兰采取的电疗法是让患者"没有选择余地""无法抗议"⑥的羞辱性疗法,这给卡伦带来备受折磨的触觉感受,使其陷入无从抉择的精神困境。精神崩溃和失语症状是歇斯底里症的典型标志,在"一战"时期被视为"女性化行为特征"⑦,是懦弱无能、逃避战争的表现。卡伦如果配合治疗,就相当于承认自己缺乏男性气概;如果拒绝治疗,便不能归建,无法按照社会要求去扮演"英雄"角色。卡伦被数小时的电击击溃,最后虽能说出简单的单词,但其内心深处只剩下难以抑制的羞耻感。做"英雄"还是"懦夫"的选择困境,被放大为社会群体规范作用下的观念冲突。

针刺疗法同样是一种以治疗为名、行羞辱之实的疗法。针刺疗法的对象是莫菲特,其在去往前线的途中听见"有生以来第一阵枪炮声",不久便"眩晕倒地不起",此后三个多月无法行走(606)。瑞弗斯在莫菲特身上几乎试遍了所有疗法,却毫无成效,最终决定用画笔在莫菲特腿上画黑线圈,并用针刺大腿来帮助其"感知异常的部位"(630)。几天后,莫菲特的双腿奇迹般恢复了行走能力,但其却陷入了"忧郁"的状态(636)。这种魔法般的疗法让

① John Ellis. *Eye-Deep in Hell: Trench Warfare in World War Ⅰ*, The Johns Hopkins University Press, 1989, pp. 97 - 98.

② 诺贝特·埃利亚斯:《文明的进程——文明的社会发生和心理发生的研究》,王佩莉、袁志英译,上海译文出版社 2018 年版,第 527 页。

③ 克雷格洛卡是英国历史上真实存在的一所医院,"一战"时期该医院主要用于治疗炮弹休克症,参见 Peter Leese. *Shell Shock: Traumatic Neurosis and the British Soldiers of the First World War*, pp. 104 - 107.

④ Mark Rawlinson. *Pat Barker*, Palgrave Macmillan, 2010, p. 64.

⑤ Joanna Bourke. *Dismembering the Male: Men's Bodies, Britain and the Great War*, Reaktion, 1996, p. 116.

⑥ Toby Smethurst. "The Making of Torture in Pat Barker's Regeneration", *Critique: Studies in Contemporary Fiction*, 2014, 55(4).

⑦ Elaine Showalter. *The Female Malady: Women, Madness, and English Culture, 1830 - 1980*, p. 172.

莫菲特觉得瑞弗斯把自己当成了"傻子",并感到自尊心严重受损。在瑞弗斯看来,暗示法可以治疗身体麻痹这种"保护人体免受伤害的本能反应"①。画圈与针刺疗法实质上正是一种心理暗示,间接证明无法行走并非源于身体机能障碍,而是心理层面的懦弱无能。莫菲特正是因此认为自己被当成了"懦夫",感到强烈的被羞辱感。

羞辱性疗法给伤兵带来真实的痛苦触觉体验,羞辱性话语则引发了一种"如芒在背"的触觉想象。在医院里,医护人员认为精神失常的士兵是"懦夫、避责者、玩忽职守者、身心沦丧者"(9)。患者之间也相互鄙夷,军官萨松称病友都是"堕落汉、疯子、怠惰工、懦夫"(573)。在电击治疗过程中,耶兰持续对卡伦施加话语压力:"我认为你是英雄,你应该符合我的期望。""身经百战的男人,自制力应该更强才对。""你是个高尚正直的人,想弃我而去的念头无法表达你的真心。"(278—280)看似耶兰在以男性荣誉称赞卡伦,实则借"社会期望"和"公共责任",逼迫卡伦去扮演英雄角色,使其因感到羞耻而变得更顺从,以达到治疗效果。② 耶兰的"英雄"话语隐藏着"非英雄"指控,始终未脱离羞辱的范围,其本质是利用社会荣誉规范来施加权威性压力,以实现对患者身体和精神的绝对控制。

荣誉观念隐含重要的精神力量,具有维护社会道德规范的作用。荣誉是介于士兵个人与社会群体之间"最为持久的文化介质",能够调和"渴望生存的肉体"与"追求其他目标的精神"之间的矛盾。③ 然而,当荣誉观念作为社会道德规范强加给士兵,而士兵却无法达到社会期待时,荣誉就转变成隐含着道德指控的外界权威压力,令士兵深感羞耻、恐惧不已,所以普莱尔才觉得医院里的人"各个都是疯子"(602)。这些病人举止疯癫无常,内心惶恐不安,害怕窥见他者目光中的鄙夷,惧怕他者言行中隐含的羞辱,面临"在他人面前对自我的羞耻"④。羞耻(shame)与羞辱(shaming)的区别在于前者通常是个体在心理层面遭遇的情感,后者则涉及因群体或群体标准强加的指控而导致的情感。⑤ 如果说前线战壕通过贬低个体价值使士兵感到极度羞耻,后方医院则利用群体道德指控使其深感被羞辱。羞辱性疗法和话语隐含以男性荣誉为中心的群体指控,其将社会道德规范强制加诸个体,当个体无法实现这种规范时,便会面临源于恐惧与羞耻的心理折磨。通过"将真实的困难和排斥感强加给个人"⑥,羞耻实现了其核心的社会规训功能。社会有意通过荣誉观念和道德规范驯化士兵,然而在身体规训与群体羞辱的折磨下,士兵只能感受到无法言说的耻感。

<hr>

① 作品中瑞弗斯医生的原型是真实历史人物威廉·瑞弗斯(W. H. R. Rivers,1864—1922),英国著名神经学家、人类学家,以治疗罹患炮弹休克症的"一战"军官而闻名,其采取的心理暗示等治疗方法在《本能与无意识》一书中有所记载,参见 W. H. R. Rivers. *Instinct and the Unconscious: A Contribution to a Biological Theory of the Psycho-neuroses*, Cambridge University Press,1920,pp.128, 226.

② Toby Smethurst. "The Making of Torture in Pat Barker's Regeneration", *Critique: Studies in Contemporary Fiction*, 2014, 55(4).

③ 里奥·布劳迪:《从骑士精神到恐怖主义:战争和男性气质的变迁》,杨述伊、韩小华、马丹译,东方出版社2007年版,第61页。

④ 萨特:《存在与虚无》,陈宣良等译,第284页。

⑤ Peter N. Stearns. *Shame: A Brief History*, pp. x‑xi.

⑥ Peter N. Stearns. *Shame: A Brief History*, p. 8.

三、从羞耻到愤怒:被驯化的"幽灵"

作品中羞辱性疗法和话语触发了士兵的发泄机制,引发了士兵的羞耻反应。身体作为最原初的羞耻对象和羞耻的表达载体,成为士兵羞耻反应的核心。羞耻情绪作为人际创伤的一种"急性应激反应",通常会诱发身体上的"抑郁性麻痹反应或自残倾向",或激发"对他人的攻击行为"。① 士兵在感到羞耻时,或是选择逃离,用割腕自杀的极端方式试图摆脱内心的耻感;或是奋起反抗,通过反常肢体行为攻击医生来抵抗外界权威压力。无论通过何种方式表达耻感,其共同之处在于士兵都陷入了一种羞耻与愤怒交织的情感状态。士兵渴望获得情感救赎,却无法打破社会传统权威力量,最终被驯化为战争机器中的一个零部件,变成了与社会失去正常联结的"幽灵"。

面对难以摆脱的羞耻感,莫菲特选择割腕自杀。在受针刺治疗时,其因羞耻感而触发防御机制,"怒视"瑞弗斯并说道"你是执意、故意在摧毁我的自尊心"(633),治疗结束后不久便割腕自杀。被发现时,莫菲特全身赤裸躺在浴缸里,"两只手的手腕都有刀伤,右手伤及表皮,左手的割痕很深"(638),所幸发现及时无碍性命。莫菲特因感到极度愤怒、抑郁和羞耻,深陷"难以忍受的精神痛苦"②,通过赤身裸体割腕自杀这种最决绝的方式表达内心的痛苦,试图释放鲜血来舒缓满心羞耻。这种回避和隐藏自我的行为源于个体反复遭受羞辱,难以再感知到自我的价值。③ 莫菲特脱下象征炮弹休克症的病服,是对羞辱疗法的抗议,更是对自身精神正常的辩白。

普莱尔的羞耻反应表现为反常性肢体动作和攻击行为。其无意中捡到战友的眼球后,患上了麻痹性失忆症和失语症,康复后向瑞弗斯讲述自己的经历,未曾料到瑞弗斯的回应是:"就这样而已?"这种反应触怒了普莱尔,"他双手抱头,起初似乎是困惑不解,几秒之后哭了起来。他抓住医生的双臂,开始以头抵触医生的胸口,力道重得足以生痛"(132)。普莱尔将瑞弗斯视为救命稻草,却未曾想到瑞弗斯对此不以为意。这让普莱尔深感不被理解和重视,并产生了反常的肢体行为。这种应激反应源于难以忍受的"人际创伤",其目的是希望挽回受损的自尊。④ 普莱尔的反常行为是表达自身痛苦的本能反应,透露出难以抑制的羞愤感。这种羞愤感无法言说,只能通过最直接的肢体碰撞来宣泄。

透过割腕自杀和以头抵触医生这两处细节可以看出,在内部情感机制的驱动下,士兵的羞耻感外化为愤怒感,在愤怒的表达中又隐藏着羞耻感。愤怒是对羞耻的一种替代或防御,个体对侮辱或拒绝自己的人发怒,是为了逃避羞耻的痛苦感觉。⑤ 这种"意识之外发生的羞耻—愤怒交替出现"的情况即为"感受陷阱(feeling trap)","若完全不被承认就会形成

① Dianne Trumbull. "Shame: An Acute Stress Response to Interpersonal Traumatization", *Psychiatry*, 2003, 66(1).

② Edwin S. Shneidman. "Suicide as Psychache", *Journal of Nervous and Mental Disease*, 1993, 181(3).

③ Helen B. Lewis. *Shame and Guilt in Neurosis*, International Universities Press, 1971, p. 245.

④ Dianne Trumbull. "Shame: An Acute Stress Response to Interpersonal Traumatization", *Psychiatry*, 2003, 66(1).

⑤ Thomas J. Scheff. *Bloody Revenge: Emotions, Nationalism, and War*, Routledge, 2018, pp. 24 - 25.

一个闭环,导致一种自我延续、无法消退的沮丧"。① 士兵内心的羞耻感"不被承认",使其陷入"感受陷阱",只能用本能的肢体反应来表达内心痛苦。从社会心理学角度来看,"一战"爆发的根源在于各民族国家之间利益纠纷背后的"不受承认之羞耻"②。资本主义国家对其他民族国家有"根深蒂固的偏见",不愿承认"自己国家的弱点",因此采取暴力行动来"捍卫荣誉并确保其作为大国的地位"。③ 正是这种集体的"不受承认之羞耻"引发了极端的暴力和战争。《重生三部曲》中,士兵个体面临的羞耻感,实质上是战争历史语境中集体羞耻感的缩影。"不受承认之羞耻"既是战争的诱因,又使士兵感到羞耻,进而形成了"(集体)羞耻—愤怒/暴力—(个体)羞耻"的闭环。

士兵面临"不受承认"的羞耻感,其文化根源在于西方社会对男性形象的塑造。在西方传统观念中,男性是文明、可敬和理性的代表,士兵的神经软弱倾向则有损于强壮、成熟、有自制力的男性形象。④ 因此,士兵因精神痛苦而陷入"羞耻—愤怒"闭环,实质上揭示了一种普遍存在的男性困境,折射出来自社会传统观念的权威压力。这种权威以社会规范的形式存在,包括仪式、习惯、准则等一系列规范,尤其以"他人之眼"为代表。⑤ 个体通过社会结构将外来强制转化为自我强制,对于违反社会禁制的惧怕则表现为羞耻感。⑥ 普莱尔等人的羞耻情感正源于以社会规范为主导的规训机制,揭示了群体情感创伤与社会规训机制之间的深层关联。

这种群体创伤是否可以治愈? 作品中瑞弗斯医生似乎给士兵带来了一丝"重生"的希望。瑞弗斯因视觉感应能力的缺乏、儿童时期的口吃经历等,对患者产生了深切的同情。其采取的谈话疗法饱含同情心,能够帮助患者认识到内心的情感矛盾,表面上似乎减轻了患者的精神痛苦,但实际上未能完全治愈士兵的心理创伤。在医院里,瑞弗斯"成为了士兵们在家庭和前线所缺乏的模范父亲"⑦,虽然给士兵带来了精神慰藉,却也让其感受到来自父辈的权威压力。普莱尔甚至认为瑞弗斯"已彻底取代生父的地位"(180),其以头抵触瑞弗斯胸口的行为与"小羊顶母羊"的行为极其相似,是一种无意识的本能行为,表达了对父辈既顺从又反叛的复杂心理,揭示出瑞弗斯代表着英国传统权威力量的深层含义。瑞弗斯展现出的"模范父亲"形象与士兵呈现出的缺乏男性气概形象形成鲜明对比,寓意双方无法跨越的鸿沟,暗示士兵无法摆脱耻感的悲剧命运。瑞弗斯对士兵的深切同情和怜悯无法完全纾解士兵内心深处的耻感,更无法彻底治愈前所未有的战争创伤、社会病症和历史沉疴。在社会规训机制作用之下,士兵被驯化成了"不记得""没感觉""不思考"的行尸走肉,成了文明社会中"令人惊恐的对象"(749)。面对战场上的尊严丧失与战场后方的群体羞辱,士

---

① Thomas J. Scheff. *Bloody Revenge: Emotions，Nationalism, and War*, pp. 24 - 25.

② Thomas J. Scheff. *Bloody Revenge: Emotions, Nationalism, and War*, pp. 75 - 101.

③ John G. Stoessinger. *Why Nations Go to War*, Wadsworth Publishing, 2010，pp. 23 - 26.

④ Mark S. Micale. *Hysterical Men: The Hidden History of Male Nervous Illness*, Harvard University Press, 2008，p. 280.

⑤ Agnes Heller. *The Power of Shame*, Routledge & Kegan Paul plc, 1985, p. 3.

⑥ 诺贝特·埃利亚斯:《文明的进程——文明的社会发生和心理发生的研究》,王佩莉、袁志英译,第527—528页。

⑦ Peter Childs. *Contemporary Novelists: British Fiction since 1970*, p. 75.

兵如同漂浮在活人世界里的"幽灵",无法排解内心堆积的羞耻感,无法再建立起与文明社会的正常联结。在战争的荼毒之下,文明社会"这片焦土"也"永无康复之日"(782)。这是巴克对战争发出的最强有力的质疑和拷问:如果战争的最终结果是摧毁人类本身和人类文明,那么其意义何在?

四、结语

作品中普莱尔最终饮弹身亡,弥留之际感受不到疼痛,只有渐渐弥散的"麻木感"(806)。与其说这种"麻木感"是身体层面的触感失常,不如说是战争创伤导致的精神失落。这种精神失落源于极端的触觉创伤、羞辱疗法和"感受陷阱",反映了士兵对战争、社会、人性的质疑和失望。巴克的文字没有停留在对战争的批判层面,而是将战争书写升华为对情感与社会的理性审视。作品中的羞耻情感虽以战争时期为背景,却也透露出普遍存在的羞耻语境:人之所以产生耻感,是因为社会规训机制的压力;个体耻感作为集体耻感的投射和反映,构成了充满历史与时代烙印的情感结构。巴克尝试通过历史书写和文学想象纾解时代褶皱中的耻感,提出以爱和同情抚慰负面情感的构想,深切表达了其内心深处的悲悯之心和美好愿景。从耻感角度解读巴克的战争书写,不仅能深入剖析个体的感官体验和情感困境,也能在历史灾难、社会危机和观念冲突中展开更为深刻的思想对话,对于推动世界战争文学研究具有积极意义。

内省·互文·希望：大江健三郎评论研究

陈世华　　徐诗云*

摘　要：日本战后民主主义文学作家兼评论家大江健三郎不仅创作了大量优秀小说，还发表了众多社会评论。受萨特存在主义影响，大江的评论大多从社会现实出发，思考个人与国家、世界命运的关系。大江的评论思想主要体现在对广岛核爆与冲绳问题中被日本政府漠视的受害者群体、弱势群体的关注；对威胁民主主义、宪法和和平势力的批判；对战后世代和青年未来命运的关心三方面。作为极度内省的作家，大江健三郎的文学创作和评论内容相互交织、互动相生。其评论和创作反映现实的残酷的同时，也充满希望书写。

关键词：大江健三郎；评论；内省；互文；希望

....

日本战后民主主义文学作家兼评论家大江健三郎(1935—2023)自1957年以《奇妙的工作》《死者的奢华》在日本文坛崭露头角以来，笔耕不辍，创作了大量文学作品。1994年凭借《个人的体验》和《万延元年的Football》斩获诺贝尔文学奖。大江不仅创作了许多优秀文学作品，还发表了许多深入社会现实的随笔和评论，小说和随笔成为其"文学生活中的车之两轮"[1]。大江的随笔和评论涉及领域广泛，除《广岛札记》《冲绳札记》这类评价具有特殊历史意义地区的随笔集外，还有《严肃地走钢丝》《持续之志》《鲸鱼灭亡之日》等评价日本社会政治制度、文学与文学家关系的评论集，"除创作小说外，极少有如此持续致力于评论写作的战后文学作家，值得特别说明的是，其评论的质、量均达到与其小说抗衡的水平"[2]。毋庸赘言，研究大江文学，其评论是不可或缺的重要内容。受萨特存在主义影响，大江文学"最基本的风格，就是从个人的具体性出发，力图将它们与社会、国家和世界连接起来"[3]。而大江文学创作最鲜明的特点即"以小说填补评论中感到的空洞，以评论填补小说中的不足"[4]，其评论与小说互为补充，互为解释，相互交织，相互影响。评论研究为小说解析提供思想文化

   * **作者简介：**陈世华，南京工业大学外国语言文学学院教授，主要研究方向为日本近现代文学与文论；徐诗云，南京工业大学外国语言文学学院硕士研究生，主要研究方向为日本近现代文学。本文系国家社会科学基金重大项目"世界战争文学史研究"(22&ZD290)阶段性成果。

　①　大江健三郎：《大江健三郎自选随笔集》，王新新等译，光明日报出版社2000年版，自序。
　②　上田正行：《大江健三郎的评论》，《金泽大学国语国文》1995年第20期。
　③　大江健三郎：《我在暧昧的日本》，王中忱、庄焰等译，南海出版公司2005年版，第90页。
　④　柄谷行人：《作为读者的他者——大江·江藤论争》，《国文学：解释与教材研究》1971年第1期。

根源,小说又成为大江评论思想的艺术化呈现。

一、沉默与忍耐:核爆与战争受害者

　　《广岛札记》和《冲绳札记》是大江一生关注广岛原爆和冲绳问题的代表作。广岛、长崎和冲绳问题,是大江诺贝尔文学奖获奖词中"至今仍是我的时事性随笔的主题"[①],表现出大江对遭受日本社会漠视的受害者群体的人道主义关心,其用评论和文学揭露了日本社会根深蒂固的歧视顽疾。

　　1945 年美国在广岛投下核弹"小男孩",直接或间接造成约 14 万人去世。时至今日,广岛仍有许多受核爆辐射而罹患癌症、白血病的"原子病人",核爆后遗症甚至遗传到孩子身上。核爆后,广岛人"立即为了亲手恢复这座城市而开始战斗"[②],而日本政府为讨好美国,在其生活复兴的关键时期牺牲广岛,不仅使得核爆受害医疗史"未曾得到官方权威的支持与引导"[③],被爆者的呼声也"被强制打上沉默的封印"[④]。在核爆带来的身心创伤、社会歧视、政府言论管控和政治利用的多重压力下,被爆者即便"面临死亡的威胁,仍然想要保持沉默"[⑤]。部分幸存者不愿其悲惨经历成为"反对核弹氢弹的政治斗争的参考资料"[⑥],希望免遭怜悯或歧视,从而过上正常人生活。另一部分则因审核制度严格而无处申诉,美国为撇清与广岛核爆的关系,严审日本新闻媒体的报道内容,控制广岛初等、中等教育内容,将"核弹轰炸造成的悲惨说成是正当的"[⑦]。广岛人用沉默表达对核爆事实和日本政府的反抗,"沉默不是不会说话,而是拒绝说话,所以仍在说话"[⑧]。日本社会对广岛及其民众的歧视、政府对广岛救助的不力与滞后以及讨好美国的政治外交行为,使广岛沦为政府利益下的"弃子"。日本政府甚至通过《广岛和平纪念都市建设法》,借被爆事实与被爆者的悲惨经历,歪曲侵略战争事实,打造其战争受害者形象,并连年利用广岛人强烈的反战反核态度,虚伪地塑造其热爱和平的形象,掩盖和隐瞒其发动对外侵略战争与核爆之间的关系,这无疑是利用民众感情掩盖真相的欺瞒行为,也再次让广岛民众成为政治牺牲品。

　　大江对广岛的关心肇始于其长子的诞生,"残疾孩子与广岛的结合造就了新的大江健三郎"[⑨],大江自此开始对"广岛的受害者进行野外调查"[⑩],并集结为《广岛札记》。受身处困境勇敢生活的广岛民众启发,大江决心与残疾儿子共生,并以此为主题创作了《个人的体验》,该作品特意以广岛为故事发生场域,讲述了主人公"鸟"经过心理斗争后决定养育残疾孩子的故事。大江巧妙地将核问题融入作品,深刻反映了广岛、长崎民众在核辐射造成的

　　① 大江健三郎:《我在暧昧的日本》,王中忱、庄焰等译,第 13 页。
　　② 大江健三郎:《广岛札记》,岩波书店 1965 年版,第 112 页。
　　③ 大江健三郎:《广岛札记》,第 93 页。
　　④ 大江健三郎:《广岛札记》,第 181 页。
　　⑤ 大江健三郎:《广岛札记》,第 4 页。
　　⑥ 大江健三郎:《广岛札记》,第 4 页。
　　⑦ 大江健三郎:《广岛札记》,第 177 页。
　　⑧ 让-保尔·萨特:《什么是文学?》,施康强译,人民文学出版社 2018 年版,第 20 页。
　　⑨ 矶贝英夫:《〈广岛札记〉(大江健三郎)——想象力之旅》,《国文学:解释与鉴赏》1985 年第 9 期。
　　⑩ 大江健三郎:《我在暧昧的日本》,王中忱、庄焰等译,第 12 页。

困境中的艰难求生境况和心理状况。大江自广岛之行后逐渐认识到"个人所包含的社会性"①,《广岛札记》之后的大江文学,转向以个人的不幸为出发点关注群体性问题,用个人的苦难折射社会性问题。此后,残疾儿形象的书写和反核反战的主题贯穿大江的文学创作生涯。

如果说广岛是核爆后各种政治角力和社会歧视背景下的"弃子",那么可以说冲绳最初就是"弃子"。日本即使非法占有了非大和民族的琉球王国,但"日本单一民族神话所形成的原生的、无意识的歧视思想"②贯穿本土对冲绳的态度。1945年冲绳战役,本土军人命令庆良间列岛老幼集体自杀;战后日本将冲绳交给美国托管;冲绳"回归"前日本官员试图推进"带核"回归计划,即美国即使将冲绳施政权返还给日本,"日本政府同样会将包括冲绳的日本人在内的冲绳当作弃子"③。日本政府将冲绳作为谈判条件,推进"带核"回归计划,妄想借美国核武器维护自身利益的做法,是其对冲绳的根本性歧视,也是其始终将冲绳视为"弃子"的思想表现。此外,日本媒体的行为对助长冲绳歧视也起到推波助澜的作用。本土报纸"冲绳三少年是强盗"的报道中,媒体武断地将事件起因归结为冲绳少年的语言差异以及"与同宿舍的员工相处不融洽"④。但其实自明治时代以后,日语标准语就成为确立国民身份认同的工具而得到普及,并且上升为国家战略。报道以语言差异凸显着本土对冲绳的根本歧视与排斥,日本政府对冲绳民众强制实施皇民化教育、推行标准语的史实也使其以语言差异歧视冲绳的伪装不攻自破。

大江基于对冲绳历史、边缘文化及现状的调查创作《冲绳札记》。大江通过访问"回归"前后的冲绳,发现了天皇中心文化之外的文化,通过走访学者,深入县民生活,切实感受到冲绳对本土的拒绝与反抗。"在冲绳从事这种时事性和文化性的调查和报告的经历,构成了创作长篇小说《万延元年的Football》的思想基础"⑤。以了解冲绳的民众文化为契机,大江开始重新看待四国森林中的故土,将民众暴动反抗文化融入了该小说,从而衍生出以边缘对抗中心的主题。

二、批判与反抗:战后政治与制度

"和平宪法"是战后日本放弃战争、确保公民民主权利、天皇象征性地位的法律保障,遵守和维护"和平宪法"也是推行民主制度、维护民主主义与和平的重要标志。大江在青少年时期经历日本投降,接受民主教育,将宪法"作为思考问题和感受问题"及"生存道德的根本所在"⑥。随着时局的变化,其敏锐察觉到威胁民主主义、宪法及和平的政治因素与制度问题悄然产生,并对日本政府发出严厉警告。

宪法规定日本永远放弃发动战争、武力威胁或以武力作为解决国际争端的手段。但日

---

①　大江健三郎、市川真人:《半世纪后的〈广岛札记〉》,《早稻田文学》2015年第12期。

②　陈世华、柳田田:《"祖国":侵略与歧视背景下的主人公家园丧失——论松浦寿辉〈名誉与恍惚〉》,《湖南科技大学学报(社会科学版)》2021年第3期。

③　大江健三郎:《冲绳札记》,岩波书店1970年版,第67页。

④　大江健三郎:《冲绳札记》,第25页。

⑤　大江健三郎:《我在暧昧的日本》,王中忱、庄焰等译,第80页。

⑥　大江健三郎:《持续之志 随笔全集第2部》,文艺春秋1968年版,第36页。

本推行美式民主制度和民主教育的同时默许美军建立军事基地。当大江"第一次看到自卫队游行时，就察觉到永远放弃战争、放弃武装国家这一浪漫的本国之梦的破灭"①，高中一同接受民主教育的"几个友人考入防卫大学"。因此大江感受到了"战后世代'放弃战争'这一道德的脆弱"②，察觉到现实与宪法规定相悖的残酷现实，以及战后日本兴起的"民主主义与和平思想作为宪法原则，未必需要认真地推行"③这一社会风潮。《日美安保条约》和《旧金山条约》签订后，日本依靠美国核保护伞，任由美国在冲绳建造参与越南战争、朝鲜战争的军事基地，此举直接破坏了宪法中的"放弃战争"原则。针对岸信介追随美国、敌视中国、强行修改安保条约的行为，大江发出了"岸首相啊，希望你知耻而退！"④的呼喊。大江将对社会现状的抗议融入其早期小说《奇妙的工作》和《死者的奢华》中，描写了大学生为赚钱做杀狗、运尸等工作却未得到报酬的故事，表现了战后日本青年被社会、权力随意操控的生存状态，进而暗喻日本遭受美国"监禁"。作品虽然表现出追求个人主权和国家主权的民主主义思想，但早期大江文学并未深究日本受美国控制的深刻根源在于日本发动的侵略战争。

在广岛、冲绳之行后，大江了解到两地民众不受宪法保护的现状，察觉到日本民主主义是将被边缘化、被歧视的人置于视野之外而成立的，也意识到战后右翼对军事活动的推波助澜。在广岛、冲绳两地，非致命原子病患者无法享有免费治疗和补贴；医疗研究得不到厚生省认可；政府试图拆除核弹轰炸遗迹；禁发《核弹》画册；冲绳民众无法参与国政；全军劳罢工遭镇压……日本政府不仅侵犯核爆受害者和冲绳民众的基本人权，还借助受害者塑造国家虚假的热爱和平的形象，利用冲绳县民对宪法和民主制度的渴望，大力推进冲绳"带核"回归计划，日本政府漠视广岛和冲绳民众意愿的"拥核"态度，正是"把国家和国人撕裂开来的这种强大而又锐利的暧昧"⑤的表面化。对此，大江在访谈中表示，"因为有冲绳美军基地，我们才作为独立国家不拥有军备，因为有广岛，所以在其延长线上才有'核保护伞'体制，我担心那首先是作为亚洲最大危机的显现"⑥。面对该危机，大江选择以"文学作为与之抗衡的手段"⑦，通过描写核爆灾难使国民重新审视核武器。其以广岛经历为主题创作的《核时代的守护神》，讲述了中年男子收养广岛原爆孤儿并为其购买生命保险，将死亡保险金用于支援原爆孤儿的故事。作品凸显出被爆者的艰难处境以及国家救助的缺失。广岛作为大江"反核文学的源发地"，使大江"完成了对自己文学观的二次启蒙"⑧，以"反核"文学来维护和平与民主主义。

天皇制作为日本政治制度的标志，"是日本社会基本秩序的基础，也是日本政治精神的象征"⑨，天皇作为促进国民国家认同的媒介，其效果在战争中尤为明显，"在日本式的战争

---

①　大江健三郎：《持续之志 随笔全集第 2 部》，第 34 页。

②　大江健三郎：《严肃地走钢丝 随笔全集》，文艺春秋 1965 年版，第 134 页。

③　大江健三郎：《我在暧昧的日本》，王中忱、庄焰等译，第 64 页。

④　大江健三郎：《严肃地走钢丝 随笔全集》，第 93 页。

⑤　大江健三郎：《我在暧昧的日本》，王中忱、庄焰等译，第 93 页。

⑥　陈世华：《〈晚年样式集〉和"3·11"东日本震灾之后——大江健三郎访谈录》，《外国文学动态研究》2015 年第 2 期。

⑦　高桥由贵：《论大江健三郎〈核时代的守护神〉》，《日本文学》2017 年第 11 期。

⑧　张剑、何建军：《民族与世界——谈大江健三郎反核文学缘起和发展》，《外语研究》2019 年第 6 期。

⑨　商文斌：《从政治体制视角看战后日本社会的政治稳定》，《江汉论坛》2003 年第 8 期。

中,所有派别都自称是在为天皇而战"①,也是日本发动对外侵略战争的精神思想根源。日本投降后制定的宪法,试图用民主主义取代原有的国家主义,但为维护政治稳定以及有效控制国民而保留天皇制。天皇制的伴生物国家主义在根本上与民主主义相冲突。大江认为"在这个天皇制依然实存的国家,将极有可能轻而易举地促使民主主义朝着意想不到的方向发生根本性逆转"②,且"与天皇制相关联的是庞大的、非逻辑的、非民主社会的天皇"③,可见天皇制最终会导致日本民主主义的崩坏。大江将对政治制度的批判融入文学创作,其"并没有把'政治'和'文学'作为对立者来看待"④,而是用文学表现政治。《政治少年之死》和《十七岁》以极端右翼少年刺杀社会党主席事件为原型,讲述了少年受右翼思想吸引从自卑学生转变为天皇狂热分子的故事。描绘出在天皇神格瓦解与民主主义思想对撞的背景下,信仰丧失与身份认同缺失的日本青少年迷茫失落的状态,批判了右翼政党企图复活天皇主义的行为以及天皇制带来的危险。

作为战后民主主义者,"对于威胁宪法、民主主义、和平等战后民主主义原理的东西,大江总是积极主动的发出警告和异议"⑤。大江敏锐察觉到宪法规定与现实的不一致性,政府普及民主主义思想的表面性,天皇主义意识形态的顽固性,并以其评论和文学创作,毕生践行着"与一种有害的制度和一种有害的意识形态斗争"⑥的工作。天皇制对民主主义的拒绝,使日本民主主义浮于表面,"'万世一系'的天皇血统和这片国土一样,始终拒绝他人=异物的侵入"⑦,日本右翼正是以此巩固天皇主义,阻碍民主主义思想的发展,这也是大江将批判矛头转向日本政治制度的根本原因。

三、希望与未来:战后世代与日本青年

大江自创作初期就深受萨特"人是自己的创造物"⑧的人道主义思想影响,始终关注日本青年的生存和精神状态以及战后世代的运动。大江"在强调'人'的重要性的同时,希望并不断呼吁'新人'的到来"⑨,对比战后中日青年的不同状态,思考割裂日本青年与政治的原因,批判扼杀青年个性的外在因素,鼓励日本青年寻求自我主权与主体性。

"二战"后,日本成为美国远东战略的"棋子"和帮凶,民众在砂川事件中遭镇压,造成了日本青年对国家失望和漠不关心的态度。《人羊》讲述了打工学生遭美军士兵侮辱,到警局报案后再遭屈辱而选择沉默的故事。描绘了战后日本受制于美国,国民像羔羊一样忍受美国和日本双重暴行的社会状况,批判日本政府对青年的孤立和对青年反抗精神的扼杀。象

---

① 马丁・范克勒韦尔德:《战争的文化》,李阳译,生活・读书・新知三联书店 2016 年版,第 137 页。

② 大江健三郎:《冲绳札记》,第 61 页。

③ 大江健三郎、柄谷行人:《大江健三郎柄谷行人全对话 世界、日本和日本人》,讲谈社 2018 年版,第 43 页。

④ 吉田美惠子:《大江健三郎〈广岛札记〉与三部小说》,《国际关系・比较文化研究》2011 年第 1 期。

⑤ 上田正行:《大江健三郎的评论》,《金泽大学国语国文》1995 年第 20 期。

⑥ 让-保尔・萨特:《什么是文学?》,施康强译,第 69 页。

⑦ 井口时男:《大江健三郎的评论・随笔——代表的不可能性和不可避免性》,《国文学:解释与教材研究》1997 年第 3 期。

⑧ 让-保尔・萨特:《什么是文学?》,施康强译,第 159 页。

⑨ 宫泽隆义:《优秀作品的新"方法导论":关于大江健三郎》,《群像》2016 年第 12 期。

征天皇制与民主主义的矛盾使青年信仰崩塌的同时,美军入驻带来的西方文化与思想也冲击着精神信仰缺失的年轻人,造成其脱离日本和日本人身份的精神倾向。大江发现战后"走出外国电影放映馆的年轻人像外国人一样走路,带着像外国人一样的表情。他们仅在那一瞬间脱离了日本人身份并陶醉其中"①。日本青年以热衷西方文化、否定日本文化和自我归属的方式来表现自我丧失感。在美国的占领和管制下,日本经济飞速发展,民众物质生活富足,屈于"监禁状态"下享乐,但精神空缺却导致民众沦为"性的人"。大江将战后日本人分为"性的人"和"政治的人","现在的日本青年是性的人",并"始终只能发挥性的人的作用"②,其难以突破美日的双重压迫,只能靠性达到对精神空虚和压抑的解脱。小说《我们的时代》延续了"监禁状态"的主题。主人公厌恶情人的同时,又耽于生理欲望,渴望凭征文获奖留学法国,却因政治立场被法国使馆拒签,反映了战后日本青年意欲脱离日本获得新生但难以突破现实困境的事实。

　　大江在安保斗争爆发的高潮期访问中国,对中国青年"自由的幽默和明亮的眼睛"印象深刻,并深感这将给中国带来希望,同时也观察到"中国政治的特点是所有人都觉得政策和现实生活是一体的"③,由此发现了连接政治与人的可能性。中国之行使大江对日本青年的态度产生了根本性转变。此前,大江针对日本青年绝望的生存状态和对政治漠不关心的心态,提出"要实现将政治和人连结起来"④,认为日本政治对领导者来说是政策,对国民来说只是现实生活的别称的"二重性"⑤,反映了日本国民与国家政治割裂的状况。回国后的大江在六·一五纪念集会上看到众多年轻人,发现了将政治与战后世代连结起来的可行性。大江以充满希望的中国青年与颓废绝望的日本青年为对照,对比新中国成立前半殖民地半封建的中国与美国控制下的日本,意识到日本青年绝望的原因在于"没有自己参与日本国家建设的实感",只有"消灭日本的外国基地"才能恢复其"对国家的热情"⑥,即日本青年转变为"政治的人"的前提是日本脱离美国管控,掌握国家主权。大江将对日本青年的希望表现在《性的人》中。作品讲述"性的人"青年J组织摄影小组去别墅拍摄短片并进行乱交,回东京后离婚出走在地铁当色情狂的故事。小说一方面通过青年J耽于性快乐映射日本青年精神的空虚;另一方面通过其离开代表"监禁状态"的家表现"努力从'性的人'变成'政治的人'"⑦的倾向。虽然青年J最后重回"性的人",但其出走暗含突破困境向"政治的人"转变的迹象。在青年J身上,大江寄托了对日本青年反抗强权、突破"监禁状态"的期待。

　　纪念集会后,大江注意到日本战后世代反抗强权,寻求主权与主体性的强烈意愿,关注并声援相关运动。1965年后的反战反美运动,体现了青年在世界紧张局势下"内在的不安、焦躁情绪"⑧,而根源在于政府无视青年呼声,执意支援越南战争。大江由此感受到战后世

---

①　大江健三郎:《严肃地走钢丝 随笔全集》,第104页。

②　大江健三郎:《严肃地走钢丝 随笔全集》,第235页。

③　大江健三郎:《严肃地走钢丝 随笔全集》,第97页。

④　大江健三郎:《严肃地走钢丝 随笔全集》,第64页。

⑤　大江健三郎:《严肃地走钢丝 随笔全集》,第97页。

⑥　大江健三郎:《严肃地走钢丝 随笔全集》,第113页。

⑦　ブシマキンバジム:《大江健三郎对〈政治的人〉和〈性的人〉的扬弃》,《人类社会环境研究》2013年第25期。

⑧　大江健三郎:《持续之志 随笔全集第2部》,第65页。

代追求民主与和平的强烈意愿。大江初访冲绳时，比嘉副教授的观点"国民成为冲绳主权者，自治权才会扩大"①引起其强烈共鸣，并深入了解冲绳民众暴动与反抗的历史，1956 年反美强制征地运动、1960 年后每年的冲绳日斗争、1968 年要求撤离 B-52 的抗议、1970 年全军劳罢工……在没有天皇信仰的边缘地区冲绳，大江察觉到反抗强权实现民主的可能性，继而衍生出大江文学以边缘对抗中心的主题。《万延元年的 Football》和《洪水淹没我的灵魂》，分别讲述了鹰四反安全条约失败后回到故乡效仿农民暴动，反抗强权"天皇超市"的故事，以及大木勇鱼带着残疾儿躲进郊外的核避难所，与"自由航海团"青年反抗机动部队的故事。二者都描写了青年立足边缘与权力中心的对抗，虽均以失败告终，但青年是战后日本"顺利实现向民主化过渡的重要力量"②，其对抗精神成功激发出日本国民的反美情绪，维护着日本战后民主主义。

　　早期大江的评论和文学作品主要批判造成战后世代现状的社会因素，以访问中国为契机，大江开始思考连接日本政治与青年的可行性，通过反战反美运动重燃对青年的希望。随着对冲绳历史的深入了解，大江触及被日本政府掩盖隐瞒的侵略战争历史，发现"日本战后世代普遍缺乏对中国的罪恶感"③的事实，因此大江对日本青年的希望中亦暗含一丝对未来的怀疑。"希望是一种不稳定的快乐"④，虽然大江对日本战后世代反抗强权和美国管控表现出希望，却深切忧虑战后世代缺乏罪恶感将影响未来中日关系。冲绳之行成为大江正视历史真相、立足日本边缘——冲绳思考战后世代中日关系的起点，也是其试图将正视历史的思想传递给战后世代的起点。

四、结论

　　韦勒克认为"小说家笔下的人物越是为数众多和各具性格，小说家自己的'个性'就越不鲜明"⑤。尽管大江凭借小说闻名于世，但其始终认为"小说中可能有各种各样的理解，并各具意义"，而评论中"必须由作者明确地给出一个方向"。⑥ 对大江来说，评论才是其立足日本现状、表现个性、表达对社会的思考和文学创作思想的方式。纵观大江评论，可见其评论始于关注日本社会现状，逐渐深入思考造成日本现状的政治与制度原因，进而反思"二战"后战争责任归属和中日关系问题。大江文学创作的主题也随评论思想的变化而变化，由早期描写日本"监禁状态"转变为描写"性的人"和"政治的人"，广岛、冲绳之行后，进而深化为反战反核的主题。同时，这也是大江正视战争历史、思考中日关系的起点，大江认为造成中日关系"混乱和停滞的责任始终是日方"⑦，其明确认识到日本正视历史方能推进中日友好，其对日本青年充满怀疑的期待，在今天看来极具先见之明。

　　①　大江健三郎：《持续之志　随笔全集第 2 部》，第 131 页。

　　②　刘杰：《青年政治行为对战后日本政治进程的影响》，《日本学刊》1994 年第 1 期。

　　③　大江健三郎：《持续之志　随笔全集第 2 部》，第 145 页。

　　④　斯宾诺莎：《伦理学》，贺麟译，商务印书馆 1983 年版，第 154 页。

　　⑤　勒内·韦勒克、奥斯汀·沃伦：《文学理论》（新修订版），刘象愚、邢培明、陈圣生等译，浙江人民出版社 2017 年版，第 79 页。

　　⑥　大江健三郎：《鲸死之时　随笔全集第 3 部》，文艺春秋 1968 年版，第 474 页。

　　⑦　大江健三郎：《持续之志　随笔全集第 2 部》，第 147 页。

元好问泰和爱情词考论

孙俊士　崔武杰 *

摘　要：《遗山乐府》中有三首创作于泰和年间并以泰和时期爱情故事为内容的词作。这些词作有很多共性特征：皆非元好问本人的情感经历，而是以他人、他物的爱情故事为描写对象，在对爱情予以肯定的同时对殉情行为持赞赏态度，延续苏轼豪放词风，喜用题序与典故。这种共性特征与金代鼎盛时期文人昂扬奋发、豪迈自信的心态以及元好问早期向往并积极追求爱情的态度密切相关，而且与元好问泰和以后哀怨感伤的爱情词作区别极为明显。金王朝在泰和以后衰落迅速且战乱频仍，泰和爱情词作为金代鼎盛时期爱情词的代表，不但是元好问本人词作不同阶段的分水岭，而且是区别金代盛世与衰世、乱世文学的标识，具有重要的文学价值和文学史意义。

关键词：元好问；爱情词；泰和

金代存世的爱情词颇少。元好问为金代文学巨擘，其爱情词的地位自不待言。现存《遗山乐府》中有泰和年间的爱情词三首：《摸鱼儿》（恨人间情是何物）、《摸鱼儿》（问莲根有丝多少）、《江梅引》，其题材、形式极为接近，应为同一时期的作品。然对此三首词，研究者多认为其非同一时期之作品。事实上此三词皆写作于泰和年间，对研究遗山早期爱情词的特点、价值，明确其在金词史上的地位，都具有重要意义。

一

三首词中，《摸鱼儿》（恨人间情是何物）写作时间有明确记载，"乙丑岁赴试并州，道逢捕雁者云：'今日获一雁，杀之矣。其脱网者悲鸣不能去，竟自投于地而死。'予因买得之，葬之汾水之上，累石为识，号曰雁丘。时同行者多为赋诗，予亦有《雁丘辞》，旧所作无宫商，今改定之"①。乙丑岁为金章宗泰和五年（1205）。其余两首词的创作时间则需考证。

卷一《摸鱼儿》（问莲根有丝多少）词的创作年月信息主要保存在该词词序中。

---

* **作者简介**：孙俊士，山西师范大学戏剧与影视学院教授，主要研究方向为元明清文学与近代戏曲；崔武杰，山西师范大学文学院副教授，主要研究方向为元明清文学与戏曲史。本文系教育部人文社会科学研究一般项目《近代文人与京剧关系研究》（22YJA760074）中期研究成果。

① 元好问撰，赵永源校注：《遗山乐府校注》，凤凰出版社 2006 年版，第 53 页。

泰和中,大名民家小儿女,有以私情不如意赴水者,官为踪迹之,无见也。其后踏藕者,得二尸水中,衣服仍可验,其事乃白。是岁,此陂荷花开,无不并蒂者。沁水梁国用时为录事判官,为李用章内翰言如此。此曲以乐府《双蕖怨》命篇。咀五色之灵芝,香生九窍;咽三清之瑞露,春动七情,韩偓《香奁集》中自叙语。①

由于此词所写的爱情故事乃遗山因李俊民的转述而得知,"沁水梁国用时为录事判官,为李用章内翰言如此",因此欲判断该词之创作时间须先考证元李二人的交游。

李俊民,金代泽州晋城人,金章宗承安五年(1200)经义状元。然据《元史·李俊民传》,李中状元后不久即辞官归乡里行教授之事,"未几,弃官不仕,以所学教授乡里,从之者甚盛,至有不远千里而来者"②。由此可知李俊民任官时间很短,最晚应于泰和三年(1203)前后辞官归晋城。而遗山泰和三年随父赴任陵川,至泰和八年(1208)方才离去。遗山在陵川时曾拜当地学者郝天挺为师,"《墓铭》:年十有四,其叔父为陵川令,遂从先大父学"③。从其在泰和五年至泰和八年这四年间两入考场看,显示出遗山对科举极为热衷。但其业师郝天挺却因反对举业,不肯教其科举之学,"或言:'令之子欲就举,诗非所急,得无徒费日力乎?'先生曰:'君自不知。所以教之作诗,正欲渠不为举子耳'"④。由此,元好问非另向他人请教举业不可,李俊民作为经义状元,自然为最佳人选。又承安五年之后即为泰和,二者时间先后相次,科举考试之风气尚未发生明显变化,遗山此时向李俊民请教最为合适。据《李俊民传》,从学李俊民者不远千里而至,而晋城、陵川二县在金代不但皆为河东南路泽州下属县治,且在地理位置上接壤,可谓近在咫尺。此外,遗山之父元格与李俊民此前有同僚之谊,承安五年李俊民中状元后留中都任应奉翰林文字一职,元格亦于泰和初年任官中都,"泰和初,先人调官中都,某甫成童,学举业"⑤。至于元格任官中都的具体年份,《元好问活动、著述与金蒙时政、文化大事对照表》将其系于泰和元年,亦即承安五年之次年,"金章宗泰和元年,12岁,随父调官中都"⑥。泰和三年后,二人又邻县而居,李俊民泰和三年前后辞官归里,居晋城教授,而元格亦于泰和三年任官陵川。综合上述因素、关系,元好问在泰和年间以晚辈后学身份向李俊民请教举业乃极正常之事。而在见面交流时,李俊民向遗山转述此爱情故事并引发遗山的创作热情自为可能。所以《摸鱼儿》(问莲根有丝多少)一词应创作于泰和年间遗山陵川居住时。

二

卷二《江梅引》(墙头红杏粉光匀)词,学者们虽将其确定为遗山早期作品,但持阙疑之态度,"词序所叙之爱情悲剧肇于金章宗泰和年间,观词序及词意,本篇似为遗山早期作品,

①　元好问撰,赵永源校注:《遗山乐府校注》,第59页。
②　宋濂等撰:《元史》(第12册),中华书局1976年版,第3733页。
③　姚奠中主编:《元好问全集》(下册),山西古籍出版社2004年版,第1348页。
④　姚奠中主编:《元好问全集》(上册),第518页。
⑤　姚奠中主编:《元好问全集》(上册),第517页。
⑥　姚奠中主编:《元好问全集》(下册),第1496页。

作年实难遽断,故存疑"①,因此需进一步讨论。而与《江梅引》词创作时间相关的信息亦保存在该词词序中。

　　　　泰和中,西州士人家女阿金,姿色绝妙。其家欲得佳婿,使女自择。同郡某郎独华腴,且以文彩风流自名,女欲得之,尝见郎墙头数语而去。他日又约于城南,郎以事不果来。其后从兄官陕右,女家不能待,乃许他姓。女郁郁不自聊,竟用是得疾,去大归二三日而死。又数年,郎仕,驰驿过家。先通殷勤者持冥钱告女墓云:"郎今年归,女知之耶?"闻者悲之。此州有元魏离宫,在河中潭。士人月夜踏歌和云:"魏拔来,野花开。"故予作《金娘怨》,用杨白花故事。词云:"含情出户娇无力,拾得杨花泪沾臆。春去秋来双燕子,愿衔杨花入窠里。"郎中朝贵游,不欲斥其名,借古语道之。读者当以意晓云。"骨化形销,丹诚不泯。因风委露,犹托清尘。"是崔娘书词,事见元相国传奇。②

　　泰和为金章宗完颜璟的年号,前后共八年(1201—1208)。词序之"泰和中"可以二义来解释:其一为泰和中期。如此则"泰和中"当指泰和四、五、六三年。其二为泰和年间。《摸鱼儿》(问莲根有丝多少)词亦用"泰和中"表故事发生的时间,其用法与《江梅引》相同,但应解释为泰和年间。结合两处用法,泰和年间于义为长。"又数年"依古汉语表达习惯,至少为三年以上。所以此爱情悲剧的结束应在泰和中后期。《江梅引》既以该爱情悲剧为内容,自应创作于泰和中后期及以后。至于具体在何年,则需通过词序中相关典故、词语的使用来予以推断。

　　词序中与系年密切相关的词语为"西州"。《遗山乐府》中多处使用西州一词:"复幕重帘十二楼。而今尘土是西州"③,"西州泪。玉觞无味。强为清香醉"④,"烟草入西州。暮雨千山独倚楼。不似秦东亭上饮,风流"⑤。古人诗文中之西州,据今人研究有四义:一为古城之名。东晋置,故址在今南京市。"羊昙者,知名士也,为安所爱重。安薨后,辍乐弥年,行不由西州路。尝因石头大醉,扶路唱乐,不觉至州门。左右白曰:'此西州门。'昙悲感不已,以马策扣扉,诵曹子建诗曰:'生存华屋处,零落归山丘。'恸哭而去。"⑥二指陕西地区。《战国策·韩策三》:"昔者,穆公一胜于韩原而霸西州,晋文公一胜于城濮而定天下。"⑦三指巴蜀地区。《后汉书·廉范传》:"范父遭丧乱,客死于蜀汉,范遂流寓西州。"⑧四为吐鲁番地区。唐贞观十四年灭麹氏高昌,以其地置西州。"西州泪"为典故,源于东晋羊昙哭谢安之事,后世多用来表示感旧兴悲、悼亡故人之情,此典故在具体使用时也常表述为"西州路"、"西州门"或"西州"。秦东亭为长安送别处,则该处西州为陕西。由此可知《遗山乐府》中,

①　元好问撰,赵永源校注:《遗山乐府校注》,第265页。
②　元好问撰,赵永源校注:《遗山乐府校注》,第263—264页。
③　元好问撰,赵永源校注:《遗山乐府校注》,第411页。
④　元好问撰,赵永源校注:《遗山乐府校注》,第523页。
⑤　元好问撰,赵永源校注:《遗山乐府校注》,第333页。
⑥　房玄龄等撰:《晋书》(第七册),中华书局1974年版,第2077页。
⑦　刘向集录:《战国策》,上海古籍出版社1998年版,第1012页。
⑧　范晔撰:《后汉书》,中华书局1965年版,第1101页。

西州多以典故或古地名的形式使用。

在金代，上述四地中唯有陕西地区归金王朝管辖。又金代西部州县基本在京兆府路、凤翔路、鄜延路、庆原路、临洮路等五路治下，而此五路主要在陕西境内，此外还包括今甘肃、宁夏部分地区。故结合遗山词中西州之习惯用法，《江梅引》中的西州自应指陕西地区。将西州确定为陕西地区除上述理由外，词序中尚有两处信息可予说明：其一为河中潭。河在此处专指黄河，所谓河中潭即指黄河中之沙滩，而陕西界河之一即为黄河。其二为元魏之离宫。北魏自孝文帝迁都洛阳后又称元魏。永熙三年(534)，魏孝武帝元修为摆脱高欢控制，逃出洛阳，投奔关中将领宇文泰，所以陕西拥有元魏离宫自无问题。至于词序中的"陕右"在金代指陕西以西的甘肃地区，"佛光道悟禅师，俗姓冠氏，陕右兰州人"[①]，所以与西州即为陕西的解释并无重复、矛盾之处。

据《元好问全集》后所附的《元遗山年谱汇纂》与《元好问活动、著述与金蒙时政、文化大事对照表》，遗山泰和八年以前未曾到过西州。泰和八年，元好问随父元格赴任陇城时，方因参加科举一至长安。"钺按：本集卷三十七《送秦中诸人引》：'予年二十许时，侍先人官略阳，以秋试留长安中八九月。时纨绮气未除，沉湎酒间，知有游观之美而不暇也。'盖即是年事。二十许者，约略言之，举成数也。金长安县属京兆府路京兆府，今陕西长安县。略阳，汉县名，金为陇城县。今甘肃省秦安县东北百里许。盖陇城君官陇城令，先生随赴任所也。又按：《金史本传》云：'从陵川郝晋卿学，六年而业成。'先生十四岁从学于郝，业成当在是年。本集卷一《古意》诗云：'二十学业成，随计入咸秦'是也。"[②]

词序中与系年相关的典故来自《莺莺传》。但此典故的使用缘由，词序却并未说明。泰和后期，董解元《西厢记》已取代《莺莺传》之地位并广泛流行，但遗山却反其道而行之，所以《莺莺传》典故的使用应与遗山本人经历有关。另据词序中北魏胡太后与杨白花典故缘于北魏离宫来推断，崔张典故也应因《莺莺传》或者与《莺莺传》相关之事而得以使用。

1984年永济普救寺出土《普救寺莺莺故居》石碑一通，上镌刻诗文各一首。其文如下：

> 美色动人者甚多，然身后为名流追咏者鲜矣。昔苏徐州登燕子楼作词以歌盼盼，大定间蒲倅王公游西厢赋诗以吊莺莺，则莺、盼之名因文而益彰，苏、王之风流才翰有以相继。惜乎王公真迹为好事者所秘，今三十余载，仆访而得之，又痛其字欲漫灭，故命工刊石，庶永其传。是亦物有时而显者也。泰和甲子冬至前三日，河东令王文蔚谨跋。[③]

泰和甲子为泰和四年(1204)。文中蒲倅王公为《普救寺莺莺故居》诗作者、前县令王仲通。由于王仲通、王文蔚皆以县令身份对《莺莺传》加以宣传，因此立碑之事对当日社会必有不小的影响。然欲证明遗山使用《莺莺传》典故与此有关，须先考证遗山泰和年间与河东县之关系。

---

① 阎凤梧主编：《全辽金文》(下册)，山西古籍出版社2002年版，第4053页。
② 姚奠中主编：《元好问全集》(下册)，第1353页。
③ 中国戏曲志编辑部编：《中国戏曲志·山西卷》，文化艺术出版社1990年版，第580页。

据《元遗山年谱汇纂》与《元好问活动、著述与金蒙时政、文化大事对照表》，遗山泰和八年去长安之前，随父元格在陵川，"泰和七年丁卯。先生十八岁。始一归乡里，仍回陵川。父格教以民政"[①]。遗山泰和八年由陵川前往长安，其最便捷的路线为：经河东南路之泽州、绛州、河中府，然后过河中府蒲津渡之黄河浮桥入陕西，到长安。金代河东南路河中府与陕西地区关系极为密切，金之陕西元帅府即设在河中府，"河中府，散，上。……大定五年置陕西元帅府"[②]。而经河中府、过黄河浮桥入陕西又是唐代以来人们由陕西以东地区进入陕西最便捷的路线选择。遗山随父赴任陇城，行程受到限制，当然不会舍近求远。而河东县作为河中府治与黄河浮桥所在地，是遗山西去长安必经之路，所以受立碑一事影响自在情理之中。

据《送秦中诸人引》一文，遗山泰和八年在陕西长安停留时间长达八九个月。而此时间自能使遗山对陕西当日所发生的重大事件有所了解。而依词序所言，阿金的爱情悲剧乃当时社会所发生的具有重大影响的事件。此外，遗山在长安时，因年少纨绮，沉湎于酒场中，多有游玩之事。而男女爱情在封建社会本为一焦点问题，所以社会广泛流传的男女爱情故事为遗山所留意并作为文学素材加以文学创作是非常自然的事情。

泰和八年之次年为大安元年（1209）己巳。据缪钺先生考证遗山大安元年尚在陕西，"钺按：此事不详何年。约在辛未、壬申、癸酉三年中，故附于此。翁施李三谱，皆系于己巳岁，颇误。己巳岁先生方在秦中，无由与客登南楼也"[③]。故遗山《江梅引》亦可能作于大安元年，然决不能晚于此年。大安二年春，遗山父元格卒于陇城任上，"好问年二十一，侍先君官陇城。大安庚午春，先人疽发于鬓。好问愚幼，平居作举子计，于药医懵然无所知。庸医满前，任其施设，先君竟用是捐馆"[④]。遗山为儒家信徒，父亲病故，须服丧三年，且服丧期间不得有婚娶、游冶、歌舞等行为，所以《江梅引》词不能作于大安二年、三年、崇庆元年（1212）等三年服丧期间。因此《江梅引》应创作于泰和八年或大安元年。而二者之中，以泰和八年的可能性最大。因泰和八年为科举之年，士子集中于长安。同辈之间饮酒唱和，男女爱情等风流韵事是一感兴趣的话题。如泰和五年赴试并州时，围绕雁丘一事，遗山与同行者多有唱和之作。而大安元年，科举已毕，士子散归各处。又遗山此年长女出生，家中事多，恐难为此，"施谱：'按示程孙诗云："生女四十年，知有为父乐。"诗为戊申作，长女生于是年。'凌谱：'案先生生子三人：长抚，次振，次撝；女五人。生年可考者，惟真及三女顺、长子抚而已'"[⑤]。另外，据大安二年春作者已经在陇城侍奉父亲推断，大安元年秋冬，遗山应已不在长安。所以结合数点，大安元年之创作机会远小于泰和八年。

遗山泰和年间创作的三首爱情词具有很多共性特点，概括言之，大约有以下几个方面：

① 姚奠中主编：《元好问全集》（下册），第 1352 页。
② 脱脱等撰：《金史》（第二册），中华书局 1975 年版，第 636 页。
③ 姚奠中主编：《元好问全集》（下册），第 1356 页。
④ 姚奠中主编：《元好问全集》（下册），第 1172 页。
⑤ 姚奠中主编：《元好问全集》（下册），第 1354 页。

　　其一,由于三首词所描写的都是他人、他物的爱情故事,而非遗山自身的爱情经历与情感体验,因此皆具备缘事而发的特点。三个爱情故事皆发生于泰和年间:《摸鱼儿》(恨人间情是何物)为泰和五年;《摸鱼儿》(问莲根有丝多少)、《江梅引》皆为泰和中。各爱情故事皆给遗山以震动,从而产生写作之兴趣,"予因买得之,葬之汾水之上,累石为识,号曰雁丘。时同行者多为赋诗,予亦有《雁丘辞》","沁水梁国用时为录事判官,为李用章内翰言如此。此曲以乐府《双蕖怨》命篇","故予作《金娘怨》,用杨白花故事"。三首词作皆创作于泰和时期,《摸鱼儿》两首作于泰和五年前后,《江梅引》则为泰和八年。但须注意的是,因为缘事而发的特点,所以遗山是以旁观者的身份来进行写作的,这就导致三首词作本身虽然能动人心魄,但在爱情主人公情感、心理等方面的描写上,因很少涉及而显得薄弱。

　　其二,对忠贞于爱情的殉情行为持赞赏态度。三个爱情故事皆以殉情为最终结局。其主人公虽然存在人与动物的区别,如《摸鱼儿》(恨人间情是何物)以大雁为对象;也存在身份等级高下的不同,如《江梅引》为官宦子女,而《摸鱼儿》(问莲根有丝多少)则为民家儿女,但在结局上,无论是单方面殉情如《摸鱼儿》(恨人间情是何物)、《江梅引》,还是双双赴死如《摸鱼儿》(问莲根有丝多少),则无本质差别。殉情行为虽然过于激烈,但因它表现了对爱情的忠贞,所以元好问给予赞赏。如《摸鱼儿》(恨人间情是何物)词,开首即以"恨人间、情是何物,直教生死相许"①一语,单刀直入,点破主题。看似痛恨爱情使人置性命于不顾,实则反面立意,赞扬男女真情之伟大,竟可使人以生命为代价来换取。《摸鱼儿》(问莲根有丝多少)词:"天已许。甚不教、白头生死鸳鸯浦"②,借"甚"字所形成的反问语气对阻碍爱情的行为、因素进行强烈的指责与批评。

　　其三,皆延续苏辛豪放词派的艺术风格。对此前人多有论述,如张炎《词源》:"元遗山极称稼轩词,及观遗山词,深于用事,精于炼句,有风流蕴藉处,不减周、秦。如双莲、雁丘等作,妙在模写情态,立意高远,初无稼轩豪迈之气。岂遗山欲表而出之,故云尔。"③吴梅《词学通论》:"此词(《雁丘辞》)即遗山首唱也。诸人和者颇多。而裕之乐府,深得稼轩三昧。张叔夏云:'遗山词深于用事,精于炼句,风流蕴藉处,不减周、秦。'余谓遗山竟是东坡后身,其高处似之,非稼轩所可及也。"④苏辛风格特征以《摸鱼儿》(恨人间情是何物)一词表现得最为明显,"恨人间、情是何物,直教生死相许。天南地北双飞客,老翅几回寒暑","君应有语。渺万里层云,千山暮景,只影为谁去",词语选择上以高、远、大等为主,境界壮阔,颇具雄浑之色彩;而"横汾路。寂寞当年箫鼓。荒烟依旧平楚","天也妒。未信与、莺儿燕子俱黄土。千秋万古",又呈现出浓郁、厚重的历史沧桑感;"为留待骚人,狂歌痛饮,来访雁丘处"⑤则又将豪气展露无遗。3 两首词中也有此类诗句,如"香奁梦,好在灵芝瑞露。人间俯仰今古。海枯石烂情缘在,幽恨不埋黄土"⑥,"蒹葭沙,草不尽,离魂一只鸳鸯去,寂寞谁亲。

<hr>

①　元好问撰,赵永源校注:《遗山乐府校注》,第53页。
②　元好问撰,赵永源校注:《遗山乐府校注》,第59页。
③　张炎:《词源》,见唐圭璋编《词话丛编》,中华书局1986年版,第267页。
④　解玉峰主编:《吴梅词曲论著集》,南京大学出版社2008年版,第82页。
⑤　元好问撰,赵永源校注:《遗山乐府校注》,第53—54页。
⑥　元好问撰,赵永源校注:《遗山乐府校注》,第60页。

惟有因风,委露托清尘。月下哀歌宫殿古,暮云合,遥山入翠鬐"①。

最后,以诗为词的写作手法。其实这也是苏轼词的特点,其具体表现为使用题序、借事用典、化用前人成句。三首词不但皆有题序,且各题序对爱情故事的发生、经过、结果以及作者的写作缘由、所用的典故都予以详细、全面的交代,如"故予作《金娘怨》,用杨白花故事"。至于化用前人成句,则有"'骨化形销,丹诚不泯。因风委露,犹托清尘',是崔娘书词,事见元相国《传奇》","咀五色之灵芝,香生九窍;咽三清之瑞露,春动七情,韩偓《香奁集》中自叙语"等为证。

四

遗山生于金章宗明昌元年(1190),泰和八年不过十九岁。而三首爱情词皆创作于泰和时期,因此将其称为早期词作毋庸置疑。此一时期,遗山词作数量很少,而泰和爱情词即有三首,所占比例既大,其地位之重要自不待言。但其更重要之处在于它将遗山泰和前后爱情词作的风格明显区分开来。

遗山泰和以后爱情词与泰和爱情词之特点相比差别很大。首先,泰和以后爱情词不再以他人、外物之爱情故事为描写对象,而是采用代言或者抒发自身情感的方式来描写传统闺怨相思、离愁别绪等题材,如《满江红》(一枕余醒),《虞美人》(樱桃元是仙郎种),《小重山》(酒冷灯青夜不眠),《踏莎行》(微步生尘),《鹧鸪天》(憔悴鸳鸯不自由)、(长恨箫声隔粉墙)、(百啭娇莺出画笼),《醉花阴》(候馆青灯淡相对),《惜奴娇》(画扇高秋)等。其次,在具体描写上,对于人物之情感、心理描写趋于细致化、深入化,如"长恨箫声隔粉墙。争教移住五云乡。一溪春水关何事,流水桃花赚阮郎"②,"烟树望中低。水绕山围。丁宁双燕话心期。昨夜狂风花在否?明日郎归"③,"同心易绾双罗带。只连环难解。且莫望归鞍,尽眼西山,人更西山外"④。再次,在审美风格上,泰和以后爱情词以传统婉约词为主。虽然个别词作还具有轻松明快的语调,如"三生蝶化南华梦。只有情缘重。曲阑幽径小帘栊。好共扫眉才子管春风"⑤。但整体上以哀怨感伤为特点,如"绣被留欢香未减,锦书封泪红犹湿。问寸肠、能著几多愁,朝还夕"⑥,"细雨春寒,青灯夜久。孤衾未熨还分手。梦中见也不多时,怎生望得长相守"⑦,"憔悴鸳鸯不自由,镜中鸾舞只堪愁。庭前花是同心树,山下泉分两玉流"⑧。最后,泰和以后爱情词形式上的特殊之处在于词前没有内容丰富的词序。

导致泰和前后爱情词作风格不同的因素很多,大致有以下几个方面:就时代因素而言,泰和是金代鼎盛时期的最后阶段,文治武功的鼎盛局面给予文人一种积极、昂扬、自豪、自

---

①　元好问撰,赵永源校注:《遗山乐府校注》,第264页。

②　元好问撰,赵永源校注:《遗山乐府校注》,第393页。

③　元好问撰,赵永源校注:《遗山乐府校注》,第428—429页。

④　元好问撰,赵永源校注:《遗山乐府校注》,第565页。

⑤　元好问撰,赵永源校注:《遗山乐府校注》,第318页。

⑥　元好问撰,赵永源校注:《遗山乐府校注》,第153页。

⑦　元好问撰,赵永源校注:《遗山乐府校注》,第347页。

⑧　元好问撰,赵永源校注:《遗山乐府校注》,第376页。

信的心态,金王朝又是北方少数民族所建立的政权,其民族文化以粗豪为特征,所以即便是描写凄美的爱情悲剧,也多赋予壮丽的色彩,而少一般爱情词哀怨凄婉的情调。而泰和以后,金王朝迅速衰落。泰和之后三年即大安三年,铁木真统一蒙古并向金王朝发动全面军事进攻;又三年,迫于蒙古进攻压力,金宣宗被迫由中都迁都南京;迁都之次年即贞祐三年(1215),中都即被蒙古攻破。此后国事日衰,金王朝在委曲求全中最终灭亡。自泰和八年至开兴三年(1234)金亡,期间不过26年。国运衰退迅速又战乱频繁的现实使得文人心态逐渐趋于消极低沉。此时作品有也主要是衰乱世的慷慨悲壮,与鼎盛时期以积极进取、自豪自信为特点的豪壮有着根本性的不同。而爱情词本就以婉约见长,在此现实中更难具备早期的特点。在个人因素上,元好问泰和时期不过十多岁,情窦初开,对于爱情多持积极追求与向往的态度,激情有余而理智不足,所以对于行为激烈的殉情给予赞赏的态度;此后随着生理、心理日渐成熟与理性的增强,年少轻狂的激情自然会衰退。又泰和以后,遗山家乡被兵,贞祐四年被迫南渡黄河以躲避战乱,称得上是背井离乡,颠沛流离。在这些因素综合作用下,遗山心态自然会发生一定程度上的变化,并在时代影响下呈现出衰乱世的特点。在文学传统上,金词早期以受苏轼影响为主,"宇文太学虚中、蔡丞相伯坚、蔡太常珪、党承旨怀英、赵尚书秉文、王内翰庭筠,其所制乐府,大旨不出苏黄之外"①。苏轼在词史上以开创豪放派为最大贡献,而此风格与金代鼎盛时期正相适应。另外,苏轼词作具有使用词序和典故的特点,这些在泰和时期爱情词上体现得非常明显。而泰和以后,随着元好问身世、心态的变化,其词风也随之转型,"其水调歌头赋三门津'黄河九天上'云云,何尝不崎崛排奡。坡公之所不可及者,尤能于此等处不露筋骨耳。水调歌头当是遗山少作。晚岁鼎镬余生,栖迟零落,兴会何能飙举"②。同时,元好问文学观念成熟下对苏轼风格所进行的改革与突破,也在一定程度上推动词作风格发生变化。元好问对苏轼的革新集中体现在《论诗三十首》中,如"只知诗到苏黄尽,沧海横流却是谁"、"苏门果有忠臣在,肯放坡诗百态新"③。而《论诗三十首》为"丁丑岁,三乡作"④,丁丑为贞祐五年(1217),也即泰和后九年,则其始变应更早。综合上述三方面原因来分析,其泰和以后爱情词发生明显变化也就不难理解了。

　　将泰和爱情词放置于遗山本人人生阶段与金王朝国运兴衰中进行综合分析,不难发现泰和爱情词不但具有划分元好问个人词作不同阶段的作用,还具有区别金代盛世与衰乱世文学的功能。因此泰和爱情词作为元好问早期及金代鼎盛时期爱情词作的优秀代表,具有重要的文学价值和文学史意义,值得我们重视与研究。

①　王奕清:《历代词话》,见唐圭璋编《词话丛编》,第1273页。
②　况周颐:《蕙风词话》,见唐圭璋编《词话丛编》,第4464页。
③　姚奠中主编:《元好问全集》(上册),第270页。
④　姚奠中主编:《元好问全集》(上册),第268页。

钱曾"旧藏注释宋本"《东坡乐府》考辨

张　响[*]

摘　要：清人钱曾"旧藏注释宋本"《东坡乐府》，前人多认为是指宋人傅幹的《注坡词》，并加以贬抑。实际上，钱曾并未明言此本就是《注坡词》，清人劳权、王鹏运等仅以《注坡词》是东坡词的宋代注本，并见于文献记载，就认定钱曾旧藏即《注坡词》，有失严谨。就现有文献来看，钱曾旧藏注本与傅幹《注坡词》尚不能等同视之。通过文献梳理与考辨，澄清前人对傅幹《注坡词》的误解，有利于进一步彰显《注坡词》的学术价值，进而确立其在东坡词笺注史上的地位和影响。

关键词：钱曾；旧藏注释宋本；《东坡乐府》；考辨

清人钱曾《读书敏求记》卷四"东坡乐府"条云："《东坡乐府》，刻于延祐庚申。旧藏注释宋本，穿凿芜陋，殊不足观，弃彼留此可也。"[①]关于"旧藏注释宋本"，清人劳权注曰："《书录解题》有仙溪傅幹《注坡词》二卷。"[②]似乎认为"旧藏注释宋本"即为宋人傅幹的《注坡词》。清末王鹏运又引马端临《文献通考》"《注坡词》二卷，陈氏曰：仙溪傅幹撰"[③]，以证"旧藏注释宋本"即《注坡词》。民国学者赵万里进一步坐实此观点，其跋元延祐刊本《东坡乐府》云：

> 钱遵王《读书敏求记》云："《东坡乐府》刻于延祐庚申。旧藏注释宋本，穿凿芜陋，殊不足观。"所谓注释宋本，实指宋人傅幹《注坡词》，其书十二卷，《直斋书录解题》误作二卷。二十年前，余于上海徐积余先生处，得见新抄本，从范氏天一阁藏明抄本传录，注释芜陋，诚有如遵王所讥者。[④]

---

　　*　作者简介：张响，江苏第二师范学院文学院讲师，主要研究方向为词学。本文系江苏省社科基金年度项目"清代江苏词人汇考"（24AWB005）、江苏高校哲学社会科学研究一般项目"宋代江都李氏文史考论"（2022SJYB0515）阶段性成果。

　　①　钱曾原著，管庭芬、章钰校证，傅增湘批注，冯惠民整理：《藏园批注读书敏求记校证》，中华书局2012年版，第457页。
　　②　钱曾原著，管庭芬、章钰校证，傅增湘批注，冯惠民整理：《藏园批注读书敏求记校证》，第457页。
　　③　王鹏运辑：《四印斋所刻词》，上海古籍出版社1989年版，第44页。
　　④　赵万里：《元延祐刻〈东坡乐府〉跋》，见古典文学出版社影印元延祐刻本《东坡乐府》卷末，古典文学出版社1957年版。

赵万里明确认定钱曾所谓"注释宋本"即傅幹《注坡词》，理由似乎是，赵氏曾于上海徐乃昌处见过明天一阁藏《注坡词》抄本的传录本，因其"注释芜陋"，正如钱曾所描述的那样。此后，刘尚荣在《钞本〈注坡词〉考辨——兼谈〈东坡乐府笺〉》一文中也认为钱氏所谓"旧藏注释宋本"即《注坡词》[①]。刘先生《苏轼著作版本论丛》亦收录此文，并于"旧藏注释宋本"下按语云："章钰补正谓指《注坡词》。"[②] 黄永年《述〈注坡词〉兼论它和苏词曾本元本之优劣》一文，认为钱曾所云"穿凿芜陋"的"注释宋本"显然就是傅注本[③]。至此，钱曾所谓"旧藏注释宋本"为傅幹《注坡词》，几成定论。邹同庆、王宗堂、李剑亮、赵晓兰、佟博、赵锐等均同此说[④]。

那么，钱曾所谓"旧藏注释宋本"真的是指傅幹《注坡词》吗？对此亦有学者持怀疑态度。

一是清人黄丕烈，其跋元延祐本《东坡乐府》云：

> 今秋顾千里自黎川归，余访之城南思适斋，千里曰："闻子欲卖词，余反有一词欲子买之。"余曰："此必宋刻矣。"千里曰："非宋刻却胜于宋刻，昔钱遵王已云宋本殊不足观，则元本信亦可宝。"请观之，则延祐庚申刻《东坡乐府》也。……取毛钞《东坡词》勘之，非一本。二卷虽同其序次，前后字句歧异，当两存之。抄本附《东坡词拾遗》一卷，有绍兴辛未孟冬至游居士曾慥跋，谓"东坡先生长短句既镂板，复得张宾老所编，并载于蜀本者，悉收之"。似前二卷亦系曾刊，而《直斋解题》但云《东坡词》二卷，不云有《拾遗》，似非此本。然直斋云："集中《戚氏》叙穆天子、西王母事。"今毛钞本亦有此语，似宋刻即毛钞所自出。而此刻《戚氏》下无此注释，大概钱所云"穿凿附会"者也。且毛钞遇注释处，往往云"公旧注"云云，俱与此刻合，而其余多不同。或彼有此无，或彼无此有。余以毛钞注释多标明"公旧注"，则此刻之注释乃其旧文。遵王欲弃宋留元，未始无意。此书未必述古旧藏，前明送经文、王两家收藏，本朝又为健庵、沧苇鉴赏，宜此书之益增声价矣。癸亥季冬六日，荛翁黄丕烈识。[⑤]

黄丕烈认为，明毛晋抄本《东坡词》与陈振孙《直斋书录解题》所载二卷本《东坡词》所收《戚氏》一词，都有"叙穆天子、西王母事"这一注语，而元延祐本《东坡乐府》无此注，故怀疑钱曾所云"穿凿附会"者概指此类注释，进而怀疑钱曾所云"旧藏注释宋本"可能为陈振孙《直斋书录解题》著录的二卷本《东坡词》。黄丕烈此论仅为臆测，并无明证，其后遭到王鹏运、赵

---

① 刘尚荣：《钞本〈注坡词〉考辨——兼谈〈东坡乐府笺〉》，见苏轼研究会编《东坡词论丛》，四川人民出版社1982年版，第156页。

② 刘尚荣：《苏轼著作版本论丛》，巴蜀书社1988年版，第199页。

③ 黄永年：《述〈注坡词〉兼论它和苏词曾本元本之优劣》，见孙钦善主编《古籍整理与研究》第5期，中华书局1990年版，第148页。又见黄永年著《文史探微 黄永年自选集》，中华书局2000年版，第511页。又见黄永年著《黄永年古籍序跋述论辑录》，中华书局2007年版，第93页。

④ 分别见邹同庆、王宗堂《一部珍贵苏词注本的复活——读刘尚荣校证〈傅幹注坡词〉》，《河南大学学报（社会科学版）》1996年第1期；李剑亮《〈注坡词〉与东坡词诠释》，《南阳师范学院学报（社会科学版）》2005年第2期；赵晓兰、佟博《龙榆生〈东坡乐府笺〉与傅幹〈注坡词〉》，《辽东学院学报（社会科学版）》2010年第4期；赵锐《宋人笺注宋词别集研究》，北京师范大学博士学位论文，2009年。

⑤ 黄丕烈：《跋延祐本〈东坡乐府〉》，见古典文学出版社影印元延祐刻本《东坡乐府》卷首，古典文学出版社1957年版。

万里等人的反对。王鹏运《东坡乐府跋》云:"《文献通考》:《注坡词》二卷。陈氏曰:仙溪傅榦撰。而黄荛翁跋即以毛钞中《戚氏》叙穆天子、西王母云云为宋本穿凿之证,或未尽然。"①赵万里跋元延祐本《东坡乐府》云:"黄氏以毛氏影宋抄本当之,可谓失之眉睫矣。"②黄氏此论虽然值得商榷,但其不云"旧藏注释宋本"为傅榦《注坡词》,是值得我们注意的。

二是当代学者邓子勉,在谈及《读书敏求记》载苏轼词集时说:"现存最早的刻本为元延祐本《东坡乐府》,而钱氏所见宋刻本却未见存下来,据钱氏云,宋刊本有注释,《也是园藏书目》载有《东坡乐府》,作二卷,与元刊本卷数不同,宋刊注本不知是否指此书。"③对于赵万里所云,邓先生也有辨析,他说:

> 钱曾《读书敏求记》卷四于《东坡乐府》云:"旧藏注释宋本,穿凿芜陋,殊不足观,弃彼留此可也。"清末管庭芬、章钰《钱遵王读书敏求记校证》于"旧藏"句注云:"[补]劳权云:《书录解题》有仙溪傅榦《注坡词》二卷。"至赵万里就直接认钱氏话所指即傅榦注本,这是值得商榷的。④

邓先生认为,赵万里直接认定钱氏旧藏注本即傅榦注本,证据不足,值得商榷。

综观以上诸家意见,并结合历代文献著录情况,我们认为,钱曾所云"旧藏注释宋本"为傅榦《注坡词》一说,尚不能成立。理由如下:

第一,钱曾"旧藏注释宋本"与傅榦《注坡词》在文献著录上无关联性。其一,钱曾本人并未明言旧藏注本为傅榦《注坡词》,钱曾也没有收藏《注坡词》的记录。考钱氏藏书目录《也是园书目》《述古堂藏书目》和《读书敏求记》,只有《也是园书目》和《读书敏求记》各著录《东坡乐府》二卷,三书均无傅榦《注坡词》的记载。其二,旧藏注释宋本,或为《也是园书目》著录的《东坡乐府》,或已转售季振宜。邓子勉先生推测钱曾《也是园书目》所载《东坡乐府》,未著明版本,或为此"旧藏注释宋本",见前引述。又考季振宜《季沧苇藏目录》著录有宋版《东坡长短句》十二卷,据钱曾《述古堂藏书目自序》:"丙午、丁未之交,胸中茫茫然,意中惘惘然,举家藏宋刻之重复者,折阅售之泰兴季氏。"⑤可知钱氏部分宋版藏书,在康熙五六年间,转售季振宜。故此宋版《东坡长短句》,或为钱曾"旧藏注释宋本"。其三,已知文献中未有将《注坡词》称作《东坡乐府》《东坡长短句》的记载。季振宜著录的十二卷本《东坡长短句》,与傅榦《注坡词》卷数相符,不得不让人怀疑此二书是否为同书而异名。考傅榦《注坡词》的历代著录,如宋陈振孙《直斋书录解题》"《注坡词》二卷,仙溪傅榦撰";宋洪迈《容斋随笔·续笔》"又有傅洪秀才《注坡词》,镂板钱塘";明毛晋《汲古阁毛氏藏书目录》著录《注坡词》二卷;清范懋柱《天一阁书目》著录《注坡词》十二卷;清沈德寿《抱经楼藏书志》著录《注坡词》十二卷;《国立北平图书馆善本书目乙编续目》著录《注坡词》十二卷;日本《普门藏

① 王鹏运辑:《四印斋所刻词》,上海古籍出版社 1989 年版,第 44 页。
② 赵万里:《元延祐刻〈东坡乐府〉跋》,见古典文学出版社影印元延祐刻本《东坡乐府》卷末,古典文学出版社 1957 年版。
③ 邓子勉:《宋金元词籍文献研究》,上海古籍出版社 2008 年版,第 161 页。
④ 邓子勉:《两宋词集的传播与接受史研究》,华东师范大学出版社 2015 年版,第 58 页。
⑤ 钱曾:《述古堂藏书目自序》,见《藏园批注读书敏求记校证》附录,第 491 页。

书明德目录》著录《注坡词》二册①。据此可知,除卷数有别外,《注坡词》之名,向无异称。综上,就当前所能见到的文献著录而言,钱曾旧藏注本与傅幹《注坡词》没有关联性,将二者等同视之尚不能成立。

第二,劳权、王鹏运、赵万里等人认为"旧藏注释宋本"为《注坡词》,理由并不充分。劳权、王鹏运均以陈振孙《直斋书录解题》著录的傅幹《注坡词》作为"旧藏注释宋本"的注脚②,然这一引证,只能表明傅幹《注坡词》是宋代的东坡词注本之一,并不能证明《注坡词》就是钱曾"旧藏注释宋本"。实际上,宋代东坡词注本,除傅幹《注坡词》外,至少还有两种:一种要早于《注坡词》,傅幹《注坡词》中多处引用"旧注"并加以考辨,是为明证;一种在《注坡词》之后,宋陈鹄撰《西塘集耆旧续闻》卷二"顾景蕃补注东坡长短句"条曰:

> 赵右史家有顾禧景蕃《补注东坡长短句》真迹云:"按唐人词,旧本作'试教弹作忽雷声',盖《乐府杂录》云:'康昆仑尝见一女郎弹琵琶,发声如雷。而文宗内库,有二琵琶,号大忽雷、小忽雷,郑中丞尝弹之。'今本作'辊雷声',而傅幹注亦以'辊雷'为证,考之传记无有。"③

可见,顾禧补注东坡词时,已见过傅幹《注坡词》。此外,清人徐元文《含经堂藏书目》还著录有宋本《东坡长短句注》十二卷,具体版本不详。金代还有两种东坡词注本:一为孙镇《注东坡乐府》,二为元好问编《东坡乐府集选》。元好问编本未见流传,孙镇注本至明末清初时尚在④。按照劳权、王鹏运的逻辑,这些宋代东坡词注本,是不是也可以和傅幹《注坡词》一样,成为"旧藏注释宋本"的注脚呢?劳权、王鹏运二人均未亲见《注坡词》,仅以陈振孙《直斋书录解题》著录过《注坡词》为依据,从而认定"旧藏注释宋本"就是《注坡词》,实在不能服人。

而见过《注坡词》真面目的民国学者赵万里,仅以一句"注释芜陋"的评价,就将《注坡词》与钱曾"旧藏注释宋本"等同起来,也值得商榷。实际上,赵万里所看到的《注坡词》,肯定不是钱曾的旧藏。据赵万里所述:"二十年前,余于上海徐积余先生处,得见新抄本,从范氏天一阁藏明抄本传录,注释芜陋,诚有如遵王所讥者。黄氏以毛氏影宋抄本当之,可谓失之眉睫矣。"⑤据此可知,赵氏所见《注坡词》钞本,是明天一阁抄本的传录本,而钱曾明言自己所藏为"宋本",二人所指并不是同一本书。至于钱曾"旧藏注释宋本"与《注坡词》的关系,已如前所述。

第三,《注坡词》并非"穿凿芜陋,殊不足观"。一方面,前人多有针对东坡词注本的负面评价,但多不是特指《注坡词》。据流传下来的文献,宋人已有对东坡词注本的评价,其中不乏批评者:一为傅共批评《注坡词》之前的注本:"余族子幹,尝以旧□□□□□用事彰而

---

① 详参邓子勉《词籍文献通考》,东方出版中心 2024 年版,第 106—107 页。
② 见上文引述。
③ 陈鹄撰,韩谷、郑世刚校点:《西塘集耆旧续闻》(与《渑水燕谈录》合刊),见上海古籍出版社编《历笔记小说大观》本,上海古籍出版社 2012 年版,第 90 页。
④ 邓子勉:《词籍文献通考》,第 112 页。
⑤ 赵万里:《元延祐刻〈东坡乐府〉跋》,见古典文学出版社影印元延祐刻本《东坡乐府》卷末,古典文学出版社 1957 年版。

解之。削其附会者数十□□□□传张芸叟所作私期数章,旧于文忠公集见之。以至……凡是皆削而不取。"①此段文字虽有脱漏,但不难理解,在傅幹《注坡词》之前尚有其他注本,且有若干附会者在,傅注本予以是正。一为宋人洪迈批评《注坡词》征引问题,其《容斋续笔》卷十五《注书难》云:"绍兴初,又有傅洪秀才《注坡词》,镂板钱塘。至于'不知天上宫阙,今夕是何年',不能引'共道人间惆怅事,不知今夕是何年'之句。'笑怕蔷薇罥','学画鸦黄未就',不能引《南部烟花录》,如此甚多。"②此外,如金人元好问批评绛人孙安常注苏东坡词时所参照某本掺杂他人作品:"绛人孙安常注坡词,参以汝南文伯起《小雪堂诗话》,删去他人所作《无愁可解》之类五十六首,其所是正,亦无虑数十百处。坡词遂为完本。不可谓无功。"③元人叶曾批评某苏词注本云:"好事者或为之注释,中间穿凿甚多,为识者所消。旧板湮没已久,有家藏善本,再三校正一新,刻梓以求流布。"④叶氏此论,也是较早批评东坡词注本"穿凿"之言。迨及后世,清人钱曾批评旧藏注释宋本穿凿芜陋,殊不足观。民国龙榆生批评《注坡词》"所注典实,多不标出原书"⑤。赵万里批评《注坡词》"注释芜陋,诚有如遵王所讥者"。在这些批评意见中,除赵万里明确批评《注坡词》"注释芜陋"外,只有洪迈和龙榆生谈到《注坡词》的征引问题,这类征引问题,还达不到"穿凿芜陋,殊不足观"。其他批评意见,均不是针对《注坡词》。

另一方面,认可《注坡词》之价值者,也大有人在。除傅共在《注坡词序》中予以肯定外,晚清民国学者朱祖谋、龙榆生等人都有表彰。如朱祖谋:"事实佚闻,胥足为考订坡词之一助。"⑥龙榆生:"时有胜义。"又:"仅此傅氏残本,犹得流传于天壤间,亦一大幸事。"⑦龙氏《东坡乐府笺》对傅注多有采用。当代学者刘尚荣、程毅中、黄永年、赵锐等人对此亦有探讨。如程毅中《跋〈注坡词〉》一文指出《注坡词》确有不少可取之处。黄永年《述〈注坡词〉》一文详加比对了傅注本与曾慥本、元延祐本的差异,通过详细的数据分析,有说服力地认定傅本远胜于曾本、元本。尤其是刘尚荣先生《〈注坡词〉考辨》一文,从钞本源流、成书经过、编纂体例、笺注特点、资料价值等方面,详细考察《注坡词》,并针对历史上的批评详加辩证,得出《注坡词》具有不容忽视的价值这一结论。刘尚荣还整理出版了傅幹《注坡词》⑧,"使被冷落800多年的一部珍贵苏轼词集注本得以复活"⑨。

综合以上分析,我们认为,钱氏"旧藏注释宋本"目前尚不能与傅幹《注坡词》等同视之,傅幹《注坡词》的学术价值,亦不能因为钱曾一句"穿凿芜陋,殊不足观"而被轻率否定。实际上,历代东坡词注本在版本形态、流传脉络方面仍存在诸多模糊之处,亟待系统梳理与深度考辨,以夯实东坡词笺注史研究之文献基础。

---

① 傅共:《注坡词序》,见刘尚荣校证《东坡词傅幹注校证》,上海古籍出版社 2016 年版,第 1 页。
② 洪迈:《容斋续笔》卷十五,中华书局 2005 年版,第 401 页。
③ 元好问:《遗山先生文集》卷三十六,《四部丛刊》本。
④ 叶曾:《东坡乐府叙》,见古典文学出版社影印元延祐刻本《东坡乐府》,第 4 页。
⑤ 龙榆生:《东坡乐府笺·后记》,苏轼著,朱孝臧编年,龙榆生校笺,朱怀春标点《东坡乐府笺》,上海古籍出版社 2009 年版,第 485 页。
⑥ 朱祖谋:《东坡乐府后记》,《彊村丛书》,广陵书社 2005 年版,第 262 页。
⑦ 龙榆生:《东坡乐府笺·后记》,第 485 页。
⑧ 刘尚荣校证:《傅幹注坡词》,巴蜀书社 1993 年版,又《东坡词傅幹注校证》,上海古籍出版社 2016 年版。
⑨ 邹同庆、王宗堂:《一部珍贵苏词注本的复活——读刘尚荣校证〈傅幹注坡词〉》,《河南大学学报(社会科学版)》1996 年第 1 期。

赎罪与人道:结构主义视域下《李娃传》意涵再探

周　潇　王昕语*

摘　要:结构主义作为一种思潮和方法论,在我国人文科学领域被广泛接受,然而将其应用于中国古典小说的分析却仍相对罕见。《李娃传》是唐传奇中的精品,对其主题的解读众说纷纭,故事中李娃的赎罪意识与复杂人性显得尤为突出,也成为小说的特质所在。借鉴结构主义的二元对立、行动元、中介物等视角与方法,分析《李娃传》的深层结构与强烈的戏剧冲突、女主人公巨大转变背后的心理机制,则小说人道主义精神的深层意涵与思想价值就会更加彰显。

关键词:结构主义;《李娃传》;赎罪;人性主题

　　结构主义(structuralism)主要指一种把所有文化现象都视为符号结构加以分析的文化和文论思潮,它发端于两次世界大战期间,并在 20 世纪 60 年代勃兴于欧美。结构主义思想起源于 20 世纪初瑞士语言学家索绪尔(Ferdinand de Saussure,1857—1913)的语言学理论,但结构主义本质上并非一种单一的学说,而是一种方法论,它不是一个固定的学派,而是一股席卷人文科学领域的思潮。这股思潮在人文科学、人类学、语言学、心理学、精神分析学、文学批评以及"马克思学"等多个学科中,通过运用结构分析方法,形成了一股独特的研究潮流或倾向。在中国,对结构主义批评的接受过程大致可分为三个阶段:1975—1983年为初始接受阶段;1984—1989 年为发展阶段;1990 年至今则为深入接受阶段。50 年来,以结构主义分析中国文学作品的成果屡见不鲜,然而将结构主义应用于中国古典小说的分析并不常见,用于分析唐传奇作品的成果更是屈指可数。

　　《李娃传》是唐传奇中的精品,历年来,学界对其主题的解读众说纷纭,期间它逐渐褪去爱情小说的外衣,更深层的人性主题被发掘出来。另外,对李娃这一人物的解读也一直是学者们瞩目的焦点,她刚毅决断的性格和理智独立的行为获得高度赞美。但值得注意的是,李娃这一人物形象在小说中有着巨大的转变,她身上体现出一种可贵的"忏悔赎罪"意识,这种人物类型和精神特质在唐传奇中是史无前例的。因此,本文意在以李娃的赎罪意识与复杂人性为研究核心,在结构主义视域下分析《李娃传》中人物之间的矛盾关系与强烈

---

　　*　**作者简介**:周潇,青岛大学文学与新闻传播学院教授,主要研究方向为明清文学;王昕语,青岛大学文学与新闻传播学院硕士研究生,主要研究方向为明清文学。

的戏剧冲突,进一步探析小说的深层人道主义意涵与思想价值。

一、《李娃传》主题与李娃形象的深层意涵

《李娃传》情节如下:天宝间常州刺史之子荥阳生赴京赶考,邂逅长安名妓李娃,同居两载,财尽被弃,沦为贱业,以唱挽歌为生。其父以为儿子已死,不想进京述职时父子偶遇,荥阳生被鞭打昏死,其父弃之而去,后在同侪救治下死而复生,却沦为乞丐。乞食时再遇李娃,李娃真诚忏悔,决心赎罪,倾心照顾,并助其高中。荥阳生赴任途中终获父子相认,李娃被迎娶进门,最终被封汧国夫人。

围绕《李娃传》思想价值的研究,早期学者主要形成了两种截然不同的观点:一种认为,《李娃传》通过叙述荥阳生与李娃之间曲折的爱情历程,颂扬了他们对爱情的坚贞不渝。这一看法得到了游国恩、王起等人主编的《中国文学史》,程毅中的《唐代小说史话》以及吴志达的《唐人传奇》等著作的支持。另一种观点则强调小说具有深刻的反门阀、反礼教意义,通过李娃的反抗行动及最终的大团圆结局,对门阀制度和婚姻制度提出了挑战。由此可见,传统评论普遍认同《李娃传》通过描绘一对社会地位悬殊的青年男女历经重重困难最终结为美满婚姻的故事,强烈地表达了反对封建礼教和门阀制度的立场。其实,这样的故事结构对于中国古典文学来说是完全不陌生的,甚至这种"有情人终成眷属+男主人公金榜题名"的剧情模式会让读者产生雷同的阅读感受,例如《西厢记》《琵琶记》的故事结局皆是如此。正如结构主义学者普罗普在研究俄国民间故事时发现民间故事总是具有两重性质:"它是令人惊奇地形式纷繁、形象生动、色彩丰富;同样它也出人意外地始终如一、重复发生。"①

但文学作品的意义总是在不断生成,相似的故事模式是有限的,但不同的故事结构及主旨意涵却是无限的、可以持续被解读的。结构主义分析家或批评家尝试辨明的,就是隐藏在意义生产过程中,足以解释其外现形式的"深层"结构。其中,共时性的二维、三维的文化分析才是最重要和必需的,只有穿越显性的"表层结构",才能发现内隐的"深层结构"。在对《李娃传》传统评论的基础上,后来的研究者继续深入探索作品的思想内涵,并提出了诸多新颖见解。其中较有影响力的是从复杂人性的维度和"人"的主题重新审视《李娃传》的思想价值。

这一观点首先可以从作者角度得到论据支持。白行简在小说中开宗明义地写道:"汧国夫人李娃,长安之倡女也。节行瑰奇,有足称者,故监察御史白行简为传述。"②结尾处又详述写作缘起与前遥相呼应:"贞元中,予与陇西李公佐话妇人操烈之品格,因遂述汧国之事。公佐拊掌竦听,命予为传。"③《李娃传》以"李娃"名篇,足以说明了她在小说中的重要地位。显然,歌颂李娃弃恶扬善的道德品格乃是作者所欲着力表现的主题,小说在描写人物

①　普罗普:《民间故事形态研究》,转引自克劳德・列维-斯特劳斯《结构人类学——巫术・宗教・艺术・神话》,陆晓禾、黄锡光等译,文化艺术出版社 1989 年版,第118 页。

②　李剑国辑校:《唐五代传奇集》,中华书局 2015 年版,第 897—898 页。

③　李剑国辑校:《唐五代传奇集》,第 906 页。

转变的过程中揭示了人性的复杂性，李娃这一形象最能证明这一点，《李娃传》最可贵的思想价值也在于此。

在谈及李娃这一角色时，不难发现，她最明显的身份特征即"娼妓"，娼妓在追逐财利的过程中，有时会显现出一种不顾他人安危与生死的自私性。这种自私性，是鬼蜮妓场中李娃等人所展现出卑劣人格的重要基石。正如房千里在其传奇小说《杨娼传》中鲜明地指出："夫娼，以色事人者也，非其利则不合矣。"①李娃自幼被李姥收养，二十余载以来她所涉足的世界都是一个以色相为媒介、与金钱紧密挂钩的交易场所。在这样的背景下，李娃不可避免地受到了贱业这一身份所带来的种种消极影响，其心灵与行为在一定程度上出现了异化，这似乎成了一种难以逃脱的命运安排。正因如此，在生活的重压下，她或许不得不做出一些违背本心的选择，但这些选择往往又加深了其内心的矛盾与挣扎。虽然李娃的罪行无可辩驳：她与鸨母联合设计，把资财仆马荡然无存，甚至已面临生存危机的荥阳生无情抛弃，使之困顿交加，几濒死境。这些罪行完全暴露出李娃这一形象卑劣的一面。但人是复杂的，人性中有善亦有恶，善与恶、高尚与卑鄙都是李娃之人格的真实存在和真实体现。它们在李娃身上呈现出对立统一，功过相抵，李娃的由恶向善则产生了动人又震撼人心的张力效果。

"表面上彼此极其相异的意义生产活动，实际上可以分享同样的一个结构"②，在结构主义作家眼里，结构不是小说的手段，而是目的，结构被作为"内容"来对待。《李娃传》讲述士子与娼妓情事，但在爱情小说的外衣下实质上闪烁着人性的光芒，在卑劣娼妓的躯壳中容纳着具有赎罪意识的可贵灵魂。小说的这种表与里的双层意涵非常适合从结构主义的角度进行解读。

二、结构主义视角下《李娃传》的结构

在结构主义的视角下，一切结构模式均根植于二元对立的构建之中。列维-斯特劳斯是"二战"后法国结构主义的代表人物。他认为，人类神话由一系列母题构成，而这些母题本身若孤立存在则缺乏明确的意义，唯有通过对其结构方式的深入探究与重新排列组合，方能揭示并理解这些母题背后所隐藏的意义。而神话有着相似的结构元素，反映了人类普遍的深层认知结构，即由"二元对立"的范畴组成，都是由"此者"同"彼者"的差异化存在而造就的。即"神话"中充满了"二元对立"，反映着"二元对立"，也试图调和与解决这"二元对立"的冲突。并且"神话"经常通过"第三因素"的引入来解决"二元对立"的冲突，即通过寻找一个适当的"中介"，完成对对立的两者的扬弃，以便在更高的层面进行综合。小说起源于神话，二者的共同点在于都是以叙述故事为核心，因此结构主义对神话的研究方法非常适合小说。

以斯特劳斯的观点反观《李娃传》，其主题显然为爱情，在故事的描绘层面，完全是以荥阳生和李娃的爱情故事作为主线来逐步展开的，但从故事情节的大反转和人物的大转变来

---

① 鲁迅：《唐宋传奇》，江西美术出版社 2018 年版，第 96 页。

② 雅克·奥蒙、米歇尔·马利：《当代电影分析》，吴珮慈译，江苏教育出版社 2005 年版，第 87 页。

看,又不能将主题局限于一篇单一的爱情小说范畴。若要挖掘其深层意蕴,便要用结构主义的方法对其情节结构进行深入探究,触及作品中二元对立结构的动态发展、变化以及最终的消解过程。

斯特劳斯认为,神话的具体研究方法应当是这样的:首先,单独分析一个神话,拆解故事,将它们拆解成最短的一些句子,将这些句子做成索引卡片,上面标记符号。然后,按照"异时性"(diachronic)原则,把这些句子按照正常的叙事顺序列出,再按照"共时性"(synchronic)原则,对这些句子进行"类型""主题"的再编排,亦即把"神话"的"叙事单元"进行比对,看哪些属于"同一组关系"中。最后,列出一个表格,这个表格中,水平栏和垂直栏分别对应以上两个原则。

据施特劳斯的研究思路分析《李娃传》,可以做出如下的结构图:

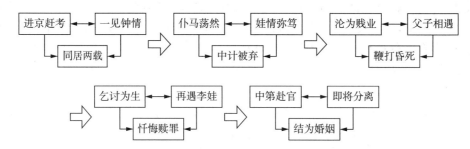

据此可以看出,《李娃传》的基本结构是由五对二元对立的小结构组成的,对荥阳生家族的期望而言,前三组情节是逆向推进的,后二组情节是正向折返的,最终回归了正向的目标,并且走向了更高的终点——一门富贵,家族隆盛。显然,《李娃传》中荥阳生的科举之路贯穿始终,他对功名和家族荣耀的追求主导着叙事。

故事的开始,荥阳生背负着家族的希望进京赶考,却对娼妓李娃一见钟情,这显然是相互冲突的两种状态,最终在荥阳生好友的介绍及李姥的撮合下,两人甜蜜同居两载,全文的第一个冲突得到暂时的解决。随后荥阳生的钱财仆马很快被耗尽,显然,此时他与目标对象娼妓的距离渐渐拉远,但文中却提到"娃情弥笃",这份情谊在李娃这一类娼妓身上显得如此无法成立,且"姥意渐怠",文章至此又变成二元对立的状态,于是以李姥为主导,设计抛弃已经一无所有的荥阳生,故事在此形成了一个小小的高潮,得以继续推进。此后,荥阳生从公子哥沦为挽歌贱业,此时的他与当初进京赶考的"千里驹"构成两个大相径庭、完全对立的形象,父辈与家族寄托在他身上的期望化成了泡影,小说至此又到达了对立的状态,于是在其父认出他时,几乎将他鞭打致死,虽然捡回了一条命,但也沦为最低贱的乞丐。小说此时也陷入了僵局,但荥阳生再遇李娃,李娃忏悔意识和赎罪行为的产生,使故事结构发生了转折,使两人的感情从消亡再次走向重生,也使故事的主题得到了升华而具有无限解读性。到此,故事还没有结束,功成名就的荥阳生与娼妓李娃的身份冲突还没有解决,身份的悬殊使得李娃想要默默离开,但荥阳公此时又再次出场,促成李郑两人结成婚姻,到此,故事结构的二元对立完全化解,迎来了人性化的大团圆结局。

结构主义学者格雷马斯的"行动元"理论认为,一个叙事作品最基本的结构可以理解为——主体总是有一个欲望,追寻一个目标,这个目标就是客体。为了能实现这个欲望,于是生发出一系列行为,这样,叙事就一直被推进。格雷马斯把人物看成抽象的符号,所谓"行动元"(actants)就是小说中动作的"承担者",通过"行动"来推动小说进展,它们是构成整体叙事结构的最小"单元",分为几种类型,二元对立,交互作用,从而形成了整个叙事文本的结构。发出者和接收者进行信息交换、碰撞、交流,辅助者对主体想要实现的目标起到辅助作用,反对者起到阻碍作用。如下图所示:

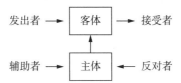

用格雷马斯的"行动元"理论分析《李娃传》,会发现"不同时空中的人"承担着这篇小说中的"行动元"角色,人物过去的举动对现在的自己造成深刻的影响:"过去的荥阳生"是信息发出者,而"现在的荥阳生"是信息接收者——荥阳生初涉风月场被诈骗后沦为乞丐,冻馁濒死,都使他与功成名就背道而驰,渐行渐远。"过去的李娃"是阻碍者,"现在的李娃"则变成荥阳生事业最大的辅助者。

上文提到,斯特劳斯认为"神话"经常通过"第三因素"的引入来解决"二元对立"的冲突,通过寻找一个适当的"中介",完成对对立的两者的扬弃,以便在更高的层面进行综合。为了识别并提取出本文的中介因素,必须深入探究那些直接导致情感升级、小说主题升华的行为。显然,前三组的"同居""中计""鞭打"情节相对于荥阳生进京的目的而言,一直在逆向下落,荥阳生看似已经到了人生境遇的谷底,离家族的初心越来越远,而中断这一逆向进程并且拉向正向的关键行为,即中介因素,就潜藏在最后二组二元对立的故事结构之中,无疑,正是李娃的忏悔与赎罪,构筑了情感波动与发展的轨迹,让整篇小说出现了大反转,其意涵也得到了极大提升。

三、《李娃传》深层结构的中介物——"赎罪"

斯特劳斯认为,"神话"最突出展示、最努力调解的是人的"本能",即"自然性""动物性"和人类新近发展出来的"文化",亦即"教养性""文明性"之间的冲突;并且倾向于保存、维护新近发展出的"文明性",压抑、收束"动物性"。至此,可以确定的是本篇小说的中介物便是李娃的赎罪意识与赎罪行为。这很大程度上契合了施特劳斯的理论,李娃的"本能",亦即"自然性""动物性"这些作为娼妓的卑劣人格和赎罪意识作为"教养性""文明性"之间的冲突,并且斯特劳斯还指出,人类的"神话"中,倾向于保存、维护新近发展出的"文明性",即李娃的赎罪意识和行为成为弃恶扬善的人道主义主旨的体现。

赎罪(atonement),是西方宗教文化中的一个核心概念。西方社会对"罪"的认知根源可追溯至《圣经》中关于"原罪"的叙述,源自亚当与夏娃违背上帝禁令、食用禁果的事件。基督教教义认为,这一人类始祖的过错被遗传至其后代,使得每个人的诞生便伴随着罪的烙印——罪与生俱来。由此逐渐发展出独特的罪感文化,其核心便是原罪观念,它深刻塑造了西方人的自我认知与道德观念。在此观念框架下,他们普遍认为自身如同祖先亚当与夏娃一般,背负着罪的负担。因此,忏悔与赎罪成为贯穿人生的重要命题,他们希望通过个人的努力与信仰的实践,寻求灵魂的救赎与净化。

德国哲学家雅斯贝尔斯提出的"轴心时代"理论认为,不同区域的人类文化发展具有普遍性。在中国,《现代汉语词典》把"赎"定义为"用财物把抵押品换回"或"抵消;弥补(罪过)",可见"赎"本身就一定程度上包含"赎罪"的含义。这一阐释体现了中国语境下"赎罪"概念的双重内涵:既指通过物质财富来赎免罪行,也指通过某种实际行为来抵销罪过。在中国古代文献中有许多自赎己罪的案例。比如司马迁在《史记·周本纪》中提及褒国人以献上僮仆婢妾抛弃的女儿给王以求赦免:"褒人有罪,请入童妾所弃女子者于王以赎罪。弃女子出于褒,是为褒姒。"①另外,在我国古代有着悠久的"赎刑"制度——赎刑是指犯罪人通过上交一定的财产或者提供劳力等其他形式,来替代之前的刑罚。这些记载揭示了在中国文化背景下,赎罪的概念与西方宗教意识中的"赎罪"具有一定程度上的相似性,中西方语境下的赎罪意识反映了人类在面对犯下的过错时寻求弥补和救赎的共同心理。但在西方宗教及哲学体系中,"原罪"成为一种无法回避的宿命,它赋予了个体一种深刻的无力感与宿命感,即无论个人如何努力,都无法完全摆脱这一内在缺陷的束缚。而中国的"罪"是后天的,在现实世界里犯下的过错,是可以通过不同的方式获得不同程度上的弥补与拯救的,是完全具有主观能动性的存在,这也正是《李娃传》中李娃忏悔赎罪事件的动人之处。

李娃赎罪行为的根源则是民族文化心理基础——以罪为耻。中西方文化在长期的发展演变中形成了不同的民族心理。总的来讲,不同于西方民族的"灵魂与救赎",中华民族讲究"良心与报应"。中国传统文化及思想决定了人们在面对道德质疑时就出现"以罪为耻"的情感态度和民族心理活动。正如李娃在忏悔自白中直接揭出的,"令其失志,不得齿于人伦"②,"天下之人尽知为某也。生亲戚满朝,一旦当权者熟察其本末,祸将及矣。况欺天负人,鬼神不祐,无自贻其殃也"③。李娃既担忧天下人的耻笑谩骂,又畏惧贵族势力的权威,更担忧"鬼神"使她遭受报应,可见李娃的忏悔心理和赎罪动机除了人格上的弃恶扬善,还存在着民族心理活动影响下的种种复杂因素。

自春秋战国以降,儒家所倡导的仁、义、礼、信等伦理观念深刻塑造了社会成员的行为规范与价值取向,其对成为"正人君子"的理念倡导,不仅广泛渗透于当时的士大夫阶层及普罗大众之中,而且跨越时空界限,对后世历代遵循道德伦理的个体产生了深远的影响。君子、小人之辨,更是将"善行""礼制"与"道义"树立为世俗道德评判的核心标尺。因此人的赎罪动机往往根植于复杂的社会心理结构之中,既包含了对内在道德完善的追求,也显著受到外界强制力量(如法律制度)及舆论环境(如社会评价)的双重驱动。

在中国社会的文化背景下,罪的豁免权通常并非由个体自我决定,而是由受害者或其家属、社会群体或权威机构来裁定。这种豁免的力量很大程度上源自外界,而非个体内心。因此,在探讨个体为何赎罪以及如何赎罪的问题时,必须充分考虑社会、受害者和社会群体的意识对其产生的深远影响。由此来看,李娃不仅获得了荥阳生及以其父亲为代表的家族

---

① 司马迁著,东篱子译:《史记全鉴》,中国纺织出版社 2014 年版,第 11 页。
② 李剑国辑校:《唐五代传奇集》,第 904 页。
③ 李剑国辑校:《唐五代传奇集》,第 904 页。

的原谅,也得到了整个社会的肯定与赞扬,甚至被君主封为"汧国夫人"。她的忏悔意识和赎罪行为不仅符合作者对弃恶扬善的认可,也符合社会与时代对女性价值的认定,在中华民族心理活动的框定和对"罪与赎罪"的定义下,李娃的忏悔赎罪无疑是成功的。

然而,在群体意识的强大压力下,犯罪个体在内心深处有没有彻底认知自己的罪与恶其实是难以探究的。明代胡应麟就对李娃的忏悔赎罪发表过否定性评价:"娃晚收李子,仅足赎其弃背之罪,传者呕称其贤,大可哂也。"①这在一定程度上反映了中国"罪"文化与赎罪思想的局限性。

四、李娃"忏悔—赎罪"心理行为蕴含的人道主义精神

《李娃传》故事的特质除了李娃赎罪这一标志性情节,还有人道主义精神这一深层意蕴。首先,李娃作为天性未泯的少女,其身上保有情感的力量与人性的光辉。《李娃传》书写了娼门中的鬼蜮伎俩,相当程度上真实地记录了当时西京长安娼妓生活的状貌。追逐财利而不顾他人死活的自私性应是娼妓这一职业的典型道德特征,而通过文本细读和对李娃这一人物的反复推敲可以看出,李娃并非完全的卑劣娼妓,她天性未泯,尚有良知,她对荥阳生也曾存真情,并非简单的金钱关系能够概括。

(一)热奈特结构主义"叙事理论"视角与李娃的心理暗示

自 19 世纪以来,叙事视角成为文本解读的关注点,如珀西·卢伯克(Percy Lubbock)曾研究过巴尔扎克、福楼拜、托尔斯泰等许多人的叙事,然而,在热奈特(Gérard Genette,1930—2018)看来,这些研究都混淆了"语气"和"声音",混淆了"谁在看,谁的视角在主导叙事"以及"谁在说"。为了避免再继续使用模糊不明的概念,诸如"视角"(point of view; vision),热奈特决定改用"聚焦"(focalization)来进行描述。该理论认为,文章的叙述者所讲述的信息多于文本中任何人物的所知,即由作者主导文章动向时,这叫作"零聚焦叙事",也叫"全知叙述";当全文叙述者为故事中的人物时,叙述者所知道的信息、所讲述的信息等于文本中某一个特定人物的所知,这叫作"内聚焦叙事",也叫"限知叙述",其视角为"内部视角";而当文章的叙述者所知道的信息、所讲述的信息小于文本中人物所知时,这叫作"外聚焦叙事",也叫"客观叙事",其视角为"外部视角"。在阅读《李娃传》时,可以发现白行简在叙事时综合使用了不同的聚焦方法,已经很巧妙地结合了"外部视角"和"内部视角",使李娃的形象和文章主题在有限的篇幅中获得了无限的张力。

当李娃和荥阳生在巷中初遇时,"生忽见之,不觉停骖久之,徘徊不能去。乃诈坠鞭于地,候其从者,敕取之,累眄于娃。娃回眸凝睇,情甚相慕。竟不敢措辞而去"②。这生动的描写足以说明两人是一见钟情,而不是荥阳生的单方渴慕。后文明确写道:"迩来姥意渐息,娃情弥笃。"③作者只是指出了李姥因荥阳生财尽而生厌恶,并不曾将李娃塑造成无情无义之徒,反而指出了李娃对荥阳生的感情是日益增厚的。此时小说皆为"零聚焦叙事",作

---

① 胡应麟:《少室山房笔丛》,上海书店出版社 2009 年版,第 434 页。
② 李剑国辑校:《唐五代传奇集》,第 898 页。
③ 李剑国辑校:《唐五代传奇集》,第 900 页。

者对李郑二人的感情的书写有相当大的主导权。从上文可见,李娃与"三言"故事中的杜十娘相似,并没有嫌贫爱富,但她身在红尘,岂能自主?后文就有了"荥阳生中计"的叙事,此时作者将小说切换为外部视角,其间并未有一字笔墨描写设计陷阱的过程,李娃是否参与到计策之中成为共犯,是否心甘情愿,又作何感想,是否犹豫与挣扎,计成之时是否感到痛苦,读者均不能参其详情。这样的叙事,因为没有焦点,叙事者所知信息极少,作者并未开启"全知视角"让读者如上帝般无所不知,而是采用"限制叙事",令读者也如荥阳生一般被蒙在鼓里,所以会合理推测李娃有可能因为深陷泥沼、为势所迫而不得不"忍痛割爱",她也必然未能预料荥阳生这一贵族子弟在被骗后竟能沦落到那番田地,倘若她能预料,恐怕也未必会参与到计谋之中。所以当荥阳生衣衫褴褛、冻馁将死地出现在李娃门前,作者巧妙地将故事聚焦在李娃的内心,开启了"内聚焦"模式,从特定人物视角出发的"内聚焦叙事"有利于塑造人物形象,描摹人物内心世界。李娃"见生枯瘠疥疠,殆非人状,娃意感焉"①,真正意识到自己先前的行为给荥阳生的人生造成了极其恶劣的后果,而这一层"意感"是促使她悔过的关键,于是李娃"失声长恸曰:'令子一朝及此,我之罪也!'"②。"娃自阁中闻之,谓侍儿曰:'此必生也,我辨其音矣。'连步而出。""娃前抱其颈,以绣襦拥而归于西厢。"③这些细节也足以见出二人别后李娃对荥阳生的念念不忘和怜惜珍重。

在一部小说的叙事过程中,叙事聚焦经常是变化的、转换的,很少有小说从头到尾用其中一种聚焦。白行简通过不断地转换视角与聚焦模式,并未将李娃完全地摊在读者面前,而是留有悬念和空白的,这样李娃这一形象就获得了更广阔的解读空间。李娃的忏悔是真诚的,她的人物性情发展变化也是符合真实逻辑的,对于一个本就天良未泯之人,荥阳生的悲惨遭遇令她内心受到了极大的震动,兼之曾经两情绸缪并一起生活两载的美好回忆,足以激起她的赎罪之心。

(二)时代价值观与《李娃传》中的人道主义精神

人道主义本指源自欧洲 17、18 世纪文艺复兴时期所提出的一种文艺思潮,旨在将人从神的控制中解放出来,获得独立。我国早在先秦时代,儒道二家思想中就浸润着浓厚的人道主义精神。而我国文坛 80 年代开始兴起的人道主义精神的内涵与西方有所不同,要求对人的生命给予足够的肯定以及尊重。"人道主义即用某种理念,根据某种价值取向,以某种方式尊重、教化和塑造人,以达到成为真正的人的目的的社会思潮。"④这一点在李娃赎罪的行动上体现得非常充分,她依据那个时代的价值观念对荥阳生进行拯救,最终使其恢复了健康的体魄与社会地位,重新得到家族与政治的接纳,成为大家都希望的"人"。

除了内心深处的忏悔,救赎的另一重要维度无疑体现在赎罪的具体行动上。因为,倘若缺乏实际行为上的悔改与切实的赎罪行为,那么内心的忏悔便有可能沦为空洞无物的伪装。在中国文化的语境下,鉴于罪行所致的部分后果具有不可逆性,个体所能采取的积极举措便是勇敢地承认错误,并通过实际行动展现其改过自新的决心与努力,其目的在于向

---

① 李剑国辑校:《唐五代传奇集》,第 903 页。

② 李剑国辑校:《唐五代传奇集》,第 903 页。

③ 李剑国辑校:《唐五代传奇集》,第 903 页。

④ 郭小说:《成为什么样的人和如何成为人——论人道主义精神的实质》,《理论月刊》2014 年第 7 期。

社会或集体提供一个明确的期望与行动上的交代,从而减轻外界舆论的压力,这一过程不仅是对受害者的尊重与补偿,也是个体自我救赎与道德重建的重要途径。所以李娃的赎罪行为必须落脚在使荥阳生获得那个时代社会的肯定才得以圆满,而在白行简笔下乃至整个唐代社会,恢复一个无家族势力可以依附的士人的社会地位与名望,便只有一条路可走——科举取士。

既然唐传奇有着"始有意为小说"的自觉虚构创作意识,那么人物形象的描写与塑造必定是为小说主题意旨服务的。正如上文的分析,荥阳生追求功名的历程主导着《李娃传》的叙事。唐代以来,"科举取士"的制度造成了"科第之设,草泽望之起家,簪绂望之继世。孤寒失之,其族馁矣;世禄失之,其族绝矣"①的社会现实,这也是《李娃传》所要表现的主题价值之一,小说开篇就如此介绍荥阳生:

> 有一子,始弱冠矣;隽朗有词藻,迥然不群,深为时辈推伏。其父爱而器之,曰:"此吾家千里驹也。"应乡赋秀才举,将行,乃盛其服玩车马之饰,计其京师薪储之费,谓之曰:"吾观尔之才,当一战而霸。今备二载之用,且丰尔之给,将为其志也。"生亦自负,视上第如指掌。

荥阳生作为本文的男主人公,作者仅用寥寥数字带过他的形貌与性格,反而不惜笔墨地交代他进京的目的以及他身上背负的"进士及第"的家族利益与欲望,几乎完全将他塑造为一个由科举制而生、为科举制而服务的"产物"。

然而,离开家族监护下的荥阳生却遭遇了前所未有的挫败,陷入了绝境。引领他从绝望深渊重新迈向人生巅峰的,正是李娃。在她的精心照料下,曾徘徊于生死边缘的荥阳生"未数月肌肤稍愈。卒岁平愈如初";在李娃的督促下,他"二岁而业大就,海内文籍莫不该览";接着"登甲科""策名第一",得官授爵。这一系列复杂而紧密相连的蜕变历程中,任何一环的缺失都将使整个努力化为泡影。李娃以超凡的智慧、丰富的阅历及坚定的意志,不仅重塑了荥阳生作为封建贵族新典范的形象,更成为其精神世界不可或缺的支柱。

在成功协助荥阳生重整旗鼓,进而促成其实现士族阶层所追求的"一战成名,称霸一方"的理想之后,李娃自身也顺利完成了社会身份的蜕变,由一名妓女转变为具备"节行"(即品德高尚、行为贞洁)的夫人,在机缘巧合下得以被荥阳公家族正式接纳,成为荥阳生依礼法明媒正娶的妻子,并因其"妇德修备,治家有方"而被册封为汧国夫人。此时的李娃,不仅容貌出众,更兼具品德、才情与治理能力,展现了美好的德操、卓越的智慧与坚定的意志。刘开荣《唐代小说研究》写道:"封建统治阶级口口声声要讲'名教礼法',要求妇女的贞操,而作者偏偏赋予一个妓女以高贵的性格和形象,作为一个贵族的恩人和妻子,这正是市民思想意识抬头,反对封建礼法束缚的突出表现。"②尽管该论述中某些观点尚有探讨空间,但小说确实反映了平民阶层情感与欲望的日益增强,在民间百姓的心目中,李娃无疑是一位杰出的象征性人物,甚至可能被视作某种意义上的英雄,李娃的赎罪行动,契合了唐代士族

---

① 傅璇琮:《唐代科举与文学》,陕西人民出版社 1986 年版,第 211 页。
② 刘开荣:《唐代小说研究》,商务印书馆 1952 年版,第 110 页。

阶层对于家族利益与群体荣耀的重视与渴望,从而在世俗社会的评价体系中实现了自我救赎,洗净了过往的污点,赢得了新生,这相当符合人道主义观点对"人"的期待。

五、结语

无论是东方文明还是西方文明中,忏悔与赎罪的概念、表达形式及其行为实践,都是人类精神探索与发展历程中高度抽象的产物。这些观念跨越了物质世界的藩篱,反映了人类对自我认知、道德信仰的深刻选择与坚定立场。它们不仅是人类灵魂深处对善与恶的思考,也是人类破解现实困境、寻求心灵救赎与自我完善的途径。白行简对李娃这一角色及其所属群体的刻画,成为作家深刻人性探索与反思的生动载体。《李娃传》揭示了人性的复杂性,敏锐地发现了现实的人性是高尚与卑鄙、伟大与渺小的统一,也敏锐地发现了人性结构中虽然存在着矛盾、对立和斗争,但其总体方向始终还是扬善弃恶的。这显然是一篇以"人"为主题的小说,蕴含了典型的人道主义的思想与精神。

明清小说中的女仙御灾想象

陈 晨[*]

摘 要:在明清小说的御灾赈灾叙事中,女仙群体作为特殊的神异力量,是官府与乡绅富户之外的有力补充。在位者若要维持既有的权力,必须妥善地处理自然灾害,当官府的赈灾模式低效、财力不足,乡绅富户的赈灾积极性无法被充分调动时,非现实的女仙便成为御灾力量中不可或缺的部分。因为赈灾之事关乎民心所向,故女仙御灾的相关叙事也与权力的竞逐密不可分。女仙拥有超自然的神力化解自然灾害,举事方将此作为聚集民心、增加权力的特殊手段。本是虚构的权力却因灾来求神的民间信仰与女仙所具有的凝聚力而有了实化的可能。明清时期道教的世俗化进程不断深化,承担起更多的社会责任,在个体保荃养真、内丹修行之外,也更重视外积功德的一面,这也被纳入成仙的标准之中。女仙赈灾御灾是济世救人的具体表现构成,明清小说中的女仙御灾想象也与道教的发展和成仙标准有关。

关键词:明清小说;女仙;赈灾;神异手段;权力竞逐

明清自然灾害频繁,民众的日常生活乃至生存安危受到严重的冲击与威胁,若灾害无法得到解决,则会对官方权力产生影响。故每当灾害发生,官府成为最重要的赈灾力量,但官方的济灾模式陈旧单一,有时也无足够的财力支撑,便会激励地方乡绅富户在此时期行赈灾义举。但并非所有乡绅皆愿行赈灾之举,受灾民众个体更是无力自救,力有不逮处就会产生对神力的幻想,女仙群体御灾的想象也因之而生。女仙御灾叙事也与权力的竞逐密切相关,这经常成为举事者聚集民众、聚合民心的手段,以神异力量参与赈灾,这种效果尤其明显。女仙群体拥有超现实的神通法术,在明清小说中通常以神力化解自然灾害,神仙法力在女仙御灾叙事中占据着重要位置,而自然灾害有时也被塑造为妖魔的形象,女仙以法术斩杀妖魔,从而消除灾害。举事者一般在初期拥有的权力极其微末,于是引援仙道构建虚幻的权力,但因灾来而求神在民间有广泛的传统,女仙御灾极易获得民心的支持,故权力就有不断实化增加的可能。女仙一般属于道教文化系统,明清时期道教世俗化进程加剧,对社会现实更为关注,此时的道教不仅关注自身的保荃求真,也更强调外积功德的部

----

* **作者简介:**陈晨,同济大学助理教授,主要研究方向为明清小说与小说理论、性别文化。本文系国家社会科学基金后期资助项目"明清小说中的非现实女性想象研究"(23FZWB055)阶段性成果。

分,女仙表现出更积极的赈灾姿态也并非偶然。

一、女仙:人间御灾力量外的重要补充

　　明清时期自然灾害频发,据统计"明代共历二百七十六年,而灾害之烦,则竟达一千零一十一次之多,是诚旷古未有之记录也"①;清代也是各类灾害的高发期,《清史稿》"灾异志"就记载了水、旱、雪霜、冰雹、地震、疾疫等多种灾害类别。② 各类灾害破坏了民众的生存环境,威胁到他们的生命与财产安全,官府一般会采取一系列御灾与赈济措施,这也是在位政权稳固既有权力的必要手段。当灾害发生之时,若在位者未实行积极有效的措施,任由灾害的破坏力不断扩大,那便极有可能使民心离失,甚至引发动乱,从而威胁到既有的政权。故在位者若想维持保护既有的权力,则必须处理好御灾赈灾的问题。

　　官府自然是御灾最直接最主要的力量,而这既需要地方官员有所作为,有效地将赈灾政策贯彻执行,又需要朝廷与地方有足够的财政支撑。当朝廷财力不足之时,就需要非官方民间力量的参与,乡绅富民赈灾就成为可选择的御灾路径,"劝富户之赈,以广相生"③,"贷富民粟赈济,全活甚众"④。官府为了调动乡绅赈灾的热情,通常会给予他们嘉奖,或免除杂差,或给"义官冠服"⑤。即便如此,民间劝捐如果过度,则极有可能给百姓造成负担,造成民怨"名曰乐捐,其实强派,累民不浅",并且很多乡绅富豪实际上并无参与赈灾的愿望:"那些百姓富豪,你除非锥子剜他的脊筋,他才肯把些与你"⑥。除此之外,还有一条易被忽视却至关重要的路径,即是援引仙神所构建的社会救灾机制。"宗教在中国社会强大的、无所不在的影响力,它们是一个社会现实的象征。"⑦以仙神御灾其实是民众经常使用的防范与应对灾害的一种方式,一般百姓对仙神有着极为虔诚的信仰,而盛行于民间的信仰一旦被官府默认甚至利用,则极有可能演化为机制的一部分。明清小说中的女仙想象常与赈灾叙事联系在一起,女仙成为官府之外御灾力量的有力补充。即使这只是御灾神话构建的一部分,神异力量的崛起无法从根本上缓解官府的政治经济负担,但依然从心理上带给民众无限的希冀,而当政者的权力也可因此加固。

　　在明清时期的民俗信仰中,女仙成为各类灾害的解救者,如闽浙一代流行的马仙信仰。马仙信仰本始于唐,但明代以来,抵御灾害成为其神职的重要组成部分,"乡人重之,为立祠,以永其祀。凡祷多应,水旱疾疫如转环然"⑧。这是某元刊本小说在明代再版重编时才

　　① 邓云特:《中国救荒史》,商务印书馆1993年版,第20页。
　　② 赵尔巽等撰:《清史稿》,中华书局1976年版,第1487—1646页。
　　③ 屠隆:《荒政考》,见李文海、夏明方主编《中国荒政全书》(第一辑),北京古籍出版社2002年版,第182页。
　　④ 刘大谟:《(嘉靖)四川总志》(卷二《全蜀名宦志》),《北京图书馆古籍珍本丛刊》(第42册),书目文献出版社1995年版,第52页。
　　⑤ 张居正:《明世宗实录》卷二九一,台湾"中研院"史语所1962年版,第5596—5597页。
　　⑥ 西周生辑著,童万周校注:《醒世姻缘传》(上册),齐鲁书社1984年版,第404—405页。
　　⑦ 杨庆堃:《中国社会中的宗教:宗教的现代社会功能与历史因素之研究》,上海人民出版社2006年版,第24页。
　　⑧ 无名氏辑:《新刻出像增补搜神记大全》,见王秋桂、李丰楙主编《中国民间信仰资料汇编》(第一辑),台湾学生书局1989年版,第366页。

补入的,马仙在明代成为水旱疾疫等灾害的消解者,似非偶然。在冯梦龙的《寿宁待志》中亦有载:"天旱,乡人舆迎,祈雨立应。姑死毕葬,白日飞升。今建中名山,所在有香火,而寿宁尤盛,凡水旱无不祷焉。"①这也是强调其在解救水旱灾害等方面的灵验之力。又如麻姑本是有名的寿仙,而明清时期也被赋予了呼风唤雨的能力,甚至有官员亲自祈祷:"予前祝曰:'神仙有灵,惠我甘霖,救此一方民命,予能为尔仙鼎新庙宇。'……忽见云气飞腾,覆满山顶,雷声隐隐,闻霄汉间,雨如骤至。""或谓麻姑之仙,果有灵应。"②麻姑在演变过程中多作为有延年益寿之职的女仙存在,此时又被赋予了祈雨解旱的神职,更说明明清时期对女仙御灾需求的迫切。

中国古代的自然灾害经常被描述为妖魔作祟,而女仙也会通过降服妖魔的方式消除灾害。江河湖海中难以预估的巨风大浪会威胁到水面上民众的生命与财货安全,这也是因天气变化而造成的自然灾害类型。明代小说《天妃娘妈传》第十八回中,鄱阳湖上的风波被描述为龟精为祟,"嘘风作浪"③,从而危及舟中人的性命。为消除因之而起的灾害,首先是观音菩萨收伏龟精,令龙王看守,暂平了风波。之后龟精寻机逃脱,湖中狂风骤发,又是天妃诵降魔咒,布下八卦,再度收服龟精。第二十七回中,扬子江的蛇精与鳅精为谋取宝物,掀起江上风浪,天妃将二精收入盒中后,平息了江上风波。第三十回中,湄洲海面"大风卷海而来,平波之内,突浪如山"④,被描写为鳄精作乱,是天妃施展法力,击退鳄精,后又与龙王共同出兵收服为害东海有年的鳄精,东海风波方平。

有时女仙虽未直接参与救灾,却是以间接的姿态出现。明代小说《铁树记》中记叙蛟龙为孽兴起水灾,"欲把江西数郡,滚成一个大中海",小说从表面看似乎是真君许逊斩蛟救灾的故事,但他最初欲斩蛟龙而不敌,从谌母处学得道法之后,方才拥有无限神通,得以斩蛟除灾。谌母作为传授许逊法术之仙,才是实际上的御灾者。清代《埋忧集》中记叙了一则"遗米化珠"的故事,当时"江浙大水,饥民乞食载道",潘芝轩先生赈济灾民,有白发老妪携布囊而至,后持囊而去,案桌上的米粒却化为明珠,有人怀疑她是菩萨的化身。⑤ 这则故事也非女仙直接御灾,而是通过法术鼓励人间的赈灾力量,但实则依然是女仙参与赈灾的体现。

女仙扶危救灾的传统实则早已有之,《墉城集仙录》是道教经典的女仙传记,其中记载了云华夫人助大禹治水功成之事。其时大禹理水驻巫山之下,"大风卒至,振崖谷陨,力不可制",大禹向云华夫人求助,夫人"即敕侍女授禹策召百神之书",并命神将帮助他"斩石疏波,决塞导厄,以循其流",最后还授之"丹玉之笈,开上清宝文",有此才可于陆上策虎豹,于水中制蛟龙。面对当时的巨大水灾,若无女仙云华夫人的帮扶,大禹也难以"导波决川",治水成功。⑥ 又如其中的樊夫人,"民受其惠,无旱暵漂垫之害,无疫毒鸷暴之伤,岁岁大丰,远

① 冯梦龙撰,陈煜奎校点:《寿宁待志》卷上"香火",福建人民出版社1983年版,第12页。
② 黄家驹编撰,曹国庆、胡长春校注:《麻姑山志》,江西人民出版社1998年版,第81—82页。
③ 吴还初:《天妃娘妈传》,上海古籍出版社1990年版,第66页。
④ 吴还初:《天妃娘妈传》,第105页。
⑤ 朱梅叔:《埋忧集》,熊治祁标点,岳麓书社1985年版,第153页。
⑥ 杜光庭:《墉城集仙录》,《道藏》(第18册),文物出版社、上海书店出版社、天津古籍出版社1988年版,第178—179页。

近所仰"①。这至少说明女仙参与救灾的文化因子早已出现,而明清小说中的女仙御灾叙事则是这一传统的发展、注解与补充。清代小说《上古秘史》中也敷衍了云华夫人助大禹治水灾之事,这种文化因子不仅间接地融入明清小说中的相关故事,还可能直接为此时的女仙救灾叙事提供题材。

　　一直以来,女仙群体就常作为扶危救厄解困者的形象出现,她们被赋予了至纯至美的寄托与想象。男性内心本就有对母性的依赖与崇拜,这也是女性升格为女仙的原因之一,而明清时期更增添了新的宗教与文化土壤。此时民间宗教迅猛发展,极大地影响了底层民众的思维方式,无生老母则是当时民间宗教教派尊奉的最高神。《中国民间秘密宗教词典》中提到:"无生老母,明清时期民间秘密宗教的至尊女神。"②所以此时尊重女性与崇拜女仙的思想观念被重申,并融入了新的时代因素。明清小说中女仙的塑造多受到无生老母信仰的影响,在有关无生老母的宗教信仰之中,她并非单一的形象,而是可化作其他仙神行救度之事。故明清小说中的女仙御灾现象也与此时新的宗教土壤滋养以及尊女文化的抬头有关。

　　然而,女仙御灾赈灾的想象在某种意义上也是当时荒政现象的折射。救灾本应是官府主导,需要在位的官员积极作为,"遇有水旱灾荒,则请蠲请赈、简讼宽刑、缉捕盗贼、停缓征输,虽至凶侵,民可免流离也"③。负责管辖受灾地区的巡抚也是极重要的官方救灾人员:"凡赈济,专责巡抚,会同司府州县等官,备查仓廪盈缩,酌量灾伤轻重,应时撙节给散。巡按毋得准行。如赈济失策,听巡按纠举。"④如若朝廷政策得力、财款到位,再加上地方官员具体的贯彻落实,灾害便可得到有效的治理,而这只是理想中的状态。将祛灾一事寄托于鬼神,本身即说明了某些在位官员的不作为,如《扫迷帚》中所言:"当道者不惟不加禁止,反多捐廉提倡,并于赛至各署时,设筵致偶,犒赏随从,谓此实为民除疫之大德政,说者谓华官不以祛疫为政,将计就计,卸责于神,不啻易地以处,使神为民牧,己为傀儡,立于无职任之地位,此诚五洲惟一之巧宦,可谓善谑不虐。"⑤当时民众举行"现身会"以祛疫驱鬼,这种活动其实是无效的,充其量只能起到一种心理安慰。当道的官宦本应以积极的态度采取有效措施御灾,却随民众一同将希望寄托于神仙,这明显无法取得实际的御灾效果。

二、权力的竞逐:神异手段与政治目的

　　因为御灾行为关乎民心所向,故当灾害发生之时,不仅掌握既有权力的官方力量极为重视,在明清小说中举事起义者也常以神异力量赈灾救济,并以此参与权力的竞逐,从而实现某种政治目的。女仙群体相比其他御灾力量的优势在于其拥有超现实的神通法术,这也是举事者选择这一御灾力量的重要原因。清代小说《女仙外史》中唐月君一方就常以神力

① 杜光庭:《墉城集仙录》,《道藏》(第18册),第200页。
② 濮文起主编:《中国民间秘密宗教辞典》,四川辞书出版社1996年版,第327页。
③ 何淳之:《荒政汇编》,《中国荒政全书》(第一辑),第238页。
④ 申时行:《大明会典》卷二一一,《续修四库全书》(第789册),上海古籍出版社2002年版,第514页。
⑤ 壮者:《扫迷帚》,内蒙古人民出版社1998年版,第593页。

化解自然灾害,解民倒悬之苦,或消除瘟疫,或扫除蝗灾,或缓解干旱。小说第四十八回,济南、泰安之地出现虫灾,百姓深受其害,唐赛儿仅以三千绣花针就消灭了蝗虫灾害:"此三千绣花针也,朕在丹田,炼成如丝。能刺入咽喉,贯穿肠胃而死。若抛向百万军中,立时可歼。但有干天怒,必遭殛罚,永劫沉沦,不可儿戏。今唯用以杀戮害苗之虫,一针可杀数千,三千神针,可杀无量恒河沙之虫矣。"①蝗虫灾害非小,若以凡力解决必耗时日久,而唐月君在极短时间内只费吹灰之力便消灭了恒河沙数之虫。后又有瘟疫大行,何仙姑化作何来女以神蓑衣治疗百姓疫情,以此协助唐月君,"有一道姑曰'何来女',身穿棕蓑衣,手持小金剪,在市井游衍。见患疫病者,随剪棕针与之,不过寸许。初病止用一茎,病至五六日者亦止三茎,煎汤服下,遍身汗出而愈"②。何仙姑被鲍姑识破身份后留下蓑衣而去,鲍姑与曼尼、隐娘、公孙大娘、素英、寒簧等将蓑衣剪成几份分散各地救助灾民,"只怜夫重叠灾氛,用着几许神通才扫尽"③,可见神通法术在赈灾中的重要作用。

　　女仙相比于人间力量的优势之一即在于其拥有道术异能,女仙具有诸般神通的文化传统也已融入小说创作者的意识中,自觉或不自觉地在文学想象与创作之中表现出来。《墉城集仙录》作为早期著名的女仙传记以大量笔墨记叙了她们的道法神通,如樊夫人"能檄召鬼神禁制变化之道"④,太玄女"或吐火涨天,嘘之即灭,又能坐炎火之中,衣履不燃"⑤。而后世的神仙传记、诗文、小说、戏曲等诸多文学形式对女仙神通的表现与书写更巩固了这一传统。女仙的诸多法术神通恰是其可以超现实之力御灾救灾的保障,这已经成为沉潜于作者思维深处的文化因子,故明清小说中的女仙使用法术救灾也是较为常见的现象。在女仙的诸多神通中,疗疾之力又是极为重要的一种,疾疫本就是一种常见的灾害类型,且其他灾害也有可能引发人之病症,所以快速的治愈能力是女仙的关键神通,如太玄女"行三十六术,甚有其效,起死回生,救人无数"⑥。因为道教是极其重视生命的宗教,个体自身的修行即是要达到长生久视之境,所以在众多积善之举中,对生命的救助是功德最大的行善类型之一,而救灾不仅全活一人,而是拯救了一方百姓之命,功德更是无可计量。

　　正因人间御灾力量有限,于是引援具有超自然神力的女仙群体干预其中成为可选择的御灾路径,在相关叙事中,自然灾害也经常被描写为具有法力的妖魔。女仙抵御灾害记叙为仙与妖的斗法,这是将灾害人格化妖魔化的特殊表达方式。《醉茶志怪》卷二"疫鬼"篇中提到壬戌之年大疫流行,有人见"厉鬼数十,状皆其丑,持叉而过"⑦,此处瘟疫就被具象化人格化为厉鬼的形象。女仙群体若要解除灾害,就必须以法术神通斩杀妖魔。《女仙外史》第四十五回中的干旱被记叙为与旱魃有关,"'目今亢旱,必有旱魃为祟,快与我擒来,以绝祸端!'不多时,一阵风响,掷下两个似鬼非鬼、似怪非怪的东西"⑧。鲍师先斩杀旱魃后,方才

①　吕熊:《女仙外史》,齐鲁书社1995年版,第283—284页。
②　吕熊:《女仙外史》,第287页。
③　吕熊:《女仙外史》,第289页。
④　杜光庭:《墉城集仙录》,《道藏》(第18册),第200页。
⑤　杜光庭:《墉城集仙录》,《道藏》(第18册),第200页。
⑥　杜光庭:《墉城集仙录》,《道藏》(第18册),第200页。
⑦　李庆辰:《醉茶志怪》,齐鲁书社2004年版,第114—115页。
⑧　吕熊:《女仙外史》,第266页。

有后续唐月君的祈雨。

因为神异法术的介入,不同势力之间的斗法有时也成为御灾叙事的构成内容,谁在斗法之中取胜,就意味着谁在这场民心的争夺战中占据了优势地位。《女仙外史》中数次记叙唐月君等女仙祈雨济旱的情节,第十一回中青州大旱,太守发告示招募术士祈雨,出现了道士与女仙斗法祈雨的情节,最终是女仙唐月君等祈得甘霖。其中法力的彰显是重要的关节,此回月君的法术更高一筹,因为道士的"咒龙术"很有可能激怒龙王,使得"山谷皆崩,城池尽陷",由此伤及无数百姓,而唐月君却可将神龙收于掌中,"连碗抛向空中,乌云黑雾蔽天而起","鲍、曼二师摄取神庙大鼓,半空搐动,骤雨如倾,狂风欲倒"。① 在这场祈雨消灾的活动中,唐月君一方无疑又争取到了部分民心,而消除灾害的关键则是法术神通。

在权力的竞逐中,民心所向是极为关键的部分。《女仙外史》中唐月君一方与燕王一方角逐期间,各地自然灾害频发,"独是齐地当有五年水旱、疾疫之灾,人死八九。我查勘册籍,分别可矜,恳奏上帝,允免十分之一。因念帝师道力通天,必能挽回灾数"②。何方势力能在更大范围内更高效地抵御灾害,便更大概率获得民心。第十一回中,当两方人物出现,太守直接询问百姓的选择:"祈雨是地方公事,你们舆论心服何人?"而众百姓的回答则是:"愿请蒲台县佛母。"③此时唐月君"活菩萨"的声名已经远扬,所以这不仅是一场能否解除干旱灾害的祈雨,更在某种意义上隐隐道出月君这方乃是人心所向。第四十五回旱灾又起,百姓对唐月君的期盼更盛,"文武百官与数万士民,在阙下恳求帝师敕令龙王行雨"④,民众皆在盼望呼号,说明此时唐月君的政治阵营在争夺民心上的胜利。这场祈雨,先以鲍师与曼师开场为月君造足了声势,到月君出场之时,坐于沉香交椅飞升到雨坛之上,其他女仙侍立其下,百姓叩首呼万岁,在百姓的仰望之下以柳枝蘸甘露洒下盼望已久的甘霖。虽然不可否认,这场声势浩大的祈雨活动或许有稳固权力的功利性目的,但唐月君一方也确实心念百姓,"亢旱处所,不独山东,如燕、蓟及河北各郡县,并淮北一带地方,皆有灾荒。我意欲在宫中,于月下祈祷上帝,普赐甘霖,遍及灾荒地方,不必令外人知道"⑤。权力的竞逐自然有关军事、政治、经济等多种因素,而民心之向背却是其中未必显然却极为重要的一种,女仙阵营的御灾姿态也引出了相关问题的探讨与思考。

举事者在初始阶段的实力与权力一般较为微弱,但他们的目的即是将这权力扩大。他们欲寻得民众的支持,就自然无法离开神仙法术,当灾害发生之时,权力的争夺战便开始了。然而举事一方实际上并无太多的人力、物力与财力去赈灾救灾,而权力也被当政者所占据,故而只能引援仙神,去构建一种看似虚幻的权力。苏庵主人的小说《归莲梦》中莲岸幼时父母双亡,被真如法师收为弟子,后自创门户并在猿大师处得到"石室相传秘本阴符白猿经",习得异术后适逢山东百姓因饥荒流离困苦,"饥一顿饱一顿,顶风冒雨,不得安宁。又兼官府征粮甚急,没有一刻心安。因此,城中乡村,个个都染疟疾"⑥。莲岸遂以异术出手

① 吕熊:《女仙外史》,第59—62页。
② 吕熊:《女仙外史》,第264页。
③ 吕熊:《女仙外史》,第60页
④ 吕熊:《女仙外史》,第265页。
⑤ 吕熊:《女仙外史》,第268页。
⑥ 苏庵主人:《归莲梦》,春风文艺出版社1984年版,第9页。

疗疾,百姓争相寻求救助,莲岸也因此获得了广大声名:"那时官府也有闻得的,怪他聚集人众,出示禁止。争奈小民俱是饥困余生,见了赈助的人,就如亲生父母,官府虽是禁缉,不过拿来打责,难道有好处与他的。譬如笼中之鸟,拘得他身,拘不得他心。所以莲岸的声名大著。"①她在解民倒悬的举动中收获了民心,以超自然的神异力量赈灾救民是实现这一目的的有效手段。

灾来而求神之举在民间本就有广泛的土壤,女仙所具有的神秘力量也可以凝聚民心。所以这可以成为以术驭势的有效策略,以此获取社会人心的支持,增加举事成功的概率。但这是一种以虚御实的方法,当政者掌握着实际的实在的权力,而举事一方却并不由其赋权,而是在其自身微末的权力之上以此虚构之权扩大己方势力的影响。但这种虚构之权也可能不断实化,产生不可忽视的力量,实化的关键点之一就在于这种虚构权力的超现实性所具有的巨大社会凝聚力。

御灾的女仙有时以谪仙的身份参与人间的政治斗争,小说中女仙济世助人的情节内容常与之由仙入凡、又由凡而仙的情节结构有关,他们通常要在人间完成某种使命方可再返仙界,《女仙外史》中天界嫦娥入凡转世为唐赛儿,参与到建文帝与燕王朱棣的政治斗争之中,这也是她尘世历练的一部分。在嫦娥仙降之前,玉皇大天尊玄穹高上帝即有告诫嘱托:"汝去有几件至正至大的事,是你所应做的;如天伦崩坏,汝须扶植。人心悖乱,汝须戡正。褒显忠节,诛殛叛佞。彰瘅均得其宜,便是有功无过。谨记朕言。"②唐赛儿在取得一系列政治功绩、救民功德之后,天帝方命之再返仙界,"仍返广寒宫为太阴天子也"③。而正因其有谪仙的身份,其参与人间政治权力竞逐才更具说服力与影响力。

三、赈灾行义与成仙标准

明清小说中女仙多有赈灾救济之举,其中原因之一乃是明清时期的道教对社会有了更强烈的关注,承负起更多的社会功能与职责。赈灾救济乃是济世为民之举,道教某些教派有浓厚的忠孝色彩:"吾之忠孝净明者,以之为相,举天下之民跻于寿域,措四海而归太平,君上安,万民阜,万物无不自然。"④此时的道教延续深化了宋元以来的世俗化进程,对社会生活渗透的深度与广度不断加重,对现实世界有更强烈的关注,而这也更适应其时民众的心理需求。宋明以降三教逐步融合,道教为了自身的发展也必须更向主流的儒家思想靠拢,承担起更多的社会责任,才能与那一时期的社会需求相契合,道教也因此更加强调外积功德的部分,具有更多的世俗伦理性质。

道教修行不仅是个体自我的保荃养真、内丹之炼就,济世救人亦是功德的积累,两者齐行并进方是成仙为仙之道。道教的劝善传统早已有之,《太上洞渊神咒经》中言:"道性本来

①　苏庵主人:《归莲梦》,第 10—11 页。

②　吕熊:《女仙外史》,第 6 页。

③　吕熊:《女仙外史》,第 546 页。

④　李刚:《劝善成仙——道教生命伦理》,四川人民出版社 1994 年版,第 183 页。

清，救护一切人，普济于众生，太上布大慈。"①卷十四中载其时国中瘟疫横行，认为此乃魔王所部鬼众为害人间，若有人发善心、行善举，通过道教科仪消除瘟疫，救民性命，即可有无量功德："若有善心之者，能发保全之心，诣请三洞法师，置立道场，转经念咒，依法陈章，设斋祭醮，祈祷五帝神仙，功德无量。除瘟降福，功无比俦。"②《步虚解考品》所录仙歌亦描绘南炎帝君带领众女仙与男仙降魔兵驱疫鬼之事迹的颂赞："南方炎帝君，八表号阎浮。飞轩驾云舆，十真三天游。玉女乘霄唱，金光溢丹丘。今日转法轮，梵响震九嵋。天帝敕魔兵，风举自然休。晃晃三光耀，百邪没九幽。若有干试者，力士斩其头。诸天帝王子，杀鬼岂敢留。故有强梁者，镬汤煮其躯。千千悉斩首，万万不容留。兴斋摄魔精，魍魉值即收。大道威严重，神风扫邪妖。疫鬼即消尽，万民无灾忧。"③由此可见，道教传统中即有通过除魔消瘟、救济苍生而成就功德的观念构成。

　　道教典籍《钟吕传道集·论真仙第一》中有载："地仙厌居尘境，用功不已，而得超脱，乃曰神仙。神仙厌居三岛而传道人间，道上有功而人间有行，功行满足，受天书以返洞天，是曰天仙。"④其中所提及的"功行满足"自然也包括在人间的救世之举与济世之功。元代陈致虚在《太上洞玄灵宝无量度人上品妙经注》中亦明确表示："若进修内功，成就外行，方可言仙。内功者，火候脱胎，神化之道。外行者，济人利物，如汉天师区别人鬼，葛仙翁济度幽魂，许真君诛剪蛟妖是矣。经云：学者虽守道，不作功德，亦不能得道。若内丹成，积修外行，则功满德就，飞升金阙，游宴玉京，真不虚也。上学之士，修诵是经，皆即受度，飞升南宫。上学者，闻道勤行也。"⑤如要成就真仙，不仅需要修行火候神化之道，也要有济人利世之举，如此方可成就圆满功德，飞升仙界。

　　明清这一观念更为盛行，并将济世善举与个人的修行相联系。"欲求天仙者，当立一千三百善；欲求地仙者，当立三百善。"⑥明代正一天师张宇初在《元始无量度人上品妙经通义》中云："仙公者，太极仙品之至高也。况万遍非徒口诵也，必内功外行，深积厚培之力，而后方能上升太空，位登仙品也。"⑦《文昌帝君阴骘文》中曰："吾一十七世为士大夫身，未尝虐民酷吏。救人之难，济人之急。悯人之孤，容人之过。广行阴骘上格苍穹。人能如我存心，天必赐汝以福。"⑧赈灾救民皆是"救人之难，济人之急"的举动，这时的神仙并不仅具单一的宗教属性，而且具有更多的社会功能。宗教本身更关注在世俗社会与日常生活层面的职能，这不仅是道教发展的内部规律，也与其时的社会文化心理更加适应。

　　小说的创作与宗教的革新是双向互动关系，宋元以后越来越多神仙救世主题的小说对道教的变革产生影响，而这又反向作用于文学创作。明清时期小说中的女仙多有济世之举，更多表现出参与社会生活的主动性。清代小说《八仙全传》第三十五回中上元夫人与玄

---

① 《太上洞渊神咒经》，《道藏》（第6册），第12页。
② 《太上洞渊神咒经》，《道藏》（第6册），第54页。
③ 《太上洞渊神咒经》，《道藏》（第6册），第56页。
④ 《钟吕传道集》，《修真十书》卷十四，《道藏》（第4册），第658页。
⑤ 陈致虚：《太上洞玄灵宝无量度人上品妙经注》，《道藏》（第2册），第403页。
⑥ 李昌龄：《太上感应篇》，《道藏》（第27册），第34页。
⑦ 张宇初：《元始无量度人上品妙经通义》卷三，《道藏》（第2册），第319页。
⑧ 《藏外道书》（第12册），巴蜀书社1994年版，第402页。

女授何仙姑防身与变化之法,赠以铁砂与丹砂、鱼瓶、金针三宝,并在其下山之前百般叮嘱:"尔师兄李铁拐、张果等都已奉师命下山,救人苦难,点化有缘之人;并有一人谪降尘世,亦将修成正果。你此番下山,都可相会。还有许多事情该在你手中成就的,总该用心办理,不得大意,也不用胆怯。这是你自己功果前程,所关重大,你要格外当心才好。"①八仙济世救人、降妖除怪、点化度人也是他们自身的修行。第三十五回何仙姑入世乃担负着扶危济困之责,虽为女仙,却非吸风饮露不问人间世事,而是积极地参与社会,表现出较强的社会责任感。

《天妃娘妈传》中的天妃本是北天妙极星君之女玄,见妖怪漏网而逃,因存济世之心别亲下凡,在江河湖海之间除妖消灾解难,在人间"功圆果满"后白日飞升,返回仙界。《太上老君说天妃救苦灵验经》中记载天妃乃是妙行玉女降世,当初太上老君见江河湖海之中"或风雷震击,雨雹滂沱","天尊乃命妙行玉女,降生人间,救世主民疾苦",果满之时再成仙道,被赐以"无极辅斗助政普济天妃之号"。无论是小说还是经文中的记载,天妃在人间救苦消灾的举动都是其功果的重要构成,正因她在人间拥有济世救民之心与"护国之功",方才再次成仙得道。

明清小说中女仙御灾的相关叙事也隐含了民众希望通过神异力量解决自身困境的潜在希望。对民众个体而言,他们渴望在困境之中得以生存,其中夹杂着受灾群众的对饥饿与死亡的恐惧,对食物与生存的希冀,甚至愿意为此模糊现实与幻想的边界。女仙群体在民众绝望无助之时以超自然的神力化解各类灾害,实则也迎合了其时民众的隐秘期望。道教本身对生命的关注与珍重以及这一时期成仙标准的变化,使道教仙神以更加主动的姿态投身于消灾除疫之中。"我仙家本是随缘行善到处救人,总是便当得很,何妨显些报应给众人瞧瞧。"②每当灾害来临之时,受伤和死亡人数激增,面对无力对抗的灾变,民众极易心生恐惧,而宗教仙神为其提供了心理上的避难之所。只要积德累仁便可得神灵护佑,从而免遭灾害。当然实际并非如此,这并不能在现实人间真正起到消灾免疾的效果,但这种观念却可在一定程度上消解民众面对灾害时的无力感,宗教仙神便是其精神支撑与心理倚靠,当民众个体无力对抗可能对自身造成威胁的灾害,便只能寄希望于此缓解自身的焦虑与恐惧。

明清小说中的女仙多以积极的姿态赈灾济众,并表现出较为强烈的政治观照。官府本应是御灾赈灾、救危济困等任务的主要承担者,当官方力量不足时,乡绅富户作为重要的民间赈灾力量也会参与进来。但世俗的力量总会受到各种因素的掣肘而力有不逮,这时民众就会祈盼超自然力量的降临,而小说中女仙赈灾济世的行为举动即迎合了这一心理。明清小说中的女仙群体以直接或间接的方式参与御灾,以神力化解各类自然灾害。将女仙等神异力量纳入御灾赈灾体系也是举事起义者进行权力竞逐的方式,每当灾害发生之时,权力的争夺之战也悄然开始。因为能否有效治理灾害,解除民众的痛苦,关乎能否赢得民心。女仙所拥有的神通法术是相较于人间御灾力量的优异之处,举事者的权力在初期十分微

① 无垢道人:《八仙全传》,岳麓书社 2011 年版,第 221 页。
② 无垢道人:《八仙全传》,第 591 页。

末,只能引援仙道构建虚幻的权力,但因其有凝聚民心之力,这部分权力有了由虚入实的可能。女仙御灾现象当然也与此时道教的成仙标准有关,道教的劝善传统虽早有之,但明清时期道教世俗化进程加剧,表现出更强烈的社会责任感,成仙标准中也更强调济世救人、外积功德的部分,而御灾赈灾恰是积功德的体现,女仙御灾在某种意义上也是道教成仙标准演变在文学中的映射。

"归化"与"异化"翻译策略：论库恩德译本《三国演义》

周梦缘 *

摘　要：库恩译本虽然是节译本，却是《三国演义》在域外翻译影响最大的版本之一。库恩以编译为策略，即以"归化"为主、"异化"为辅的方式翻译原文三十八回，在大幅度删减章节内容的情况下，根据西式阅读习惯对原文内容与文体进行改动或调整，并按照译者认知的主线摘译为"一部民族英雄史诗"。本文通过对库恩译本的深入研究，从政治、文化、社会等大视野中进行整体观照，客观评价其得失，凸显中德文明互鉴下的文化交流的重要性。

关键词：《三国演义》；库恩译本；译介；文化交流

早在 1890 年，顾路柏发表在《北京东方学会杂志》的论文中已出现《三国演义》第九十一回的片段翻译，随后在他 1902 年出版的《中国文学史》中也附录了小说的部分内容。继而格莱纳、鲁德尔斯贝尔格、卫礼贤等人陆续发表了了《三国演义》的节译，但遗憾的是，此后几十年间一直未曾有比较完整的译本出现。直到 1940 年，库恩翻译的《三国志》才填补了这一空白。在 2017 年尹夏芳的一百二十回全译本诞生之前，库恩译本一直占据着德语《三国演义》最为重要且是唯一译本的位置。然而，出于种种原因，国内外对这部译著还不甚重视。因此，本文对库恩的《三国志》作一番探讨，以期深入挖掘这一德语译本的研究价值。

一、库恩译本底本考

目前学界普遍认为库恩《三国演义》译本采用的底本是毛宗岗评本，但一直未拿出论据。不同于其他译本如《红楼梦》等在"译后记"中明确说明自己翻译所依据的版本，库恩没有明确提供自己翻译《三国演义》所使用的版本信息。而且，库恩译本仅有三十八回的节译，还大量删减或概述原著内容，以及为了便于照顾德国读者的阅读习惯而增添了评述及改编，因而其译本与原文相比已面目全非，这就给通过版本间比堪以判断其译本采用的底本带来了难度，尽管困难重重，但我们还是能捕捉到一些版本信息的蛛丝马迹。

作为最负盛名的章回小说之一，《三国演义》在明清多次刊刻，版本繁复，学界一般分为嘉靖本、志传本、毛本三大系统。库恩在"译后记"开头，称《三国演义》这部小说为"Das SAN

---

  *　**作者简介**：周梦缘，江苏第二师范学院人文学部讲师，主要研究方向为中国古代小说域外传播研究。

KWO TSCHI（YEN I）"，里面有"演义"一词，这样就排除了是"志传"类版本的可能性。"后记"在简介翻译内容时，库恩又指出原著是"一百二十章"，这又同样排除了二百四十则和二百四十回本系统。李卓吾批评本首次将《三国志通俗演义》二百四十则合并为一百二十回，回目由原来的单题变为双题。不过经历代学者考据，此书为他人伪托，至于具体作者是谁，至今尚无定论，学界普遍倾向于认为出自叶昼之手。其版本内容与嘉靖本大致相同，只是对部分情节进行了删改。李评本全名为《李卓吾先生批评三国志》，无"演义"字样，因此也可排除在外。毛本脱胎于李本，名字改为《三国志演义》，对李卓吾本部分情节进行了增删改写，进一步强化了小说中已有的"尊刘"倾向，对此毛宗岗已有说明。毛本是清代最为流行的版本，由此推测，库恩称的"演义"为毛本的可能性很大。

以上证据尚嫌薄弱，但从库恩的译本文字中仍可以找到一些佐证。与毛本一样，库恩译本删除了刘备出场时对其性格爱好的描写文字①，但随后有关刘备叔父的文字便透露了一些版本信息。试比较李笠翁本、毛本与译本中对于这一情节的描写：

玄德幼时，与乡中小儿戏于树下，曰："我为天子，当乘此羽葆车盖。"叔父责曰："汝勿妄言！灭吾门也！"（李笠翁本）②

玄德幼时，与乡中小儿戏于树下，曰："我为天子，当乘此车盖。"叔父刘元起奇其言，曰："此儿非常人也！"（毛本）③

当他童年时跟村里的其他男孩一起玩耍，他常常自豪地宣称："一旦我成了天子，就要在这棵像车盖一样的树下乘车游荡。"一位听到这个孩子发言的叔叔坚信，他的侄子注定会有更高的成就，因此照料他和他母亲免受匮乏之苦。（译本）④

听到幼年刘备的豪言壮语，在李笠翁本中，叔父表现出惶恐和惊惧，而在毛本中，则是自豪和鼓励。显然，译本与毛本是一致的⑤。又如吕布初次登场的描写：

时李儒见丁原背后一人，身长一丈，腰大十围，弓马闲熟，眉清目秀……（李笠翁本）⑥

---

①　李卓吾评本、钟惺批评本与李笠翁批评本中，对于刘备的描写都采用了嘉靖本的文字，即保留其"喜犬马，爱音乐，美衣服"这些源于《三国志》的性格特征，但在毛本中，将这些有损于刘备"仁君"形象的词句删去了。

②　李渔：《李笠翁批阅三国志》，《李渔全集》（第十卷），浙江古籍出版社 1992 年版，第 5 页。

③　罗贯中著，毛宗岗评：《注评本三国演义》，上海古籍出版社 2014 年版，第 5 页。

④　Franz Kuhn：*DIE DREI REICHE（SAN KUO TSCHI）ROMAN AUS DEM ALTEN CHINA*，Gusta Kiepenheuer Verlag GMBH，1952，S12.

⑤　不过，库恩将"乘此羽葆车盖"译为"就要在这棵像车盖一样的树下乘车游荡"是不准确的，这种误译并非个例，如译文第十三章中所译原著第十六回刘备的回答"彼以好情待我，奈何疑之"同样被误译为"但他再次见到他的两个妻子的渴望，比他们的警告更强烈"。可见，相同内容在译文之中并不能与原著完全重合，因此在判断底本来源时，我们不仅要从整体内容进行判断，还需要区分其中因文化差异以及时代、国情等因素造成的误读与改编。

⑥　李渔：《李笠翁批阅三国志》，《李渔全集》（第十卷），第 32 页。

时李儒见丁原背后一人,生得器宇轩昂,威风凛凛,手执方天画戟,怒目而视。(毛本)①

他警惕的目光没有错过那个保护性地站在丁原身后,威胁性地挥舞着他的长新月戟且目光中闪烁着愤怒的战斗欲望的强大战士。(库恩译本)②

李本通过李儒的观察视角描写吕布的外貌特征外,又掺杂着叙述者的评价——"弓马闲熟",这是说书人全知视角留下的痕迹。而毛本不但理顺了文字,而且完全从李儒的视角对吕布进行描述,明显削弱了说书人的口述风格,努力向案头文学转变。库恩的翻译文字基本与毛本相同。

作为刘备的结义兄弟关羽,毛本也做了诸多改动,以突出他的忠义形象。这也同样反映在库恩的译文中,试比较第二十五回中关羽"秉烛达旦"一段:

于路安歇馆驿,操欲乱其君臣之礼,使关公与二嫂共处一室。关公乃秉烛立于户外,自夜达旦,毫无倦色。操见公如此,愈加敬服。(毛本)③

曹操想考验关羽的意志力,因此有一天晚上他在他的部队占据的驿站安排,谎称因空间不足而将关羽分配到和他的两个嫂子同一房间里。关羽做了什么?他手里拿着一支点燃的蜡烛站在房间门前并以这种姿势等到第二天早上,没有离开他的位置。从那时起曹操对他更加尊重。(译本)④

毛本增写曹操欲破坏刘备与关羽之间的关系,安排关羽与刘备二夫人共寝一室,但关羽光明磊落,胸怀坦荡,秉烛达旦站立于门外,守护二嫂。库恩的译文内容与毛本相同,而且增加"Probe"(尝试、考验)一词以突出曹操行为的目的。毛本增加的内容,突出了曹操奸诈和关羽忠义的性格,然而这段著名的情节在嘉靖本系统中却不存在,是毛氏父子擅自增加的,而库恩译本与毛本完全相同,这是库恩采用毛本为底本翻译的有力证据。

一些心理描写的相同也可提供证据。毛本试图摆脱中国传统小说中说书人的全知视角,略去了许多直接的心理描写内容,以降低叙述者在故事中的存在感,此即布斯所强调的"创造一道合适的屏障",并"忘掉个人存在以及他的特殊境遇"。⑤ 试以曹操对刘表的评价以及蔡夫人在蔡瑁挑唆下,两次对刘表说刘备坏话为例:

操曰:"刘表虚名无实,非英雄也。"

---

① 罗贯中著,毛宗岗评:《注评本三国演义》,第 27 页。
② Franz Kuhn:*DIE DREI REICHE（SAN KUO TSCHI）ROMAN AUS DEM ALTEN CHINA*, S51.
③ 罗贯中著,毛宗岗评:《注评本三国演义》,第 238 页。
④ Franz Kuhn:*DIE DREI REICHE（SAN KUO TSCHI）ROMAN AUS DEM ALTEN CHINA*, S324.
⑤ 韦恩·布斯:《小说修辞学》,付礼军译,广西人民出版社 1987 年版,第 78 页。

表曰:"玄德仁人也。"蔡氏曰:"只恐他人不似汝心。"表沉吟不答……蔡夫人曰:"适间我于屏后听得刘备之言,甚轻觑人,足见其有吞并荆州之意。今若不除,必为后患。"表不答,但摇头而已。蔡氏乃密召蔡瑁入,商议此事。①(毛本)

操有笑曰:"刘表酒色之徒,非英雄也。"

表曰:"吾弟仁德之人也。"蔡氏曰:"诚恐他人不似汝心。"表已狐疑……蔡夫人曰:"适间我于屏后,听得刘备之言,足见有吞并荆州之意,视人如草芥。今若不除,必为子孙之患。"表不答,摇头而已。蔡氏知其意,遂召弟蔡瑁入,商议此事。(李笠翁本)②

"一个没有实质的虚名。不是英雄。"

"……但他是一个如此正直的诚实人",州长反驳道。

"我担心,其他人对他有不同的看法。"

州长叹了口气且没有表示异议。

……虽然州长对刘备的这番不假思索的言论也没有说什么,但还是给他留下了相当的不安。当他在客人告别后回到自己的卧室时,他的妻子蔡夫人对他说:

"我偶然在屏风后面听到了你的客人的轻蔑评论。这样一来他就暴露了自己的真面目并充分泄露了对你的土地的意图。你应该及时除掉他,否则他还会给你带来灾祸。"

州长若有所思地摇头且沉默了。然而第二天早上蔡夫人秘密地私自召见了她的弟弟蔡瑁并将前一天晚上发生的事情告诉他。(译本)③

　　毛本和李本对刘表的描写有很大的差异。李本中,曹操斥刘表乃"酒色之徒",直率地表现了对他的轻蔑;而毛本则改为"虚名无实",口气有所缓和,只是表现了对他的批评。类似的改动也体现在蔡夫人与刘表交谈中,李本与毛本都写在蔡夫人的挑拨下,刘表对刘备的态度由信任到动摇、怀疑,后来默认蔡夫人采取行动的发展过程,但毛本对刘表的言行稍作修饰,体现出毛氏对刘表一定程度的同情,把主要责任归于妇人的挑拨。在李本中,刘表不仅自然流露出"狐疑"的表情,而且默许蔡夫人行事,是"酒色之徒"的昏庸本色。在毛本中,刘表称"玄德仁人也";在蔡氏的挑拨下,他"沉吟不答";蔡夫人建议除掉刘备,他"叹了口气"。在库恩译本中,刘表赞刘备"是一个如此正直的诚实人",蔡夫人进谗言后,他"叹了口气且没有表示异议";蔡夫人准备采取行动,他"若有所思地摇头且沉默了"。可见库恩译本与毛本是相同的。

　　此类证据还有不少,兹不一一列出。综上所论,基本可以得出结论:库恩译本是以毛宗岗批评本为底本。

　　① 罗贯中著,毛宗岗评:《注评本三国演义》,第 197、329—332 页。

　　② 李渔:《李笠翁批阅三国志》,《李渔全集》(第十卷),第 236、377—379 页。

　　③ Franz Kuhn: *DIE DREI REICHE*(*SAN KUO TSCHI*)*ROMAN AUS DEM ALTEN CHINA*,S385 - S387.

二、库恩译本的翻译策略

众所周知,中国小说的外译大体采用两种方式,即"归化"与"异化"。这一概念最早来源于德国翻译学家施莱尔马赫,他认为"一是译者尽可能不要惊动作者而把读者领到作者的面前,一是译者尽可能不要惊动读者而把作者领到读者的面前"[①]。前者是译者试图以自己的理解与描述来填补读者对源语言的空白,而后者则是将文本拉入目的语的世界,使其成为读者所熟悉的文化环境。这一理论打破了直译与意译的划分方法,并在之后得以不断发展。"归化"的归宿在于目的语言与读者,因此采用目的语的文化对原文进行修改,使其适应目的语读者。奈亚在此基础上还提出了"动态对等"的新要求,即语言表达不必与原文相同,只保留其中内容,使译文自然而流畅。而"异化"则是以源语言与作者为重,尽量保持原文的风貌。而为了让读者能充分感受他者文化的异域风情,就需要遵照原著的文字表达方式,不惜打破目的语的使用规范。韦努蒂对此提出了以"解构主义"处理译文的观点,并认为翻译不是为了消除不同语言与文化之间的差异,而是要保留双方的不同之处。

尽管德国前辈们积极推动着"异化"的翻译策略,但库恩并没有追随他们的步伐前进。从他所翻译的几部中国古代长篇小说来看,都是采取以"归化"为主、"异化"为辅的策略。他自己也曾多次提到,不想要一个"充满脚注的翻译",而是"可读的手稿"。而对于他的作品,库恩也并不认为自己是在"翻译"(Übersetzung),而是对原文的"改编"(Übertragung)与"德国化"(Verdeutschung)。[②]

跨文化翻译从来都是一项艰难的工作,其中的文学翻译尤甚。不同于其他艺术,文学的媒介是语言,它是语言文字的艺术,是社会文化的重要表现形式。作为艺术,文学也需要引发读者与译文之间的共鸣,因此平衡原文与阅读审美,是译者翻译策略中极为重要的一环。茅盾曾将文学翻译描述为:"这样的翻译,自然不是单纯技术性的语言外形的变易,而是要求译者通过原作的语言外形,深刻地体会了原作者的艺术创造的过程,把握住原作的精神,在自己的思想、感情、生活体验中找到最适合的印证,然后运用适合于原作风格的文学语言,把原作的内容与形式正确无遗地再现出来。这样的翻译的过程,是把译者和原作者合而为一,好像原作者用另外一国文字写自己的作品。"[③]而由于中国与西方之间的文化差异,一些特定的文化负载词语与地理环境等文化、国情方面的内容,在没有注释的情况下是非常难以理解的。因此,原始文本的完全直译往往对没有汉学基础的普通读者极不友好,甚至会使之产生认知层面的困惑。而这,往往也是中国文学难以在域外广泛推行的原因之一。

在译本的序言中,库恩阐明了自己选译《三国演义》翻译的直接原因。受顾路柏《中国

---

① 威尔斯:《翻译学　问题与方法》,祝珏、周智谟节译,中国对外翻译出版公司1988年版,第25页。

② Hatto Kuhn: *Dr. Franz Kuhn (1884–1961). Lebensbeschreibung und Bibliographie seiner Werke.* Unter Mitarbeit von Martin Gimm.Geleitwort von Herbert Franke. Franz Steiner,1980,S18.

③ 中国翻译工作者协会《翻译通讯》编辑部编:《翻译研究论文集 1949—1983》,外语教学与研究出版社1984年版,第10页。

文学史》的影响,他认同《三国演义》"不仅在时间上,而且就其文学史意义而言,都是中国文学的第一部长篇小说"的论断,以及"尤其是更大的统一性,在普及性上肯定是无与伦比的"价值。① 因此,他对《三国演义》的最初印象便是中国的"民族英雄史诗"。而在翻译了《拜访沉睡的龙》《越过山溪》《王位之变》以及《阴谋》等片段后,毛本"拥刘反曹"的偏向性使库恩深化了对于作品的认知,并对作者的创作意图有了新的认知,即从刘关张三兄弟"为了获得权力并恢复国家的法律和正义"并重现帝国荣光的事迹中,寻找从暴力与动荡中恢复政治与文明的道路。因此,库恩视角下的《三国演义》并不仅仅只具有文学价值,还是一条了解中国历史的通道,蕴藏着历史、政治与文化等丰富的宝藏。

　　但是,中国小说的异域传播并非只是学术活动,其中还涉及许多外界因素,这些影响同样是译者删改修订原著内容的重要考量。尤其在20世纪上半叶的德国,大众的文化审美与国情息息相关。一方面,由于最初德国汉学的学术化来源于殖民的需求,因此它在发展中天然带有功利色彩以及欧洲中心主义思想。这既是库恩翻译《三国演义》的动力,也使其在转化过程中不可避免地偏向了目的语受众。并且,由于当时西方市场上中国小说译本的冷遇,原汁原味的复现因其过高的阅读门槛而不被出版商与读者选择。美国著名汉学家葛浩文(Howard Goldblatt)就曾直白地指出,"中国翻译文学没有什么市场……封底性感的女人,或者'中国禁书'的标签,或许可以提升一点销售业绩,但也仅此而已"②。那么,无论是库恩自己的偏好抑或民众的审美,都注定了《三国演义》在德国的传播必然要经历本土化的改造。另一方面,1933年当纳粹上台之后,希特勒强调要通过"政治解毒"的方式改造文化领域,一切带有革命色彩以及民主倾向的图书都被销毁,所有出版物受到严厉审查。他还认为需要将德国文化从所谓的"堕落文化"中解救出来,这种"堕落文化"主要是受外国影响,这将会威胁并且毁灭德国文化。他们相信艺术和文化是种族的表现形式,只有雅利安人才能创造真正的艺术,保持了真正的德国文化③。1936年之后,所有的观念与思想、理论与作品完全为政治服务,要实现这一目的,"需动用一切可能的手段,要强迫每个人都成为帝国文学院的成员;要禁止一切不合要求的作家从事创作;既要搞事前审查,也要搞事后审查;要操控纸张的供应;要对进、出口进行管制;要控制出版社;要编出禁书书目和非禁书书目;要进行宣传、广造舆论;要禁止批评,等等。作家、出版商、书商、图书馆员受到了同样严格的控制。那些特别富于创新精神的作家都是出名的不可捉摸、难以信赖,要让他们明白自己在新社会中所处的位置,必要时可采用强制手段"④。这就意味着,文学创作只在限定范围内是安全的,作者被"囚禁"在政治高压的牢笼之中。

　　因此,在重重考量之下,库恩选择以编译为策略,以"归化"为主、"异化"为辅的方式对《三国演义》进行翻译。他放弃了逐字逐句的转换,大幅度删减章节,同时根据需要对原文内容与情节进行改动或调整。在篇幅与字数的限制之下,无法将故事全貌展现,就尽可能

　　① 宋莉华主编:《西方早期中国古典小说研究珍稀资料选刊》(上册),社会科学文献出版社2021年版,第248页。
　　② 胡安江:《多元语境下的中国文学走出去研究》,清华大学出版社2019年版,第10页。
　　③ 周佳玮:《纳粹德国艺术政策研究》,华中师范大学硕士学位论文,2014年,第12页。
　　④ 里奇:《纳粹德国文学史》,孟军译,文汇出版社2006年版,第84页。

将故事停留在其中主线的阶段性内容之中,使得其不显突兀。为了完成这一目标,在对情节的选择上,库恩结合自己的理解进行了德式改造。全文完整保留了前三十八回中蜀汉的相关故事情节,尤其是刘关张三兄弟的部分;删去了曹魏势力里曹操的高光时刻,详写其恶行恶性;孙吴势力则轻描淡写,孙坚家族的权力更迭以及他们的生平介绍等悉数略过,其剧情完成度甚至不如董卓、吕布等人。十五回之后与蜀汉无关(甚至刘关张三人之外)的内容,删减程度尤为夸张。以第十八章为例,这一章就涵盖了第二十八至三十一回的内容。首先在标题上,译者就已经表达了此处的重点在于刘关张三人的重逢——"誓言兄弟的重聚"。以孙乾告知关羽前往汝南开头,之后入古城与张飞相见,兄弟二人冲突后又冰释前嫌,完全省略途中夏侯淳拦阻、使者送文书、张辽解围、郭庄遇盗马贼、裴元绍拜见、收服周仓等部分。在剩余篇幅不足以支撑所有内容之后,秉承三兄弟的故事为主线,库恩将他所认为其他所有可以省略的支线(包括三十八回后情节伏线的部分)尽数删去。虽然与前十回相比要仓促许多,但无论如何,仍能让故事流畅地继续延展,已经是极为不易了。当然,库恩对于战争以及打斗的省略并非全然是出于压缩篇幅以及精简人物的考虑,其中也有着中西文学叙述方式的不同影响。我们且以《三国演义》的原著、译文中战争场面进行比较:

次日鸣鼓进军,布成一个阵势,使人问玄德曰:"识吾阵势?"单福便上高处观看毕,谓玄德曰:"此'八门金锁阵'也。八门者:休、生、伤、杜、景、死、惊、开。如从生门、景门、开门而入则吉;从伤门、惊门、休门而入则伤;从杜门、死门而入则亡。今八门虽布得整齐,只是中间通欠主将。如从东南角上生门击入,往正西景门而出,其阵必乱。"玄德传令,教军士把住阵角,命赵云引五百军从东南而入,径往西出。云得令,挺枪跃马,引兵径投东南角上,呐喊杀入中军。曹仁便投北走。云不追赶,却突出西门,又从西杀转东南角上来。曹仁军大乱。玄德麾军冲击,曹兵大败而退。单福命休追赶,收军自回。(毛本)①

他率领两万五千人渡过界河,匆匆向新野进军。单福的高超兵法再次推翻了敌人的"八锁门"的复杂阵势,在公开的战斗中取得了胜利。(译本)②

从比较可知,《三国演义》中对战斗中布阵和战争中的人物表现描写十分详细,使人物的形象得到尽情展现。但所谓"八门金锁阵"对德国读者来说颇为玄幻难懂,于是,库恩进行了大刀阔斧的德式改写,用十分精简的概括性语言结束了这场战斗,同时符合目的语的语言习惯。

在体式上,译文也由中国章回小说转变为偏于西方现代小说的题目设计,库恩将原文中对仗回目、定型化的开头和结尾一起摒弃,且一些译本主角之外的人物,也没有依照小说原本编年体的叙述时间位置,而是将其提前或推后插叙一笔,并入其他情节。通过这样的改造,《三国演义》就从典型的中国章回小说变为德国民众所熟悉的形态,即以主人公为明

---

① 罗贯中著,毛宗岗评:《注评本三国演义》,第348页。
② Franz Kuhn:*DIE DREI REICHE (SAN KUO TSCHI) ROMAN AUS DEM ALTEN CHINA*, S412.

线。此外,在一些微枝末节方面,如一般性的谚语或俗语、便于理解的成语等,都尽量以原貌呈现;实在难以描述的部分,则或省略或意译或等类置换,以保证行文流畅。是以文中常常会出现"香罗"变"亚麻布手帕"、"麒麟"成"长翅膀的神马"等不符原意的转换。这种为了迎合目的语文化习惯的有意误译,正是库恩"归化"策略下的产物。

　　虽然库恩《三国演义》的译本在今天看来并不完美,但毫无疑问,填补了当时德国汉学界的空白,为《三国演义》在德国的广泛传播作出了巨大贡献。对此库恩很自信,他说:"所以我采取了自己的方向,不受任何女性的影响,固执地,始终如一地追随我自己的明星,实际上驾驶得很好。多年来,最初别人的眼睛都看不见,今天,我的星星在文学的天空中默默地、明亮地且清晰地闪耀着,其他人的眼睛也能察觉到。"①诚非虚言,库恩译本的确是《三国演义》在德国传播中一个独具特色的译本。

三、库恩译本体现的中德文化差异

　　杨建平在其论文《文化误读与审美》中,将"文化误读"诠释为"在文化交流活动中,人们对于异族的一些文化现象所作出的与该民族截然不同的特殊解读。包括对其中的价值观念、风俗习惯、行为方式、情感态度、审美趣味等各种文化现象的解读"②。因此,它绝不是认知中简单的错误理解,而是基于不同文化的视角之下对"他者"的抉择。而翻译,作为两种文化在文字上的碰撞,译者以自己的审美与经验等构成的认知体系,对文学作品进行阅读,因而在其中会掺杂译者主观的成分。尤其是库恩的节译本,一方面如上文中所提到的因政治与传播等因素的考虑而采取了"归化"的策略,另一方面两国思想与认知之间不可避免的差异性存在,多重交叠下使译文中存在许多异于原著的删改增加部分。

　　中国古代小说创作深受儒家思想影响,尤其历史题材的作品,更与史传文学密不可分。而古代史传的审视评判,采取的是儒家伦理道德标准。司马迁《史记》中曾言:"夫《春秋》,上明三王之道,下辨人事之纪,别嫌疑,明是非,定犹豫,善善恶恶,贤贤贱不肖,存亡国,继绝世,补敝起废,王道之大者也。……夫不通礼义之旨,至于君不君,臣不臣,父不父,子不子。(夫)君不君则犯,臣不臣则诛,父不父则无道,子不子则不孝。此四行者,天下之大过也。以天下之大过予之,则受之而弗敢辞。故《春秋》者,礼义之大宗也。"③因此,史书的作用便在于宣扬父子君臣之礼,拨乱反正,警示后世乱臣篡逆。作为脱胎于史传的历史演义,自然贯彻着与史传相同的思想。在对历史人物的评判中,尽管包含政治成就与历史贡献等综合因素,但仁德与礼法依旧牢牢占据着最为重要的地位。宋代及以后,"正统"观念的影响力更为强大,民众对于"德治"的认同超越了军事"武功"。因此,有着刘汉血脉又相对"仁德"的刘备在民间受到尊崇和支持,如《东坡志林》中就记载街市中小儿喜欢坐听说古话,

①　Hatto Kuhn: Dr. Franz Kuhn (1884-1961). Lebensbeschreibung und Bibliographie seiner Werke. Unter Mitarbeit von Martin Gimm.Geleitwort von Herbert Franke. Wiesbaden: Franz Steiner, 1980,S30.
②　杨建平:《文化误读与审美》,《文艺评论》1996年第1期。
③　司马迁著,卢苇、张赞煦点校:《史记》,浙江古籍出版社第2002年版,第990页。

"至说三国事,闻刘玄德败,颦蹙有出涕者,闻曹操败,即喜唱快"①。而后南宋朱熹对刘备正统身份的肯定,更在士大夫层面推动了其地位的提升。二者双重影响之下,明清时期形成了雅俗文学中"尊刘抑曹"风尚。

然而,中德两国之间迥异的文化造就了不同政治评判和审美标准,也使得库恩对小说中一些历史事件和历史人物的评价与原书和毛评并不完全相同——特别在他偏向于目的语读者的翻译策略之下,更使其呈现出德国化的特点。德国自18世纪历史方法的基本要素确立后,史料的批判研究标准也就随之诞生。早期的历史主义建立于宗教信仰之上,无论是赫兰德还是兰克等人在他们的学说中都表达了上帝对世界与历史的掌控,而这也意味着在此观念下个体精神必须为集体利益所让步。正如美国学者伊格尔斯在《德国历史观》中所述:"德国历史思想从赫尔德世界主义的文化导向的民族主义向解放战争时期以国家为中心的排外的民族主义的转变"②。个人利益必须服从于国家利益,斗争成为国家存在与发展的必要因素。德国的历史观在这一时期与西方世界所流行的自由主义大相径庭,即便秉持这一观点的历史学家,也不得不屈服于国家现状,成为民族主义的一员,这也成为影响后世欧洲中心论的重要因素。因此在共同的信仰之下,道德与政治相辅相成,历史乐观主义始终与悲观主义思潮奇怪地纠结在一起,牢牢占据上风。之后两次世界大战爆发,虽然对德国的历史思想产生了极大的冲击,但并未彻底拔除前人思想的影响,如人物的历史价值评价,英雄主义取代了西方人文主义与人本主义。这实际上仍是费尔巴哈政治观的延续,他将国家视为"绝对化的人",而国家领袖则代表了人的总体,"国家领袖无差别地代表一切等级,在他面前,一切等级都是同样必要、同样有权利的。国家领袖是普遍的人的代表"③。而后尼采的"超人"思想同样属于德国特殊历史主义思想下的产物。此外,在文化上德国学者也延续了民族主义的观点,并进一步发展。他们认为,"并不存在什么单一的人类历史,而是只有各个单独的、封闭的文化的历史;一切价值都是相对于特定文化而言的,并且因而对于其他文化的理解就永远是有限的或者是不可能的"④。换而言之,对其他文化的理解永远是从某一视角出发,欧洲——抑或德国中心思想的文化局限性也就成为他者文化进入德国不可避免的问题。因此库恩译本在抓住人物角色的性格特征的同时,也依照自己的原则,寻找他者与本国文化的平衡点,在原著情节的基础上,结合西方读者的印象对人物进行改编。他以西方小说的二元对立模式对作品进行了调整,即围绕刘备为首的集团与曹操及其势力之间的发展与斗争展开。这正好与毛本中"拥刘反曹"倾向不谋而合,于是,他继续夸大了这一思想,以展现他者文化的异域风情,从而使译本最终呈现的人物与原著之间存在一些差异。这在两位正反派阵营的领袖——刘备与曹操的形象上表现得尤为突出。

弗拉基米尔的《故事形态学》中,将角色按照功能分为七类,其中第一便是"对头","对

---

① 朱一玄、刘毓忱编:《〈三国演义〉资料汇编》,南开大学出版社2012年版,第109页。

② 伊格尔斯:《德国的历史观》,彭刚、顾航译,译林出版社2006年版,第35页。

③ 费尔巴哈:《关于哲学改造的临时纲要》,《费尔巴哈哲学著作选集》上卷,生活·读书·新知三联书店1959年版,第119页。

④ 伊格尔斯:《德国的历史观》,彭刚、顾航译,第329页。

头(加害者)的行动圈。它包括:加害行为(A),作战或与主人公争斗的其他形式(B),追捕(Jlp)"①。虽然这是弗拉基米尔对西方故事的总结,但与《三国演义》却有相通之处。作为被反复抨击的"奸绝"人物,曹操在小说中的塑造采取了类型化的方法。库恩对角色的判断很大一部分是受到了底本的影响,他的译本也在此基础上进行了归化的调整,即以"古今来奸雄中第一奇人"为重点,展现"奸绝"的特征。因此他笔下的曹操,不仅呈现出毛本中的奸雄面目,更具有西方小说中"对头"的设定。曹操首次正式出场,库恩即给予了"罕见的狡猾和毫不掩饰的野心"的评价。接着写"刺董",失败后曹操伪装献刀脱身并及时逃跑,体现出他狡诈的个性。后来"误杀吕伯奢",则展现出曹操的凶残自私。第十章对曹操以巧妙的手法平息了动乱,荀彧、郭嘉等人来投一笔带过,却详写了力量增强后,即报父仇攻打徐州的恶劣行为。为了凸显其"奸",译者在译文中将他的态度形容为:"然后身着丧服的曹操骑马从他的队伍中出列,并挥舞着他的鞭子开始对他臆断的敌人进行愤怒的谩骂。"②"ver-meintlich"在德语中有主观上想象的、臆想的意思,而原文并无此说,仅是"身穿缟素,扬鞭大骂"。译著在原文的基础上融入了自己对上下文中情节的合理推断。由前文中可以得知,曹父的死亡与陶谦及徐州人民没什么关系,他们完全是无辜的,曹操的行为不具备任何正当性。所以库恩对他的辛辣嘲讽,既是创造性的改编,也是对原文隐藏含义的挖掘,便于读者理解。不仅如此,下文中他还增加陶谦"在马鞍上深深地鞠了一躬"③,以其谦和恭顺反衬曹操的蛮横无理。不仅如此,相较于原著,译文中对曹操的塑造也紧紧围绕着"野心"展开。如译著第十二章中,在董卓部下李傕、郭汜危及汉献帝时,曹操及时赶来救驾,打败李傕、郭汜并迁都许昌。"皇帝默默地感谢和钦佩这位如此关心他的安康并拥有如此无穷无尽的军队的人"④,免除曹操见驾时的跪拜礼仪,"从此,曹操成了朝廷中最有权势的人。所有关于晋升、任命、免职和惩处的奏章和提案,都经由他之手,并由他决定"⑤。正如上文一般,库恩以对比的手法,以皇帝的感激与顺服反衬出曹操的骄狂无礼。并且,译文还渲染、夸大了曹操的不臣之心,增加了曹操对于帝位的觊觎。在太史令向皇帝报告星变之事时,"曹操对于这种天象的解释非常满意,因为这正符合了他隐秘的愿望和意图,但他又不愿公开承认,次日便向献帝客观冷静地说道……"。库恩将曹操欲将汉朝取而代之的心思直白展现给读者,所以接下来译文中基本在描写曹操的谋篡行为,他建立的功绩却很少提及,原著中人物的雄才大略在译文中被一笔带过。以官渡之战为例,这是历史上著名的以弱胜强的案例。当时曹军兵疲粮缺,袁军的兵力远胜于曹军。曹操的谋士荀彧认为此时曹军以弱敌强,退兵会被袁军乘胜追击,必须出奇制胜。曹操采纳了荀彧的良策,巧施火攻,焚烧袁军粮草。袁绍因为内部不和,又骄傲轻敌,屡次拒绝部属许攸等人的正确建议,一再丧失良机,最终军心动摇,内部分裂,全军溃败。展现出曹操的雄才大略,在原著中是大书特书的,但在译文之中,却仅仅只有一段概述:袁绍"在(军队)数量上他虽占绝对优势,但在军事才

① 普罗普:《故事形态学》,贾放译,中华书局 2006 年版,第 73 页。
② Franz Kuhn:*DIE DREI REICHE (SAN KUO TSCHI) ROMAN AUS DEM ALTEN CHINA*,S155.
③ Franz Kuhn:*DIE DREI REICHE (SAN KUO TSCHI) ROMAN AUS DEM ALTEN CHINA*,S156.
④ Franz Kuhn:*DIE DREI REICHE (SAN KUO TSCHI) ROMAN AUS DEM ALTEN CHINA*,S198.
⑤ Franz Kuhn:*DIE DREI REICHE (SAN KUO TSCHI) ROMAN AUS DEM ALTEN CHINA*,S204.

能方面却远远不如。另外,他的最顶尖谋士中的一位和两个最能干的偏将由于受到不公正的待遇而投奔了曹操。简而言之,袁绍在黄河北岸遭到两次惨败,在损失了主要的粮草库并丧失了所有补给后,最终不得不抛弃全部军饷和档案文件以及无数军备后,慌忙逃回他的州府冀州"①。这样的例子并非个例,纵观原著前三十八回,无论是第六回中追击董卓的虽败犹荣,第十七回的大败袁术与割发代首,第三十回至三十三回以少胜多剿灭袁绍及其势力等,都未被译出。相反,第四回误杀吕伯奢,第二十回许田围猎,以及第二十四回绞杀贵妃等恶行等,则被库恩详细译出。由此可见译者的思想感情倾向,他笔下经由"归化"改造后的曹操,是一个经典的"对头"式角色。译者采取这种翻译策略,既源于他对人物性格一直都保持稳定的单向度刻画,也因为受到出版商的限制,更因为西方文化的影响。毛氏父子评本虽然采取了"拥刘反曹"的改写策略,但《三国演义》毕竟据《三国志》而演义,这就无法全部抹去曹操的功业与才能,即便激烈如毛宗岗,亦不得不承认"智足以揽人才而欺天下者莫如曹操",曹操乃"古今来奸雄中第一奇人",既"奸"且"雄"。然而在库恩的译文里,他放大了曹操"奸"的性格特点,还删除了他"雄"的一面,竭力不影响正义与邪恶冲突的主线。译文中曹操的主要故事线集中于他的恶行以及与主角方的对峙之上,而出彩之处却多是略述。有时实在不得不详写他的一些功绩,但那是为了完善故事的逻辑链条——曹操如何从一个小官成长为霸主,成为刘备抗争的对象。由此可见,库恩对角色的类型化塑造甚至比原著更为突出。

对于刘备,库恩则主要采用增补的方式,进一步凸显他"仁德"的性格特点,使其成为符合西方审美的存在。在原著中,作为与曹操对立的"仁君",刘备聚集了儒家所期望的君主诸多美德。在开篇中,作者在勾勒他的相貌、说明他的性格时,称赞他为"英雄",说其"性宽和,寡言语,喜怒不形于色"。然而,刘备这种形象并不完全符合西方的审美标准,在他们看来,与其说刘备是一个"英雄",毋宁说他更像一个"庸才"。施寒微在《中国文学史》里便指出:"刘备在小说中被认为是汉室合法的继承者,其成功却取决于足智多谋的诸葛亮的辅助。"②而司马涛更直接批评刘备"才疏学浅,却野心勃勃"③。这就符合了克罗齐在《翻译的不可能性》中对此提出的深切忧虑:"如果翻译冒充可以改造某一表现品为另一表现品,如移瓶注酒那样,那就是不可能的。在已用审美的办法创作成的东西上面,我们如果再加工,就只能用逻辑的办法;我们不能把已具审美形式的东西化成另一个仍是审美的形式。"④是以库恩的译文,虽然基本保留了大半原著描写以维持这一人物的核心品德,但仍对部分特质进行了德国化的重塑。当中最为明显的,首先便是刘备对妻子和兄弟的态度。中国古代一直有女色祸水论、女色亡国论,对美色都保持着警惕。在正统人士看来,结义兄弟的重要性甚至超过了结发妻子,这在西方伦理文化中是不可想象的。自19世纪中期以来,西方的结义兄弟的关系已被视为团结,多用于指国家之间的盟约关系以及民族间的相互理解。且

---

① Franz Kuhn: *DIE DREI REICHE（SAN KUO TSCHI）ROMAN AUS DEM ALTEN CHINA*, S378 - S379.

② 施寒微:《德国人写的中国文学史》,顾牧、李春秋译,河南文艺出版社 2022 年版,第 380 页。

③ 司马涛:《中国皇朝末期的长篇小说》,葛放、顾士渊译,华东师范大学出版社 2009 年版,第 69 页。

④ 克罗齐:《美学原理》,朱光潜译,商务印书馆 2017 年版,第 81 页。

在传统上,这一关系承认兄弟之间的不平等,他们为了共同目标而结盟,参与者只是承诺彼此之间保持兄弟般的关系。而在德语之中,用"结义"的词语原始意义也是"(尤指与被占领国居民)与其建立兄弟关系;交朋友"①。因此在库恩的译文之中,对此有了微妙的改动。以第十三章中徐州丢失后的情节为例,此中包含原著第十四至十六回的内容,尽管库恩保留了至今争议较大的"兄弟如手足,妻子如衣服"言论,却在入城的片段中进行了缓和:

　　　　关、张曰:"吕布乃无义之人,不可信也!"玄德曰:"彼既以好情待我,奈何疑之?"遂来到徐州。(毛评本)②

　　　　"吕布是个没有诚信的人,你不应该信任他",他们对他说,但再次见到他的两个妻子的渴望比他们的警告更强烈。(库恩译本)③

吕布乃反复无常的小人,但刘备仍选择相信他,不顾危险来到徐州,小说以此展现刘备的仁德宽厚和英雄气概,是以毛氏点评曰"此在他人决不肯来,亦决不敢来"。然而在库恩的译文中,却在后面增加了一句,使刘备入城的理由变成了渴望见到两个妻子,将个人情感置于事业之上。换言之,这也就使得他前文中安慰关张的言语颇为不实,且将刘备之妻的地位隐隐放在了二人之上。事实上,类似显示刘备在结义三兄弟中绝对地位的改编在全文中并不罕见。又如第三十章中,刘备第三次拜访诸葛亮,途中张飞因恼恨诸葛亮使大哥多次受累,直言要用绳子把他捆绑带来。在库恩译文中,刘备直斥他为"愚钝之人",严厉地责骂了一番,态度十分粗暴。尽管原著中此处亦描绘了刘备的愤怒,以"叱"开口,但他接着以文王见姜尚为例,训诫张飞要敬贤,不可失礼,意在"训",而非"责",体现出兄弟情深。但在库恩译本中,"斥责""怒吼"等词语在三人交谈中常常见到,足见在欧洲伦理观影响下,刘备在结义团体中掌握"家父权"的绝对地位。

　　在欧洲文化之中,"英雄"呈现出骄傲与奔放的性格特征,爱憎分明。如《伊利亚特》里阿伽门农与阿基琉斯的对话:"不要耍小聪明,神一样的阿基琉斯,不要试图胡弄我,虽然你是个出色的战勇。你骗不了我,也说服不了我⋯⋯不! 除非心胸豪壮的阿开亚人给我一份新的战礼⋯⋯"④德国本土的史诗《尼伯龙根之歌》同样显示了英雄们的自傲:"国王看着他的贵宾,开口言道,'高贵的西格弗里特,驾何等春风来到敝国大地,或者勇士另有赐教亲临莱茵河畔的沃尔姆斯?'只听客人对国王答道:'请恕我对你直言不讳⋯⋯我也是位盖世英雄,应该头戴王冠身披王袍⋯⋯'"⑤为了让"刘备"这一人物更加鲜明生动,符合西方审美,库恩便增加了他的情绪描写,与原著中内敛的性格大异其趣,以译本中一处改动较大的场景为例:

---

① https://www.duden.de/rechtschreibung/fraternisieren。
② 罗贯中著,毛宗岗评:《注评本三国演义》,第 133 页。
③ Franz Kuhn:*DIE DREI REICHE (SAN KUO TSCHI) ROMAN AUS DEM ALTEN CHINA*, S216.
④ 荷马:《伊利亚特》,陈中梅译,燕山出版社 1999 年版,第 6 页。
⑤ 佚名:《尼伯龙根之歌》,曹锦云译,华东师范大学出版社 2005 年版,第 22—23 页。

三名结义兄弟满心愤慨地发现，对他们来说，侍奉一个傲慢的上层人物是徒劳且不值得的，对他来说，地位和等级比任何成就都重要。①

实际上，原著中的刘备是个喜怒不形于色的人，温良恭俭让，符合儒家的君子风范。面对督邮和袁绍的侮辱以及曹操的进逼，他都隐忍不发，没有产生过激行为。译文写他与关张一样"满心愤慨"，无疑不契合他的性格。由此可见，或许库恩对正面人物的这些改动是借鉴了西方文学的表达模式，想要向读者彰显刘备的英雄本色。

四、结语

《三国演义》是中国章回小说的开山之作，对中国及世界文学都产生了深远的影响。东亚文化圈诞生了卷帙浩繁的译本和众多的研究著作，在欧美学界也同样拥有着一席之地。但在 20 世纪的德国，《三国演义》的知名度要远远低于《金瓶梅》与《水浒传》，更不用说《今古奇观》了。由于不同文化之间的历史观影响，德国民众难以欣赏中国传统的战争艺术，且小说通篇所强调的儒家仁德也非是他们所熟悉的道德哲学理念。而由于库恩所选择的底本是毛评本，加强了"拥刘反曹"的情感倾向，这种态度同样出现于译本之中。但是，如果以这一时期已有的汉学家成果来看，他们中大部分人并没有呈现出类似的偏好。无论是已有的译文片段还是文学史简评，视线所集中的人物大多具有鲜明激烈的性格特征。而后来的汉学家们在研究这部著作时，重点关注的人物又是曹操、诸葛亮等人。库恩译本的重心皆在刘备三兄弟之上，其余人物，如曹操的许多故事内容遭删减，诸葛亮更是最后一章才草草出场。因而在一些学者看来，这部译本并不能给他们提供所需要的《三国演义》的信息。库恩试图将原著的文化氛围转移至译本之中，却没有与当时德国汉学家们的研究热点与思想倾向步调一致。

但即便如此，这些问题仍无法抹杀库恩《三国演义》译本的价值。作为第一部德国汉学家自译的译本，它填补了本国长久以来相关领域的空缺。在翻译策略上，他采取了"归化"的方法，即以欧洲现实主义小说观诠释中国古代小说的文本。因此，他不拘泥于文字与情节的精准，而是着重把握文本整体的内容以及作者的思想，达到"科学性和艺术性、准确性和通俗性上的平衡"②。他的译本虽没有获得汉学家的青睐，但在普通读者中赢得了声誉，继《水浒》译本《强盗与士兵》之后，打破了明代章回小说译本在德国遭受冷遇的魔咒，极大提高了其在德国乃至欧洲的知名度。库恩将主线集中于刘关张兄弟三人身上，对《三国演义》铺设背景以及人物的前十五回进行了较为详细的翻译，第十六至三十八回的剧情则大幅删减概述。库恩在压缩时进行了慎重斟酌，维持了基本的故事逻辑以及人物的核心特征，保留了中国文化的内涵。而之所以又有改动，除了德国化之外，在第二章的分析中也提到有出版社以及时代背景的影响，这些都掺杂进译者对译文的内容以及表述方式的考量之

---

① Franz Kuhn：*DIE DREI REICHE（SAN KUO TSCHI）ROMAN AUS DEM ALTEN CHINA*，S160.

② 范劲：《"文学中国"的域外生成：德国的中国文学研究的系统演化》，北京大学出版社 2023 年版，第448 页。

中。这种面向大众的"市场化"翻译,使得许多汉学家对其褒贬不一。尽管在文本的学术性上存有争议,以传播的视角来看,这部译作有着无可置疑的地位。《三国演义》早在 19 世纪就出现于柏林皇家图书馆,在当时的百科全书之中还有着简短的介绍,并诞生了一些节译,但仅此而已。进入 20 世纪后,顾路柏、卫礼贤等人在翻译的同时对《三国演义》进行学术性的探索,才逐渐将其引入学界的目光中心,然而这些译作依旧属于小众的研究,未能改善《三国演义》在德国的文化境遇。直到库恩译本出现,才使这部巨著真正走向普通民众,推动了《三国演义》在德国的传播、发展与研究。所以,库恩的《三国演义》译本不仅是一座建立于中德两国之间传输文化的桥梁,更为小说酝酿出了广大的群众接受的土壤。正是由于前期他在大众中奠定的良好积累,才带动了之后德国学者对历史题材小说的深入翻译与探索,侧面促进了中国文化的域外发展。

历史与小说的智库

——冯梦龙《智囊》的经世思想

徐兴无*

一、冯梦龙的身份

明代民间图书编纂的兴盛与民间出版业的发达密切相关,但文人的介入才是最为关键的因素。周启荣《中国前近代的出版、文化与权力(16—17世纪)》指出:"晚明时期商业出版的繁荣与文人的参与增加的事实密不可分。"特别是"商业出版的扩大为许多有才华但考试失败的考生创造了新的机会。其中,出版能让他们把自己的艺文转化为市场价值"。① 冯梦龙就属于这一类士商出版人,周启荣将他作为"娱乐文化的出版商"的代表人物。这一类的出版商有别于只出版经、史、经世与科举的正统书籍的"士文化出版商",而是针对大众的阅读倾向,对小说、戏剧情有独钟。② 当然,冯梦龙的出版物中也有"士文化"的产品,比如《麟经指月》《四书指月》《〈春秋〉衡库》《别本〈春秋〉大全》等汇编诸多名家校阅评注的举业便览,还请"士文化出版商"的代表人物、同乡进士陈仁锡为《四书指月》作序。在《序》中陈氏强调"非在作相之难,读书之难也","有终身焉耳矣",告诫举子读书的目的在于修身而非博取功名。

冯梦龙的另一类非小说和戏剧的出版物就是笑话故事集《古今谭概》(肇始于他编的《古今笑》《笑府》《广笑府》等,完成于万历年间)、智谋故事集《智囊》(后又增订为《智囊补》,完成于天启年间)和男女故事集《情史类略》(完成于崇祯初年),③它们的特征都是将短小的历史故事分类编辑,固然这是为了适应大众的阅读口味,但是其中也有士人的理想寄托与经世之意。《谭概》取《史记·滑稽列传》太史公"谈言微中,可以解纷"一语为名,揭示了对滑稽传统的继承,所以梅之熉《古今谭概序》中说"罗古今于掌上,寄春秋于舌端,美可以代舆人之诵,而刺亦不违乡校之公,此诚士君子不得志于时之快事也"④。因此,滑稽意义上的"谭"是对人性和社会的讽谏。冯梦龙《情史类略序》曰"《六经》皆以情教也",男女作为儒家

* **作者简介**:徐兴无,南京大学文学院教授,主要研究方向为中国古代文学、经学史。

① 周启荣著,张志强等译,夏维中等校:《中国前近代的出版、文化与权力(16—17世纪)》,商务印书馆2023年版,第144页。

② 周启荣著,张志强等译,夏维中等校:《中国前近代的出版、文化与权力(16—17世纪)》,第183页。

③ 参见高洪钧《冯梦龙的俗文学著作及其编年》,《天津师范大学学报(社会科学版)》1997年第1期。

④ 王利器辑录:《历代笑话集》,中华书局2020年版,第285页。

人伦的发端,"岂以情始于男女。凡民之所必开者,圣人亦因而导之,俾勿作于凉,于是流注于君臣、父子、兄弟、朋友之间而汪然有余乎? 异端之学,欲人鳏旷以求清净,其究不至无君父不止"①。情不仅属于人之大欲,也是道德教化的基础,这是对道学家"存天理,灭人欲"的反拨。《智囊序》特别阐说了智识与道德的关系。冯梦龙生活在理学主宰的时代,宋明理学内部往往争论是"性即理"还是"心即理",将人的心性分割为二事。王阳明的心学在明代影响很大,但他将"尊德性"看得比"道问学"更重要,认为读书博学足以害道,所以许多明代的理学家主张"心即理",不要通过读书就能在自己身上觉悟出道来,所以也有反智识的倾向。② 尽管冯梦龙很崇敬王阳明,但他认为"智犹水,然藏于地中者,性;凿之而出者,学"③。智是人性的构成,其形态近似于水。但必须通过学,即读书和实践来开发智识,这是对孔子和孟子思想的发挥。孔子说"仁者乐山,智者乐水";孟子的"性善论"认为仁义礼智皆是人性,"仁义礼智,非由外铄我也,我固有之也"。既然智识是人人皆有的道德心性,所以奸猾盗贼也有智,"品智非品人也,不唯其人唯其事,不唯其事唯其人"④。只有在这个前提下,他才可以将所有的智识智谋囊括成丰富的智库。

总之,微言讽世,寓庄于谐,重情崇智,既可迎合世俗的文化趣味,又具有儒学和经典的根据;既可作为通俗读物的经营策略,又可以反讽虚伪的正统思想,顺应人情,寓教于乐,普化凡庶,这大概就是中国前近代启蒙思想的特征。作为娱乐文化出版商的冯梦龙,正是具有这种思想的士人。如果联系到他在明亡后还以"七十二老臣"的身份编纂《中兴伟业》《中兴实录》,则背负"无赖冯生唱《挂枝》"骂名的冯梦龙,骨子里却是"慷慨奇节士"⑤,可见他对自己奉献才华、实现价值的世俗的家国怀有坚贞的忠诚。

二、文本形式及其文化传统

《四库全书总目》子部"杂家类存目·杂纂中"著录《智囊》二十八卷、《智囊补》二十八卷;《谭概》三十六卷。《智囊提要》(内府藏本)曰:"是编取古人智术计谋之事,分为十部。亦间系以评语,佻薄殊甚。"《智囊补提要》(内府藏本)曰:"梦龙先于天启丙寅成《智囊》一书,以其未备,复辑此编。其初刻补遗一卷,亦散入各类。"其意似为先有《智囊》,后有《补遗》一卷,但《补遗》的内容亦散入各个《智囊》的各个部类之中,未能单列一卷。

《智囊》与《智囊补》的关系,据冯梦龙"自叙"曰:

> 忆丙寅岁,余坐蒋氏三经斋小楼近两月,辑成《智囊》二十七卷。……顾数年以来,闻见所触,苟邻于智,未尝不存诸胸臆,以此补前辑所未备,庶几其可。……书成,值余

---

① 冯梦龙:《情史类略》,岳麓书社 1984 年版,第 3 页。

② 参见余英时《从宋明理学的发展论清代思想史》,见其著《中国思想传统的现代诠释》,江苏人民出版社 1989 年版,第 82—94 页。

③ 冯梦龙:《智囊自叙》,冯梦龙评纂,栾保群、吕宗力点校《智囊》,中州古籍出版社 1986 年版,第 2 页。

④ 冯梦龙:《智囊自叙》,冯梦龙评纂,栾保群、吕宗力点校《智囊》,第 2 页。

⑤ 五石:《冯梦龙之生平》,《华北日报》1948 年 1 月 23 日,见孔另境编《中国小说史料》,上海古籍出版社 1982 年版,第 128 页。

将赴闽中，而社友德仲氏以送余，故同至松陵。

冯梦龙自称丙寅年辑成《智囊》，是年为明熹宗天启六年（1625），数年后又为《智囊》补辑了一卷，由二十七卷增为二十八卷，时间在他将赴福建之际，此时当为明思宗崇祯七年（1634），冯梦龙以岁贡选授福建寿宁知县。① 但丙寅岁辑成的《智囊》二十七卷本至今尚未发现，目前所有明刊本《智囊》和《智囊补》皆是二十八卷，但里面的故事确有出入。据吴国庆的统计，《智囊补》比《智囊》多出二百七十多则，增加近三分之一的篇幅。② 《四库总目存目》中的内府藏本《智囊》和《智囊补》也都是二十八卷本。学界对此现象有三种看法。其一，陈希音认为《智囊》和《智囊补》是冯梦龙辑的两部书，《智囊》二十七卷本尚有待发现。③ 其二，栾保群经过比勘，认为《智囊补》实际上是《智囊》的修订版，而不是续刻，《智囊》原书内容皆存在于《智囊补》中，两书应视为一书。④ 其三，吴国庆推测，现存《智囊》都是二十八卷的原因是"刻书商按《智囊补》体例，另行分目，凑足二十八卷之数"⑤。总之，由于是故事类编，补辑的故事没有单列，而是散编到《智囊》二十八卷的十个部类之中，如果再考虑到后世书商的增订修改，上述三种说法皆存在可能性，其实这种以不断修订内容、更新名目来博取市场的现象恰恰反映了古代通俗文化出版物的生产特征。

《四库总目》将冯梦龙的《智囊（补）》列入子部杂家的杂纂，但以"智"为主题的《智囊》一点都不杂，它选编了古代一千多个智术计谋类故事，分为上智、明智、察智、胆智、术智、捷智、语智、兵智、闺智、杂智十部，每部再分数类，如上智部中，分"见大""远犹""通简""迎刃"四类，总计十部共二十八类，每部有总叙，阐说义理和分部根据；每类有四言小叙，提示精义；每则故事多以人名为题，间下自己的评论。这样的文本形式是实用性的，便于查考阅读，从中取资立说或增广智识。这种编纂体例的形成具有悠久的传统，起自战国这个特别重视历史故事和智谋的时代，这个时代产生了一种类编史事或寓言故事的文本形式，其中包含两大要素，第一是设计一个分类义项的体系作为选编历史故事的体例，故事成为体现义项的实例；第二是在义项中专设智术计谋一类，收集古人运用智识谋略的故事。比如《史记·平原君虞卿列传》载虞卿"上采《春秋》，下观近世，曰节义、称号、揣摩、政谋，凡八篇，以刺讥国家得失，世传之曰《虞氏春秋》"。这些篇题当为义项的类别，其下或有序言，采《春秋》史事为事例，而其中的"揣摩""政谋"则涉及智谋。在《韩非子·说难》中，已经表达了从"同类异事"之中取资助智的思想："有欲矜以智能，则为之举异事之同类者，多为之地；使之资说于我，而佯不知也以资其智。"王先慎《集解》曰："所说或矜以广智，则多与举彼同类之异事，以宽所取之地；令其取说于我而我佯若不知，如此者所以助其智也。"⑥《韩非子》中的《说林》、内外《储说》正是许多同类异事的汇编，《储说》中以"经"作为义项，将"说"作为事

① 容肇祖：《冯梦龙的生平及其著述摘要》，见孔另境编《中国小说史料》，第 29 页。
② 吴国庆：《〈智囊〉与〈智囊补〉比较》，《徐州教育学院学报（哲学社会科学版）》1998 年第 3 期。
③ 陈希音：《冯梦龙质疑两则》，《读书》，生活·读书·新知三联书店 1982 年版。
④ 冯梦龙评纂，栾保群、吕宗力点校：《智囊》，第 3 页。栾保群：《关于〈智囊〉和〈智囊补〉》，《读书》，生活·读书·新知三联书店，1983 年版。
⑤ 吴国庆：《〈智囊〉与〈智囊补〉比较》，《徐州教育学院学报（哲学社会科学版）》1998 年第 3 期。
⑥ 王先慎著，钟哲点校：《韩非子集解》卷四，中华书局 1998 年版，第 90 页。

例。《吕氏春秋》是先秦诸子中第一部有系统建构的书,但其书以十二月令和"八览"为架构,在其名目之下罗列相应的道德文化类别,每类先有论说,再举事例,"八览"中的"先识览""审分览"中有"先识""知接""察微""知度"等有关智识与谋略的小类。西汉刘向编纂《说苑》《新序》,包括《列女传》上奏成帝,也是采取分类编纂史事,为人君进谏资政,其中也不乏智谋的类别。《说苑》于每类故事之前多有一段序言,其类别中有"善说""权谋";《新序》《列女传》的义类中分别设有"善谋"和"仁智传"。此后南朝宋刘义庆《世说新语》分类归纳汉晋遗闻轶事,中亦有记叙计谋智数之事的"假谲"等类。在《汉书·艺文志》中,虞卿的书(《虞氏微传》)在"六艺《春秋》类",被视为经传;《吕氏春秋》《韩非子》和刘向的书皆在"诸子",分属杂家、法家和儒家。而《世说新语》在《隋书·经籍志》中列入"子部小说家"。将这类书归入六艺和诸子,说明看重的是其编纂体例中的分类义项,以其为经传或诸子立说的主题,选辑故事是为了以事证义。但在读者,往往买椟还珠,更重视其中所举的事例,一则从中取资借鉴,二则被其叙事情节所吸引,而将分类的义项作为方便查考的目录。

所以魏晋以后又出现了类书,以满足对知识和历史的阅读需求。张涤华《类书流别》定义为"荟萃成言,衰次故实,兼收众籍,不主一家,而区分部类,条分件系,利寻检,资采掇,以待应时取给者,皆是也"①。《隋书·经籍志》将类书列入"子部杂家",固然是依从目录学辨章学术的传统,以其不主一家而列入杂家。但是类书的分类义项已经不再是经传、诸子立说的主题,而是知识的分类标题,各类题目中的知识成为文本内容的主体。

传世的唐宋类书中,《艺文类聚》《初学记》,《白氏经史事类》(《白氏六帖》)《太平御览》等皆是百科全书式的博物知识的类书,《太平广记》为古代小说集成性的类编,唯有宋真宗下诏编纂的《册府元龟》是专辑历代史事的类书。此书原名《历代君臣事迹》,以君臣职事和人类德行分别部类,部类中再分门类,每部、每门前皆有序言。因为其中辑录的史事非常丰富而且多存亡佚的史料,所以后世多视其为史籍,而智识计谋之类的事迹几乎分布于《册府元龟》的各部。如"智识"见诸"帝王部""宗室部""闰位部""列国君部""卿监部""宫臣部""总录部";"智谋"见诸"陪臣部";"智略"见诸"牧守部";"聪察"见诸"闰位部";"聪识"见诸"僭伪部";"谋略"见诸"僭伪部""列国君部";"谋猷"见诸"宰辅部";"任谋"见诸"列国君部";"谋画"见诸"幕府部""台省部";"才智"见诸"储宫部""台省部""外臣部";"才识"见诸"内臣部";"材略"见诸"邦计部";"机略"见诸"宰辅部""将帅部"。可以说,《册府元龟》是《智囊》之前选编古代智识计谋故事史实最多的一本书。只是这本书的宋刻本在明代并不流行,明人所见多为钞本,直到熹宗天启辛酉(1621)至思宗崇祯辛巳(1641)年间,才由黄国琦刊刻,与《智囊》的编纂属于同一时代。《智囊》中有些内容改编自类书,比如北宋的《太平广记》、南宋的《事实类苑》(这是一部专辑北宋君臣事迹的类书)和明代民间文人彭大翼编于万历年间,在当时非常流行的《山堂肆考》等,②尽管我们不能确知冯梦龙是否阅读过《册府元龟》,但《智囊》和《册府元龟》秉承的传统是一致的。

总之,《智囊》将古代的智识计谋分为部类,每部加以论述,这些分类义项加上对其中义理的阐说,构成了中国古代第一部智学通论;而上自先秦下自明代的智识计谋事迹,构成了

---

① 张涤华:《类书流别(修订本)》,商务印书馆 1985 年版,第 4 页。
② 房厚信:《从〈智囊〉看冯梦龙的编纂艺术》,《求索》2012 年 5 月。

中国古代第一部智学通史,正如清代李渔的评价"事求其备,义取乎该"。可以说,在"智"的主题下,《智囊》兼有诸子立说、类书博览和史料汇编三方面的价值,其形式是类书,其本质是一部中国文化的专门之学和专题史。

三、小说与历史之间

如果我们从类书史的角度来审视《智囊》,可以发现它的时代特征。类书其实是博览群书,获得百科知识的捷径。齐梁、唐宋、明清皆是类书兴盛的时代。但在钞本时代,这样的阅读都是皇室和精英的专利。宋代科举规模扩大和印刷出版流行,促进了类书的私家编纂和民间刊刻。张涤华认为,宋代"科举学盛,人皆欲速其读书,故多自作类书,以为作文豫备;而书贾牟利,亦多所刊布"①。到明代,官私编印的类书皆蔚为大观。民间类书上百卷的不下十五种,过二百卷的有彭大翼《山堂肆考》二百四十卷、俞安期《唐类函》二百卷、陈仁锡《经籍八编类纂》二百五十五卷等。相较之下,清代过百卷的类书大多是《渊览类函》《佩文韵府》之类的皇家类书,民间过百卷的类书仅朱彝尊《韵粹》一百七卷、陈元龙《格致镜原》一百卷,皆成于由明入清的文人之手,可视为明代类书的流衍。清代民间类书衰减的原因,张涤华认为一是嘉庆时严禁民间刊刻类书,以防科场怀挟作弊;二是清代学风改变,"朴学适亦大兴,种学绩文之士,群视类书为鄙陋,咸不之贵"②。因此,从明代民间类书的编纂刊行情况,可见明代知识传播的方式。清人说明人束书不观,这只是对文人不读经典的指责,但明代的文人却在民间知识启蒙方面付出了极大的精力,在出版业和市场的推助下,他们不再留恋得君行道的梦想,走上了觉民行道的途径。因此,冯梦龙的故事类编的文化价值也应该从民间类书的角度加以评判:他运用类书的编纂方式,向民间普及了丰富的历史知识。此外,明朝的官方史学比较僵化,但民间的史学,如掌故之学、类书、小说、笔记、史论等比较发达,冯梦龙编纂的故事类编,特别是《智囊》也可视为民间史学的体现。

《智囊》中的史料和故事经过冯梦龙的改编,皆可作为短篇小说来阅读,迎合了民间的阅读趣味。他的改编手法,房厚信的研究归纳为"题材的重组和粘合"、"情节的删减提炼"、"行文的润色修饰"、"标题的增补重拟"以及画龙点睛式的评说等。③ 值得注意的是,《智囊》等故事类编中,有与"三言"互见的。比如《喻世明言》中的名篇《沈小霞相会出师表》,中有沈炼之子沈襄(小霞)之妾闻淑女跟随解押,途中与解差机智周旋,帮助沈襄逃脱的情节,也见诸《智囊》的闺智部·雄略"沈小霞妾"。天启六年《智囊》编成时,"三言"中的《喻世明言》(天启初)、《警世通言》(天启四年)已经完成,天启七年又刊出《醒世恒言》,所以崇祯二年左右编定《情史类略》时,冯梦龙会在其中注明与《醒世恒言》相同的素材或情节。④《智囊》虽未有此类注语,但其中的故事与他的小说情节不乏互见之处,这说明冯梦龙具有将小说与故事类编互相取资的意识。有趣的是,这种意识也体现在此后《二拍》的编写者凌濛初

① 张涤华:《类书流别》(修订本),第28页。
② 张涤华:《类书流别》(修订本),第33—34页。
③ 房厚信:《从〈智囊〉看冯梦龙的编纂艺术》,《求索》2012年5月。
④ 高洪钧:《冯梦龙的俗文学著作及其编年》,《天津师范大学学报(社会科学版)》1997年第1期。

身上,他对冯梦龙的故事类编非常关注,并运用于小说之中。据徐永斌的统计,有十九个故事进入了《二拍》的小说情节,其中出于《智囊》的有十多个。①

本朝的历史和时事当然是世俗社会生活中热衷的话题。相较于《谭概》和《情史》,冯梦龙在《智囊》中编纂了许多明代的史事,并在评语中对本朝故事和时政多有议论,有不少堪称史论或政论,并非如四库馆臣所言"间系以评语,佻薄殊甚",体现了他以史经世、以天下为己任的态度。其中有议论国计民生者,如"上智部"的"犹远"记载明代大臣高明的事迹:

> 黄河南徙,民耕淤地,有收。议者欲履亩坐税,高御史明不可。曰:"河徙无常。税额不改。平陆忽复巨浸。常税犹按旧籍,民何以堪?"遂报罢。②

冯梦龙评论道:

> 每见沿江之邑,以摊江田赔粮致困,盖沙涨成田,有司喜以升科见功,而不知异日减科之难也。川中之盐井亦然。陈于陛《意见》云:"有井方有课,因旧井塌坏,而上司不肯除其课,百姓受累之极,即新井亦不敢开。宜立为法:凡废井,课悉与除之,新井许其开凿,开成日免课,三年后方征收。则民困可苏而利亦兴矣。若田课多,一时不能尽蠲,宜查出另为一籍,有恩典先及之,或缓征,或对支,徐查新涨田,即渐补扣。数年之后,其庶几乎?"
> 查洪武二十八年,户部节奉太祖圣旨:"山东、河南民人,除已入额田地照旧征外,新开荒的田地,不问多少,永远不要起科,有气力的尽他种。"按,此可为各边屯田之法。③

冯梦龙就高明免征河南农民耕种黄河淤地田税之事发表政见,他联系万历年间的大臣陈于陛的《意见》中有关盐井税制的见解,援引明太祖朱元璋的圣旨,肯定了对新开田亩减免税收以养民的方法属于有远见的上等智识,立论有据,对明朝的故事制度了然于心。

有讨论军事者,如"明智部"的"经务"记载嘉靖、隆庆时的首辅徐阶议论抗倭之法。倭寇犯东南,地方守令亟请朝廷发兵。兵部认为兵至而倭寇离去,难担其责,于是派遣弱兵三千前往。徐阶则坚持认为,江南是国家腹心之地,兵部只能考虑该不该发兵,而不能考虑倭寇是否来去。于是兵部派出精兵六千,深入击倭,先胜后败。朝廷执政责怪徐阶坚持发兵。徐阶却上疏说,将校只能承担战斗的责任,而守令则应当承担守备、后勤、侦察、组织民兵的责任,他们要求朝廷发兵但不配合,导致战败,应该重责守令。冯梦龙于此议论道:

> 汉法之善,民即兵,守令即将,故郡国自能制寇。唐之府兵,犹有井田之遗法,自张说变为彍骑,而兵农始分,流为藩镇,有将校而无守令矣。迄宋以来,无事则专责守令,

① 徐永斌:《"二拍"与冯梦龙的〈情史〉〈智囊〉〈古今谭概〉》,《明清小说研究》2005年第2期。
② 冯梦龙评纂,栾保群、吕宗力点校:《智囊》,第52页。
③ 冯梦龙评纂,栾保群、吕宗力点校:《智囊》,第53页。

而将校不谐韬钤之术；有事则专责将校，而守令不参帷幄之筹。是战与守两俱虚也。徐文贞此议，深究季世塌冗之弊。①

冯梦龙这则评论简练地概括了中国古代兵制的变迁及其利弊，指出兵政与民政不可分离，联系宋代的史事，他已经从抗倭用兵一事中敏锐地指出了明朝灭亡的征兆。

明朝人物见诸《智囊》最多的当数王阳明，计有八条。分见于"上智部"（远犹、通简、迎刃）、"察智部"（诘奸）、"兵智部"（制胜）、"捷智部"（灵变）、"术智部"（委蛇）、"杂智部"（小慧）。他认为王阳明既有智慧，又有智识，内圣外王。"上智部"三条皆是关于王阳明在平定宁王朱宸濠叛乱的过程中应对皇帝和权臣的计谋。"迎刃"中记明武宗的宠臣锦衣卫统领江彬嫉妒王阳明平叛之功，造谣说王阳明与宁王朱宸濠同谋造反，听说天子征讨才擒拿朱宸濠自我解脱。而明武宗的宦官又要让王阳明释放朱宸濠，让武宗亲自率兵来擒。王守仁便与总督张永商议，不可激怒群小以妨大事，于是便让张永献捷，阻止了武宗的荒唐决定，自己则称病隐居，直到张永向武宗说明情况。冯梦龙评论说："阳明于宁藩一事，至今犹有疑者。"②于是他列数阳明早就察觉宁藩谋反之心的两件事实，为王阳明辩白。一是王阳明巡抚江西时就向朝廷"乞假提督军务之权以便行事"；二是朱宸濠反后，地方官上报朝廷，文书中还称他为"宁王"，只有王阳明上疏中直称其名。由此可见王阳明是冯梦龙平生最为推许的本朝人物。

运用智谋往往是功利的，往往会与道德原则发生冲突。《智囊》对此有着辩证的认识。"术智部"的"委蛇"记载了明代大臣周忱和唐顺之与宦官权臣结交的智慧。周忱巡抚江南时，宦官王振当权，周忱担心王振在朝中阻挠自己行政。正好王振营造宅第，周忱便让人私下丈量了王宅的楼阁面积，在松江为其订制了绒毯进献。王振回去铺陈，发现一寸不差，于是便常常在朝中帮助周忱，致使江南政事顺利推行，人民的负担减轻。冯梦龙评论道：

> 世之訾文襄者，不过以媚王振，及出粟千石旌其门，又为子纳马得官二事，皆非高明之举。愚谓此二事亦有深意。时四方灾伤荐告，司农患贫，而公复奏免江南苛税若干万，惟是劝输、援纳为便宜之二策，公故以身先之。明示旌门之为荣，而纳官之不为辱，欲以风励百姓。此亦卜式助边之遗意，未可轻议也。③

冯梦龙认为，周忱结交宦官，出粟表旌自己的门第，为儿子捐马卖官都是为了给人民争取利益，并且带头示范，鼓励富民输粮纳捐，舒缓国库和人民的贫困，其中的深意非常人可以体会。唐顺之的智谋是为了抗倭而结交权臣、严嵩的干儿子赵文华。当倭寇侵犯苏州时，杀戮婴儿取乐。唐顺之看不下去了，于是便屈身拜谒在浙江督师的赵文华，向他陈述机略，力荐胡宗宪领兵。胡宗宪被起用后，厚赂严嵩以结其欢，因而没有了掣肘，得以施展才华，平定倭患。冯梦龙于此又曰：

① 冯梦龙评纂，栾保群、吕宗力点校：《智囊》，第248页。
② 冯梦龙评纂，栾保群、吕宗力点校：《智囊》，第124页。
③ 冯梦龙评纂，栾保群、吕宗力点校：《智囊》，第362—363页。

　　焦弱侯曰：应德（唐顺之字）晚年为分宜（严嵩）所荐，至今以为诟病。尝观《易》之《否》，以"包承小人"为大人吉。甚且包畜不辞。洁一身而委大计于沟渎，固志天下者所不忍也。汉人有言：中世选士，务于清恪谨慎，此妇女之检押，乡曲之常人耳。呜呼！世多隐情，惜己之人，殆难与道此也。①

　　焦竑（字弱侯，1540—1620）是万历十七年的状元，翰林院编修，著名学者。他对唐顺之受严嵩器重一事不囿于一般的道德教条，而是知人论世，指出君子与小人虚与委蛇是为了天下的大计，那些为了自己的道德名声而不顾天下大利的人，只是乡曲平庸之辈罢了。这让人想起《论语·宪问》中子贡问孔子："管仲非仁者与？桓公杀公子纠，不能死，又相之。"而孔子却说："管仲相桓公，霸诸侯，一匡天下，民到于今受其赐。微管仲，吾其被发左衽矣。岂若匹夫匹妇之为谅也，自经于沟渎而莫之知也。"所以，在儒家看来，智谋与道德不是对立的，能够为天下人谋取利益的智谋就是仁爱，是最高的道德境界。所以，《智囊》中的智识观是具有哲理的。

四、结论

　　如果以文化史和思想史的角度来重新审视《智囊》，则不难发现明代通俗文化的两面性。一方面要迎合世俗，特别是城市文化消费的口味，创造商业价值；一方面他们的生产者通过产品寄托自己的文化理想，实现自己的文化价值。在这个过程中，他们将知识通俗化、实用化，同时也将知识和思想普及化，将传统与经典文化带入了现实的社会生活。《智囊》作为历史和小说的智库，其中蕴藉着启蒙觉民的经世理想。

---

　　①　冯梦龙评纂，栾保群、吕宗力点校：《智囊》，第 363 页。

清代笔记中的北京宣南"士乡"书写

何卫国*

摘　要：清代北京实施的"满汉分居、旗民分治"制度，使宣南地区成为士大夫文人聚居之地。乾嘉学人，诗社名士，群贤毕至，齐聚宣南。他们以名人宅第、僧舍园亭为中心，以古藤书屋、报国寺、陶然亭等为交游空间，以品茗夜谈、赏画观书、雅集结社、诗酒自娱等为主要交游方式，共同缔造出宣南"士乡"的特殊人文景观。清代笔记中的北京宣南"士乡"书写给北京宣南留下了丰厚的文化遗产，也成为研究清代学术史、文学史、艺术史的重要史料。

关键词：北京；宣南；士人文化；清代笔记

　　士大夫是我国历史上一个特殊群体，具有"官僚""文人"的双重身份，在政治、文化、文学、艺术等领域占有重要地位。北京作为都城，历来是士大夫云集之地。清代，北京实施"满汉分居、旗民分治"制度，遂有"满城"（内城，或曰北城）和"汉城"（外城，或曰南城）之分，逐渐形成汉族士大夫聚居于宣南的特殊人文景观。"宣南"源于明代的"宣南坊"。明季以来，"京师虽设顺天府，大兴、宛平两县，而地方分属五城，每城有坊"①。"宣南"则是外城（南城）所属的一个坊，其范围大致在今北京骡马市大街至右安门一带。清代，宣南坊的辖区有所扩大，跨内外城，但人们仍然习惯上以此称呼旧有"宣南坊"，且逐渐由"宣南坊"扩展至大半个南城，将正西坊、正南坊（大部分）、宣北坊、宣南坊、白纸坊泛称"宣南"。②

　　清代特殊的居住政策，使宣南地区成为汉族高官显宦聚居之所。此外，进京赶考的举子经卢沟桥、由广安门进京，方便选择宣南落脚。桑梓之情、师生之谊及仕途上的提携、学业上的传承，使得士人纷纷汇聚宣南。本文即以清代笔记为视角，探寻清代宣南士人行迹及交游，回味宣南文化之流风余韵，并从宣南这一特殊的物理空间管窥清代士人文化与生活。

　　＊　**作者简介**：何卫国，中国艺术研究院红楼梦研究所副研究员，主要研究方向为中国古代文学。本文系国家社科基金后期资助项目"明清笔记、小说与北京文化记忆研究"（20FZWB042）阶段性成果。

　　①　吴长元辑：《宸垣识略》，北京古籍出版社1982年版，第20页。
　　②　吴建雍对"宣南士乡"所包括范围的划分：一、琉璃厂附近街区（西起宣武门外大街，东至琉璃厂、梁家园；北起护城河河沿，南至骡马市大街）；二、宣外西部（北起上斜街，南抵广宁门大街；西起下斜街，东达宣外大街）；三、以半截胡同为中心的小区（北起广宁门大街的东段、骡马市大街西段，南至横街；西起轿子胡同，东至下洼子）。参见吴建雍等《北京城市生活史》，开明出版社1997年版，第246—252页。

一、群贤毕集:乾嘉学人与诗坛名士

明代,宣南就已是官员与外地士子居住较集中的地区。"卿、寺、台、省诸郎曹"都在宣武门①,中原及南方诸省之人进京,多由卢沟桥经广安门落脚宣南。清代旗民分治之后,汉官除特殊情况之外只能居住于外城,因此多在宣武门外买宅或择地建房。康熙朝以后,越来越多的汉族士人入京做官或应试,宣南的文人日渐增多,逐渐形成庞大的士人群体。② 本文以乾嘉学人与诗坛名士为主要考察对象,以见宣南士人群体之概略。

科举制度是我国最重要的文官选拔制度。北京作为帝都,不仅要举行顺天府乡试,更是春闱与殿试的考试地。据统计,清代在北京举行乡试113次,会试、殿试各112次。③ 应试举子涌入京师,大部分聚集于宣南。康熙朝,朝廷大力提倡程朱理学,视儒家经学为治国之本,四方鸿儒硕士咸集京师。康熙十七年(1678),朝廷诏征"博学鸿儒"科,散居全国各地的文人应诏来京。戴璐《藤阴杂记》卷二载:

> 康熙己未保举鸿博,朱竹垞谓皆擅著作才,撰鹤征录未成。其时应考者一百三十三人,未取名士如法若真,丙戌进士,布政使;赵进美,前庚辰进士,河北道;田雯,甲辰进士,郎中;叶封己亥进士;高层云丙辰进士,常博;谭吉璁,例监,同知;许孙荃庚戌进士,刑部郎中;戴王纶乙未榜眼,江西粮道;陆陇其庚戌进士,革职知县;监生阎若璩、李良年,进士汪懋麟以丁忧未试。保举奏疏于吏科库见之。④

朝廷还以修书为名,吸纳四方文人入京。如康熙十七年修《明史》,康熙四十三年(1704)修撰《佩文韵府》,康熙四十九年(1710)修纂《渊鉴类函》,康熙五十五年(1716)编撰《康熙字典》《古今图书集成》《骈字类编》等,这些大型文化巨著的修撰,耗时长、用人多,使得大批文人聚集宣南,带动了清初学术的繁荣,也使宣南成为全国学术中心。正是在这股学术风潮中,龚鼎孳、王士禛、朱彝尊、施闰章、徐乾学、冯溥、王熙等在宣南名噪一时。

徐乾学更是组建了清代第一个学人幕府。徐乾学(1631—1694),江苏昆山人,字原一、幼慧,号健庵、玉峰先生,与弟徐元文、徐秉义并称"昆山三徐"。徐乾学为康熙九年(1670)探花,先后担任日讲起居注官、《明史》总裁官、内阁学士、刑部尚书等官职。徐乾学是学者型官僚,曾主持编修《明史》《大清一统志》《读礼通考》等书籍。他还是藏书家,有中国藏书史上著名的藏书楼——"传是楼"。《清儒学案》称:"健庵博识,多通史学舆地礼制掌故,延纳众长,规模闳大,乾、嘉学派之先声于此肇焉。"⑤徐乾学在宣南的碧山堂是学人聚集的重要场所,其弟子韩菼曾记述当时情景:

---

① 参见史玄:《旧京遗事》,北京出版社2018年版,第147页。
② 参见魏泉:《士林交游与风气变迁:19世纪宣南的文人群体研究》,北京大学出版社2008年版。
③ 参见法式善等撰,张伟点校:《清秘述闻三种》(全三册),中华书局1982年版。
④ 戴璐:《藤阴杂记》,北京古籍出版社1982年版,第17页。《藤阴杂记》对宣南地区的文人、居所、交游、诗歌创作等记载详细,是清代关涉宣南文化最有分量的史料。
⑤ 徐世昌等编纂,沈芝盈、梁运华点校:《清儒学案》(第二册),中华书局2008年版,第1195页。

公故负海内望，而勤于造进，笃于人物，一时庶几之流，奔走辐辏如不及。山林遗逸之老，亦不惜几两屐远千里乐从公。公迎致馆餐而厚资之，俾至如归，访问故实，商榷僻书，以广见闻。后生之才隽者，延誉荐引无虚日，即片言细行之善，亦叹赏不去口。荜门寒畯，或穷困来投，怵然同其忧，辄竭所有资助，不足更继之，即质贷亦不倦。以故京师邸第，客至恒满不能容，多僦别院以居之，登公之门者甚众。①

当时聚于徐乾学幕府的重要学者有胡渭、万斯同、阎若璩、顾祖禹、王源、黄仪、黄百家、黄虞稷、徐善、刘献庭、冯宗仪等。李塨《王子传》载："三藩平后，竞尚笔墨文学，馆阁徐乾学等，招致天下名士，排缵辞章，一时如刘继庄，以及万斯同、胡渭生、阎若璩辈皆集阙下，而王子（王源）亦与焉。"②徐乾学幕府文人群，促进了清初学术发展，亦为宣南文化奠定了基础。

围绕"一代诗宗"王士禛，在宣南则形成了诗人群体。王士禛一生著述宏富，对清初诗坛影响深远，赵翼论康熙朝诗人，云："其名位声望为一时山斗者，莫如王阮亭。"③王士禛热衷于奖掖后学，与宋琬、施闰章、曹尔堪、沈荃、程可则等齐聚京师，经常诗酒唱和，时称"海内八家"。后又与"都门十子"或称"辇下十子"往来。陈康祺《郎潜纪闻四笔》卷六记述有"康熙间辇下十子"：

辇下十子者，颜修来郎中居其首，其九人则德州田雯山薑、商邱宋荦牧仲、郃阳王又旦幼华、江阴曹禾颂嘉、安邱曹贞吉升六、德州谢重辉方山、仁和丁澎药园、黄冈叶封井叔、江都汪懋麟蛟门也。……十子者，皆掇科名，隶仕籍，且有任连帅六卿者。盖其时圣祖崇尚儒雅，二三大老宏奖风流，故士之负才翘异者，皆获有所表见，不终老于槃阿歌啸间也。④

田雯在《古欢堂诗话》中提及其与王士禛的掌故："己未，予领冬曹节慎库，自横街移居粉坊巷，先至其处，督奴子搬家具，闷坐久，作诗题壁，有'墙角残立山姜花'之句。俄而渔洋至，见而和之，遍传都下，和者百人。"⑤"辇下十子"皆"隶仕籍"。颜光敏官至考功郎，田雯终户、刑二侍郎，宋荦入为吏部尚书，王又旦典试广东，曹禾官至国子祭酒，曹贞吉官礼部员外，谢重辉官刑部郎中，丁澎官礼部郎中，叶封任工部主事，汪懋麟官中书。其中，田雯、王又旦、曹禾、丁澎、叶封、汪懋麟皆进士出身。陈康祺在记述此"十子"时，津津乐道其科名与仕宦，艳羡之情，溢于言表。

戴璐《藤阴杂记》还记载了邵长蘅与王士禛等人的交游情况：

邵青门长蘅与阮亭尚书书：奉别将十年，回忆寓保安寺街，踏月敲门，诸君箕坐桐

① 韩菼：《资政大夫经筵讲官刑部尚书徐公乾学行状》，《有怀堂文集》卷十八，康熙四十二年刻本。
② 李塨：《王子传》，《恕谷后集》卷六，雍正四年刻本。
③ 赵翼著，守江义、李成玉校注：《瓯北诗话校注》（卷十），人民文学出版社2013年版，第407页。
④ 陈康祺：《郎潜纪闻四笔》，中华书局1990年版，第100—101页。
⑤ 戴璐：《藤阴杂记》，第92页。

阴下,清谈竟夕,怡然如隔世事。清景常有,而良会难再,念至增惆怅也。又自序:忆己
未客都门,寓保安寺街,与阮亭先生衡宇相对,愚山先生相距数十武,陆冰修仅隔一墙,
偶一相思,率尔造访,都不作宾主礼。其年寓稍远,隔日辄相见,常月夜偕诸君扣阮亭
门,坐梧树下,茗椀清谈达曙。愚山赠行诗有云:蹋月夜敲门,贻诗朝满扇。盖纪
实也。①

　　邵长蘅(1637—1704),字子湘,号青门山人,武进(今江苏常州)人。客游京师期间,与
王士禛、施闰章、汪琬、陈维崧、朱彝尊等过从甚密。文中"阮亭尚书"即王士禛。当时王士
禛居住在保安寺街,院中有梧桐树,来往文人常坐梧桐树下,"清谈竟夕"。文中还提到"愚
山先生"与陆冰修,"愚山先生"即施闰章(1619—1683),字尚白,号愚山,江南宣城人,与宋
琬、严沆、丁澎、张谯明、赵锦帆、周茂元以诗相和,时称"燕台七子"。陆冰修即陆嘉淑
(1620—1689),字孝可、庆云等,号辛斋、冰修等,浙江海宁人,与朱彝尊、宋荦、邵长蘅往来
甚密。邵长蘅与施闰章等友人都居住在宣南,距离王士禛住所较近,经常造访其寓所。此
事震钧《天咫偶闻》卷七亦有记载,只不过增加了王士禛居住于琉璃厂夹道之事。

　　乾隆三十七年(1772),为编修《四库全书》,鸿才硕学再度荟萃京师。《四库全书》以纪
晓岚、陆锡熊、孙士毅为总纂官,陆费墀为总校官,下设纂修官、分校官及监造官等400余人,
抄写员3800人,耗时13年完成。编修《四库全书》的4200多人,大多居住在宣南。总纂官
纪晓岚住在宣南珠市口西大街的阅微草堂,在此撰写《四库全书总目提要》《阅微草堂笔记》
等著述。《四库全书》编修工程,为宣南"士乡"增添了新的活力。乾隆时期,满汉分城而居
的政策不如清初严格,特许居于内城的汉族官员增多,但直至晚清,宣南地区仍是汉族士大
夫文人的主要居住地。

　　作为"士乡"的宣南,在康、乾时期,最为辉煌。其士林传奇,人物风流,令后世仰慕。晚
清的陈康祺来到北京,曾去拈花禅寺(曾为万柳堂)访古,见到寺内"屡僧扪虱,古佛卧阶,万
树垂杨,无复一丝青翠",不禁唏叹:"康、乾二朝士大夫,真神仙中人。"②康、乾时期宣南"士
乡"的流风余韵,确实令后世文人倾慕不已。

二、交游空间:寓所、寺庙与园亭

　　宣南地域狭小,却聚集京师大批文人士大夫。官僚、名士、清客、学子等形形色色的读
书人,寄居于宣南的街巷胡同。他们中的很大一部分人,或租赁院落,或暂居僧舍,居住条
件称不上优越,有的甚至很僻陋。然"斯是陋室,惟吾德馨",其间"谈笑有鸿儒,往来无白
丁",给宣南留下几多士林佳话,也给北京留存了丰厚的名人故居类文化遗产。

　　宣南的文人居所,首推朱彝尊的府邸——"古藤书屋"。朱彝尊(1629—1709),字锡鬯,
号竹垞,浙江秀水人。朱彝尊曾居住于宣武门外海波寺街,所居院内有青藤两株,故名"古
藤书屋"。朱彝尊编纂有《日下旧闻》,为此采辑书籍1600多种,特盖"曝书亭"以晒书,晚年

---

① 戴璐:《藤阴杂记》,第86页。
② 陈康祺:《郎潜纪闻初笔二笔三笔》,中华书局1984年版,第181页。

刊刻全集以《曝书亭集》为名。古藤书屋享有盛誉,原因大致有三:一因主人朱彝尊的士林地位而扬名一时;二因多位文人寄居于此,历史久远;三因"古藤"意象而惹人追忆。

朱彝尊为清代"浙西词派"创始人,与陈维崧并称"朱陈",与王士禛并称南北两大诗宗("南朱北王")。康熙十八年(1679),朱彝尊参试博学鸿词科考,以布衣授翰林院检讨。康熙二十二年(1683),入南书房,参与纂修《明史》。朱彝尊不仅诗词俱佳,且熟稔经史,精于金石,名重一时。他与顾炎武、钱谦益、王士禛、龚鼎孳、汪琬、纳兰性德、钱澄之、陈祚明、严绳孙、曹贞吉、姜宸英、梁佩兰、查慎行、顾贞观、孙致弥、周筼、毛奇龄、冯溥、陈廷敬、徐元文、张鹏、高士奇等都有交往,其居所自然成为文人诗酒唱和之地。拥有如此豪华阵容的"朋友圈","古藤书屋"在宣南文人圈中享有盛誉,亦属自然之理。

其实,朱彝尊在古藤书屋居住时间并不长。在此之前,作为南书房供奉,康熙赐居禁垣(景山之北,黄瓦门东南)。康熙二十三年(1684)一月,因私入禁中抄书,被贬官。同年三月,移居宣武门外海波寺街古藤书屋。康熙二十八年(1689)二月,自古藤书屋移居槐市斜街。朱彝尊居住于古藤书屋,只有五年时间,戴璐《藤阴杂记》卷九有详细记载:

> 海波寺街为金文通之俊第,有古藤书屋。康熙初年,御史何蕤音元英寓此,名丹台书屋,……康熙丙辰,朱竹垞有饮何少卿藤花下诗;甲子,检讨自禁垣移居,有藤二本,有寓斋小集六言;又小集送人诗:我携家具海波寺,九月未槁青藤苗。夕阳倒影射柽柳,此时孤坐不自聊。……至己巳,移槐市斜街诗云:不道衰翁无倚著,藤花又让别人看。[1]

古藤书屋大致建于顺治十一年(1654),为清初重臣金之俊(1593—1670)住宅,其后历经龚鼎孳、何元英、朱彝尊、于汉翔几任主人。有意思的是,赵吉士(1628—1706)与书屋前五位主人均有交往,亦均受邀到书屋饮酒:

> 甲戌元夕,赵恒夫吉士饮于中翰章云汉翔古藤书屋诗:一曲新翻出酒楼,春来六日趁人留。豸台共指红灯拥,蚕陌群酣白粥流。坐啸三休丛桂老,居停五易古藤留。自嗤旧物坚牢甚,欢谑吟传四十秋。自注:寓为金文通甲午旧邸,递传龚芝麓宗伯、何蕤音侍御、朱竹垞太史,以及于中翰,五易主矣。予俱叨饮其中,为之志感。[2]

朱彝尊,仅是古藤书屋匆匆一过客,古藤还是那棵古藤,而主人却已"居停五易"。"五易"之后,古藤书屋又相继迎来新主人蒋景祁[3]、孙致弥、王时鸿等。乾隆晚期,施朝斡、佘国观、赵怀玉亦曾居住于此,当时的景象已是"石藤靠壁,铁干苍坚,古色斑驳,洵百余年物。

---

① 戴璐:《藤阴杂记》,第82—83页。

② 戴璐:《藤阴杂记》,第84页。

③ 一说,蒋景祁是在朱彝尊之后、于汉翔之前居住于古藤书屋,时间在康熙三十年(1691)左右。参见何建木:《清代京师宣南的古藤书屋》,《寻根》2016年第2期。

特屋未宏敞,大第已析为三四宅"①。书屋虽沦为大杂院,但著名书画家宋葆淳为余国观作《古藤书屋图》,诸多诗友题诗于上,古藤书屋再次享誉宣南文人圈。至嘉庆十九年(1814),古藤书屋被辟为顺德会馆。书屋的历史虽然结束,却以会馆的形式继续成为京师文人流连觞咏之所。

古藤书屋的名气不在屋宇建筑,而在书屋里居住的文人。不论房宇破败与否、主人是谁,古藤书屋都充盈着一股文人气。《藤阴杂记》中记载了多场古藤书屋的诗酒雅集:

> 渔洋戊辰来京,竹垞邀饭古藤书屋,食鲵鱼半翅甚美,观米海岳研山图作歌。蒋京少景祁有集竹垞太史古藤书屋分赋惜黄花词:露明秋树,烟寒蔬圃,御堤边,正萧萧柳梢堪数。散发玉堂仙,遁迹金门侣。招好友四围芳俎。帘衣风舞,蛩声夜语,落蘋花,又疏疏六街凉雨。此别会何时,美景谁留取。最恼煞丽谯催去。同赋者黄庭、姜遴、陈枋、蒋运昌。查他山诗:整妮牙签万卷余,谁言家具少于车。傫居会向春明宅,好借君家善本书。又同竹垞、西崖、他山、药亭四人联句诗;又闰夏共饮,限藤、桱二字诗:曲巷居相近,回栏到每凭。爽开寻丈地,阴合两边藤。幽事披襟恼,新诗计卷增。醉探杯底绿,凉影落层层。碧草柔牵蔓,红花细著桱。客稀成雅集,屋老称佳名。淰淰云催暮,疏疏雨放晴。家园风景似,只是少啼莺。②

> 曝书亭集:……丙寅秋,梁汾携炉及卷过予海波寺寓,适姜西溟、周青士、孙恺似三子亦至,坐青藤下,烧炉试武彝茶,联句成四十韵。③

> 宜兴蒋京少景祁居时,孔东塘尚任诗云:太傅吟诗旧草堂,新开蒋径自锄荒。藤花不是梧桐树,却得年年引凤凰。……管青村榆诗:王猷与共孙登啸,宋玉堂为庾信居。时为康熙庚辰,以后寓公侯考。④

正是有这些文人的交游、吟咏,古藤书屋才成为一个象征符号,承载着宣南的文化底蕴与士人的才情风尚。

古藤是清代北京四合院的常见植物。在戴璐《藤阴杂记》中,我们可以见到散见于不同院落的藤花:吏部藤花,传为明代名臣长洲吴文定手植,宋荦、周渔璜等多有吟咏;⑤"工部藤花未及吏部著名,而植根亦久"⑥;"杨梅竹斜街梁文庄公第,清勤堂前藤花,汪文端公有诗"⑦;"宣武门街右为陈少宗伯邦彦第,堂曰春晖屋,有藤花"⑧;戴璐赁居的槐市斜街居所也

---

① 戴璐:《藤阴杂记》,第 84 页。
② 戴璐:《藤阴杂记》,第 83 页。
③ 戴璐:《藤阴杂记》,第 83—84 页。
④ 戴璐:《藤阴杂记》,第 84 页。
⑤ 戴璐:《藤阴杂记》,第 13—14 页。
⑥ 戴璐:《藤阴杂记》,第 24 页。
⑦ 戴璐:《藤阴杂记》,第 46 页。
⑧ 戴璐:《藤阴杂记》,第 82 页。

种植了紫藤，"寓移槐市斜街，固昔贤寄迹著书地，院有新藤四本，渐次成阴，恒与客婆娑其下"①。正因如此，《藤阴杂记》以"藤阴"为名。纪晓岚"阅微草堂"里的古藤，至今犹存。藤花历来为文人喜咏之物，书屋有了藤花，多了一抹淡雅的色彩。如此，"古藤书屋"较之曾用名"丹台书屋"更能为文人所青睐。

宣南地区的文人居所，还有李渔的芥子园、查慎行的枣东书屋、赵吉士的寄园、纪晓岚的阅微草堂，等等，都在宣南乃至北京文化史上占有一席之地。

宣南地区的寺庙，也是文人寓居之所。寺庙因文人的入住与交游吟咏，而濡染一抹文人气，如顾炎武、王士禛等都曾暂居报国寺。报国寺始创于辽，明成化年间重建，乾隆十九年（1754）重修，改名慈仁寺，但仍俗称报国寺。报国寺环境幽雅，寺内设有客房，因而吸引众多骚人墨客留宿寺内。顺治十五年，王士禛第一次赴京，即寓居报国寺。寺内有双松，为金时旧物，枝柯盘屈，荫可数亩，王士禛曾作《报国寺双松歌》。孔尚任、王敬之、翁方纲、高珩、姜宸英等，也都留有吟咏报国寺的诗词。报国寺东边的长椿寺，也是文人宴集觞咏之地，王士禛、徐乾学等曾于此诗酒唱和。崇效寺里不仅有牡丹，还藏有拙庵和尚所绘《红杏青松图》，该图有康熙庚午年（1690）王士禛、朱彝尊、王昊庐、陈香泉、孙松坪、查慎行、翁方纲、法时帆、吴兰雪等人题诗。从一幅画的题诗，可以想见往来崇效寺的文人数量之巨。此外，松筠庵、圣安寺、法源寺等，都留有诸多文坛掌故。

山水园亭，亦是文人雅集吟咏之所。"城南刺梅园，士大夫休沐余暇，往往携壶榼，班坐古松树下，觞咏间作。"②"黑龙潭，康熙中为谯游之地。徐憺园、王横云集俱有诗。"③最著者则是陶然亭，"百余年来，遂为城南觞咏之地，名家集中多有登览之作"④。陶然亭为康熙三十四年（1695）工部郎中江藻所建，故又名江亭。"陶然"二字为江所题，取白居易诗"更待菊黄家酿熟，与君一醉一陶然"之意。陶然亭周围环境清幽，风景怡人，为京师名胜之一。每至春秋佳日，文人于此登临游览，诗兴大发。《藤阴杂记》所载甚夥，兹列举部分如下：

> 己卯重阳前一日，董文恪公邀蔡殿撰以台、陈光禄孝泳、先大夫游陶然亭，即事有作……
>
> 癸未九月十三日，吴白华、曹习菴、程鱼门、阮吾山、赵璞函文哲、陆耳山、吴稷堂省兰，集陶然亭，作展重阳会，送董东亭潮假归海盐，联句五十韵，缠绵悱恻，不减竹垞刺梅园送谭舟石诗。……
>
> 各省公车至京，场后同乡宴集，吾乡向在陶然亭设宴，饮酒论文。孙宫允人龙、严都谏源焄、吴比部岩在座，尤轰饮尽致，不醉无归。此举四十余年不废。自庚寅以后，余倡议应京兆试，亦循此例。
>
> ……

---

① 戴璐：《藤阴杂记》，"叙"。
② 戴璐：《藤阴杂记》，第96页。
③ 戴璐：《藤阴杂记》，第97页。
④ 戴璐：《藤阴杂记》，第98页。

辛亥八月秋,法时帆式善会己亥同年于陶然亭,即席赋诗。[①]

《藤阴杂记》作者戴璐为乾隆年间人,上述文字所提及的己卯、癸未、庚寅、辛亥,分别是乾隆二十四年(1759)、二十八年(1763)、三十五年(1770)、五十六年(1791)。陶然亭不愧是"城南觞咏之地",园亭因优美景致吸引文人,园亭又因文人诗文而扬名后世。园亭与士人,书写了宣南又一段士林佳话。

寓所、寺庙、园亭等地,作为宣南士人最为重要的交游空间,共同绘就一幅鲜活的宣南文化地图。

三、交游方式:诗酒唱和与雅集结社

宣南士人在寓所、寺庙、园亭等地,约一二好友,聚五六知己,或诗社,或文会,品茗、赏画、看花、夜谈、饮酒、赋诗等,以独特的交游方式,展现其京师生活中难得的优游心态与闲逸旨趣。

琴棋书画,素为文人所热衷。围绕它们形成的雅集盛会,最为后世津津乐道。康熙年间,北京出现一幅在中国艺术史与文学史上均占有一席之地的画作——《芝仙书屋图》。此图由 30 位画家绘制而成,题诗者则多达 60 人。60 人题诗是在一次文人雅集上完成,还是在不同时间陆续完成,已无法考定。较早记载此图的是查为仁的《莲坡诗话》:"徐芬若倩肇下名家三十余人合作《芝仙书屋图》,一时诗家分题吟咏者又六十人,观之争人目眩。"[②]《郎潜纪闻三笔》则详细记载了 30 位画家与 60 位诗人的名字:

> 康熙戊寅之夏,辇下诸名人合写《芝仙书屋图》,画者三十人:王原祁、宋骏业、禹之鼎、顾士奇、张振岳、杨晋、顾昉、沈坚、黄鼎、刘石龄、郑准、马是行、孔衍栻、杨豹、方孝维、马昂、于炎、周兹、许容、姚匡、冯缠、顾芝、王永、李坚、邓煐、黄卫、钱石舍、翁嵩年、唐岱,而始写树石未(末)复补远山一角者,石谷子王翚也。诗者六十人,皆余思祖为之书,姚奎、袁启旭、费厚藩、黄元治、胡介社、汪灏、官鸿历、李时龙、胡赓昌、钱维夏、江宏文、王奕清、刘允升、朱襄、汪若、顾嗣协、翁必选、钱汝翼、钱元昉、孙致弥、蒋仁锡、冯历、王源、王泽宏、周彝、朱时凤、许志进、蔡望、朱镐、顾彩、吴麞、顾瑶光、庞垲、姜宸英、王盛益、蒋畤锡、金璧、王时鸿、周清原、马几先、孙鉉、叶藩、陈于王、沈用济、吴世标、孔尚任、曹日瑛、金肇昌、张霔、金德纯、吴涟、宏焯阿、金文昭、博尔都雪斋、占拙斋、珠兼、山端、释等承、慈眎也。题识者孔毓圻,而陈奕禧为之书。[③]

---

① 戴璐:《藤阴杂记》,第 99—101 页。
② 查为仁:《莲坡诗话》,《续修四库全书》1701 册,上海古籍出版社 2002 年版,第 139 页。
③ 陈康祺:《郎潜纪闻初笔二笔三笔》,第 674—675 页。据考,该版本点校有误,"宏焯阿、金文昭、博尔都雪斋、占拙斋、珠兼、山端"应该是"宏焯、阿金、文昭、博尔都、雪斋占、拙斋珠、兼山端"。参见成洪燕《〈芝仙书屋图〉述考》,《中国国家博物馆馆刊》2016 年第 5 期。

画主人徐兰(1665—1735?),字芬若,一字芝仙,江苏常熟人。寓京期间,曾任安郡王府幕府,与查为仁、王翚、孔尚任等过从甚密。一幅画作,聚集如此多的画坛、文坛名家,规模之大,前所未有。这其中,虽有宗室文人,但主要为汉族文人,虽有居内城者,但更多的是居宣南者。居于宣南的汉族文人中,孔尚任在此"朋友圈"中发挥的作用至关重要。①《芝仙书屋图》现收藏于广东省博物馆,它以画作的形式,将宣南及京师文人雅集盛事永远镌刻在历史的画卷中。

四时节序,京师风物不同,文人交游方式亦不同。春日赏花,夏日解暑,秋日登临,冬日消寒,诗酒唱和,吟咏不歇。乾隆年间的柴桑在《京师偶记》中记述自己的京师生活:"余寓都冬月,亦结同志十余人,饮酒赋诗,继以射,继以书画。至十余人,事亦韵矣。主人备纸数十帧,预日约至某所,至期,各携笔砚,或山水,或花卉,或翎毛,或草虫,随意所适。其画即署主人款,写毕,张于四壁,群饮以赏。如腊月砚冻不能画,留春暖再举。时为东道者,多邀集陶然亭,游人环座观之,至有先藏纸以求者。"②柴桑回忆的文人聚会,成员有十余人,冬日在某寓所,春日则在陶然亭,活动内容甚为丰富。

宣南文人除依四时节序安排雅集外,还举办一些特殊的盛会,如顾祠祭祀、寿苏诗会、饯春修禊等。顾祠祭祀是文人祭祀顾炎武的活动,也是京师引人注目的士人集会。"道光二十三年十月,何子贞绍基、张石洲穆创建顾先生祠于广宁门慈仁寺之西南隅。"③此后,每年三月、五月、九月,宣南都在顾祠举行春祭、秋祭、生日祭,京师内外文人纷纷慕名而来。寿苏诗会是京师文人纪念文豪苏轼的活动。腊月十九苏东坡生日当天,喜爱他的文人雅士聚集一处,重温东坡诗文,并纷纷仿效创作。寿苏诗会既是纪念会,又是创作会。春日修禊是历代文人喜爱的雅事,王羲之的"兰亭修禊"更是千古美谈。历代文人仿效"兰亭修禊",往往在园林水景之处举行修禊流觞活动。《郎潜纪闻初笔》"拈花禅寺"条载:"乾隆壬申,辽东李鹰青山人夵,招诗人修禊寺中,宁邸秋明主人闻之,携酒肴歌吹来会,凡二十有二人,咸有赋咏。燕郊春事,朱邸谦光,诗虎酒龙,分张旗鼓,洵升平之嘉话,骚雅之清游也。"④道光年间,宣南还专门出现了"江亭雅集",雅集多在陶然亭、花之寺等名胜佳处。道光十六年(1836)四月四日举行的"江亭展禊",参加者多达48人。

文人呼朋结社,抱团成党,是士大夫文化的普遍现象。方九叙《西湖八社诗帖序》言:"夫士必有所聚。穷则聚于学,达则聚于朝,及其退也,又聚于社,以托其幽闲之迹,而忘乎阛寂之怀。是盖士之无事而乐焉者也。古之为社者,必合道艺之志,择山水之胜,感景光之迈,寄琴爵之乐,爰寓诸篇,而诗作焉。"⑤客居宣南的士人,志同道合者"抱团取暖",实属常态。江苏长洲文士顾嗣立(1665—1722),字侠君,号闾丘,出身于书香门第,喜藏书,笃于诗,擅风雅,豪于酒。其于康熙三十五年(1696)参加会试,寓居于宣武门外西上斜街,为怀念家乡的居室"秀野草堂",将寓所命名为"小秀野草堂"。一时之间,文人雅士,"往来邸

---

① 参见成洪燕《〈芝仙书屋图〉述考》,《中国国家博物馆馆刊》2016 年第 5 期。
② 柴桑:《京师偶记》,《北京历史风土丛书》(第 1 卷),广业书社 1912 年版,第 119 页。
③ 朱绮:《顾先生祠记》,载吴昌绶编《顾祠小志》刻本,民国十一年(1922),第 8—9 页。
④ 陈康祺:《郎潜纪闻初笔二笔三笔》,第 181 页。
⑤ 方九叙:《西湖八社诗帖序》,转引自孙立群《中国古代的士人生活》,商务印书馆 2014 年版,第 249 页。

舍"，"小秀野之名，亦遂传于都下"。康熙四十四年（1705），顾嗣立应召入四朝诗馆，此后，他与馆中诸公"每逢花晨月夕，各出杖头，宴集怡园。赋诗饮酒，率以为常"，其慨叹京师岁月："文酒之会，友朋之聚，未有盛于此时者也。"①

京师官僚也会参加各种团体的诗酒雅集。"同年"之间的集会，在宣南较为常见。封建科考时代，士人特别注重师门和出身，"同年"是他们一生最重要的朋友和人际关系之一。戴璐在《藤阴杂记》卷三记载自身的"同年"集会：

> 考选御史，与乡会试例认同年。余于己亥与选，同记名者十九人，每岁春朝，会于阮吾山司寇葵生瓶花书屋。时萧玉亭际韶、郎耕莘若伊已逝，若冯星实应榴、史卓峰梦琦、陈琬同其焜、杨培山寿楠、秦荻江清、王卜崖锺健、王瑶峰尔烈、李晓南炤、郑秋浦澂、朱篠庭依鲁、潘容斋曾起、沈大云孙琏、陈鈆卿兰森、程澂江世淳、冯半梅堉，皆同选也，恐久而遗忘，故志之。②

戴璐与"同年"，每年春天相聚于瓶花书屋。戴璐座师王文庄公，居韩家潭时，"七月二十五生辰，每于中秋前后，张乐邸第，燕乙丑同年及门生"③。

宣南地区因文人雅集，涌现出一批诗社。知名者有"沈荃结社""荔香吟社""雪鸿吟社""宣南诗社"等。④ 规模最大，持续时间最长的是"宣南诗社"，其前身是嘉庆初年的"消寒诗社"。嘉庆九年（1804）冬，名臣陶澍与其"同年"朱堮、吴椿、顾莼、夏修恕、洪介亭等7人，举办消寒雅集。嘉庆十九年（1814），陶澍与董国华等人再次举办消寒雅集，此后正式形成"宣南诗社"。诗社地点在宣武坊南，参加者皆是"成进士，点翰林"的在京仕宦。诗社成员"或春秋佳日，或长夏无事，亦相与命俦啸侣，陶咏终夕，不独消寒也；尊酒流连，谈剧间作，时复商榷古今，上下其议论，足以祛疑蔽而泯异同，并不独诗也"⑤。诗社主题由休闲活动的"消寒"逐渐转为志同道合的"宣南"。"宣南诗社"持续时间近30年，举办活动40余次，囊括成员30余人，包括陶澍、林则徐、贺长龄、朱为弼、潘锡恩、魏源、龚自珍等。"宣南诗社"成员，兼有"康济之学"与"风雅之才"。他们的结社，使得文人士大夫的诗酒雅集多了一抹政治色彩，引领了宣南士林新风尚。⑥

清代的北京宣南，以同乡、同年或座师、门生等关系为纽带，聚集庞大的士人群体，进而形成独特的"士乡"。士人群体以名人宅第、僧舍园亭为中心，品茗夜谈，赏画观书，雅集结社，诗酒自娱，给"宣南"留下了丰厚的文化遗产。那些活跃在宣南的士人如徐乾学、朱彝尊、王士禛、孔尚任、纪晓岚、陶澍等，在清代学术史、文学史、艺术史上都有着举足轻重的地位。探寻他们在宣南的行迹，考察其特定的交游空间与交游方式，不仅有利于发掘与利用北京历史文化资源，也为相关研究提供了独特的视角。

---

① 顾嗣立：《闾邱年谱》"康熙三十五年丙子"条，北京图书馆藏珍本年谱丛刊。
② 戴璐：《藤阴杂记》，第28页。
③ 戴璐：《藤阴杂记》，第95页。
④ 参见李雯雯《清代京师文人结社研究》，上海师范大学硕士学位论文，2019年。
⑤ 胡承珙：《消寒诗社图序》，《求是堂文集》卷四，道光十七年刊本。
⑥ 关于"宣南诗社"具体情况，可参见魏泉《"宣南诗社"与嘉道之际的士风》，载陈平原、王德威编《北京：都市想像与文化记忆》，北京大学出版社2005年版，第49—73页。

《写心杂剧》的"现身说法"与自传式图文书的肇启

傅元琼*

摘　要：徐爔的《写心杂剧》是一部"现身说法"，即"现自身""说佛法"的禅宗杂剧集。它以作者徐爔为主人公，书写徐爔在不同年龄段、各种人生遭际下对生活的感受及对佛理的参悟，体现了写心、宣教、立传三相结合的创作宗旨。剧作不乏虚构的情节，这一方面与宗教的玄幻色彩相适应，另一方面也藉此建构了作者书写自我心态与自身境况的故事框架；它采用一折一图的体例，文本显示了文学性与自传性兼具的特征，图像也兼有剧本插图与作者真实相貌呈现的双重职能，是乾嘉时期文学插图与人物画传相互影响的产物。《写心杂剧》的问世，已肇其后《泛槎记》《鸿爪因缘图记》等自传式图文书的创作之端。

关键词：徐爔；《写心杂剧》；现身说法；自传；画传

《写心杂剧》又称《写心剧》，是乾嘉时期的戏曲家徐爔创作的一部杂剧集①。徐爔（1732—1807），字榆村，号种缘、种缘子。江苏吴江松陵镇人，生于书香世家，为徐釚曾孙、徐大椿子。徐釚与潘耒、朱彝尊、尤侗交厚，文名卓著，徐大椿为名医、戏曲家。徐爔秉承父业，也擅医学与戏曲学，有杂剧集《写心杂剧》和传奇《镜光缘》《双环记》《联芳楼》等。徐爔在谈及自己的戏曲创作时曰："余幼时质钝多疾，至弱冠知与功名远矣，遂涉猎群书，而独于词曲最为心喜。寓目者不下数百家，自填者亦有数种，如《双环记》《联芳楼》，皆以自己笔端代古人口吻摹写成剧，非有寄托。"②但《镜光缘》和《写心杂剧》，尤其是《写心杂剧》，一反摹写古人、他人情事的传统，用自己的真名姓，"现身说法"，通过多折杂剧反映不同年龄段的心迹、经历，别具一格，与廖燕的《柴舟杂剧》开近代"作者自述剧"之先③，且以作者画像做插图，与自传性的戏文结合，肇后世自传式图文书创作之端。

＊　**作者简介**：傅元琼，泰州学院讲师，主要研究方向为明清文学。

①　徐爔《写心剧》创作时间跨度长，不断刊刻增补，现可见者有 6、8、12、16、18 折等多种版本，详参杜桂萍、孙蒙蒙《清代徐爔戏曲版本与副文本的互文性阐释》，《陕西师范大学学报（哲学社会科学版）》2022 年第 2 期。本文依乾隆四十三年刊刻的《写心杂剧》（十八种）立论。

②　徐爔：《自叙》，徐爔：《镜光缘》，吴江徐氏梦生堂刻本，清乾隆四十三年（1778）。

③　参左鹏军：《近代传奇杂剧研究》，广东高等教育出版社 2011 年版，第 131 页。

一、"现身说法"之论及其实质

"现身说法"本为佛教用语,指使用适当身份,进行传道、点化。《法华经·观世音菩萨普门品》曰:"佛告无尽意菩萨:'善男子,若有国土众生,应以佛身得度者,观世音菩萨即现佛身而为说法……应以执金刚身得度者,即现执金刚身而为说法。'"①《妙音菩萨品》曰:"菩萨现种种身,处处为诸众生说是经典。"②后用于戏曲表演艺术中,指表演者暂放弃自我身份,以角色身份,"代"剧中人物"言"。徐爔《写心杂剧》成书后,曾获很多题咏者的"现身说法"之评。方维祺曰:"当场说法身须现,莫作衣冠优孟传",王和行曰:"现世人身为说法,当场悟彻几人来"。③《写心杂剧》虽为戏文,但从方、王二人之评看,他的"现身说法",指的是"现自身""说佛法",即徐爔亲自"登场",使用真实姓名,以自身心得、感悟、遭际为例,释解佛理。《写心杂剧》具有浓郁的宣教意味。张经邦评曰:"字字从头棒喝真"、"澜翻慧舌说根尘,眷属齐来证净因。他日维摩方丈室,合教礼遍散花人";汪启叔曰:"休笑珠围翠绕非,色空已悟久忘机。能于当境心澄定,任随天花不染衣";孙乔林曰:"词场风月出新裁,字字心心结撰来。色相都从空际现,如看蜃气幻楼台";王昶曰:"悼花述梦更酬魂,归向谈禅意趣存"。④ 这些题辞皆以指出其谈禅意趣及寓含的法理为要。

徐爔心向佛法,时人对其作品的"现身说法"之评,虽不免有过誉之嫌,但结合自身感悟、经历,体道宣教的确是《写心杂剧》的一大特色。王昶的《写心杂剧》题辞特别指出了这种开创性:"随身杆木自登场,短梦前尘杂色装,不写昔人到自写,果然乐府妙康王。"⑤"杆木随身"典出《景德传灯录》:"邓隐峰辞师,师云:'什么处去?'对云:'石头去。'师云:'石头路滑。'对云:'竿木随身,逢场作戏。'"⑥"杆木随身,逢场做戏"意为随事应景,不拘时地,参悟教理。王昶笔下的"杆木随身"亦有此意。体道、悟道是"写心"的主要内容,"自登场""自写"则指出了《写心杂剧》不同于大多数戏曲借他人酒杯,浇自己块垒的独特之处。而作家"亲自登场"述一己之情,始自廖燕的《柴舟杂剧》;但在戏曲中作"现身说法",确为徐爔首创。

二、"写心"的创作宗旨

"现身说法"概括了《写心杂剧》"现自身""说佛法"两方面的特点。徐爔从生存观、轮回观、名利观、声色观、众生平等、乐善好施、世事无常、业报思想等方面,以自身的经历、体悟为例,宣解佛理。并通过"说法",劝人亦劝己放下世俗羁累。"现自身"是自我"登场","写心"亦写自身经历,并以"写心"为重。"写心"本是《写心杂剧》的题中之意。徐爔在序中也

---

① 赖永海主编,王彬译注:《法华经》,中华书局 2013 年版,第 476 页。
② 赖永海主编,王彬译注:《法华经》,第 487 页。
③ 《题咏》,徐爔:《写心杂剧》(十八种),吴江徐氏梦生堂刻本,清乾隆五十四年(1789)。
④ 《题咏》,徐爔:《写心杂剧》(十八种),吴江徐氏梦生堂刻本,清乾隆五十四年(1789)。
⑤ 《题咏》,徐爔:《写心杂剧》(十八种),吴江徐氏梦生堂刻本,清乾隆五十四年(1789)。
⑥ 释道原辑,朱俊红点校:《景德传灯录》(上),海南出版社 2011 年版,第 139 页。

强调曰："写心剧者，原以写我心也。心有所触则有所感，有所感则必有所言，言之不足，则手之舞之、足之蹈之而不能自已者，此予剧之所由作也……精力衰而须发苍者，目前之剧也。"①细致入微地刻画心中所感，是《写心杂剧》自传性的突出表现。

古典戏曲与小说相较，更注重对人物内心的刻画。徐爔有意识"写心"的杂剧集，不以剧情跌宕见长，更将作者对人生的体悟刻画得淋漓尽致。徐爔五十岁前着手创作《写心剧》，至古稀之年后方辍笔，持续时间长达二十余年。二十余年的心态、感悟融贯于十八折剧中，其核心思想是贯穿始终的出世愿望。首折《游湖》是对徐爔基本性格的总体勾勒。开篇云："自笑人间尚有缘，春风又引到湖边。参余色相诸归淡，半是游仙半老禅""我天性闲淡，襟怀轩朗，每视利名真若浮云流水，全不关心，最喜的是寻山问水，拾芝采药"，树立了一位淡泊名利、游身世外、参破世事的自我形象。还家前的一段唱词："只为这樵夫低唱，又听着渔子高歌，声声都来留我，因此上意孜孜不忍抛他。"②尽现其对渔樵生活的流连之意。在第一折中，徐爔还只是向往归隐，归隐对其来说还是一个难以实现的理想；其后不止一折提及徐爔归隐理想的梦幻般的虚拟实现，但直到最后一折《入山》，其归隐修禅的理想才真正实现。十八种剧各自独立，又前后贯穿，首尾呼应。第二折《述梦》具有其下诸折总纲意味，较全面反映了徐爔对人生各方面的思考。人在世间所追求、眷恋的一切，在其看来毫不足惜："我纵有千仓粟、一品官、佳子弟、美少娲……只有半生孽障……按律重转推不去为牛作马。须知道无边魔欲真沧海，安富尊荣不是家。"③这种较全面的参悟，为以后诸折徐爔作为主人公，以"说法者"自居，奠定了基础；并使"现身说法"成为《写心剧》统率诸篇的线索。

十八种剧从不同侧面说法，也多侧面反映了徐爔在参悟过程中的复杂心态。其中一些篇章具有自我安慰、自我宽解的意味。徐爔因"多疾"弃科举学医，从此与"功名"无缘。《游湖》以"岳王坟上青青是个草，功名两字总成是个空"作结，可看作省悟，也可理解为自我慰藉，即以忘情山水，自由如仙，释解无功名的缺憾；《痴祝》作于徐爔长子被罚、家财大损之际，曰："吕祖你为甚么霜花不上头，年年寿诞风采依旧？俺想你并不是闭丹田性命双修，也不是丹药堪长寿，端只为富贵功名一笔勾。……这正是无家一身轻……数亩荒田不晓得几经了前人田土后人收。"④"无家一身轻"，是作者在家道没落之际、参道悟道之余的宽慰。把吕洞宾"年年寿诞风采依旧"的原因归结为"富贵功名一笔勾"，旨在说明无缘功名、失去富贵不足惜，且即便功名富贵在手，也该果断放弃。徐爔因遭横祸而参破世事，以参破世事而疏解祸累，经历、参悟、宽解三者融汇。《酬魂》《问卜》诸篇，也不同程度地体现了参悟与排解心中郁结并行的特点。

还一些篇章具自省自责意味。如《醒镜》一折，是镜中我与镜外我一场对话，也是徐爔对衰老的自我的一番审视，是对精力衰退、容颜衰老的无奈、感慨与接受，展现了人们在衰老过程中的常见心态。"想平生聚散欢悲，叹经过了有千百回。空惹得两鬓斑斓，想起尽成儿戏"，是对衰老的省悟。面对衰老引起的幻灭感，徐爔表达了对佛境的向往："凡情苦是

---

① 徐爔:《自叙》,徐爔:《写心杂剧》(十八种)。
② 徐爔:《游湖》,徐爔:《写心杂剧》(十八种)卷一。
③ 徐爔:《写心杂剧》(十八种)卷一。
④ 徐爔:《写心杂剧》(十八种)卷一。

乐,佛境静真怡",亦是其作为修禅者的人生经验的总结。剧中有一个很有趣的情节,即徐燨身着僧衣,点化镜中的自己。他指责镜中的徐燨"恋着眼前的假热闹,忘却死后的实悲凉","穿上件僧衣万事全休矣,还须参破蒲团千百个,才得精魂任意飞",然又自言:"徐种缘你好痴也。今已桑榆暮景,日子去的多来的少,还不急急忙忙干些事业,倒与镜影儿胡言乱语,古人云:'寸阴足惜',岂非耽误光阴了?"①在自省自责中体现了他在消极避世与积极进取之间举棋不定,然结果却是抱镜而眠。被叫醒后曰:"俺是个唤不醒的痴迷,枉劳伊高声喝赢得惊天动地……"②"忙事业"的雄心不得不屈服于衰老爱困的身体状态,幽默风趣的自我解嘲中不无自责之意。再如《青楼济困》曰"自恨全无实学,终难济人,甚觉抱惭"③,是自责自惭也是自省。《酬魂》曰"年已六旬,既无善事可修,反造庸医之咎"④,不无自责意味;《原情》曰"老夫徐种缘自分一世多情,年已七十,着一回思,竟似一场春梦"⑤,则是自我反省;《虱谈》与《祭牙》,借虱鬼与狗牙的批驳反思自我,并以自我对虱鬼与狗牙言论的服膺,达到宣道目的。

徐燨自省自责,是为了自我宽解,而他选择的让自己从人生遗憾中获得解脱的途径,是对佛教的皈依。因此,徐燨对自我心灵的剖析,总是与其修禅宣教的"说法"结合,从始至终贯彻着"现身说法"这一宗旨。

三、宾白中的生平经历

徐燨常将自我乃至家庭事务牵扯其中,抒情劝世。而真我、真情的书写,也使《写心剧》显示出了明显的自传性。以戏曲体裁写自我生平之事,除廖燕的作品外,在王士禛《池北偶谈》卷二十六《心头小人》中也曾有记载:"安邱明经张某,尝昼寝,忽有一小人自心头出,身才半尺许,儒衣儒冠,如伶人结束。唱昆曲,音节殊可听,说白自道名贯,一与己合;所唱节末,皆其生平所经历。四折既毕,诵诗而没。张能忆其梗概,为人述之。"⑥蒲松龄在《聊斋志异·张贡士》中也曾记载此事,并在其后附高凤翰文曰:"向读渔洋先生《池北偶谈》,见有记心头小人者,为安丘张某事。余素善安丘张卯君,意必其宗属也。一日,晤间问及,始知即卯君事。询其本末,云:当病起时,所记昆山曲者,无一字遗,皆手录成册,后其嫂夫人以为不祥语,焚弃之。每从酒边茶会,犹能记其尾声,常举以诵客。"⑦徐大椿、徐燨父子皆热衷戏曲,徐大椿著有戏曲声乐论著《乐府传声》,对昆曲颇有研究,且与王士禛、高凤翰、蒲松龄等人生活时代相去未远。徐燨可能从父辈或从已有记载中得悉此事。《写心杂剧》的创作或命名,从戏曲题材的拓展看,有其时代渊源。

关于《写心杂剧》的自传性,袁枚的《写心杂剧》题辞曾曰:"从古情多易断肠,徐郎法祖

---

① 徐燨:《写心杂剧》(十八种)卷一。
② 徐燨:《写心杂剧》(十八种)卷一。
③ 徐燨:《写心杂剧》(十八种)卷二。
④ 徐燨:《写心杂剧》(十八种)卷三。
⑤ 徐燨:《写心杂剧》(十八种)卷四。
⑥ 王士禛撰,文益人点校:《池北偶谈》,齐鲁书社 2007 年版,第 513 页。
⑦ 蒲松龄著,任笃行辑校:《全校会注集评聊斋志异 3》,人民文学出版社 2016 年版,第 1662 页。

更清狂。雁行飞去鸳鸯死,都付清平调几章。"①此诗指出了徐爔以自身行藏入戏的特点,肯定了其戏曲创作与反映生活经历的关系。然《写心杂剧》的书写角度,与上文王士禛、高凤翰等人记载的以"心头小人"演绎个人遭际不同,《写心杂剧》更重对自我心灵的刻画。川合康三曾说:"中国的自传文学,大体上是意识到自己与世俗的不同,在这种不同中肯定自己的存在,从而导致自传的产生。"②"写心"——表现自我的志趣情怀、思想愿望是以《五柳先生传》为代表的自传的共同创作特色。《写心杂剧》也重在体现作者的思想志趣,但从中仍可见作者遭际,甚至会有有意识的自我介绍。

《写心杂剧》唱辞多剖析心迹,演说禅理,但人物的宾白常交代徐爔的真实境况。十八折剧中多有自我介绍性的文字,或对家中境况的交代,让我们可藉此了解徐爔的大致经历,《写心杂剧》的自传特征也因此更加突出。如第一折《游湖》曰:

> 我姓徐,字榆村,自号种缘子,本贯枫江人氏。年长五十,父母俱已安葬,四子皆可自立,大事已毕,只是我天性闲淡,襟怀轩朗,每视利名真若浮云流水,全不关心。最喜的是寻山问水,拾芝采药。承那四方君子时来下问,我想既无进身之心,何苦整冠束带,多此热闹周旋。已属于蹉跎半百,可发一叹。近来寄迹杭郡……③

作者的姓名、籍贯、家中境况、性情志趣、年龄、踪迹一一交代明了。也有些出场词篇幅较长,甚至相当于一篇自传文。如第七折《青楼济困》:

> 我种缘子枫江人也。生长望族,实学可惭,略有虚名,私心自愧。幸凤敬未远,读道书如观故本;元机尚近;诵佛经犹瞻旧相,处事劳劳。只是散财之事多,聚物之事少。终朝碌碌,但觉为人之计长,自为之计短。看破此身幻影,死生全不关心。参空色相虚花,富贵还同梦。只是还有一件放不下的重担。只为少年时节留心医理,浪博虚名。那些穷苦人知我不要谢仪,反送药钱。因此遍处缠扰,应接不暇。就把这丹炉烧破,心血焚枯,自恨全无实学,终难济人,甚觉抱惭。这几日避居吴门,幸芸窗良友契合,颇多翠阁名姝,相怜不少。我一生以来却是外慕风流,心耽持重,今已年将半百,豪兴渐衰。虽狂态日减而余情尚在……④

将作者的平生志趣、生活近况、心中忧虑,悉现笔端。此外,《湖山小隐》《酬魂》也各有一段自报家门的文字。除开场白外,徐爔在剧中的其他说白或唱辞也常涉自我真实境况。如《醒镜》在对镜自问时曰:"我已年逾六十,将当骨化形销。"⑤《覆墓》曰:"海角天涯游遍,红尘扰?? 无堪恋。两鬓欺霜,五官全废,只剩下禅心一点,触起旧情飞作雾,记来往事化成烟,整

---

①　《题咏》,徐爔:《写心杂剧》(十八种)。

②　川合康三:《中国的自传文学》,蔡毅译,中国编译出版社 1999 年版,第 223 页。

③　徐爔:《写心杂剧》(十八种)卷一。

④　徐爔:《写心杂剧》(十八种)卷二。、

⑤　徐爔:《写心杂剧》(十八种)卷一。

顿去长眠。"①这类文字,多在为剧情进一步发展作铺垫,但亦刻写心态,感触深沉。既写年岁,又写心境,使徐爔的面貌更加清晰,自我形象更加丰满。

当然,有时徐爔及其家庭境况也会借妻妾或老仆之口说出。如《痴祝》二侍妾曰"跳脱人间名利缘,淤泥浊处发清莲。夫君绝少当年态,不说禅机便论仙。……相公日渐看经拜佛,打坐参禅,近日竟着了魔头"②,写徐爔参禅论道,为痴人徐爔的出场做铺垫;《问卜》曰"叹家主原有些家私,只为大相公取入四库馆上,分发云南,做了三年知州,一任同知,身亡任所,分赔亏空,盈千累百,咨到原济,赔得田房荡然,十分苦恼,如今六相公乙卯科中了举人,读书无本,更觉苦楚,看老相公还是日间游山,夜里填词,绝无忧态,我却替他愁闷不过"是借老仆之口言当时家中遭遇,交代求财问卜的缘由;《月夜谈禅》四妾曰"当时填《镜光缘》何等情浓爱笃,今一参禅教便疏淡若此"③,从中可见徐爔参禅前后的性情变化。这些笔触皆使剧中情事更贴近徐爔的真实生活。

综合诸篇中所提及的徐爔及其家庭状况,可使我们对徐爔其人有一基本了解。在其他传记资料流传甚少的情况下,《写心杂剧》作为一部"现身说法"的戏曲,具有自传意味的史料价值自不容忽视。另,由于创作时间跨度大,多折提及作者的年龄,藉此可大致推断作品的创作时间。因此,也有学者将它看作徐爔的"杂剧年谱"④。的确,《写心杂剧》较清晰地反映了徐爔后半生的戏曲创作成就。从徐爔的戏曲家这一身份来看,它代表了徐爔在戏曲方面的成绩与创作特色,从而使作品的传记性也因之增强。

四、"虚幻"中承载的真实

《写心杂剧》作为一部杂剧集,其中不乏"虚幻"之笔。然而,它较详细地表现了徐爔处于中老年时期的各种心态,大致反映了其后半生的人生轨迹。故虽真幻参半,却并不妨碍我们把它当作具有自传性质的一部作品。这一点,是由传统自传的文体特征决定的。中国传统的自传作品,有其独特的风格与艺术魅力。阮籍《大人先生传》是一篇明显虚构的作品,其中"大人先生"与阮籍性情有所相同,曾被看作"哲理性的自叙传"⑤,它成为《五柳先生传》"正式登场的不可缺少的重要序幕"⑥。自传文体自《五柳先生传》始,就不具全面反映人物一生主要事件的特征,而以反映作者的人生志趣及理想为宗旨。在其影响下形成的自传体式一直难以摆脱虚构成分。虚构乃至荒诞色彩、游戏笔墨都可成为作者表达自己的性情志趣、理想愿望的手段。

《写心杂剧》也包含大量虚构成分。剧中的徐爔是一位参禅者,《金刚经》是他常提及的

---

① 徐爔:《写心杂剧》(十八种)卷四。
② 徐爔:《写心杂剧》(十八种)卷二。
③ 徐爔:《写心杂剧》(十八种)卷三。
④ 郝丽霞:《生动而详实的杂剧年谱——徐爔戏曲创作探究》,见胡德才主编《影视戏剧评论》(第二辑),中国电影出版社 2016 年版,第 188 页。
⑤ 福永光司:《〈大人赋〉的思想谱系——辞赋文学和老庄哲学》,见其著《道教思想史研究》,岩波书店 1987 年版,第 280 页。转引自川合康三:《中国的自传文学》,蔡毅译,第 53 页。
⑥ 川合康三:《中国的自传文学》,蔡毅译,第 54 页。

一部佛经,其中的《一体同观分》中有"若干种心"句。"心,又作'心法'、'心事',泛指所有的精神现象,即通常所说的心、意、识。"①《金刚经》的"心"中之义,实涵括了徐爔的真实情感以及其在剧中的幻想与梦境。而且,《写心剧》中"虚幻"之笔,实为述写心事的手段,兼为谈经论禅而设。"心"系作者情怀,并常常通过虚构的故事或梦境来体现。第二折《述梦》写徐爔梦魂误入阴曹地府,经受住了名利声色考验,却生无可恋,最后获准减寿一纪而归。这一折是在徐爔真情实感、真实境况的基础上编写故事,如其中写道:"若说名山大川,也曾登泰山、涉大海;若论富贵繁华,也曾侍王府、寓公门;若是才子佳人,半生以来交好不少。至于自己衣食姬妾,虽难充裕,却都领略到了。真是晚生一无可恋也……谁恋这生涯。"②以梦境结撰故事情节,以梦境来承载一心向佛、渴望脱离生死轮回的愿望,既宣释了佛家教义,又反映了禅修之人的真实心态。

另如《原情》为了表达"色衰爱弛、利尽交疏"③这一主题,设置了李怜香、张惜玉两个虚拟人物。二人的身份,是剧中徐爔的老友。老友相聚,怜香、惜玉二人多年不见的恋人也寻踪而至。结果两对男女思念期盼多年,却因色衰、利尽而无法再续前缘。故事明显是为预设的题旨而量身定做,但其中也包含与徐爔相关的客观事实,他和李秋蓉的爱情、《镜光缘》《写心杂剧》的创作等,皆成为剧中老友相聚的谈资,是以老友谈资的方式呈现自我情爱、创作经历。"情生情死那个真相守,色衰爱弛、利尽交疏,盟山誓海都倾覆。纵然的毕世相依,憎贫嫌丑难消受。情怜变怨,恩爱为仇,云消雨散巫山瘦"④,是徐爔在勘破情关后的真实感悟。《游梅遇仙》也是一篇较有代表性的以虚写实的作品。作者结撰自我与铁拐李相遇故事,旨在说明"世上尘缘皆是空"。剧中作者反省其在现实中的苦闷缘由:"我一生劳苦,不要说日里,就是夜间也不得功夫睡来。……红尘扰攘中,一世邯郸梦,只是黄粱还未熟,惊醒晨钟。回思往事堪悲痛,但历尽生离死别……"⑤用虚幻的故事框架,装载真实的境况、心理感受及对人生的思考。再如《醒镜》中镜中我与境外我的对话、《痴祝》中吕祖的参与、《寿言》中陈抟的出现、《虱谈》中的虱鬼、《酬魂》中的诸魂,都使《写心杂剧》染上了虚幻缥缈、荒诞不经的色彩。但这正是由《写心杂剧》的禅宗剧性质决定,其中的虚构与玄幻,是剧情设置的需要,也是其宗教性的体现,但并不影响剧作的"现自身"特征,同时,增加了作品的趣味性、可读性,从而在很大程度上削弱了"现身说法"带来的说教意味。

徐爔将自身感悟、自我经历融入虚构的故事框架,事为劝人向佛的例证,情为作者修禅的自悟自省。虽真幻杂糅,却幻不掩真;虽虚实结合,却虚实分明。幻中存真,方谓"现身";真幻相辅,皆为"说法"。既"现身",便不免自写情怀与境况;既"说法",便须采取行之有效的演说手段。不论是真还是幻,皆为敷说教义、自写情怀境遇。从敷说教义看,《写心杂剧》是一部禅宗剧;从自写情怀境遇看,它具自传性质。

---

① 赖永海主编,陈秋平译注:《金刚经·心经》,中华书局2013年版,第83页。
② 徐爔:《写心杂剧》(十八种)卷一。
③ 徐爔:《写心杂剧》(十八种)卷四。
④ 徐爔:《写心杂剧》(十八种)卷四。
⑤ 徐爔:《写心杂剧》(十八种)卷二。

五、敷写作者真容的插图

《写心杂剧》十八种,图文并茂,采用一折一图的方式,共有十八幅图像。图像中主要人物面容相仿,是否为作者的真容,已无作者肖像相证。但从"现身说法"与作者立传意识看,《写心杂剧》插图中的"中心人物",应为作者本人。《写心杂剧》表现出了强烈的自我立传意识。它没有采用代古人言、代他人言,抒写一己情感的方式,而是自我登场,使用自己的真名号,写己事、抒己情,将自己的经历乃至日常琐事等敷衍成戏曲故事,因此十八幅图中的面貌相仿的中心人物应为作者徐爔。而在文图结合的传记逐渐盛行的时代,在画像题咏普遍风行的时期,徐爔为具自传性质的《写心杂剧》请人题咏,并绘制图像,图像的中心人物为作者本人,也在情理中。十八幅图像是剧本插图,但因文具自传性质,多请名人题咏,又与画像题咏相类。故而《写心杂剧》虽为杂剧集,却隐含着作者欲通过名家题咏、文中立传、画写肖像以存史的意味。

《写心杂剧》中很多插图皆能较清晰地反映徐爔的相貌特征。《述梦》与《七十寿言》中的徐爔像,面部特征相似,均为八字胡,而这种八字胡几乎是《写心杂剧》所有插图中徐爔形象的共同特征。因两剧创作时作者年龄有差异,两幅图中人物也反映出了随着年龄增长、面部衰老而带来的细微变化。徐爔从中年到老年的面貌变化在对比中清晰可见。这些图像,与戏曲文字具有自传性一样,是构成徐爔传记的重要资料。它们的存在,弥补了我们今天读其书而不得见其人的缺憾;使《写心杂剧》既写心,又绘形,对徐爔的生命历程进行了较全面的勾勒。而且,这些插图颇具故事性与趣味性。《问卜》一折插图,画面所绘为徐爔与参易道人交谈时的情景。图中参易道人在庙内夸夸而谈,徐爔为之拍手叫好。庙外两乞儿则在酣睡,旁边放着讨钱的篮子。图像是一种具有即时性特征的表现方式,但插图中庙内、庙外人物的行为,在剧作中并非同时同地发生,却被绘于同一画面,显示了图像打破时空限制,为统摄剧情所做的努力。再如《原情》一折,画面所绘为徐爔二友张惜玉、李怜香与思念多年的红颜知己相见的场景。这一场景是《原情》一折的高潮。画中,两对曾经情深意笃的男女在相互争执,而徐爔则在旁边远远看着,一副"果然不出我所料"的神态,突出了徐爔参破情爱及劝人走出情关孽海的题旨,体现了文图的有机结合。

刻画作者真容的剧本插图,使本具有自传性质的《写心杂剧》同时具有了自传式画传的特征。画传是一种图文体的传记体式。自明中叶起,文学插图与画传相互影响,图文并茂的作品大量产生。上官周的《晚笑堂画传》与徐爔的《写心杂剧》,皆是二者相互影响的产物。《晚笑堂画传》的文图关系,有类似于小说与其插图关系的特点①;而《写心杂剧》图写戏曲情节,故事性强,却以作者自身为图像的中心人物。二者在乾嘉时期出现并非偶然。此时正处于文学插图对画传影响较明显的一个时期,从而使《晚笑堂画传》呈现出小说图文的灵动性、趣味性与画传的征实性兼具的面貌;而徐爔的《写心杂剧》则无论是插图还是文本,皆兼具戏剧及传记特征。另,《写心杂剧》的产生,已肇后世自传性图文书的创作之端。后

---

① 傅元琼:《论传统画传的文学性与历史性——以〈晚笑堂画传〉与〈吴郡名贤图传赞〉为例》,《龙岩学院学报》2019 年第 3 期。

来张宝《泛槎记》、麟庆《鸿爪因缘图记》，皆为"自传体的木刻画集"①，以图文"来记叙自己生平"②。其内容亦如《写心杂剧》般，是表现自我人生的文学、图像作品及他人题咏三者的结合。

六、结语

郑振铎在评《写心杂剧》时曾曰："自传式的戏曲，明代已有之。屠隆的《修文记》，即是其一，但无直出自己的真姓名的。"③至清，廖燕的《柴舟杂剧》自创一格，作家登场为主人公，抒发士子苦闷；徐爔的《写心杂剧》是写心立传与悟道宣教的结合。作为戏文，《写心杂剧》难免因说教色彩影响其艺术感染力。但从图文结合、以戏剧立传的角度看，则较其他戏曲或传记作品独具特色。它与《晚笑堂画传》等作品一起，标志着人物画传在乾嘉时期的繁兴，是传统画传发展至清的一大飞跃，使画传这一图文体呈现出不拘一格的样貌，显示了人物画传在乾嘉时期文学性与征实性兼具的时代特征。自此之后，图文体传记中的文字不再局限于传、赞二体或抄摘自史书中的片段，诗、词、游记、戏文等各种文体皆可拈来作为人物生平经历的载体；图像也不再局限于人物面部肖像及人物故事图，表现人物游踪、治学环境的山水画也渐成为画传图像的题材。川合康三认为中国的自传文学多剖析"人生状态的一个断面"④，"很难找到追溯一生变化轨迹的作品，绝大多数是一幅须眉无改、衫履不易的肖像画式的固定了的自画像，这也应该说是中国自传文学的共同特征之一"⑤。然徐爔倾半生心血创作的传奇《镜光缘》与《写心杂剧》，结集为《蝶梦龛词曲》，用"现身说法"的方式，表现了他在不同年龄段的人生经历与心迹，已具突破"肖像画"式自传的意义。在此之后出现的各种自传式图文书，更有力证明了"追溯一生变化轨迹"的自传体式，在清代独具中国传统文化特色的多姿多彩的发展。

---

① 郑振铎：《中国古代木刻画史略》，上海书店出版社2006年版，第194页。
② 郑振铎：《中国古代木刻画史略》，第195页。
③ 郑振铎：《中国古代木刻画史略》，第192页。
④ 川合康三：《中国的自传文学》，蔡毅译，第69页。
⑤ 川合康三：《中国的自传文学》，蔡毅译，第53—54页。

《吴梅全集》集外佚文

郭建鹏　王英琦*

摘　要：新发现吴梅两篇讲演稿、一篇杂剧及十三篇诗词曲作品，展现了他执着的制曲精神与传承信念及诗词创作功力。吴梅深耕民族曲论，体现了其在五四新旧文化冲突下弘扬文化民族主义、促进中西文化交流互鉴的思想。在中国诗词从传统范式走向现代化转型的背景下，吴梅坚守旧体诗的创作，与同时代文人雅士以诗词相赠答，显示其对古典文学传统的固守与坚持，亦展示了其作为文化精英在时代变迁中的独特文化立场与文学实践。现将吴梅集外佚文整理呈现于此，以飨学界。

关键词：吴梅；杂剧；补佚

吴梅去世不久，徐调孚先后撰写了《吴梅著述考略》①、《霜崖先生著述考略》②，开吴梅文献整理之先。2002 年《吴梅全集》出版，为吴梅文献整理之大成者，为后续史料钩沉提供了重要的参考。之后有研究者发现集外诗词曲文及信札，且为数不少，仅集外遗札已达 66 通。笔者曾写过《〈吴梅全集〉集外诗文补遗》③、《〈吴梅全集〉校补》④，后将二文及整理出来的序跋 7 篇收入《报海拾贝集》⑤一书。本以为吴梅文献整理到此结束，近来在翻阅报刊时，又发现吴梅的演讲稿、杂剧、序跋、诗文多篇，与我的研究生王英琦共同整理出来，助力于学界吴梅研究。

一

自康梁提出"三界革命"以来，中西、传统与现代的文化冲突日趋明显，经过五四"全盘欧化"的文学革命运动，保存国粹被新文学家视为"历史的倒退"，东南学派秉持晚清邓实、

---

* **作者简介**：郭建鹏，聊城大学文学院副教授，主要研究方向为报刊文学研究；王英琦，聊城大学文学院硕士研究生，主要研究方向为报刊文学研究。本文系国家社科基金后期资助项目"多维视野下的南社研究"（21FZWB043）、国家社科基金重大项目"南社文献集成与研究"（16ZDA183）阶段性成果。

① 徐调孚：《吴梅著述考略》，《文学集林》1939 年第 1 辑。
② 徐调孚：《霜崖先生著述考略》，《戏曲》1942 年第 1 卷第 3 辑。
③ 郭建鹏：《〈吴梅全集〉集外诗文补遗》，《古籍整理研究学刊》2018 年第 6 期。
④ 郭建鹏：《〈吴梅全集〉校补》，《南大戏剧论丛》2022 年第 18 卷第 2 期。
⑤ 郭建鹏：《报海拾贝集》，中国社会科学出版社 2024 年版。

黄节、金松岑、陈去病国粹学派传统，倡导古典主义风格，宣扬文化民族主义，吴梅位列其中，一直持续到去世。《吴梅全集·理论卷》中收录了几篇吴梅的演讲稿，如《元剧略说》[①]，今检索报刊，发现三篇讲演稿，为全集未收，其中《对于中学国文的我见》已见《吴梅传》[②]，不录。此文曾遭到汪震的批判[③]，开篇将此文置于新文化运动与学衡派论战的语境中，批评中存在着偏颇，可谓双方论战的余音。关于《清代辞章家略说》一文，从报刊上并未得到演讲的相关背景，但在金蕴琦编辑的《暑期学术演讲集》中获取了一些信息。吴梅是应苏州青年会之邀参加的演讲，根据其发表时间和《序》以及苏德宏《弁言》推知，吴梅应在1928年暑期做的演讲。苏州青年会举办演讲的目的是"不分东西学术，一一为之提要勾玄，取精用宏"。"夫本演讲曷为而举行乎？曰是在'提倡学术研究，沟通中西文化'耳。"吴梅的演讲既符合苏州青年会的宗旨，也是其毕生承续传统的学术功力之见证。吴梅立足于民族传统曲论，从理论与实践层面继承与发扬散曲的曲律、曲韵等音乐特征，探讨南北场上之曲的演变规律，尤其是在曲律、戏曲史研究、曲话创作及曲学文献搜集与整理方面作出了卓越贡献。同时，民国以来能创作并吟唱散曲者如凤毛麟角，吴梅不仅深耕此道，而且教出了任二北、卢前、唐圭璋等传承者。《今后南北曲之新希望》一文，不仅是其制曲精神的体现，也是其传承曲学信念的彰显，其价值不言而喻。今将《清代辞章家略说》《今后南北曲之新希望》二文录如下：

清代辞章家略说[④]

　　文、诗、词、曲，皆辞章家言，逊清一代，作者如林，各有独到处，惟曲则略逊明代耳。今粗述如下：

　　自明季钱谦益，远法欧曾，近效归有光，创虞山文派，虽流传未广，颇足与几复两社相抗。清初侯方域、汪琬、朱彝尊皆承其流，宗法归唐，已开桐城、阳湖之风。即《明史·文苑传》排击前后七子，而左袒王唐茅归，亦采用受之之说。只以身列贰臣，为人唾弃。追论流别，实为一代开风气之人，其功正不可没也。其后方苞姚鼐继起，古文之道乃大明。望溪尝与姜西溟论行身祈向，曰：学行继程朱之后，文章介韩欧之间。故其论文，严于义法。其作文轨范，约有三端：（一）非阐道翼教、有关人伦风化为不苟作；（二）凡所涉笔，皆有六籍之精华；（三）不可入语录中语。魏晋六朝藻丽俳语，汉赋中

　　① 《元剧略说》吴瞿安先生讲，炯记，《无锡新报》1923年9月16日；又见《中华基督教文社月刊》1926年第1卷第11/12期；《文哲季刊》1927年第1期，题为《元剧小史——一九二六年七、十日在华东暑假大学演讲》。

　　② 此文发表于《苏中校刊》1928年第1卷第9期，见苗怀明：《江苏历代文化名人传 吴梅》，江苏人民出版社2019年版，第278页。

　　③ 汪震：《关于中学国文上的一篇怪论——读了吴瞿安先生的讲演以后》，《益世报（北京）》1929年6月21日、28日。

　　④ 《青年进步》1928年第115期；《苏中校刊》1929年第1卷第21/22期；金蕴琦编辑《暑期学术演讲集》，1929年。需要说明一点：《清代辞章家略说》一文后半部分见《吴梅全集·理论卷》中《清人词略》《清总论》，前半部分未见，曹辛华在《民国文话考论》提到此文，见王水照、侯体健主编：《中国古代文章学的阐释与建构 中国古代文章学三集》，复旦大学出版社2017版，第504页；杨旭辉在《嘉道时期常州骈文作家群及其创作》一节曾引用此文后半部语句，见其著《清代常州学术文化研究》，江苏人民出版社2019年版，第225页。

板重字法,诗歌中隽语,南北史佻巧语。总核三端,师承不易。是以有清一代,文体纯正,莫过望溪。姚鼐承之,所被益广。徒以润泽理学,好以道统自期。所辑《古文辞类纂》,韩欧曾归而后,直接方(苞)刘(刘大櫆)。虽道园、遵严、雪苑、冰叔,概不入选,未免过当。又好与崇古文法朴学者为敌,暱近今文学派,以掩其不知经术之耻,空疏之士便之,靡然成风。而桐城文派,遂炳照天壤矣。当海峰之世,有钱鲁思者,学于海峰,屡诵其师说于友人恽敬张惠言。恽张二子,遂弃其考据骈俪之学而为古文。世又号曰阳湖派,实亦桐城之支裔也。嗣之者有秦瀛、陆继辂(据张之洞《书目答问》)。姬传弟子,以陈用光、梅曾亮、管同、刘开、方东树、吴德旋、姚椿、毛岳生、姚莹等为最著。异之、伯言、植之、硕甫,尤推高足。伯言之文,更堪嗣响姬传。其传派独广,如仁和邵懿辰、山阳鲁一同、赣人吴嘉宾、湘人孙鼎臣、粤人朱琦龙、启瑞、王锡瑞,皆是也。他若异之仅传其子嗣复,植之仅传同里戴钧衡,硕甫仅传湘人邓显鹤、周树槐,皆不如伯言之大也。道咸以还,吴敏树、曾国藩又起而振之,南屏不屑建一先生之言以自隘,卒其所得,与姚氏无所不含。涤笙自言粗解文章,由姚先生启之,着亦私淑惜抱者。然寻其声貌,略不相袭。每欲以戴段钱王之训诂,发为班马左郭之文章,观经史百家杂钞,足征取材较惜抱为广也。曾之弟子以张裕钊、黎庶昌、吴汝纶可云后劲。独湘潭王闿运,不附风气,自抒伟抱。天留此老,为清代文家之殿,尤非偶然也。今则马氏通伯、姚氏仲实、吴氏辟疆犹抱残守缺,延正宗于一线。桐城文之未堕于地,赖以此耳。(右散文)

骈俪之文,作家亦富。吴兆骞以徐庾为宗,吴绮摹樊南之作。陈简崧、章藻功虽亦步趋子山,而体格实近唐宋。此皆气粗词繁、其体未纯者也。胡天游追纵燕许,颇称壮美,而俗调伪体,汰除未尽。袁枚继之,亦自选丽,而音响凡猥,不尽雅正。吴锡麒委婉澂洁,意主近人,圆美可诵,而古义稍失矣。惟昭文邵齐焘,气体遒古,有正宗之目。尝谓清新雅丽,必泽于古,非苟且牵率,以娱一世之耳目者。骈偶之体始尊,一时风气,为之不变。刘星炜、孔广森、孙星衍、洪亮吉、曾燠继之。其旨益畅,广森以达意明事为主,开阖纵横,一与散文同法。燠亦谓古文丧真,反逊骈体。骈体脱俗,即是古文。三家之论,渐开骈散合一之机。吴鼒以袁、邵、刘、吴、孔、孙、洪、曾为八家,亦非无见,顾袁吴实非其伦也。姚梅伯《骈文类苑》,取材至富,颇伤芜杂。而王先谦又以刘孟涂、梅伯言、董子选、董方立、方彦闻、傅味琴、周荇农、赵桐孙、王壬秋、李莼客为十家,以继前八家。自序云"参义法于古文,洗俳优之俗调",似亦非苟作者也。他如缪荃孙之朗润,皮锡瑞之疏凿,冯梦华之工整,亦为一时之选。夫学六代者下视唐宋,学唐宋者亦菲薄六代。骈散之分,其来久矣。严铁桥《全上古三代六朝文》,盖欲弥骈散之争也。汪中、李兆洛辈,上法魏晋,亦欲复古代骈散不分之体也。周济始学桐城,其作《晋略》,持论亦同汪李。其后谭廷献亦以此体创浙中,其《复堂日记》尝云:"吾辈文字,不分骈散,不能就当世古文家范围,亦未必有意决此藩篱也。"于是一时风气,颇宗此论。近时作家如李审言熟精选理,孙隘堪沈酣六朝,亦未尝不服膺汪李复堂也。而论者每以别体目之,昧者又欲以四六混骈文,斯真囿于习俗者矣。(右骈文)

清初诗人,有钱谦益、吴伟业、龚鼎孳,称"江左三大家"。谦益称扬杜陵、东坡,有时亦入乐天、剑南之室。其于前后七子复古一派,排斥不遗余力。三袁钟谭,更在不足齿数之列。一时学子,靡然从之。伟业七古学元白,五七言近体,不减盛唐。五古长篇,亦足名家。鼎孳虽与钱吴并称,而酬酢之作太多,不如二了远矣。其后莱阳宋琬、宣城施闰章,亦颇以诗名,有"南施北宋"之目。新城王士禛,幼为虞山所称,所作宗尚王孟,以神韵为主。秀水朱彝尊兼学唐宋,以博雅见称,屹然分立南北。主盟坛坫者数十年。士禛之名尤盛,赵执信作《谈龙录》,与之龃龉,亦不能撼焉。当此之时,屈大均、陈元孝、梁佩兰有"岭南三家"之称。士禛谓岭海多才,以未染中原江左积习,故尚存古风,理或然钦?士禛而后,独推查慎行。慎行学苏陆,微少蕴藉,而魄力风韵或过诸家,遂能杰出一时。其后厉鹗学陶谢,兼及王孟韦柳,以淡远胜,颇能别树一帜。袁枚主性灵,翁方纲以"肌理"二字,救新城一流之空调。二子得名虽盛,皆非正轨。有识者讥之,惟沈德潜差为一代正宗。少受吴江叶燮之学,古体宗汉魏,近体宗盛唐,而尤服膺老杜,选《古诗源》及唐明《国朝诗别裁集》,以标示宗旨。其弟子极盛,吴中七子内,惟王昶著《湖海诗传》以续别裁集,足征一时坛坫之盛。再传为黄景仁,亦有"出监"之目。乾嘉诗家,师传最广,莫归愚若矣。后归愚而以诗鸣者,大兴舒位、秀水王昙、昭文孙源湘,世称"三君"是也,以才气雄于一世者也。四川之张问陶、常州之洪亮吉、浙中之许宗彦、郭麐、岭南之冯敏昌、胡亦常、张锦芳,及黄丹书、黎简、吕坚,大率一以唐人为归,才识高下,虽不一,改,初未有槎枒生硬之风也。及曾国藩出,诵法江西诸家,中兴以还,作者皆从之。南通范当世,以布衣而名遍宇内,于是陈散原、郑海藏等,咸以山谷、后山为宗。至今日而其风未衰焉。其能进退周旋,而不为所囿者,前则李慈铭、谭廷献,推本情性,导源雅颂,后则王闿运,宪章八代。注力选体而已。(右诗)

词至清代①,(右词)②

右曲右所论列,粗陈流别,读书无多,罅漏百世,大雅君子,恕我鄙拙焉。

今后南北曲之新希望③

余今讲述此题之前,请先言少时之旧希望。余初治曲学时,希望有三:即一考订,二辑佚,三歌唱是也。考订方面,近人已多为之。最著者,为海盐王国维之《宋元戏曲史》,此书诸君多久习,无待介绍。其次,如近日常熟王古鲁曾译述日人清木正儿所著之《中国近世戏曲史》,译笔畅雅,并多所谠正;其附录参考各条,尤为精当。平湖钱南扬著《宋元南戏百一录》,将两代中南戏,就各书中所征引者,汇录成册,遂成大观。此君曾亲至舍下,索观敝藏,乃竣事后,绝无一语提及,殊不可解?后有北新书局赵景深君著《宋元戏文本事》,亦多汇聚成说,不致疏漏。考订之学,于今为盛矣。辑佚方面,有任中敏所辑之《散曲丛刊》,计五十种。其法系就诸家之选本中零拾凑补而成,且多存世间罕见之曲。如沈青门之《唾窗绒》,于清康乾时尚有传本,厉樊谢文集中,尚有此书题跋,后遂无言及者,中敏亦辑得之,殊为不易。其后卢前有《饮虹簃丛书》之刊,镂版

---

①　以下部分见《清人词略》,《吴梅全集·理论卷》,河北教育出版社 2002 年版,第 512 页。

②　以下部分见《清总论》,《吴梅全集·理论卷》,第 294—295 页。

③　《国立中央大学日刊》1936 年第 1689 期,记录者为陈永柏,文有"此文付印前,曾经吴先生寓目,并改正多处,特此申谢。记者附志";又见《时代报》1936 年 5 月 26 日第 3 版,题为《对南北曲之新希望》,内容有删减。

精工，初为二十八种，后又增至三十，尚拟附余作及已作于后，余嫌蹈明人标榜之习，劝其勿为。书中如张养浩之《云庄乐府》，陈大声之《秋碧乐府》，夏言之《鸥园乐府》，皆世不经见，今亦就诸选本中采集而成；与任辑之《唾窗绒》，皆弥可珍贵也。歌唱方面，前二十年，此间人罕习之，犹忆民元时，余至京地，仅晤一仇涞之先生深擅此技。小院黄昏，乐工群聚，酒酣耳热，歌声呜呜，余甚以为乐事也。后涞老年高，兴亦渐阑矣。近则度曲之事，如霞蔚云蒸。京中有紫霞社、公余联欢社等，日必教曲，月有会期，此后当更繁盛，可预卜焉。于是余昔时之三希望，初未敢期之实事者，今皆遂愿，弥觉忻慰。然学术一事，瞻之愈高，而余之新希望乃油然生焉。

新希望惟何？即除赓续实施旧时之三希望外，仍须加以方法上或原则上之改变是也。旧希望中，辑佚一方面，今几无可从事。近年中所发见者，仅有二种：一关汉卿之《绯衣梦》，二吴昌龄之《西游记》。吴作曾于元时与王实甫之《西厢记》，骈称"二西"，驰誉天下，二人亦交相推服。但后世则西厢盛行，而吴曲反泯。[北西厢世虽盛行，而自明世南西厢代兴后，其唱法久已绝响。清叶怀庭（堂）著《纳书楹谱》之余暇，别成西厢全谱，至可钦服。]今与关作并得发见，至可珍惜。惟《西游》得之东瀛，吾国已无藏弆者矣。继此已往，恐难再发见，即聚全国藏书家之目录，而按图索骥，所得亦必无几也，但不可畏难而止，仍当竭力收罗焉。至考订与歌唱二事，正大有可为。盖考订曲学，非若谞正经史必断断于字句间也。剧场之名称，与剧中之动作，亦须加以研讨焉。今举二例言之：（一）角色，如戏中有十门角色之称，知之者甚尠。其实为四生：老、冠、巾、二；六旦：老、正、贴、搽（此旦因唐人诗"十三年纪唤茶"句得名，后改茶为搽）、五袖旦、六短袖旦。三净（红、白、黑），副净、中净、丑等共十六门。今举其成数言之，故曰十门也。（二）台容，旧传清高宗南巡扬州，有集锦班受诏演《琵琶记》中"陈情"一折（此折俗名"辞朝"）。一生登台，唱《点绛唇》首句"月淡星稀"四字，旧师相传，唱月淡则东观，唱星稀则西望，高宗遽闻不怿，令更一伶，如是者三，众莫晓，一末伶进曰："我姑试之。"遂登台，唱"月淡"则视地，唱"星稀"则观天。高宗乃称善。盖词中"月淡"之"淡"字，与"星稀"之"稀"字，非俯察仰观，又焉得而达之哉？明乎此，吾人可知表情时与词句呼应之法矣。至若剧中之寄托，及本事之来历，亦当以余力及之，但不可穿凿。旧有《审音鉴古录》一书，即专言此台容者也。歌唱一事，亦有至难言者焉。余少时，尝遇一沈老孝廉，此老固深于度曲者，语余曰："欲明曲理，当先度曲。"乃就里中之善此道者习焉。但仅知工尺旁谱轻重疾徐之法，进而问其所以然，则瞠目莫对矣。且彼辈曲谱中，讹字既多，断句尤误，甚至不见调名，询之，则曰："诸调名不须唱，故省去耳。"尝见一人，诵《长生殿》中之《惊变》【粉蝶儿】者，原文云："天淡云闲，列长空数行新雁；御园中，秋色烂斑。"彼乃于"空"字下，"中"字下绝句，如七言诗然。于是"秋色烂斑"四字，上下无可属矣。盖所谓终身由之而不知其道也。今度曲之事渐盛，吾人所当注意者，必先明句法，辨阴阳，能知此二者，则旁谱可迎刃而解矣。又西乐中有"四拍子"一名，即吾国旧名"一板三眼"也。吾国视头拍最重，故名板，其余三拍，则名眼，其实一也。沈宁庵、吕士雄各谱，仅仅点板者，即在句法之整理，不使作者误板而已。夫音……之学，代有专家，其在度曲，应用尤广。盖四呼之辨，（开、齐、合、撮，谓之四呼，为读字之法。）度曲必先明此，而字音始真。与喉、牙、齿、舌、唇五音，互为经纬。工尺旁谱，仅表明四声阴阳之

不误而已,而读字之法,则全在度曲之人,不可不慎也。今广东音尚有合口声——有 m
尾声者,曲中之合口声,尤宜注意。如天(齐)、淡(合)、云(撮)、闲(开)四字,一有紊呼,
则所歌非其字矣。出字之法,[出字分头、腹、尾三种,与反切之法全同。惟反切不及腹
音者,以切音为识字之用,非如歌曲之欲延长其声也。李笠翁(渔)尝戏语人云:观《昏
礼》时,聆傧相赞"拜、兴"二字之音,即可明出字之法矣。盖呼此二字时之音,均具头腹
尾三者而成者也。]俱宜清晓,而收声归韵,尤关重要。(四声四呼清,则出口已正;苟不
知此法,则人声所引长之声,将与箫管同音,而不知究为何字? 此曲中之出口,收口,所
以并称"二难"也。)凡此皆度曲者之所当知也。余不文,尝为俞粟庐先生作传,备记其
度曲之方。先生责人严,尝赴友人约,观某伶演《燕子笺》,既毕,众称善,先生独嗤以
鼻,伶怪问故? 先生曰:适聆《桂枝香》"从来现世"句,读"现"为"羡"何耶? 盖伶误从乡
音读入舌头也。其审析毫芒,乃至于是。居今日而精研度曲之法,成书以示人,则又余
对于歌唱之新希望也。

　　余既以此二新希望,望诸同学矣,闻者得无疑吾言乎? 或谓今日何日? 非欧化盛
行之时代耶? 小唱、童谣、话剧、电影之类,应运蜂起,京戏尚云落伍,何昆曲之足云?
应之曰:人情之好恶各殊,会心之近远不一,曲高和寡,虽有成言,然世固有厌巴音而乐
阳春者矣。且吾人能多提倡南北曲一分,即多保存国粹一分。盖传奇为大社会学,无
所不包,固当研习者也。

　　且曲之一艺,非至难习也,近人辄曰:旧戏中思想简单,情节不清,词句尤难立解,
一也;繁音慢调,令人不明,二也;曲谱订制难明,其理三也。综此三因,势难致远,天然
淘汰,理亦宜然。不知凡事非一仍不变者,改良之道,端在今日,余所尤希望者,当先去
此三弊也。

　　(一)元曲本为通俗文学,是以尚超脱,贵白描,非若诗词之使事用典、含蓄至深也。
南曲之初兴也亦然,其后梁伯龙著《浣纱记》,始驰骋华辞,由是竞尚涂泽。而北曲自然
之风趣略尽,惟文人始能填词,亦惟文人始能欣赏,此亦南北曲不易普遍化之原因也。
捄之之道,宜力返于右。盖一曲填成,须雅俗共赏,不应只为案头供奉。至于改良内容
之法宜世界文学之眼光,凡古今来可歌可泣之本事,皆吾之生花妙笔渲染所及者也。
故取材不必限于中国,而尤不能因袭旧曲中之佳人才子思想。(中国旧曲,其本事不外
乎私订终身后花园,落难公子中状元之类。作者思想,固自可鄙,然亦有故焉。盖科举
时代,士子大欲,不过状元;而中国自古婚姻,多不自由,知慕少艾亦属常情,于是癖寐
以求,形于吟咏。又中国先哲之人生教训,多以先苦后乐为最后之归宿,于是才子必偶
佳人,维遭困阨,终归团圆之喜剧出矣。)天空海阔,何处无文? 万卷罗胸,涉笔成趣。
岂必局于一隅,且可播之远国焉。又摘文之士,尤宜于剧情方面,加以浅释,刊为短文,
宣之报纸,则人人易知,自无情节不明之患矣。

　　(二)音调本不难明,若为群众便利起见,可改用五弦谱,又繁声中有声无字处,如
一字有八拍或十二拍之类,可一律删尽,以求简易,则迎眸即识矣。中西乐本各有所
长,余意南北曲可仿西乐中之和音谱,制于单音谱之下,(上部单音谱,可由国人自制,
下部可由精西乐者制之。)且可以此调流播友邦,一雪中国无乐之耻,(德人卫中在本国
时曾发此语,后至中国始悔之。)岂不善欤?

制谱之法,于曲中阴声字则当以高音部配之,阳声字则以低音部配之,庶几可免李戴张冠,所唱非其字矣,(余见近日以西谱填曲者,往往不论阴阳四声,以至唱非其字,天下无是理也)。盖西方文字,无四声之分,中土则声韵毕具,故在彼可以一谱合众字者,此则不可(各字各谱)。承斯学者,所宜究心也。

(三)曲谱订制之难,谓旧谱句板及工尺配合之不明也。改良之法,宜将南北各曲谱中。就其各主腔各板式,一一比较之,考订之,何处宜阴?何处宜阳?及所以增减联络之处,皆列表清楚。如是,则旧表误处,既已矫正,新曲表音,亦有准则,然后播之天下,永为定式,尚何曲谱不明之患哉?但兹事体大,必合群策群力而后可是也。

以上种种,皆余所希望于南北曲今后之发展也。近日之中国,郑声繁,雅乐乱,为世诟病久矣。拨乱反正,功匪浅细,起而更之,是所冀于诸君者也。勉旃!勉旃!

另,《申报》曾载《吴瞿安在金女大演讲》新闻一条,记曰:"本月二十二日金陵女子大学敦请词曲泰斗中央大学教授吴瞿安演讲研究中国文学之法,吴氏谓首宜注重平仄,次宜研究音韵与律调,最宜注重材料问题及高声朗诵之法。吴氏旁征博引杂以诙谐,听众鼓掌不置,闻本星期中吴氏在京已演讲二次云。"[①]演讲稿至今未找到,列于此,留待有缘人。

二

笔者在《世界小报》上发现两篇署名灵鹫的杂剧:《庆新年杂剧》(1923 年 2 月 22—26 日)《穷岛孤臣泪杂剧》(1923 年 3 月 17 日—4 月 12 日)。先看《穷岛孤臣泪杂剧》,此杂剧与洪炳文的《悬岙猿传奇》[②]比较,少了第五出展墓,其他四出除了题目(《穷岛孤臣泪杂剧》为:第一出:岛寺栖身,第二出:豢猿寄慨,第三出:露踪被捕,第四出:抗节仙迎;《悬岙猿传奇》为:第一出:岛楼,第二出:诚猿,第三出:岛别,第四出:归神)不同及个别地方有小差别外,基本相同。关于吴梅传奇杂剧的版权问题,苗怀明先生有详细的论述。[③] 故此剧亦为吴梅的改写本,不录。《庆新年杂剧》未见研究者提及,故录如下:

(生新衣上)

【珍珠帘】春云日灿,白帝瑞临东观,云气光华重旦,丽日满长安。人傍灵台重转,芳尊今早献,庆新岁,万年觞满。绿胜簇花灯,又逗起家家弦管。

【引】阊阖朝元会,新春典礼开。瑞云生宝鼎,暖吹度灵台。万户腾欢笑,群仙举寿杯。千家灯影里,齐唱夜珠来。

(白)小生乐万年,禄位不尊,姓名可隐。尽阅沧桑尘世,欣逢甲子中元,昔时听故国鹃啼,伤时有泪。今日睹胜朝新瑞,献颂无才。今日乃是癸亥岁,回想十二年前,今年正是黄花血染,武汉师兴,若非转轴回轮,惊天动地,焉得杀专制淫威,享共和幸

① 《申报》1929 年 5 月 28 日。

② 《月月小说》1906 年第一卷第 1—4 期;《京报》1937 年 6 月 8 日—7 月 16 日,中间有断日。

③ 苗怀明:《江苏历代文化名人传 吴梅》,第 48—55 页。

福。因此上政学军商各界,发起庆新大会,举行提灯,躬逢盛典,且往游观。你听门外人声如沸,想已上灯也。(作行介,望介)

【南普天乐】瑞云开花,灯绽绛纱,笼春光暖,风光好,风光好,斜蹙飞鸾引,笙歌沸地喧天。看前遮后现,灯光似月鲜,记取今番盛举,盛举笑醉人前。

(虚下,众杂扮政界中人,各执花灯彩旗踏歌齐行上,内奏粗细乐介,众合唱)

【北朝天子】看衣香鬓香,趁灯光烛光,幻双虹仙乐缤纷响。衣冠人物,是多才庙堂。旧中华,新气象,话尧天喜长,巩皇图正广,渺茫渺茫渺渺茫,彩旗儿临风摇扬,临风摇扬,庆春光,齐声唱。

(簇拥下,生上)这是政界中人,一个个兴高采烈,好兴头也。

【南普天乐】绛台高流,霞茜暗尘,飞严城偃,灯花市,灯花市,政界居先,展经济,福荫无边。

(内合唱介)看前遮后现,灯光似月鲜,记取归来卿士,卿士笑醉花前。

(虚下,众杂扮学界中人,各执花灯彩旗,踏歌齐行上)

【北朝天子】往前街后街,整长排短排,闹蝙蝓齐把花灯赛,莘莘多士,是青年俊才。展长风春如海,十三楼开,数千家喝采。往来、往来、往往来,妙年华,风姿潇洒,风姿潇洒庆新年,千春在。

(簇拥下,生上)这是学界中人,一个个手舞足蹈,好不兴头也。

【南普天乐】灯如画,都光艳,人如海,都欢忭。星桥畔,星桥畔,瑞霭笼烟,拥红云齐卷珠帘。

(内合)看前遮后现,灯光似月鲜,记取归来,学子、学子,笑醉灯前。

(虚下,众杂扮商界中人,各执花灯彩旗 踏歌灯□齐上,奏十番介,众合唱)

【北朝天子】奏清歌玉笙,飐彩球绛灯,簇天花,夜静春光定,奇□操计,愿今年利增,累千金陶朱命,数学儿恁精,商律儿好订,梦醒、梦醒、梦梦醒,愿从今,大家自省,大家自省庆新年,真堪庆。

(簇拥下生上)这是商界中人,一个个希望废督裁兵,所以如此高兴也。

【南普天乐】斗新奇,今朝见,制新光,今宵显。千门晓,千门晓,玉漏花间,尽狂游拼却无眠。

(内合)看前遮后现,灯光似月鲜,记取归来商旅,笑醉尊前。

(生虚下,众杂扮军界中人各执花灯彩旗,踏歌齐行上,内奏粗十番介,众合唱)

【北朝天子】战城南几年,守关东几天,破花星宁地花灯现,翘关扛鼎,是饮飞妙传,飞将军人中选,钲鼓儿闹喧,大旗儿彩展,凯旋、凯旋、凯凯旋,动欢声,太平重见,太平重见庆新年,都如愿。

(簇拥下 生上)这是军界中人,你看马肥人饱,好不兴头也。

【南普天乐】羽林郎,雄风显,貔貅队,祥麟选。提灯去,提灯去,步伐森严,但愿得闰长更今夜如年。

(内合)看前遮后现,灯光似月鲜,记取归来军侣,军侣笑醉营前。俺想各界如此踊跃,都出热忱,俺虽一介细民,也当望空颂祷呵。

【雁来红】喜今朝纪一年,醉芳尊媚尧天,迎祥此日开珍殿,识得天心转,一片和平雅颂篇,春云儿羡人霏圣泉,露盘浆长乐宴。

从今以后,内乱宁静,外患无虑。四民各安世业,好享共和幸福,永为太平之人矣。

【尾声】长春花发大唐天,太平人间消自遣。且携着一家儿,齐祝共和亿万年。(笑下)

　　晚清报刊业的发达,给文人提供了一个发表文学作品的园地,促成了传统文人向报刊创办者、主笔、职业作家的转型。同时,文人之间的交游网络又形成了稳定的稿源,优厚的稿酬、模糊的版权、应付友朋邀稿、政治干预,出现一稿多投、改头换面、笔名繁多等现象,造成当下整理晚清民国文人文献版本、辑佚工作难以完成,"全集不全"成为难以突破的瓶颈。吴梅虽不是职业文人,但在报刊上发表的诗词文等作品亦难以统计,亲自选订作品集为主体,囊括报载作品、手稿,为《吴梅全集》的文献来源,然报载作品在短时间内是难以搜罗穷尽的,而且还出现版本问题,如《玉漏迟》一首①,与《吴梅全集·作品卷》比较,不同之处如下:题解《全集》为:路金坡(朝銮)访我斜街寓斋,次草窗韵,即题其《瓠庐词》后,此处为"己未二月丁卯雪窗读金坡《瓠庐词》,倚弁阳老人题梦窗霜花腴卷调"。正文《全集》"殢酒看花"此处为"殢酒淹花";正文《全集》"闲了故园花草。静里一读去声樽相对,尽过客留题凡鸟。寒衣悄,铜街尚馀残照"。"静里"句,《草窗词》诸刻,作"载酒倦游处'五字句。惟《历代诗余》作"载酒倦游何处",今从之。",此处"荒了故山烟草。俊侣问何处,仅驻日东风归鸟,寒意悄,恹恹半庭斜照"。再如《题王萼农〈碧血花〉乐府》②,《民国新闻》版与《南社诗集》版相比较,诗题不同,《南社诗集》为《读莼农碧血花剧即集剧中语默题四绝》,且顺序、内容不同。

　　　　死生别离百样磨,声声行不得哥哥。(《民国新闻》版为"龙云事业已蹉跎")
　　　　钟山王气惊飘荡,何处重寻旧板桥。(《民国新闻》版为"一曲红心谱绿腰")

同时《民国新闻》有题记:莼农梁溪人,工诗,读吾《煖香楼》而好之,取《板桥杂记》葛嫩事为武公写生,其词秾丽雅近,倚姓即集原词题句四绝。

　　今为《吴梅全集》再补佚12题,录如下:

步月·和清梦均③

　　　　薄催暝寒,回波荡晓,今宵未苦岑寂。窥人缺月,似个侬颜色。记依约、听雨课晴,尚罗袜、玉埒留迹。方塘路,青鸟倘来,坠欢重觅。蕉怀消未得。零落旧家园,谁赋遥夕?

---

　　①　《新中国》1919年第1卷第1期,还有一首《题三妇评本牡丹亭》,在《吴梅全集·理论卷》《三妇评牡丹亭还魂记》中。

　　②　《民国新闻》1912年7月27日第11版。

　　③　《民国新闻》1912年7月31日第11版;《南社丛刻4》,广陵书社1996年版,第444页。

朱门十二,肯等闲轻出。便秋影、飞渡绛河,怕花外、锦屏遮隔。无聊处,还弄数声长笛。

辘轳金井·和清梦均①

晚凉庭院落花多,满地散香飘麝。一剪风来,怡秾妆才卸。何郎俊雅,尽笑隐绣帘低亚。玉笛回波,柔情絮絮,梦痕休写。　花间么蟾才下,记当年乍见。珊骨盈把,替画蛾眉,趁天街游冶。绿房多暇,共几许春朝秋夜。苦忆而今,听枫园里,旧时亭榭。

绕佛阁·题徐寄尘《忏慧词》②

鬓华翠敛。琴思冷涩,珠露抛碎。楼闭湘绮。夜深半穗、寒灯伴秋睡。梦痕蘸水。题遍恨稿,空剩霜蕊。人殢残醉。苦吟诉雨,嘶风溅鹃泪。　镜澈旧时月,未了灵修芳草外。还记俊游、伤高重掩袂。纵笛咽梅边,谁制荷佩? 紫天花坠。叹絮影萍踪,尘世如寄。展蕉心、忏除愁垒。

浣溪纱③

轻约梨云蘸碧罗,薄脂微睡仗风搓,自将宝镜注双波。　圆梦莺儿惊梦早,噙花燕子碎花多,屏山六曲奈愁何。

湘春夜月·步张孟劬韵④

坐花阴,暮寒庭院沉沉。镇日爇尽都梁,扶醉里头吟。欲赋蕊宫仙梦,问紫云消息,那处青禽。记夜楼听雨,画帘索句,曾许温寻。　西风巷陌,朱楼十二,愁说登临。怨笛悲笳,禁几度、一天砧杵,敲碎秋心。银荷照影,比泪波、流恨谁深? 更自念,甚江潭树老,留莺绾燕,痴到如今。

清商怨⑤

枯桐黄月堕小,又玉关秋了,一杵西风,碎愁和泪捣。　朱鸢霜信定早,展蝶魂凉梦曾到,暗摺衣皱,叠将方胜好。

---

① 《民国新闻》1912 年 8 月 1 日第 11 版;《南社丛刻 4》,第 445 页。
② 《民国新闻》1912 年 8 月 12 日第 11 版。
③ 《民国新闻》1912 年 8 月 20 日第 11 版;《南社丛刻 4》,第 441 页。
④ 《民国新闻》1912 年 8 月 26 日第 11 版。
⑤ 《无锡日报》1916 年 1 月 12 日第 7 版。

观昆剧保存社会串即赠①

中吕《醉颜回》群展话风流，重认吴宫花柳，鹍弦写恨，飘零法曲谁收？金元爨弄，记芳声应有双红豆，思佳客，公子西园。集贤宾，名士南州。

赠叶文英②

澹妆致致谢铅华，娇立斜阳着茜纱。
一夜春心如中酒，东风沈醉海棠花。
绿天雨过月玲珑，花影扶人入梦中。
春梦一丝无着处，因风化作可怜虫。
丰肌如雪照冰绡，六寸圆肤步步娇。
眉妩盈盈如此媚，柔魂半缕片时销。

莺啼序③

春老倦游，冶愁删尽。沈君缓（成脩）见示《西湖困雨词》，余方羁游，感此凄音，不自知其悲戾也。次均答之。

冰奁腻红乍展，尽游仙路窘。画堤柳、晴雪绯烟，冷落湖墅幽韵。暮寒早、铢衣瘦怯，迦陵了了瞿禅分。姗瑶思、轻点琼糜，粲钩珠印。

碧淡帘波，翠掩镜语，又都梁悄愤。露桃小花入秦台，个侬谁递芳问，数嫣踪、梨魂断续，暗潮涩、春无凭准。拜长恩，删薙愁骚，补裁欢论。

吹笙燕煖，倚笛莺慵，紫鹃正睡稳。曲径外、绿苔如绣，斗草人懒，漱石岩空，武陵栖隐。秋鲛溅泪，文犀留怨，琴丝辜负临邛客。护江篱、采撷灵均恨，纱帷锁锁，梅英尚覆宫黄，记得那日鞶鞚。

芙蓉巷陌，杜若汀洲，叹剩金坠粉。鬓影改、娟痕星碎，慧业云荒，冶事迷离，俊怀消损。回心院杏，同心诗幻，银床凉簟曾款梦。算鸲楼、门隔屏山仅。天风扶上华鬘，醉约嫦娥，照伊艳蕴。

王母瞿太夫人寿言④

望族三槐著，扶疏树荫深。择邻贤母意，勤业孝儿心。莱彩南山舞，椒香北海斟。

---

① 《晶报》1922年2月18日第3版。
② 《世界小报》1923年5月23日第3版。
③ 《世界小报》1925年7月6日第3版；《无锡日报》1916年8月22日；《民国日报》1916年9月14日；《南社诗集》1916年，各版有差异，今不校。
④ 《新崇报》1936年5月9日第4版。

市中多大隐,书画集成林(郎君弃读就贾搜集书画不少,且以能诗名于时)。中年遭变故,门祚赖支持。漏夜分阴惜(纺织课儿每及深宵),春晖寸草知。兰亭修禊日,蔗境得甘时。池上蟠桃熟,齐来晋寿卮。

题董书十曲①

余前年得董文敏手临历代古法书十卷,自钟太傅至赵文敏,都三十余家,精楷行草,诸体毕具,诚董书之大观。虞山相国翁文恭公之故物也,凡玄字俱黏黄纸,盖豫备进呈内府者,故卷后不着一题字,文恭亦未盖一印。卷首有"烟客鉴藏",卷尾有"太原王逊之氏收藏图书",仅二印而已。余请吴霜厓先生,为谱十曲以题之,亦古书画跋中别开生面之作也。为录于右,并将所目录,分卷列于前,甲子冬日,吴湖帆识。

第一卷,摹古法序帖,摹钟太傅《宣示帖》《力命帖》《墓田帖》,摹王右军《兰亭叙》(自跋)《黄庭经》(自跋)《曹娥碑》(自跋),摹古法帖跋。

【仙吕·玉抱肚】华亭书府,戏鸿堂千秋不孤。有谁知墨本流传,更名高玉润官奴。过江十纸化双凫,认取临池老董狐。

钟王端劲,论《禊帖》让陶家九成(思翁谓草体《兰亭》,即孙过庭草也,见陶宗仪《辍耕录》。按《兰亭》集刻共百十七种,分装十册,为宋理宗内府藏本),书幸留藏博士《曹娥》(思翁临本,即柯博士旧藏),最难求师古《黄庭》(《黄庭》以师古斋为第一),吾书绝胜赵吴兴,此语何妨自品评。(即据本跋语)

第二卷,摹王右军《得书帖》《中秋感怀帖》《七儿一女帖》《游目帖》《谯周帖》《快雪时晴帖》《诸贤帖》《口口帖》《鹘等帖》《蜀中帖》《积雪凝寒帖》《服食帖》《委曲帖》(自跋)

【南吕·懒画眉】笔阵从来茂漪精,逸少人间负盛名。凝快雪喜时晴,草境端推圣,妙手临摹眼倍明,自古书家贵藏锋。泥印沙锥服鲁公,绣出鸳鸯别样工。

第三卷,摹王大令《洛神十三行》(自跋)《女史箴》(自跋)《鸭头丸贴》《山阴帖》《当语帖》《鹅群帖》《庆等帖》《服油得力帖》《致奴帖》《丹阳帖》《口口帖》《古诗帖》《诸舍帖》《肾气丸帖》《鄱阳帖》《奉别帖》《复面帖》《转胜帖》《思恋帖》《数日帖》。

【黄钟·画眉序】洛神十三行,女史箴言继英爽。问当年真迹,流落何方?冷金笺影写谁工,旧玉版空劳梦想。王家衣钵思翁帖,付与艺林清赏。琅琊鼠须笔,传到云间老宗伯。想江花入梦,与古人分席。虎头书毕竟非真,鸭头丸而今难觅。唐临晋帖多形似,不是永和当日。

第四卷,摹王廙书,摹谢安书,摹谢万书,摹山涛书,摹庾翼书,摹王昙首书,摹羊欣书,摹王僧虔书,摹萧子云书,摹智果书二则,摹陈逵书,摹王筠书,摹孔琳之书,摹王洽书,摹庾亮书,摹知永书。

【仙吕·寄生草】星斗罗胸次,云山起眼前。王僧虔拙笔功名显(齐孝武欲擅书名,僧虔每用拙笔书,以此见容),萧子云指论工夫见(子云有指论飞白,见《梁书》本传),专

---

① 《国光艺刊》1939年第1—2期,黄显功、张伟主编《海派书画文献汇编卷3润例诗词》(上海辞书出版社2019年版,第1753—1755页)收录,缺第十卷文字,录入有错。

家可识庐山面。试从隆万数名家，一朝合是尚书殿。二沈风流远，云卿父子夸（云间书家，自沈度、沈粲后，以莫如忠及子是龙，皆有声于世，香光后出，超越诸家），论声光都是先生下。谢朝簪正值家山暇（香光举万历十七年己丑进士，年才三十五，此帖自云六十许岁作，当在万历癸丑、甲寅间。又云解绶归来，应是罢湖广学政后），写胸怀长起名山价。松江书派此中兴，况平生三绝诗书画。

第五卷，摹唐太宗《进枇杷子敕》《五言学庾信体》《来复帖》《气发帖》《唱箭敕》，摹虞世南，摹褚遂良《枯树赋》，摹李怀琳，摹李北海《云麾将军碑》，摹孙过庭《书谱》，摹怀素《自叙帖》。

【商调·金菊香】太宗虞褚李怀琳，北海过庭笔意深，草书怀素重兼金。（皆卷中临本）想馆启来禽，禁本拈毫费苦心。佘山亭馆杜鹃多，子野眉公携手过（思翁作此卷，在佘山看杜鹃归后，是时施子野、陈眉公皆隐处此山，文宴笙歌，极一时之盛。思翁往来酬答，所作必多，惜无记录之者）。玉笈临本继宣和，问墨迹摩挲，敢也问羽人换白鹅。

第六卷，摹颜真卿《争座帖》，摹徐季海《道德经》，摹杨凝式《韭花帖》（自跋二则）。

【正宫·小梁州】大笔平原见国华，褚河南晚入长沙（思翁论颜褚二家，其言至精。河南入长沙后书，思翁且未得见也）。韭花应在墨林家（《韭花》真迹，云在嘉禾，当是项墨林家），钩摹罢，题识晚年佳。鼎帖流传说绛州，恨武陵古本难求。淳熙阁，星凤楼，子虚乌有，珍比吉光裘。（卷中论绛帖至详，未知星凤、淳熙诸帖，尚在人间否）

第七卷，摹蔡忠惠《手札》五通（自跋），摹苏文忠《手札》二通（自跋二则）。

【双调·拔不断】小团茶，牡丹花，原来士气关风雅。点缀承平胜事嘉，君谟便是东坡亚，一言无价。借挥毫，赠穷交（谓东坡与贾耘老事），明珠鱼目何须较，后世子云定解嘲（思翁云，吴子赝本，借余名姓，行于四方。是吾宗人在明代已有摹董书者。今此帖归湖帆家，复属余题记，思翁与吴氏，信有缘矣）。看端明，却受僧虔教，法家难料。

第八卷，摹黄文节《狄梁公庙碑》，《申戒葆光道师诗》《手札》一通、《呈孙莘老诗》二首（自跋）、摹米襄阳《手札》一通。

【仙吕·风入松】苏门四子首涪翁，洒墨起长虹。文章道义金兰重，是西江大笔雕龙。可惜国香零落，不曾抬举东风。（涪翁诗云"日看省曹阔者面，何如田家侍儿妆"。又云"可惜国香天不管，随缘流落小民家"。高子勉亦有《国香曲》，此文节逸事也。往年曹君巘一属撰北词，未果，今读此卷，复念及之）西园雅集李龙眠，海岳记题笺。欧阳骨格河南面，却原来米老非颠。留得前朝法物，公然独树云间。

第九卷，摹赵文敏书《送李愿归盘谷序》《雨花台》《过岳鄂王墓》《城南山堂》《春日言怀》（以上诗四首）、文赋（自跋）。

【中吕·驻马听】故国王孙，独秀江东气不群。可也伤高念远，回首当年，画戟朱门。翰林却似秀才身，怎十行书不入思翁品，一样文人，彛斋风骨天然峻。（子昂之没也，宋逸士于虚题其诗卷云："文在玉堂多焕烂，泪经铜狄一滂沱。原陵禾黍悲丰镐，人物风流继永和。"盖深惜之也。子昂从兄孟坚，至闭门不与见。当时士大夫气节之盛，有如是者。孟坚，字子固，署有《彛斋集》）

四首新诗，都是湖州绝妙辞。想东南都会，点点飞花，春去多时。（卷中七律四首，皆见《松雪集》，惟标题与集不同：《雨花台》集作《钱唐怀古》；《城南山堂》集作（次章得一均》;《春日言怀》集作《纪旧游》)内家名笔尽多姿,况艺林中自有公平事。两字寻思,后先文敏传佳谥。

第十卷,论书十则。

【正宫·鹦鹉曲】草书圆劲真书静,是第一作家行径,算同时米陆邢张,(思翁同时善书者,有顺天米万钟,晋江张瑞图,临邑邢侗,时人谓邢张米董,又云南董北米,尚有詹事陆深辈,行略长思翁,亦以书名)早已是墨池冰冷。柳诚悬拔帜兰亭,但此意恐无人省、恨卷中八岁周郎,甚名字何从考证。

癸亥至日,湖帆宗兄,筋余於宝董室,(川沙沈韵初先生,得北苑《溪山行旅图》,及《夏山图卷》,皆香光旧藏,因属仁和钱君叔盖,镌宝董室印,此同治初年事也,韵初作古,二图散佚,存此一印,正苦无用,适湖帆得此卷,诧为瑰宝,韵初文孙湘之,与湖帆为中表,即以此印相赠,今卷中所铃者是也,)示此十卷,属为题记,且云,书画跋语,从无用南北词者,君盍为之。岁暮养疴,因仿元人张小山乔梦符格,各系小令二首,写呈是正,甲子元旦立春日霜厓弟梅倚声。

世界小报小说特刊弁言①

世界小报于民国十四年阳历元旦,有"小说特号"之刊,诸同人皆谓不可无一言弁首。请于不才,不才唯唯。有顷,作而言曰:立言之义博矣哉,要以相时而为箴砭则臧。正言之不见听,微言之;微言之不见听,谲言之;谲言之不见听,则支离诞漫,上九天,彻八坊,庄而鼎彝,幽而萝荔,宏而雷霆,细而蛩螿以言之。夫惟虞初,帝以黄衣使者,逼采国风而为志,则亦一代之征,而百世之讽也,可以已哉! 又作而曰:灵思之力伟矣哉,殊呻窈吟,刳肝沥血;制万汇,割大理;离故实,绝言语。时而时花,则葩萼纷若,芬馨离若矣;时而朗月,则云霞灿若,风露冷若矣;时而深山大川,巉巉然,浩浩然,实为豪俊焉;时而恬弦细管,喁喁然,融融然,实为儿女焉。故无籁无朕,惟思是衷;以思逆思,若衡若鉴。兹詹詹者,亦或有取哉? 佥曰:有是哉。言之支离诞漫也,有若芥子须弥,放之六合,卷之退藏。斯其所以为《世界小报》哉,敢不勉诸? 语既,不才遂书之以弁于首。

---

① 《世界小报》1925年1月1日第2版。

沈祖棻致施蛰存书札六通考释

赵厚均 *

摘　要：沈祖棻致施蛰存书札六通，新出《沈祖棻全集》未收。札中多生活起居、友朋近况、政治形势、论诗谈艺之语，对考察两人及程千帆生平行实有较大价值，文中一一进行了笺释。

关键词：沈祖棻；施蛰存；程千帆；书札；交游

去岁因整理王微集，得以走入鄙系前辈施蛰存先生的世界。为更深入地了解施先生的生平行事与交游，遂留心收集其友朋书札。近于孔夫子旧书网发现一批沈祖棻致施蛰存的书信，其中写于 1976 年 1 月 8 日的一通，已由罗逊刊布于 2017 年 5 月 3 日的《上海书评》。新近出版的《沈祖棻全集·书札拾零》亦从孔夫子旧书网收罗资料，共计收录致施蛰存书札二十二通，罗逊刊布者亦在其中。诸札中仍有六通为《书札拾零》所未收，今为录出。诸札系在线拍卖品，多加水印，偶有整行遮蔽者用"……"标明，个别字句不能识别则用"□"。札中多生活起居、友朋近况、政治形势、论诗谈艺之语，对考察两人生平行实有较大价值。兹就札中涉及之人事略加笺释，以飨读者。征引诸书均在首次引用时标注详细出版信息，此后即随文标注书名页码。

一

蛰存尊兄：

　　两信均先后收到。棻此间极少交游，更少谈正事，相见闲话而已。一二较熟相知之人，或亦偶谈及所闻消息之类，但因极少来往，故前示消息，亦未向人谈及，请放心勿念！阶级敌人，造谣至此，以后即无关重要之小道消息，亦须加强注意矣。

　　兄老年人，高烧三日，头面大肿，亦可谓相当严重，幸打针即好转，但身体精神之消耗可想，望多加调养，以求恢复为要！嫂夫人亦时患不适，望节劳多休养。棻近来将近两月无病，而精神反异常委顿，感觉十分疲累，不知何故？前一星期，又小病三数日，今已全愈矣。精神亦似略好，知注并闻。

---

*　**作者简介**：赵厚均，华东师范大学中文系教授，主要研究方向为六朝文学和清代文学。

闲堂问题可能解决，仅待最上级批准，拖延时日耳。但吾等认为必公布始可作数。因前有二次亦功亏一篑耳。因兄关注，故特先告消息，以慰远注！

近来此间天气亦不正，冷暖多变，年老体弱之人，殊难应付也。

兄在家译书，又不过忙，甚佳，如闲堂则过劳累，棻则碌碌琐事，劳而无功，既感疲累，又觉无聊之甚。老境如此，殊非初料所及也。然得保平安，幸甚幸甚！秋风有便，时惠好音！即颂

俪安！

祖棻敬复，10 月 29 夜

按，此札信封上铅笔标为 1976 年。查 1975、1976 两年当日日记，均未言及写信事，或作于 1974 年。

札中言"闲堂问题"，与友朋书札多有谈及。1974 年 5 月 3 日《致施蛰存札》云："闲堂仍脚病为苦，近春耕忙碌尤甚。其问题本在分校已解决，例须总校讨论，省委批准，因运动又搁置矣。岂真有命运存乎其间耶？"[1]1974 年 9 月 14 日《致施蛰存札》云："闲堂在分校时，春间本解决三人问题，一人不须呈报省委批准，已解决。闲堂与另一人，因教授级须省委批准，故又迟迟，时间尚无关系，尚不知有无变化耳？"（《书札拾零》第 173 页）或即札中所云"前有二次亦功亏一篑"。沈祖棻 1975 年 1 月 27 日《致施蛰存札》云："千帆已于数日前在沙洋分校正式宣布省委复文批准摘帽，想为兄所乐闻。兄对千帆问题，向极关怀，故立奉告。前虽早有消息，但吾等惊弓之鸟，不见正式明文宣布，不能放心也。一十八年时深日久，然尚能及生前解决，则亦了一件心愿耳。"（《书札拾零》第 180 页）此札所云应是程千帆右派"摘帽"问题。

二

蛰存尊兄：

屡读来书，得悉种种，因已由千帆作复，病懒不再奉函。千帆已于上月廿二日重返沙洋，牧牛待命，至今毫无消息。中文系需人甚急，但殊无召还之意。此间凡解决问题之人，其本系均不愿复纳。有解决年余者，至今尚在沙洋放牧，工资亦不调整，故千帆之恢复工作及返家，均仍遥遥无期也。

棻已填表退休，将送之时，忽教研室主任来，谓竟不知此事，商作轻闲工作，取（销）〔消〕退休之事。盖自去岁动员退休以来，系中即与校方意见不一致也。棻审度大势，衡量鄙况，不欲反复，即婉辞之，仍将表送去矣。后知即欲挽回，亦非易易也。不知兄退休已办理否？又念及一事，颇为兄虑。初以为问题解决，即能恢复原职原薪，六十年代，诸校似皆如此？近知颇有不然，惟皆七十年代解决者。兄解决较早，不知是否已恢复原来工资？如或不然，照生活费再打折扣，则区区之数，都市生活，殊觉为难。近相识中颇有此种困难，因念及兄嫂，为之不安。出于关心兄嫂之实际生活，故不以为嫌，

---

① 张春晓主编：《沈祖棻全集·书札拾零 子苾日记》，广西师范大学出版社 2024 年版，第 166 页。

据实相问,谅不以为冒昧也?武大则自来均一律最先三十元生活费,后改资料费则六十元,解决后则八十元。最近则解决后已不再调整,即不多加二十元矣。

近来交道,殊觉难言,而来书谓有一等朋友素昧平生,而又绝不相知闻,而无时不在关切,今日又往往有之云云,实难理解,因之不能无所疑。兄能为我进一解乎?

承念千帆去后,一人无聊,谓可来沪小住,甚感盛意。惟近来疾病相□,□□无力,不思出游。且所居荒僻,儿辈远离,出外久住,棉衣被被盗,则亦大为难也。惟以后亦难于与千帆同游宁沪,则为恨事矣。以后如来,必当与兄多聚畅谈,近在咫尺,正大好机会也。兄嫂近来健康情况如何?时在念中!昔日诸友,多在病中,此亦老年□□□□□,即不愿矣。嫂嫂亦以□□为宜!家务□□□□菜往日亦颇爱整洁,今为身体所限,亦任之而已。

前书所谓传闻□□□□□愿悉其详!自不为宣扬,言之无妨。菜自许最能守秘密也。煦良近会见否?其病亦有所闻否?一度深交,念旧之情,殊难即已也。

久病不欲进食,遂觉疲惫。伏案作书,腰酸背痛,四肢无力,头昏目花,更不待言。不复多及,即颂

俪安!

　　　　　　　　　　　　　　　　　　　　　　祖棻上,4月22日灯下

按,此札作于 1975 年 4 月 22 日。《子苾日记》云:"夜又写了雄、施、帆信。"(第 294 页)

程千帆探亲返回沙洋的时间,《程千帆沈祖棻年谱长编》据程与王淡芳书"昌将于三月廿日后返沙洋"句,定在 3 月 20 日后①,据此札可知确切时间在 3 月 22 日。又据《子苾日记》,3 月 21 日程千帆先去汉阳其妹程小佳处,次日返回沙洋。②

此札中述程千帆重返沙洋牧牛待命事,据《程千帆沈祖棻年谱长编》,程于 1958 年划为右派,1969 年冬被下放至沙洋农场劳动。(第 218 页)其后的六七年间即长期居沙洋,直到问题解决,户口迁回。1975 年 5 月 3 日沈与王淡芳书亦云:"千帆返沙洋待命,一无消息,而总校、本系又毫无召还之意。同辈中有解决问题已年馀,迭经交涉,一无结果者。至于职员中则更有解决多年而至今未派工作。有他处来调而又坚决不放走者。故前途甚难乐观。"(《书札拾零》第 112 页)5 月 15 日与施蛰存信又言及:"有问题解决已年馀以至三年者,现仍在沙洋放牛看狗,亦不改生活费为正式工资,且自去年起,连原来加的 20 元已不加了。中文系,尤其古代文学教研室,人手奇缺,亦毫无召回千帆之意。欲申请退休,则退在沙洋,户口只能仍在沙洋,不能迁移矣。故此为难。"(《书札拾零》第 183 页)

沈退休事也有曲折。其 1974 年 9 月 14 日致施蛰存函云:"退休事,前系中曾有人来问病,似有动员退休之意。当即亟表夙愿,但以居住为虑。云代达可无问题。似已达到两相情愿解决退休问题。而两周之后组中来人,则将安排下学期半工作,云及退休,又以前人所言为不对。又一周后,则全校又安排一度突击工作,弄得莫名其妙。据组长云,现不退休,早经再三申请之二人,仍未批准。而近有闲人来云,其二人已获批准。不知究竟如何?"

① 徐有富编:《程千帆沈祖棻年谱长编》,南京大学出版社 2013 年版,第 235 页。
② 张春晓主编:《沈祖棻全集·书札拾零 子苾日记》,第 271 页。

《书札拾零》第 173 页）由此札知,沈申请退休的意愿颇为坚决,终于 1975 年夏获准,沈作《优诏》二首,末句云:"从来雨露多露溉,盛世欣容作逸民。"其中颇多欣悦之感。至 1975 年年底方办完退休手续。施蛰存则在 1975 年 10 月 31 日被工宣队宣布退休。"问题解决",指右派摘帽事,施蛰存于 1963 年由"右派"改为"摘帽右派"。

"所居荒僻",据程千帆笺注沈祖棻《忆昔》七首云:"盖'文化大革命'既起,余家被迫自武汉大学特二区迁至小码头九区,其地乃旧苏联专家汽车司机所住之临时建筑,废弃已久。"[1]"儿辈远离",指程丽则生育张春晓后,因不能兼顾喂乳与工作,已迁居厂中。此事,作于 1974 年 9 月 21 日《致王淡芳书之十二》亦云:"小女因喂乳不便,且武汉交通困难,已迁居厂中,多年老病相依,今如失左右手矣。本即因居处僻远,生活极不便,现更多困难。"(《书札拾零》第 96 页）

煦良,指周煦良,著名翻译家,曾任武汉大学和华东师范大学外文系教授,与沈施二人皆为旧交。周煦良之病,详见沈祖棻 1975 年 1 月 27 日致施蛰存函:"棻于 61 年东下,于南京苏州耽搁稍久,至沪仅住四五日,即开学返校,而犹辗转访得煦良所迁新居,未遇煦良,其子牙牙适在家,甚为懂事有礼。去夏至沪,遂未相访,诗意自明。然念旧之情,终未能忘,每于相识处问其消息。及今思之,悔未于去夏至其单位一晤。儿女婚姻,今日为父母者何必干涉?且亦无权干涉,结果徒自讨无趣,且伤感情。兄以为如何?且袁雪芬,大名人也,其女亦有何不可?然父母既一致反对,如何夫妻又至反目?闻其患精神病,为之感叹不怡至今。"可见周之病乃因其子婚姻之事引发家庭矛盾而导致。"儿女婚姻"以下,《书札拾零》删去。其实,在同年 1 月 16 日致施的信中已有"煦良夫妇何以为儿媳事得精神病?闻之不安!下次来信务望详示为盼",《书札拾零》亦未录。今为补全。

蛰存尊兄:

手书及惠纸,昨前二日接连收到,感谢之至!既无薄信笺,何必又买赐各种,且又挂号寄来(可不必)?反使兄多费,微觉不安!纸甚好,惟条格较小,书写殊费目力耳。以后亦不必再为费神留意购寄薄信笺,因一时兴致,率成多章,写寄知友,共为笑乐;恐其过重,故取薄纸便书,今后恐亦难以为继也?今复寄呈最近所作四章,敬请教正!来函称许过当,益增惭愧!惟所摘诸联,皆为棻所稍喜爱及所感较深者,亦可谓相知有同感矣。然仍不免谬赏耳。近尚作《秋日山居苦热》六律,及前《夏日杂咏》四章,诗殊不佳,因兄亦感秋热不适,故想录呈以博一笑。以连日人疲事多,故暂时未能多所抄写也。可以藏拙亦善。

棻近来病已愈可,足以告慰。胃口大开,但素来量少,仍未能多吃耳。最近数日,常有饥饿之感,晚餐早,夜饿又无物可吃。亦半年来所未有。倘不再反复,可从此告愈矣。

儿辈因我近较能进食,每于匆忙中偶为我买送小鸡及蛋,并蔬菜回,丽则且至汉口

---

① 沈祖棻原著,程千帆笺注:《沈祖棻诗词集》,江苏古籍出版社 1994 年版,第 306 页。

最远处之最高级商场购得烤夫及数种鱼罐头(亦不尽佳),近处则只有肥猪肉与真正之排骨耳。(近皆不满,一瓶仅四五块,而价仍一元几角)武汉罐头亦有,惟有地点及时令(各种节)之关系耳。但我处则殊为难。然其难当较于上海带或寄为便多矣。且我处尤较在武大市区更不便,即不好之罐头,或过节日偶有稍好者,亦不可多得也。惟儿辈为努力耳。上海便人极少,且往往自己及亲友购带物件已多,不便相托也。舍侄等亦每欲带寄食物,辄再三写信阻之。故兄更勿为费力。侄辈究较年轻,人多,如有所需,当令彼等代办。蒙兄一向关心,极为感激!上次所赐猪油,感谢之情,真可谓每饭不忘矣。一笑!如有需托兄之处,必不客气,知交至亲,原无分厚薄也。前托信纸可见。

女儿做中班时,每匆忙回家数次。昨日送罐头回,并约明日陪侍至汉口一游,吃点小吃(汉口甚多,亦尚好,且有二三处上海人以为沪上不及者),但人仍疲软无力,不知将致劳累否?本不想去,因女儿之意甚殷,亦久静思动,聊一试耳。

以上乃前日所写,夜间忙于作出行准备,匆匆未及结束。昨日一早至武昌汽车站与女儿丽则相会,同过江一游。午后即返,归家已三时矣。本思购存物资,不料副食品商店橱窗皆空,除月饼应节外,他无所有。而月饼又因今年发票甚多,同为60号票,又带错种类,未能购得,可笑也。小吃比前两年质量大差,因材料质量降低及缺乏之故。小吃二人亦只吃了一碗三两的热干面(即芝麻酱、酱油、醋热拌面)而已。餐馆亦无高级菜肴,质量亦大降低。前购得之稿纸,唯一大文具店亦无有矣。高级毛巾,价照旧,而质量已同低级。年余或数月之间,一切变化甚大。惟尚购得低级绸布一二耳。

昨夜大风雷雨,一夕数起视漏,未能安眠。今日乃中秋佳节,上午仍雨,下午雨止转晴,夜间终于月出,唯仍多云耳。女婿在厂购得菜肴(武汉各工厂连月加班不已),请往过节,则昨日过江适天又转大热,归已疲累,今拟多休息,不欲往也。女儿熟悉余身体情况,亦不多邀。故一人在家过节。今日仍冒雨至近处小店购得月饼二份票(外孙女一份),兴致可谓不浅。夜成诗二首,一并写寄,以博一笑!近来所作诗,寄兄最多,几于全部,仍望有以教我!前作《新秋》之收、莫二字,收字如作捐或抛,则义即明显,但为韵所限;(收乃收拾起之意,不明或在此?或不稳?)且过于明显亦非所宜,盖此诗之兴,乃在有意无意之间耳。兄以为然否?"莫"字则因吹横笛,且处处吹,而浪既阔,天又高,自以莫登高倚楼为宜耳。兄之意何指,菜尚有未明之处,望更示知!今同辈中能有兴有闲相与论诗者,亦不多矣!甚望兄之不吝指教为幸!千帆近来心绪烦乱,亦无意于此,菜所作寄彼二首,实皆未寄也。

中秋佳节,想与家人团聚,其乐可知。上海供应虽不如往昔,但节日想亦可略备酒爻?唯恐亦须起早抢购耳?菜则吃少油之南瓜少许,节日开一烤夫罐头(亦珍品也。二年不见,今一般大商店仍无。)而已。夜间搬藤椅在屋外独坐望月良久,四邻皆早睡,且夜凉即不出户。四邻不闻语声,四野阒无一人,幽寂之极,静境殊佳。夜凉露重,归屋作此书,亦殊悠闲也。专此即颂

俪安!

尊函当即转千帆勿念!

祖菜上　乙卯中秋夜十时

此札作于 1975 年 9 月 20 日。《子苾日记》9 月 19 日云："七时 05 分即到武昌江边车站,稍待,又至轮渡,七时一刻,等至三十五分囵始到,同过江至小巷店,烧麦已卖完。……至百货隔壁最大副食品商店,各物皆无,惟有月饼,因带错票,未买成。至百货公司,买了袜子、毛巾、塑料袋、牙刷等物。至六渡桥吃热干面……至大文具店,亦无前买之稿纸,亦仅有横二十一格者,抄诗不能分段落,未买。至绸布店,买棉裤绸面及布里……夜大雷雨,起视漏。"9 月 20 日云:"午后雨止,晚开一烤麸罐,炸点花生,月出……饭后独坐门外赏月,夜凉,人皆进屋,幽寂之至。久坐亦凉,遂于九时半进屋,吃半个月饼,续写上一天未写完之施信,并改定抄写中秋二首五律,并近诗附寄之。"(第 394—395 页)均可与札中记述相印证。

札中言"薄信笺"事,沈 6 月 7 日致施之信云:"棻亦顺便再询一事,不忙作答。即上海现在有无如寄上诗稿式样之较好稿纸? 所谓较好者,亦即质地较细密不浸水,光滑不滞笔,以及较白净耳。因见上海来信之信封及纸张较此为好,故有此问。"(《书札拾零》第 186 页)可明其原委。

《秋日山居苦热》六律,及《夏日杂咏》四章,今均未见。《新秋》诗共五首,文中所论乃其五:"莲子尝新荐玉瓯,漫从瓜李问沉浮。十分秋色鸣蛩占,一夕西风故扇收。明月绕枝飞夜鹊,银河隔水望牵牛。江城处处吹横笛,浪阔天高莫倚楼。"后两札仍有讨论此诗用字事。

札中云"夜成诗二首",指《中秋日雨夜晴,有作》二首,见《涉江诗稿》卷三。"娇女无休沐,邻家自酒肴""饼饵前村买,犹馀老兴催"诸句(《沈祖棻诗词集》第 303 页),与札中所述可印证。

札尾述独坐赏月事,可见沈祖棻"不嫌寂寞,且耽闲静,亦不畏荒旷"(《致王淡芳书之十二》,见《书札拾零》第 96 页)的性情。《致王淡芳书之二十二》附 1975 年 8 月 7 日所作《山居近事赋寄故人》其二小注云:"居处四邻稀少,皆早睡,余独爱遥夜灯窗把卷。旧屋两间,面山对湖,日出星沉,当窗可见。夏夜屋外纳凉,则明月高照,清风徐来。"(《书札拾零》第 123 页)则尤有诗意。

四

蛰存兄:

九日大札收到。蒙垂注愚夫妇退休问题,代为筹划,极感盛意! 棻退休批准已四月矣。因虽亦自愿,亦属动员,后且经催促也。此次学校共要退休二百余人,动员凡到年令者皆可申请,故千帆随即申请,因由上而下,则户口较易为力也。而稍迟一二日者,皆送上门催促填表矣。武大恢复工作,亦恐属无望。即此言明,问题未解决时之工令不算,仅能以天折计也。经济方面,二人合计尚宽,请勿挂念!

武大与宁沪各校不同,近数年来,中文系一切教研、批判、注释工作,无一老教师参加也。

兄言由"涉江采芙蓉"到思旧、悲秋赋,足可感喟。近有一绝,可与兄言印证,兹录上以博一笑! 另两首同呈。此三诗极不佳,录呈一阅,可藉知近况而已。望能指出疵病,加以改正为盼!

棻昧于语法,似以诗之习惯作法,亦无不可? 承教甚感! 前函曾言,今能谈诗论文,并能商酌改定之朋友,实无多也。蒙指出"故扇收"与上句语法组织不同,极是!初未注意及之。"莫"字改忍或怯,似近纤弱而不浑成?前人诗中似亦有自用者?一时不记?容再研究。以后当更与千帆研讨之。前赠兄诗,蒙示辞意不显,后与千帆商讨改定矣。

兄近有诗思否?灵感何时来?望能有大作容拜读也。

所示千帆各点,当为转去。所谓有祖孝徵也不坏,菜意亦然。

菜于十月7日半夜及八日侵晨,忽同时上吐下泻,来势凶猛,幸当日即好转,亦未医药,休息二日而愈。大概因吃腐败食所致?

昨日女儿因机器伤指休假,邀同去市买物,想吃油条为早点,亦适无,数年未吃此矣。故女儿劝同去一游散心,并一尝也。而仍未得。归来反因劳累,又发肠腹痛泻之疾,盖去市既劳,而女儿伤手不能做事,在家又未能多休息也。体力如此之差,可叹可恨!

近来此间一排人家均感鼠患猖狂,夜不能入睡,殊以为苦!我处毒死六只,犹有甚多!且厨房破屋顶上,源源而来。现存者已日换鼠饵均不食矣。有时彻夜不能合眼,精神更难支也。专此即颂

俪安!

祖菜上,10 月 16 夜

此札作于 1975 年 10 月 16 日。《子苾日记》:"饭后写施信及帆信,因施嘱转帆也。"(第 410 页)

沈祖菜退休事,《程千帆沈祖菜年谱长编》谓在 1975 年夏,据此可知在 6 月。程千帆申请退休事,《致王淡芳书》亦多次言及,其二十二云:"武大近将退休二百余人,凡到年龄者,皆可申请。千帆亦已申请,可有希望。明令退休,家在武昌总校,当可迁回矣。"(《书札拾零》第 121 页)其二十三云:"武大此次退职二百余人……千帆此次申请,既系动员,现虽尚未批下,当可获准。且因此放宽尺度,家在武汉而不需另派房屋者,户口可以迁回。今仅等批下欢送,便可归来。"(《书札拾零》第 125 页)然而沈先生还是太乐观了,户口问题仍将困扰他们,详见下文。

札中讨论"故扇收"之诗,即上文所引《新秋》其五,收字、莫字今均未改。

札中言生病事,《致王淡芳书之二十二》亦云:"菜月余以来,病渐好转……不料于本月七日半夜,忽又上吐下泻甚剧,次晨亦然,似为急性肠胃炎。幸一二日即痊愈,然人又大为疲软矣。"(《书札拾零》第 121 页)沈氏 10 月 8 日日记云:"早起急于水泻,吐亦甚急甚多,人极狼狈疲软。思托唐打电话唤回囡,又想种种困难之处,同时吐泻停止,亦不难过,恐亦不严重。"(《子苾日记》第 405 页)

鼠患事,《致王淡芳书之二十二》10 月 13 日补记云:"昨夜仍为鼠闹不得安眠,甚苦。"(《书札拾零》第 122 页)《子苾日记》于此年 9—10 月多次记录鼠患与毒鼠事,旧日平房鼠患之苦况,非亲历者难以想象。

五

蛰存兄：

　　前奉手书即作复，并将尊意逐条专示闲堂。日前得沙洋来信，附近作五首，嘱转呈兄请政。其所以独寄兄者，已自言之。但令告兄阅后即行付丙，不可留稿也。

　　拙作前蒙指教，思有以改正。而近来女儿丽则因工伤指，返家休养，女孙同来，颇为乖巧，但顽皮捣乱，又在似懂非懂之时，屋狭物多，门外道路崎岖，车辆奔驰，在在须留意照看，不但已无诗意，连散文化亦不可得；伏案作书亦不可能。昨晚女、孙返厂，故今日始作此书。"收"字因押韵难改，曾与闲堂商及，彼意认为诗句对法变化，可不必二句语法一致，暇当缓缓思之。"莫"字改"怯"，闲堂亦以为是，但棻终以为似较弱。或改为"怕"字，同意而是否较浑成？或恐亦未必。或改为"独"字，似较浑成，但与原意不符。望兄更进而教之为幸！前信又呈最近所作数章，亦望有以指正！

　　今年初秋极热，而晚秋又甚寒，不知兄腿疾已有所感否？行走夜眠，是否有碍？能上班如常否？殊为敬念！棻腿痛稍有所感，相较往年为胜，惟天气尚未大冷，不知以后如何耳？闲堂炎症，天冷亦将发作。甚矣！老境之可叹也。嫂嫂健康仍如旧否？亦念！

　　校中工作近何似？亦参与评论《水浒》未？自己尚作何工作？

　　棻病似愈，但不能稍感劳累，益不如前矣。

　　因闲堂诗稿厚重，不能多写。此种薄信笺，已由舍侄于冷门角落中购得二刀，勿劳再留意矣。稿纸亦在武汉小店中买到。专此即颂

　　俪安！

　　　　　　　　　　　　　　　　　　　　　　　　　　祖棻上，10 月 27 日

　　此札作于 1975 年 10 月 27 日。《子苾日记》："下午写一信给诗，附寄帆诗也。"（第 416 页）

　　札中言程千帆从沙洋寄诗五首，今难知其详。10 月 25 日日记云："接帆信，并短五古五首，嘱转寄施。前函云已至闲季，故有空作诗。得空当写信附诗寄施。"（《子苾日记》第 414 页）程丽则因工伤指事，10 月 14 日云："始知因手指被机器弄伤，给假一周，今天不回厂了。甚心痛，幸未伤骨，亦不太痛，未发炎。"（《子苾日记》第 409 页）

　　所言诸人病况，皆为风湿关节痛。治疗多采取打 $B_1 B_{12}$ 针，或用生姜及酒摩擦腿关节。沈与施札中多次言及。如作于 1974 年 1 月 15 日札云："医云腿神经痛（风湿性）三伏天针灸有疗效，未知然否？此系上海医生所说，此间不知。先生居上海，不妨今夏一试也。又方三伏天擦生姜，则棻前十馀年患肩臂痛试之有效，且不复发。腿疾则以连年伏天买不到生姜，故未能一试耳。此无害，亦不妨一试。"（《书札拾零》第 164 页）1975 年 1 月 16 日札云："棻腿疾近打 $B_1 B_{12}$ 针，似大轻减；而保暖尤为第一重要。兄亦不妨试之。……兄腿疾可以生姜及酒摩擦，颇能止痛，治标极有效，特告！"（《书札拾零》第 179 页）1 月 27 日札又云："兄手、腿均可用姜、酒摩擦有效，不妨一试，又不费事。"（《书札拾零》第 181 页）1976 年 1 月 20 日札云："打针本为两腿神经风湿痛，而打后觉精神胃口均有好转，而面色亦转红润。去年如

此,今仅打数针,已见小效如前,但到卫生科翻山奔波太劳累,往往一曝十寒。医生又不肯将针给病人带回请熟人打。以后或自费买针,前医药部门亦买不到,今闻已有矣。如兄一年打 60—80 针,菜对之不胜羡慕。"(《书札拾零》第 194 页)

"评论《水浒》"事,系当年 8 月 14 日毛泽东对身边工作人员谈了自己对《水浒》的看法,9 月 4 日,《人民日报》发表社论《开展对〈水浒〉的评论》,在全国掀起评论《水浒》的高潮,众多学者被牵涉其中。《子苾日记》8 月 26 日云:"上午苏者聪来探望,谈甚久,似颇同情老病孤独,借《水浒全传》而去。"27 日云:"接施信,《光明》报办文学创刊,论《水浒》,故苏来借《水浒全传》,批判投降主义也。"(《子苾日记》第 380 页)11 月 10 日:"何要借《参考》,理清大小报,及其各种水浒评论,文学、史学副刊,已十一时多。"(《子苾日记》第 424 页)即可见一斑。

六

蛰存兄:

正切驰思,忽奉手札,喜可知也!久不得音信,以为正作秦淮之游,当多乐事,亦引以为慰。欲寄书一探消息,又恐落顽童之手,病疲亦复慵懒,今午犹与小女谈及,而下午即得来书。兄言月余以来,悠悠忽忽,似只过了七八天。而菜则月余以来,劳劳碌碌,似乎已过了两三个月。何所感时间之迟速不同如此!岂古谚所谓"欢娱夜短,寂寞更长"之故?然兄虽安闲清健,想亦无多欢娱也。

菜病,其后之手术,系在上海所作,原极高明,故能于必死之情况下,起死回生,后且超过最大限度十年之生命,后遗症则未能免耳。老毛病求诊,往往得不偿失,故少就医。近来较甚且久,屡思检查,则以奔波等候为苦。且饮钡拍照,近均缺货,偶有也轮不到无后门之人,何况退休老人。且饮钡后有多次坠胀痛泻,或作镜检,据云更多痛苦;如仅系老病,更犯不上又多痛苦,且致加剧也。因而拖延,普通服药,则中西药多吃均反败胃,西药尤甚。菜此次旧恙发作,年馀不愈,即因炎症服西药过多所引起也。故亦如医所云,自注意休息营养,确有好处,但菜因居处及种种条件所限,此亦不能做到耳。某老友之言曰:"年纪大了,病是避免不了的,慢慢的添病,添到够数了,也就报销了,也可以说完成了历史使命。"此言甚达,可取也。武汉社会风气,一切须走后门,甚至看病,如无后门人情,则如一般人所云,根本不消看得,以至死人化葬亦然。况菜等居处,无论到武大医务室或指定医院,均交通不便,路远难行,故更得不偿失矣。承念,故琐琐奉告。幸最近稍见好转,请勿远念!(昨今稍忙累,又复多泻,当注意休息。)

闲堂户口仍查无消息,近方恳切陈情,申请先退或病休或请假较久照顾病人,并托人说请,又已两周,尚无答复。

闲居无聊,病疲又不能多作家务,性亦不喜,情怀复恶;(近复有卅年老友约定秋凉过汉同游宁沪,即于当夜得病,不久去世,甚为悲怆震悼。)病中思以小说消遣,而借公家书亦须后门,私人书则如放翁所云"异书浑似借荆州",有过之无不及也。□□之作,兄有五六百册,惜无福一读也。闲闷则翻阅线装古籍,□□残留甚少,丽则及其同学所谓百读不厌者,今亦厌矣。奈何?兄之线装古籍,则将谢绝矣。

武汉此时本当酷热,而亦甚凉,一如上海。《参考消息》谓今年全世界气候异常,则沪汉自当相差不远,但人虽不苦热,眠息稍适,而洗长厚衣裤,比之薄绸……矣。多雨则屋漏,又恐沟漫进水,一夜数起,移盆……用箕倾水,朝夕忧劳。衣物霉坏。又须每餐买做新鲜饭菜。破旧布鞋放床下一周,已霉烂不可要,毛毯三夜未尽即潮,大橱顶放物亦霉蛀,当即须吹晒。……潮湿,屋外沟较屋内地高一尺,……数年来,……不但卑湿,且时有泛滥之患。而自来水管爆炸,则……每闻夜响及类似水声,则惊魂不定,不能安眠矣。加之鼠害蚁患,鸡鸣犬吠,殊难安睡。幸棻尚不甚怕吵,熟睡时多。如患有心脏病及神经衰弱症,则必速其死也。此地人谓乃学校边疆,故贬谪者居之,老而无用,及青年无地位权势,无后门人情,或结婚,其他□□,总之不甚紧要者,亦皆居之。偶读唐人诗,则卑湿瘴疠,生活困苦,固贬谪边远应有之义也。一笑!

兄嫂皆健适,闻之殊感欣慰!然年老终须加意珍卫!上海医药方便,小恙仍须就诊为宜!近将暑假,天又不热,何不趁此游宁?止疆近患腰痛,亦老年应有之病,尚力疾从公,无妨也。可往小住同游。

俪安!知黄苏近况否?

祖棻上,7 月 17 日

按,此札作于 1976 年 7 月 17 日。7 月 17 日:"添、封施信……送报来发出章、施信。"(《子苾日记》第 532 页)

札中所言户口问题,困扰二人甚久。据沈祖棻《致王淡芳书之二十三》(1975 年 12 月 17 日):"千帆此次申请,既系动员,现虽尚未批下,当可获准。且因此放宽尺度,家在武汉而不需另派房屋者,户口可以迁回。今仅等批下欢送,便可归来。"(《书札拾零》第 125 页)程千帆《致萧印唐》(1976 年 1 月 20 日)云:"子苾已于十二月退休,弟亦已批准,惟以户口手续甚多,一时尚未能正式公布,大约一二月内必可办妥,从此优游岁月,东坡所谓'此去残年尽主恩'也。"[1]1976 年 1 月 16 日《致刘君惠札》云:"休致之事,推迁数月,以户口上册困难,至今尚未正式宣布。"(《闲堂书简》第 108 页)1976 年 2 月 11 日《致王淡芳》云:"昌户口尚未办妥,然不拟再去,探亲假满后当托辞续假,想其事于一二月必可妥帖,不致久稽。"(《闲堂书简》第 41 页)程的这几封信还比较乐观,以为一两个月内就能解决户口问题,实际又拖了近一年。沈祖棻《致施蛰存书》十六(1976 年 4 月 10 日):"闲堂以探亲假返度春节,其后又以棻病请假,亦将期满,而户口仍杳无消息。虽有家庭关系在武汉者,唯许迁回,而又必待一切手续全部办好,集体迁送回武汉,则恐假满仍须重返沙洋,为日亦不多矣。"(《书札拾零》第 197 页)《致施蛰存书》十七(1976 年 5 月 6 日):"5 号信收到。到时闲堂已去沙洋。户口既未办好,退休又不能回家。工作既已交代,而又必须留沙洋。家人有病,亦不准请假。申请续假,云须证明;证明既寄,或未完全合要求;准许与否,又不置答,而径扣工资不发。经济事小,但即表示犯规示惩之意,故不得不匆匆而去。到后告云不准请假。另给住屋,另派轻微劳动工作。近闻户口迁回武汉有困难,而人又不能先回,则又唯有久留沙洋矣。"(《书札拾零》第 199 页)沈祖棻《致王淡芳书之二十六》(1976 年 4 月 9 日)云:"千帆户口问题,迄今已四月有余,尚未解决。家在武汉者,准许返回,但手续迟迟未能办好,以致尚不能正式

① 莫砺锋主编:《程千帆全集》第四辑《闲堂书简》,凤凰出版社 2023 年版,第 121 页。

回汉。今续假将满,如目前户口不能解决,恐须重返沙洋。工作既已有人接替,住屋用具均成问题,反更多麻烦与困难矣。"(《书札拾零》第 132 页)沈祖棻《致王淡芳书之二十七》(5 月 20 日):"千帆已于上月 23 日复返沙洋,因户口手续未办妥,而又不准多请假之故。此去工作既已有人接替,故与另一同样情形之老人,共同轮流担任一些临时性轻劳动工作,有时竟无事可做,但又必须在彼等候户口办理毕,始准'光荣'返里,而户口又甚难办,故未知何时始能回家。"(《书札拾零》第 134 页)觇缕摘录沈程二人致友朋书札中的诸多段落,可知当时此问题给二人带来严重困扰,读之令人感喟。程千帆于 1976 年 11 月始蒙批准,以长期病假、工资八折,在家静候。至 1977 年 1、2 月间终于迁回(参见《程千帆沈祖棻年谱长编》第262 页)。

札中言近日老友生病去世,似指陈志宪。志宪,字孝章。在中央大学中文系时与沈祖棻同级,后任四川大学中文系主任。5 月 28 日日记云:"接君惠信,告孝章中风,甚为惊忧感叹。"(《子苾日记》第 498 页)6 月 17 日日记云:"得川大函,孝章于 6 月 10 日下午三时半逝世,可悲可叹!心情沉重伤悲。"(《子苾日记》第 514 页)6 月 21 日:"得刘信告陈死讯,悲怆不已!"(《子苾日记》第 516 页)约略可知陈生病去世的简况。《哭孝章,因寄君惠》其一云:"卅①载伤离意,何曾积愫倾。方欣留后约,顿痛隔今生。"(《沈祖棻诗词集》第 316 页)与札中所说相约同游亦合。又《致萧印唐书》(1976.6.23):"不幸有噩讯奉闻,日前得川大及君惠书,孝章于 5 月 14 日与君惠商定,秋日约兄同来武汉,偕游金陵,一切安排妥当,二人心情愉快,不料即于当夜得脑溢血入医院,于 6 月 10 日下午逝世。四十年老友,未及重叙,一旦永别,其悲怆痛恨为何如耶?!连日情怀极恶,悲思难排。"(《书札拾零》第 231 页)所言则更为详细。

札中言日常生活之苦况,令人不忍卒读。1976 年 7 月 1 日写给王淡芳的信中亦云:"生活日益困难;天气渐热,更多不便。加之屋漏成河,沟水浸漫;蚊蝇鼠患,均非常状,更多烦扰。"(《书札拾零》第 136 页)然远不及本札所言生事之艰难。《子苾日记》7 月 13 日云:"八九时大雨一阵,甚忧,刻已停为幸……十时上床。大雨,十一时到厨房接漏,雨暂止,又更大,复起看,又另二处漏,盆接,而地复一时流水多而速,宜桌下屋外由墙浸水,幸不久雨小。后门外檐水亦往里滴流,用铲挖铲斜一些,十二时四十分始上床。"(《子苾日记》第 529 页)可知其详。《欲雨》亦作于此际,中云:"屋漏盈庖妨早膳,山洪冲户损宵眠。"(《沈祖棻诗词集》第 316 页)将札中所云夏日暴雨屋漏的状况,用较为精练的诗句予以表现。"偶读唐人诗,则卑湿瘴疠,生活困苦,固贬谪边远应有之义也。"则可见其居于逆境中的坚韧。

止畺,指孙望(1912—1990),江苏常熟人。1932 年考入金陵大学中文系,即与程千帆等相熟。1952 年后执教南京师范学院(今南京师范大学),曾任中文系主任。黄荪为章黄荪(1913—1980),沈祖棻金陵大学同学。原姓璞,名之璋。幼年丧母,由外祖母抚育成人,遂改从母姓。精词曲,中华人民共和国成立后执教上海师范学院。

---

① 据本札即下引《致萧印唐书》,"卅"或为"册"之误。

盛静霞《抗战组诗》新乐府四十首

楼　培　胡诗婷*

摘　要：本文首次披露盛静霞《抗战组诗》新乐府四十首全本完帙。该组诗乃盛静霞在汪辟疆鼓励下所创作，取法于杜甫《三吏》《三别》、白居易《新乐府》等，从题名、小序到诗句、自注均精心为之，是其早年诗歌创作阶段的代表作。诗歌重在揭露 20 世纪三四十年代日军的暴行和国民党政府的弊政，不啻一份珍贵的民国诗学文献。

关键词：盛静霞；《抗战组诗》；新乐府

··

盛静霞（1917—2006），字伴鹭、癹青，江苏扬州人。1936 年考入国立中央大学中国文学系，参加吴梅所创"潜社"、汪辟疆所创"雍社"，致力于诗词创作。汪东称其与沈祖棻先后齐名。盛氏曾在中央大学、之江大学、浙江师范学院、杭州大学任职。有诗词集《频伽室语业》，与其夫君蒋礼鸿《怀任斋诗词》合刊。曾注析李清照全集。又与夏承焘合著《唐宋词选》，与人合编《宋词精华》等。

在晚年所撰《中央大学师友轶事琐记》中，盛静霞深情回忆了王伯沆、汪辟疆、吴梅、唐圭璋、汪东、卢冀野、黄季刚、胡小石诸先生。在"汪辟疆先生"一节中，她写到汪氏表扬她"雍社"时期的诗句"黄衫客拥赤云回"，并下评语："盛静霞是只未成形的小老虎，将来会大有作为的。"又写到汪先生"经常赞扬白居易的《新乐府》，说：'正统的历史书，自《史》《汉》而下，很多是不真实的，是为帝王树碑立传的。真正的历史事实，倒存在白居易的《新乐府》中。他以诗为史，他的乐府是"诗史"。'鼓励我们要学习白居易。所以我后来写了四十首长诗，揭露日寇的暴行和国民党政府的弊政"。"我一向怕写论文，但毕业时要缴论文，就征求先生的意见，可否以四十首《新乐府》代替论文？ 他说：'别人不可以，你可以。'他对我是如此的宽容。这些都是我终生难忘的。"①文中提及的"四十首长诗"、"四十首《新乐府》"就是《抗战组诗》新乐府四十首，也是盛静霞早年即"小老虎"阶段的诗歌代表作。

《频伽室语业》最早有 1993 年油印本，1999 年与《怀任斋诗词》合出自印本。2004 年，

---

　　* **作者简介**：楼培，杭州师范大学人文学院副教授，主要研究方向为中国近世文学与文献；胡诗婷，杭州师范大学人文学院硕士研究生，主要研究方向为中国近世文学。本文系教育部人文社科研究青年基金项目（19YJC751024）阶段性成果。

　　① 盛静霞：《中央大学师友轶事琐记》，见杭州市政协文史委员会编《之江大学的神仙眷侣：蒋礼鸿与盛静霞》，杭州出版社 2012 年版，第 183—184 页。

《怀仁斋诗词·频伽室语业合集》由香港天马图书有限公司出版,徐复、程千帆作序,盛静霞自注。2021 年,《蒋礼鸿全集》版《怀任斋诗词》也与《频伽室语业》一同推出。这些盛氏诗词集均收录了《抗战组诗》的部分,即《青姑曲》《大刀吟》《入峡》《吊首都》《祖背翁》《警钟行》《月华曲》《哀渝州》《薄薄粥》《巴中曲》《邓将军》《千人针》《影中人》《天都烈士歌》《飞缆子》《壮丁行》《张总司令歌》《抢米谣》十八首,并非全璧,不无遗憾①。但即便如此,徐复先生早已指出以上诸诗,"皆鸿篇巨制,直陈时事,盖杜子美《三吏》《三别》、白乐天《新乐府》、韦端己《秦妇吟》之流亚也"②,尝鼎一脔,可谓知味。其中"揭露日寇的暴行和国民党政府的弊政"的意涵,亦可与沈祖棻《涉江词稿》中《浣溪沙》十首联镳竞爽、同观媲美③。

近年来蒋盛哲嗣蒋遂老师在家中整理旧物时发现《抗战组诗》新乐府四十首完帙,慨予借阅并惠允发表,公诸同好。该册用"国立中央大学毕业论文纸"线装,长 26.2 厘米,宽 18.0 厘米,凡 65 页,由盛静霞恭楷手抄。封面有浅笔"抗战组诗新乐府四十首"十字,署"盛静霞"。内有序文一篇,此前未见。"新乐府四十首"目录,依次为《大刀吟》《空军颂》《别母》《入峡》《巫山瀑布歌》《悲歌行》《街头女》《团圞月》《军中虏》《首都行》《金约指》《祖背翁》《病中吟》《警钟行》《月华曲》《哀渝州》《薄薄粥》《芳酒浓》《巴中曲》《孤鸾泪》《张氏难童行》《邓将军》《送征人·其一》《送征人·其二》《骨灰行》《千人针》《影中人》《合肥张先生歌》《岁暮吟》《天都烈士歌》《拟长安有狭邪行》《饮马长城窟》《战城南》《飞缆子》《司机人》《抢米谣》《青姑曲》《江鱼》《壮丁行》《张总司令歌》)。除了提供全本完帙,该册从题名、小序到诗句、自注,皆与通行本有不少异同,值得比勘研究,不啻一份珍贵的民国诗学文献,故录之于后,俾供参考。

序

古无所谓乐府也。汉武帝定郊祀之礼,始立乐府,为教乐之官。其后凡乐章歌曲,可以被诸管弦者,皆以乐府名。再后则有其体无其声,虽不能歌,亦以乐名,已尽失汉人之意矣。盖器写人声,音由天成,彼丝竹管弦之抑扬顿挫,正所以状其喜怒哀乐之呵哑唏嘘也。若夫宛转低徊、缠绵反覆、哀感顽艳之作,虽未被诸管弦,入口自能吟咏,岂得谓非乐哉?而《康衢》、《击壤》以下,迄《三百篇》,皆歌咏谣谚,且有有声无辞者,又未尝以乐府名,是乐府不足为被诸管弦者名,而未尝被诸管弦者,亦大可名之曰乐府也。大凡可惊可喜之事,可歌可泣之作,皆得谓之乐府,不必被诸管弦。管弦固在读者之喉舌间矣。今抗战以来,可以惊喜歌泣之事多矣。不才既耳闻之、目见之,恒觉悱恻于中,不能自已,于是发为俚辞,尽情哦吟,信手涂抹。句之长短,既无所剪裁;声之平仄,更未能合律。揆诸往古,惟乐府稍近之,而又不尽然,因以新乐府名。固不足以语管

---

① 目前相关研究成果,如王艳《盛静霞及其旧体诗词之研究》(扬州大学硕士学位论文,2017 年)、李天琪《论盛静霞抗战新乐府对杜甫的接受》(《兰州工业学院学报》2018 年第 4 期)等都未见《抗战组诗》全豹,只是对通行版收录部分的分析阐述。

② 徐复:《序》,见蒋礼鸿、盛静霞《怀任斋诗词·频伽室语业合集》卷首,香港天马图书有限公司 2004 年版,第 2 页。

③ 沈祖棻著,程千帆笺:《涉江诗词集》,河北教育出版社 2000 年版,第 41—45 页。

弦,亦无论其能歌与不能歌。或者其事其情,有足以惊天地、泣鬼神者。其歌其辞,虽不能传声音、写笑貌,亦庶几激读者之喜怒哀乐于一时,为之一唏嘘呵哑耳。尝闻"欢娱之语难工,悲愁之辞易好",身丁斯世,虽不善悲愁者,国破家亡,羁旅困顿,亦未能或免,矧若不才辈,吟风弄月,多怀善感者乎! 于是乎辞章多矣。虽然,以一己之悲愁,见诸风花雪月间,日呻吟聱齾,若膏自煎、桂自焚者,亦非所愿。谨以寸管写天下之恨事,庶几共抒天下人之愤懑,而我之块垒消矣,此四十乐府之所以作也。至关于国计民生者,本非不才所得闻问,口耳所及,偶一为之,不敢云美刺,聊志其实而已。语云:"言之不文,行之不远。"此《三百篇》所以传也。今以拙劣练习之作,安敢有所希冀,特不知诗已不能传事矣,其事亦可以传诗否? 噫嘻!

民国二十九年秋,江苏丹徒弢青盛静霞谨序

大刀吟

大刀队,为我方之奇兵,抗战军兴,屡以却敌,敌军见之辄魂飞胆落。芦沟桥之役,杀伤尤众。桥跨永定河,卢沟晓月,乃宛平八景之一也。

寒如秋水薄如纸,触者摧折当者死。中华男儿好身手,挥之如入无人市! 一试申浦头,再试喜峰口,大刀从兹名不朽。芦沟桥畔月如霜,虏营发炮连珠忙。军中急点试奇技,落者沮丧中者狂。黄粱白酒面如灼,帐前磨刀声霍霍。袒胸把刀刀当胸,就地飞旋风卷霓。烟深月淡不见人,隐隐遍地走银索。虏兵鼓噪浑未觉,不及惊呼头已落。一挥手倒七八人,断腰折臂连肩削。枪机炮捩急难开,徒能射远近不著。欲死未死魂已断,叩头刀下如捣蒜。人头戏抛颈犹热,腥风吹来衣似铁。提刀四顾敌已空,仰天大呼有残月。还来月下视宝刀,青光凛凛不见血!

空军颂

晴空雷车走,杲日来惊风。乌鹊作雨散,展翼垂苍穹。登天昔云难,云梯岂得通。万人争仰首,坐见飞槎踪。乘者尽年少,玄鬓双颜红。凌云壮志遂,泠泠碧汉中。指挥动风色,翱翔摩长虹。翻身下轻燕,出没潜神龙。四海在指掌,毫末无逃容。拨开云与雾,一扫魑魅空。天地为失色,三匝犹从容。

别母

七岁丧阿父,阿父容止昏。廿载忽已成,慈云覆寸根。寸根不易长,曲蘖不易伸。冥冥碧天暗,扰扰沧海浑。边陲劫难免,暴风烛难煇。眼前生死路,心下家国恩。一决不反顾,再决不移言。三日闻婉劝,四日列伐尊。佳肴手自烹,美酒明清暾。一杯和恨咽,双泪如泉奔。再拜告阿母,母以儿远烦。三峡虽险峻,不阻归来魂。但愿松长茂,但愿国长存。

入峡

蛟蛇出没东海隅，螫手断腕来桑榆。山情水态观不足，中有三峡骇下愚。千寻束缚数百里，江奔一线回复纤。冲腾激荡急难出，忽然一落走隙驹。悲风飒飒白日暗，千窍百孔浓雾糊。苍松紫树挂其外，天为环嶂地胡卢。小舟倾侧转倒走，大舟蜿蜒行瓮壶。重峦层出无去路，白云瀚瀚生来途。万峰剑削多上指，千岩刀划尽下趋。云间仰望帽自落，壁上遐思发欲枯。鸟飞倏落不可达，断岩三止为踟蹰。中空双扉悬板屋，山颠野老竹杖扶。至此仙妖两不辨，一船争指相咕喁。天开绝险飞难越，重重关塞愁妖狐。峡中一入绝人世，买田将在巫山趺。刘王孟李递雄迹，空山落日闻猿呼。

巫山瀑布歌

风刀劈岩裂，沙雾迷帝庭。天上白虹落，赤日成杳冥。狂飙走银电，急雨飞寒星。恍惚神女降，玉带裹娉婷。罗裙缀环佩，飘曳声玲玎。皎月夜濯影，孤鹤来梳翎。三回万壑出，一泻千山青。泉干石已老，犹作奔流形。

悲歌行

早不生兮迟不出，东不投兮西不入。茫茫十万载，当此一顷刻。莽莽千万里，偏作中华边疆客。朦胧有父逝已久，阿兄异产姊早适。茕茕母女共相依，埋头末季思奋翮。承平滋味浑未知，灾祸刀兵日复日。危巢尽欲偷残息，狼咽鲸吞来仓卒。漫天烽火出芜城，掩啼空见垂杨碧。朝夕迟归劳倚门，五千里地关山月。孤魂未返枕已冰，残梦犹留人欲绝。朝朝饮恨只吞声，刻刻红旗望报捷。钢车铁舰炮复机，地灼天焦肉与血。才闻京华失，复陷江南北。安敢顾身家，还欲问邦国。家国存亡两不知，死生朝夕随转烛。霜凋木落一枝难，影只天昏歧路覆。重泉近少全尸鬼，人间敢惜华年麽。扶躬未有愧于心，几世几生冤孽酷。龙钟颠踬尸骨横，中宵闭目闻呼謦。吁嗟囷极报无期，日日江头空踯躅。嘉陵江水清如玉，国灭身随悲亦促。穷凶极恶天不佑，唇亡齿冷人应目。但教有国归有期，底事先摧双鬓绿。请缨投笔愧不如，携书还上北山读。天教离乱锻英豪，颠沛未必非吾福。静看大将复神州，一日轻舟千里速。觅里访邻见慈亲，抱头定作三朝哭。

街头女

茫茫江汉水，盈盈街头女。蓬蓬云鬘乱，翩翩罗袖举。纤纤出素手，款款吴侬语。指尖丹犹艳，声哽涕如雨。欲乞数文钱，市饼延羁旅。问女何所来，掩面悲音吐。层楼出霄汉，家在申江浦。夫婿正青春，娇儿犹哺乳。珍肴厌下箸，罗绮同尘腐。千金不垂堂，燕居不出户。还思天上乐，那识人间苦！年来闻说寇将深，只道天长关塞阻。塞北已居夷，江南自歌舞。谁知一旦变风云，烽火横摧锦绣圃。崇楼高阁忽成灰，腥风血雨归无主。轻装共登舟，细软随身贮。自恃珍与珠，远求长乐土。潜林有饥蛟，穷途来渴虎。口中呼啸华北音，身上戎装威且武。蒙头不敢面，惊魂疑且怒。乃闻不日寇将来，不寿乃公徒资虏。解金倾橐不敢稍犹豫，但愿壮士为侬驱外侮。号咷鬼神怒，黯淡天地忱。奔驰只逐众，不辨谁为侣。惊定再觅人，耳充目如瞽。娇儿已失襁在手，抱褓呼夫摧肝腑。一身以外无长物，连朝乞食来荆楚。惆惆心目在醒寐，死固不能生又阻。闻此怅然立，非我不恤汝。炮声一霹雳，尸骨横千武。命教生此世，不死天已祜。

团圞月

团圞江月冷，寂寞江露溥。江心一舟泊，渡口万人攒。万人攒何事，下游来狂獖。西方有乐土，乃在白云端。天梯攀不易，死生如转丸。号咷震龙宫，喧嚣动层峦。奋勇争后先，践踏自相残。书名贴儿背，夫妻绳相盘。携者仆不起，负者步蹒跚。流离或兼旬，三日不一餐。眼花那见人，欲挤力已弹。轻舟一解缆，登者半落滩。夫去妇尚在，登降两俱难。母睹儿落水，奋身随狂澜。但闻呼者急，那识啼声酸。不知此乱世，何处堪苟安。珍重枉死骨，严冬江水寒。沙洲有蚁穴，群蚁自盘桓。江流永不息，夜夜生悲湍。

军中虏

敌军既占中原，时驱华人为前锋，铁蹄之下良非得已。国破家亡，身败名裂，语语血泪，闻者酸鼻。因长歌以代其哭。

伤者枕藉健者系，军中俘虏数难计。中有呻吟吐华音，欲起复跪双泪淋。自云家住长江侧，丰欠相连差自食。父衰母老率躬耕，儿亦娇憨妇善织。但教雨顺复风调，那管天功与帝力。今年天赐风雨柔，未交夏至已望秋。秋深日日谷渐老，床头屋角如云收。暴阳烁石禾正骄，狂飙热毒来如潮。乾坤锦绣一齐覆，贪狼入室虎入朝。纵横烈火自奔窜，血渠汩汩天地焦。负亲抱子归何处，出入白骨空号咷。那管烽烟疏与密，南北东西逃复逃。幼子卧地不肯走，老母匍匐频挥手。一家但望子妇生，我誓与孙死留后。劝之无效挽之难，一步几顿筋断肘。迁徙辗转枪弹中，犹幸一家半相守。纷纷血泪和汗拭，骨肉相看不相识。道逢荒沟得瓦砾，匿之三日头昏黑。夜深冷月逗青磷，四围尸骨起复侧。钢车铁甲耀眼明，蛮音诘屈来妖精。恍如羔羊当烹宰，一家束手更无声。钢刀架项逼令说，我乃大日本之氓。摧心伤骨岂得已，一字一吐泪纵横。顾我长子忽虐浪，健壮足可当锋芒。勒令戎装授以弹，驱之上阵登战场。父母妻子缚于侧，刀剑如林皑白光。败固尽戮退亦戮，惟有大胜为汝祥。长子倔强转大骂，尖刀剚腹腹见肠。前军鼓角声声急，腾身三跃目眦裂。至此有人尽为敌，恨不一刀天地灭。不知此身犹未沮，重见中华军中伍。苍颜黄口想俱亡，宛转刀下啼何苦。身残心碎行将死，此仇此恨何时抒。魂飘尸败骨不腐，但愿得抛汉家土。

首都行

二十六年秋,敌陷首都,官军争渡,江水尽赤。敌坦克入城时,轮上满缠肝肠。道无尸骸,惟一插足则松软,悉成肉浆矣。

石头石头何其坚,茫茫六代随风烟。山河未改王气黯,龙已飞去虎酣眠。江中一夕红映烛,江水朝来仍自绿。烽烟远锁蒋山青,血花地染鸳鸯褥。满城不见横尸僵,积街尺许泥肉浆。曾云红巾浣妾泪,_{陈迦陵词:那将妾泪浣红巾,化作征夫车畔尘。}那闻车轮缠肝肠。柳绵花泪飞时节,遍地腥膻土不洁。冤魂无处可归来,月明潮水空呜咽。

金约指

中日战起,苏人某婚甫四日,只身入川。邂逅同乡避乱者,云过其境时,伏群尸中,见一女红衣无首,搜其身,得指环一,及纸币若干,乃能辗转抵此。环有字,未忍售去也。某索视之,乃其结褵约指,上镌妻名焉。遂发狂不知去向。

天缺不得补,海阔不得填。海天漫漫更无极,人间积怨相盘旋。少年不识愁滋味,生长江南罗绮内。一缕红丝早系衣,彻霄烽火催于归。草草洞房设,煌煌花烛辉。两日亲友宴,三日羽觞飞。四日箫鼓歇,五日车马驰。不得双翱翔,上有爹与娘。不得长相守,男儿志四方。夕饮合欢酒,朝举饯离觞。只身来蜀道,一剑分鸳鸯。江河共呜咽,关塞照凄凉。山盟海誓犹在耳,临歧无语摧肝肠。羞颜未许端详足,但觉柔情温似玉。翻疑宵梦复何殊,约指在手金粲目。相见自有期,干戈无已时。寄书千万言,回书无一纸。蜀山蜀水尽添愁,征夫身存心将死。忽来江南客,为道家乡事。憔悴曾缘九死生,未语不语泪如水。道经贵邑命几捐,遍地尸骸骸不全。敌蹄风雨至,伏地伴尸眠。蛮音诘屈远,惊魂犹未旋。旁有女尸首已失,红衣蛱蝶双翩翩。手御金环光粲烂,搜其腰缠除其环。环镌小字未忍弃,腰缠已尽吾躯延。谁家弱女遭横暴,金环在指常黯然。虎口庆余生,索环视分明。式样纤巧心忽惊,赫然上乃娇妻名。瞪目无言天地黑,哭笑悲啼两不识。玉面忽看颈血飞,红衣应是嫁时饰。摔环咬牙发狂奔,去去自可寻伊人。

袒背翁

腊月某日,都邮街有老翁袒其背,携一童子,持衣兜卖。

袒背翁,袒背翁,鸡皮皲皴长街中。右手持衣左扶童,童颜憔悴棉絮蓬。自云避乱远来奔,一家丧尽祖孙存。天寒老朽不久死,卖衣为保娇儿身。一言几绝杂号哭,号哭惊动路旁人。路旁貂裘尽年少,闻此相顾嗤以鼻。鹑衣褴褛已百结,老翁无乃发狂疾。狂疾狂疾无人买,长街呼遍肌肤裂。明日老翁袒背僵道旁,小童独抱破衣泣。

病中吟

沦胥大陆室已毁,裒鹄孤雏隔万里。双肩虽削责非轻,孤愤直欲贯天起。研经论史愁更愁,涂尽疏窗窗下纸。夜雨朝寒独侵心,积食经年成块痞。自恃轻健未知重,朔风腊月相欺弄。一夕恶寒随灼烧,咳呛昼夜昏如瞢。翻床转枕冬夜长,脑碎肠牵连肋痛。友伴窃议将非人,背语遥走不问闻。昏灯风紧残冬夜,纵横孤泪空沾巾。纵生双翼将何适,面目江东冷似石。寸根未得报春晖,寿夭一身原似掷。不信生材不生命,良医三砭遽去病。月余神色胜故吾,一笑拍碎菱花镜。洪炉大冶金忽跃,睥睨正见横空鹗,千年应使庄生愕。

警钟行

长空杲杲白日静,钟声咽咽惊传警。狂飚蔽日走石沙,壮呼老啼汤沸鼎。丧家之犬鸟惊弓,茫茫早已魂离顶。穴中尽作蛙鼍蛰,六街飒飒阴风冷。天崩地裂起奔雷,当头岩石訇然陨。父母妻子颤相抱,生离死别在俄顷。震荡昏眩得不死,耳聋睛突犹为幸。一弹中穴门,全家同灰殒。十里之外肢体飞,须发黏壁血肉紧。一弹中居室,四邻火光迥。焦梁灼栋落纷纷,滚地抱头无处遁。一弹复一弹,千弹百弹意未逞。毒雾下堕随风狂,轧轧机枪急雨猛。雕阑画栋焰冲天,红尘顷刻群鬼骋。鲜血模糊不忍观,游丝一息声悲哽。唤儿唤女如痴狂,遍街奔走双睛炯。龙钟老妪抱头颅,头颅半缺连儿颈。树头挂骸血淋漓,空腹流肠枝穿挺。衰翁拾得锦衾归,衾中热血包双胫。百里楼台化劫灰,千家骨肉忽异境。怒焰齐随弹火高,警钟震处痴聋醒。为谢东夷运无多,人寰惨绝天安忍。黄昏山色照群骸,野犬无声细舐吮。

月华曲

何月华,前中央大学园艺系二年级生,素怀大志,攻读甚勤。航空系章丁年者,已婚,仍向何求爱,为所拒,见讪于同学。乃于七月二十四日晨,枪伤何之腰背,后自戕。各方对何竭力营救,经两周,终不治,逝于歌乐山,年二十有二。父母俱年迈,有两姊一兄,最得亲欢,至今尚不知此耗也。章则已授室,产二子云。己卯八月二十三日静霞志。

菟丝何缠绵,孤松青如此。松枝故不倾,长蔓缠之死。古今或翻覆,物情出常理。金陵女儿出何家,丰神皎皎字月华。南雍习得司花艺,园中万芳争吐葩。芦沟战云酿,仓卒来穷瘴。掌珠一去便天涯,二老朝朝祷无恙。下帏埋首益奋勤,报国酬家敢辞让。絮果有兰因,雷电无风云。别开新系号航空,志在歼敌于苍穹。高怀奇技绝侪辈,中有一人秉异衷。丁年其名章其姓,家住浙江江水东。娇儿已在糟糠室,柔情还思婉娈容。翩翩有去雁,杳杳稀来鸿。经年志不渝,终日心忡忡。逢人讪笑恨欲死,十目所视十手指。千方借得手枪来,平旦相要狭路里。此时爱恨竟不分,霹雳双鸣同已矣。天昏地暗群山裂,骤雨滂沱飞电疾。忽闻狙击震黉宫,骇目惊心皆麇集。横当铁弹血盈腰,自击颧颏脑如雪。肝脑涂地逝已久,腰伤渐甦甦欲绝。抚膺宛转泪如泉,呼爷唤娘声声咽。爷娘命我负笈来三巴,只知读书不知其他。人各有其志,何辜遭虺蛇?双亲之恩不得报,安能从此埋黄沙。天乎地乎,何年何月,为我伸冤诬?三千窗友咸雨泣,飞马驰车救弱息。开胸破膈弹乃出,呻吟兼旬神益竭。敌机日夜仍肆虐,病榻转入阴洞壑。子夜愁鹃泣血声,荒山无术返魂魄。随风一缕断还飞,烽火漫天何处归?夜夜月华清似玉,年年芳草孤坟绿!

哀渝州

五月四日,敌机狂炸渝州,死伤数万,焚烧达数日。城中太半成灰烬。是夜窗友多入城,抢救者述其所见,诗以纪之。

五月四日岁己卯,夕照昏昏飞铁鸟。空厓蛰伏不知惊,弹落如珠闻了了。冲霄烈火山头起,遥指渝城三十里。焰舌赪星正吐吞,江水无声天地死。黉宫少年眦尽裂,攘臂连踵来城阙。途中渐听哭声高,道上惟残残与缺。火云烟阵那见城,雷轰电掣惊风逆。崩倒之下人鬼奔,焦烂之内号啼急。无头之人芒芒行,披发之魅当道立。横拉枯朽落焦梁,忽迸血浆飞断臂。瓦砾如山下有人,头腰已出股胫塞。翻砖拨瓦群力尽,挣扎牵拉终不得。泣请诸君断余股,宁愿残生半身失。闻此呜咽皆泪流,一拽再拽肝肠出。彻霄灰烬化孤城,阴风惨惨天不明。十日掩埋那得尽,百里哀鸿相扶行。烬中往往群骸出,峡底时时冤鬼鸣。中有百人藏一穴,穴口弹落相蒸烹。开山忽见抱拥立,逼视始知皆焦腥。城中从此繁华歇,早闭晏开行踪绝。僵尸夜起忽扑人,月光如水面如铁。呜乎!百年兴废事可推,昨日天府今劫灰。

薄薄粥

渝州被炸后,哀鸿遍野,嗷嗷待哺。校中乃设施粥处,余亦参与。

薄薄粥,胜茶汤。些些药,堪疗创。持盘歇担立道旁,道旁不为市与贩,饷吾同胞来城坊。城坊远来为何事?五月四日灾殃起。家业成灰骨肉尽,一身出自劫灰底。梦里但随行者行,行来更无止处止。龙钟白发扶杖来,伶仃稚子走沿地。衣裳褴褛面青黄,遍山遍野相逦迤。日长岁久怎为生,地北天南何处是?问之无语亦无泪,强之不食但嘘唏。披创带血不知痛,抱襆携筐芒芒视。感此浩劫意如麻!我亦流浪无家儿,珍重前途斜日斜!

芳酒浓

残暑秋不去,密雨成隆冬。渝州羁客衣裳薄,渝州居人坐高阁。长戈铁甲晋陇东,雪花茫茫血光红。血光红,高阁之中芳酒浓。

巴中曲

巴中五月蜂蝶忙，东村女嫁西村郎。龙笙凤管千百行，洞房花烛笼春光。宝扇初开未相向，此时人间与天上。半空蓦地来惊雷，一声霹雳天地摧。堂前宾客悉为鬼，帐底鸳鸯成寒灰。鸳鸯有梦凭谁唤？颈未交时头已断！万劫难回紫玉魂，千秋怎得冤盆转？生人之惨古所无，古今有恨与此殊。明年芳草还成丛，白日无人孤村空。游魂断魄夜相逐，青磷点点浮春风！

孤鸾泪

孤鸾泪，为友人某而作也。抗战后，惨绝人寰之事，多不尽述，举一可以知千万矣。

门前水色青于蓝，室中伉俪双娇憨。奁开明月人如画，帘锁东风酒半酣。天翻地覆贼寇起，相随仓卒离江南。抱中黄口方学语，携得小郎年十三。豺狼逢狭路，分窜如狐兔。惊心惨绝一声啼，父子双双已被捕。草中匍匐敢颤动，但听拷问如雷怒。诟詈号啼更不分，钢刀下时闻血喷。母子相抱毙复晕，阴风子夜回孤魂。四山寂寂人语绝，芒芒还将夫婿觅。空厓皓月如水澄，鲜血淋漓两尸身。目焦面烂不可识，曾是共枕同衾人。如痴如狂浑不觉，疑是深闺惊梦恶。梦中梳洗画双眉，花雨纷纷天上落。耳边儿啼欲断肠，呼爷不应啼向娘。不敢长号泪如雨，抱儿还向天边去。飞磷出没天未明，狂风野鬼啾啾鸣。

张氏难童行

战后迁入内地，流离失所者随处皆是，尤以孩童之伶仃无依为最艰苦。政府有鉴于此，特分设保育院以收容之。中委某在中央大学演讲时报告筹备保育院经过，为述其中张氏难童事，震动全场。古人云惊天地泣鬼神，不过如是，有足传者，因发为歌行。

难童难童身姓张，弟兄三人来汉阳。兄年十三弟十一，怀中弱弟方扶床。扶携抱负不成步，乞食声声泪几行。步行七百五十日，行尽千里万里长。家住阊门柳阴里，画阁高楼连苑起。严亲货殖走他方，慈母爱儿珠玉比。一朝避乱离家乡，道逢恶寇生奇殃。刀劈阿父掳阿母，足踢兄弟僵道旁。醒来相抱那敢哭，忍痛吞声还踯躅。不知乐土在何方，但向金乌没处宿。饥吞腐草泪作浆，倦伏空郊坟为床。朝朝只觉筋力尽，日日还看山川长。左牵右抱双臂死，带颠连爬行复止。此际千程复万程，此中几死复几生。江皋虽达手足胖，魂疲魄散将非人。戴天之仇何日复，眼前难保孤儿身。长者诉说幼者哭，哭诉滔滔呜咽声。旁人指点收容处，扁舟载向巴渝去。渝城设院育难童，孤儿孤女居其中。相依相傍若手足，断芽残蘖逢春风。春风虽猎猎，簌簌枝头叶。曾经霜雪深，温馨已不及。恶毒伏经年，弱弟发狂疾。双睛先曨泪如丝，闭目呜咽口有辞。中华民族万万岁，一日喃喃十二时。难童千万齐掩面，羁客闻之双泪垂。月余绵笃终不治，伶仃孤魄随风驰。地俯复天仰，恸煞两兄长。千辛万苦成何用？一息先教抛绝壤。早知如此还夭殇，不如当日刀下亡。百身莫赎兄之罪，重泉怎报爷与娘？相依之命命忽绝，相傍之枝枝忽折。何月何年饮敌血？口噗血浆酹汝穴。

邓将军

自"九一八"后，东三省失守，而我游击队仍出没于白山黑水间，邓铁梅部，亦其一也。然枪械不足，给养困难，苦斗多年，终于某年冬，全军冻毙荒山，凡三百人，皆立僵，持枪犹不放云。

将军邓氏讳铁梅，驰骋燕云名如雷。一朝塞上变风色，遍地倭奴来仓猝。官家拱手启汉关，壮士呼天晴欲突。招兵买马黑水头，老林深山出复没。朝埋三覆敌魂飞，夜袭羌营心胆失。长征苦斗年复年，矢尽援绝穷坚益。虮生铁甲犹着体，创刮金刀手自缠。黑龙江上水嘶血，长白山头雪暗天。朔风一夜起，冻彻乾坤底。三旬仅九餐，千弓无一矢。军令如山敢缩瑟，持枪鹄立朔风里。彻宵冰雪漫孤山，三百男儿一齐死。明日房军窥军门，狐疑鼠窜还惊奔。朝朝只见岩岩立，逼视始知化忠魂。金枪在握坚不放，银霜遍体容如生。全军尽僵阵未变，裂眦蝟发闻叱声。胡儿眼泪双双落，孤鹘徘徊呜呜呜。年年长白山头雪，碧血丹心结为铁。古梅斥堮凝青霜，千秋万岁同芬芳。

送征人·其一

送征人，盖阅某报杂志插图而作也。图中一壮夫鹄立高坛，其眷属为之系彩。慷慨之气，溢于眉宇，略无眷眷意。不禁感喟而为诗。

送征人，妻送夫。前军鼓角声声急，一人独立千人呼。手将彩结亲系臂，八尺红绫映肌肤。愿君喋血比绫色，愿君丹心绫无殊。千叮万嘱嘱不尽，亦喜亦悲语转无。鼓声在耳妻在肘，影绝形分当须臾。不作生离作死别，报国报家七尺驱。坛前直立不返顾，昂然举步登征途。大军结束人去尽，送行眷属归长衢。长衢还听欢声动，空房独看人影孤。不恨别离恨强寇，丝丝清泪沾罗襦。

送征人·其二

川中各县，时有老妪送其独子入伍者，政府辄旌之。

送征人，母送子。策杖龙钟发似霜，携儿欲语还谛视。腹中割肉非不悲，眼底公私明如水。一旦覆邦家，有子千万皆如死。但教国不亡，四海蚩蚩皆吾子。残年孝养能几何，报国茫茫正无已。还将一子比一邦，愿儿只手撑天起。儿闻慈母言，牵衣复长跽。天恩罔极总分明，但觉辛酸回肠里。晨昏定省更无人，夏清寒温自料理。生不归来死便归，愿母康强寿无比。吁嗟乎！安得中华父与母，尽送娇儿作战士？一鼓须教三岛沦，长歌还拜白头人！

骨灰行

鼓声冬冬三岛狂，闺中夜起理红装。闻说支那吞已尽，凯歌今日还家乡。低低倭堕髻，飘飘蝴蝶裳。妆成镜里几回顾，疑是年时入洞房。东家西家相携出，含情列队待儿郎。海天方淼淼，忧心转悚悚。欢声动如雷，舰影来渺渺。千言万语如何说，绿帕红巾随风袅。不见郎君面，不闻凯歌豪。但见铁箱与木匣，千匣万箱如云高。岂是掠夺珍与宝，此时芳心疑更焦。近前争谛视，上有姓和氏。纷纷不知谁家子，赫然忽见儿夫字。耳中忽听哭声高，眼前只觉昏如醉。匣中箱中何所有，一撮寒灰几点泪。昨宵温存梦里人，昔日纵横马上身。豪致英姿骨似铁，如何化作灰与尘。模糊残骸见鲜血，恍惚呼妻闻吟呻。骨灰在手肠欲断，迎新人作哭死声。花容婉转胭脂湿，翠袖遮颜啼且嚏。燕居本无封侯想，曾云灭华如反掌。边功未立骨已灰，生摧连理分鸳鸯。悠悠此恨何时绝，日日空闺天地长。古今共说征战苦，何况贪功还黩武。蚕食鲸吞无已时，使我红颜伴灰土。

千人针

千人针，千人针，针密密，线深深，半尺红绫出千人。出自三岛女儿手，得自三岛壮士身。壮士已死绫在胸，鲜血模糊绫更红。女儿闺里梳装毕，日日拈针街上立。人持一片缝一针，线密针深更无隙。谓出一千女儿手，可化壮士胸前铁。枪刀炮弹俱不入，病虿邪魔远可辟。三军人人佩在胸，掳掠奸淫恃神力。阵前壮士纷纷死，街头女儿缝不已。缝不已，千人针，针自密，线自深。低头缝缀口中祷，愿侬至诚上通神。上通神，神若有灵，岂佑极恶穷凶人？

影中人

影中人，影中人，颜色如花命如叶，低头独坐如伤神。寄自三岛少妇手，得之三岛壮士身。壮士已死影在胸，鲜血模糊颜更红。左手当胸右腰按，腰中锦札如珠贯。语语都疑血泪飞，封封只问何时归。闺中无计消春昼，小影摄成初罢绣。应知影里人意深，应见影中人面瘦。百转千回万种愁，可怜独坐还低头。沙场弃骨缘何事？吞天为遂豺狼志。豺狼之志何日遂？帐下千尸万尸弃。樱花三月海上春，春闺有梦花飞辰。游魂不受东风管，好见影中如花人。

合肥张先生歌

九州窈冥驰鼯鼪，中天芒角生长庚。鼯鼪得志忠义绝，合肥突起张先生。先生清末初中试，敬文其讳琴襄字。目中金紫一芥轻，座上公卿如敝屣。学书十载人不知，走笔为云风雨至。汉兴满灭振国纲，皎皎行谊推议郎。竟赂议郎窃神器，掷金怒走天一方。一肩萧条长担债,金距银钩凭人卖。得钱设宴邀众宾,热酒浇肠拼一快。唾壶击缺气纵横,四座无声惊且拜。枥下长鸣心更雄,镜中白发人将迈。无何妖寇出海东,坐看蹙国椎心胸。上书万言书未就,烽烟压境连江红。手挥群儿速装束,而翁七十惭风烛。平生意气比凌云,有志不成空踯躅。书生报国长已矣,敢怜朽骨鸥鹜啄。全家环泣那肯行,风催鼓角呜呜呜。整装待发须翌日,尽归就寝迟天明。天明双扉久不启,入室探看体已冰。白须如戟口如叱,遗书在案墨犹湿。国如悬磬皆流离,入土不须棺与衣。死生虽异永不屈,还将吾骨埋向西。千叮万嘱忠与义,云烟十纸纸淋漓。刘家有女侍侧室,侧室多年感恩泽。偷将余酏和泪吞,血污芳容逝顷刻。五更孤鹎盘旋啼,子夜阴阴风凄迷。柳家如是应殊恨,楼中盼盼须逊奇。孤忠芳节冠今古,泣鬼惊神同歔欷。明年双株马鬣放,枝枝叶叶还西向。

岁暮吟

入川后,忽忽两载,三度残年,百感交集,发为诗歌,以见一时之观感也。

避乱逾两载,残年忽三度。干戈无已时,读书仍似故。惆惆家国恩,目断空江暮。江外无数山,山外无穷路。三十三天宫,八十一地土。一粟成九州,一瞬成千古。眇眇有其人,蟻蠓不足数。促促有其生,蜉蝣不足睹。乃有名与利,乃有乐与苦。得失竞雌雄,心欲齐天宇。天宇本茫茫,此中何诩诩。生死一间隔,有无同尔许。不复有所求,何必有所取。悠悠逝水流,浩浩天风举。岁暮将何为?待看葭灰缕。知之复知之,咄咄空自语。

天都烈士歌

朱希祖先生撰《天都烈士歌》,略序云:烈士姓吴,讳承仕,字检斋,歙县人。受业余杭章先生,尝研覈《三礼》及《左氏春秋》,始以著《菿汉微言》彰名[①],复撰《经籍旧音辨证》,主讲南北各大学,凡十余年。沈阳既陷,乃改谈时政,熏陶弟子益无倦。芦沟桥变起,自故都迻寓天津,密撰抗敌文告不下三十万言。始遭名捕,继复利诱,卒以不屈为故人支解而死云云。读而壮之,因仿原玉,不足为效颦之讥也。

东南秀钟天都石,天都灵蕴烈士出。头角峥嵘幼不群,诗书激厉长能述。析音辨纽承名师,大义微言精考覈。手中《三礼》几绝编,眼底百家供指摘。传经论道踵前贤,塞北江南二十年。纷纷桃李遍天下,穆穆清风薰元元。阐微张眇志不足,蒿目艰难常悲天。榆关忽陷来群丑,匡时怒改经纶手。纵谈大势势已成,独看长剑剑夜吼。芦沟月暗燕京失,仓皇走作天津客。潜编《心史》在金函,三十万言平戎策。挥毫拟作鲁阳戈,吐气将吞东海日。雄图密计忌胡羌,威胁利诱柔复刚。死生讵移烈士志,冰霜久结烈士肠。印绶在前刀在胸,呜呜笑骂转从容。屡遭名捕更不屈,一朝支解金躯裂。三

---

① 《菿汉微言》由章太炎口授,其弟子吴承仕笔录。参章太炎:《菿汉微言》,《章太炎全集》第7册,上海人民出版社 2018 年版,第 3、71 页。

载芟弘怨结天，朝朝精卫空衔石。四支虽解心更坚，血化江河山化骨。呜呼！烈士之死天下哭，天都之峰天上矗！

拟长安有狭邪行

烂漫洛阳花，狭邪长安路。路狭车马多，翠盖连云伫。翩翩逢少年，笑问居何处。我居邻帝宫，可望不可通。阁道连上苑，飞楼出九重。白玉为栏楯，黄金为房栊。大婿登凤楼，中婿游瀛洲。小婿生即贵，意气蔑王侯。三婿俱入户，缱绻如云雾。三婿俱上堂，廊壁自生光。三婿俱出门，十日犹余香。长女有令德，次女擅才色。小女最无双，冰雪为资质。丈人何所为，优游日复日。

饮马长城窟

饮马长城窟，胡马骄且肥。长城崩倒半为土，马上胡儿势欲飞。黄沙漫漫呜咽水，尽是汉人血与泪。

战城南

前年战中原，去年战西北。今年战东南，明年干戈何处逐？白骨成山血成海，生人死尽无人哭。蕃兵岁岁没全师，铁骑纷纷更相逐。那将胡汉辨薰莸，肥乌厌饱尸骸肉。

飞缆子

嘉陵江南流入大江，距渝州六十里处，谓之大渡口。有怪石鸥伏江心，曰飞缆子。春夏水深，第见波涛汹涌，微露其脊而已。相传彼时每日必覆一舟，神物所据也。二十九年春，民用轮抵此，触之立沉。除少数善泳者外，全船五百人尽遭灭顶之祸。江中小舟如蚁，竟坐视不救。盖川俗捞死不救生，恐鬼神迁怒也。千年积习，牢不可破。呜呼！川江之冤鬼多矣。

飞缆子，飞缆子，嘉陵江底石如山，老蛟流涎饥无食。渔人舟子相号呼，船转缆飞行不得。朦艟巨舰轻轻来，不畏天险凭人力。一朝人力有疏忽，怪浪惊波生顷刻。船头触石成齑粉，船尾翻腾风卷隼。震天忽听鬼神嚎，一江惟见人翻滚。爹娘妻子不相顾，鼋鼍鱼鳖争磨吻。江干小舟聚成霰，叶叶随风轻似燕。舟人放桨自偃眠，满江溺人如不见。据云捞死不救生，救之鬼神转相嗔。千年遗训誓遵奉，满船获救无一人。渝州当局亦束手，日复一舟皆由神。茫茫白水自逶迤，明日江头多白衣。缆飞船转自不息，江空日落闻鬼啼。

司机人

渝城迤北至磁器口，环山有大道，谓之巴磁公路。中经小龙坎、化龙桥、沙坪坝等地，交通至为频繁。讵知二十九年五、六月间，公共汽车颠覆有六次之多。全车破首折足，不死则伤。我校体育系吴教授亦罹于难。行旅皆有朝不保夕之忧。爰就所见所闻作司机人。

司机司机伊何人，王良身手无与伦。意气凌云世所羡，黄金约指罗绮身。巴江大道环山起，车如流水绝飞尘。得心应手无所忌，左顾右盼多风神。咳唾珠玑落，气息烟雾腾。窗中倩影一注目，山头怪石忽嶙峋。惊雷一掣攫，訇然车已落。苍崖百尺高，号哭狂风作。此时更凭好身手，机中转捩窗中跃。可怜车中客，断头还折脚。满滩残肢无全骸，血肉模糊浮江壖。连年抗战困更穷，国之命脉凭交通。惊才绝技世稀有，那将微罪折丰功。时时峡底行车覆，日日江头还追风。车中坐立何纷纷，惤颒侧视司机人。

抢米谣①

战后，各地物价奇昂，尤以沪上之米为最，购买困难。奸商更居奇囤积，于是抢米之事常发生。军警亦置不问焉。

东海狂风作，申江恶浪起。江头矗米市，铁锁双扉闭。大道直如发，道上人如蚁。携筐抱筐久鹄立，立满通衢无隙地。四更摸索来，午日相蒸晒。白头老妪僵欲死，黄面儿郎裂眦眦。已交辰过扉不启，怒焰愤火冲天起。一人呼抢万人和，万拳一举双扉破。云囤囷积接栋高，潮奔蜂涌呼且号。市中主人肥如豕，血渍双睛空咆哮。银珠白玉遍地流，饿骸千万齐腾踔。大筐小筐满复溢，衣袋襟袖无余窍。携之不得步难移，街头抱米坐嘻笑。道傍有警士，顾视亦莞尔。主人咆哮风雷声，负手徜徉如充耳。日斜人散米已无，珠玉一地犹疏疏。黄口小儿扶地走，百结衣衫面浮垢。还伸双手瘦如鹉，细捡泥沙入破帽。

青姑曲

渝州当大江之北，以南谓之南岸，有温泉曰南温泉，与北碚之北温泉同为名胜。泉口曰虎啸。附近有井、洞，皆以仙女名。洞容千人，相传有青姑者，为其夫彭郎所弃，投井死，彭化为猛虎，撞山而为洞焉。事涉诡奇，固不可信。虽然，负义忘恩，人形兽性，背本者自当化虎，贞烈者足可称仙。俯仰古今，发为歌曲。亦望诗以事传，聊以讽世云尔。

---

① 该诗见于蒋礼鸿、盛静霞《怀任斋诗词·频伽室语业合集》卷四"抗战胜利 回乡"，第224—225页。系年有误。序中"战后"并非指"战争结束后"，而是指"战争爆发后"，参前《张氏难童行》小序"战后迁入内地"云云，与此相同。故该诗亦当作于1940年，而非1945年抗战胜利后。

堂上罗鸳鸯，堂前列琴瑟。香囊宝帐烂先光，正是青姑初嫁日。而今空有溪水流，溪上笙歌出画楼。一泓寒碧自激滟，无人更识青姑愁。二月春风始，青姑年十四。娇痴不解父母怜，常临碧水比花枝。绿发随波委，红云一朵垂。彭郎十八入军伍，闲来偶踏溪头路。忽看碧浪漾丹朱，中有人面如画图。惊鸿飘渺宛若仙，流波美盼世所无。涉溪几度相嬉戏，暮去朝来成连理。军书若火煎，催戍湘江边。生离若死别，指日还誓天。蜀山桃花开复落，湘江水逝年复年。天外凤凰又成配，山底孤鸾抱影眠。忽来远方客，闲把潇湘述。艳说彭郎花烛时，琼枝璧月相参差。晴空霹雳更无泪，百转千回惟一死。迢迢长夜永，梧桐覆金井。无人曾见断肠时，月明空照波心静。纤青带紫何煌煌，彭郎得意归故乡。涉江闲游不称意，闻说仙井灵且香。登山陟岭似有触，摩井抚床还端详。忽看碧浪漾丹朱，中有人面如画图。拈花一笑何娇痴，正是青姑十四时！此时心已失，抠衣一跃入。随从大骇争抱持，捉将双足号呼急。狂飙忽起撼千山，井泉奔腾起波澜。眼前主人忽幻化，化作猛虎光斑斓。从此山中有虎患，出没咆哮昏复旦。不将老弱妇孺吞，食尽男儿壮年汉。携香抱烛村人来，井前罗拜告且哀。仙之贞烈冤已白，莫使猛虎为人灾！山风四起虎忽至，长恸数声血流眦。还向青姑旧妆阁，奋身一扫成洞壑。腾跟踔跃更无踪，四山草木空索索。居人此后可安眠，泉名虎啸洞名仙。神仙渺渺不可见，洞口缭绕惟云烟。

江鱼

巴江一日行千里，居人不识鲂与鲤。一朝江上走妖氛，赤鲤扁鲂聚如云。大小千百不可计，随波逐浪何纷纷！龙宫今日锡恩宠，故将美味要居人。居人愁苦那敢食，江头注视还吞声。寇机日日肆威虐，铁弹误向江中落。江底游鱼不识愁，相逐相嬉正欢乐。水深浪急无网罗，梦魂不到火与药。那知天外霹雳来，黄泉之下逢奇灾。流肠洞腹尽腥臭，焦头烂额无全骸。波涛滚滚自泛滥，三日清江犹黯淡。江中之鱼虽尽殄，江上之人幸苟免。狂机投弹无已时，人鱼焦烂亦如斯。熙熙攘攘江上居，不知何日人为鱼？

壮丁行

东市抽壮丁，西市抽壮丁。南市追逃逋，北市动刀兵。东南西北多如鲫，二十三十壮且英。壮丁壮丁何处去，保家卫国争光荣。三岛妖氛更横暴，大陆不逞空中行。三巴之东合川县，县微地僻山环城。城中山中搜罗尽，五千壮丁初抽成。空中敌机忽蔽天，山底洞壑可容身。居人尽作龙蛇蛰，壮丁独如鹿豕屯。抽来不易不能放，放之惟恐逃戍征。长绳大索缚将死，铁锁横扉何狰狞！狂风飒飒弹如雨，釜中鱼鳖遭烹蒸。号呼辗转无人问，一息未断犹望生。千挣万扎白骨现，千匝万匝仍缠绳！四方自此多寡独，军书涂却五千名。

张总司令歌

　　司令名自忠,号荩忱,山东临清县人。赋性忠诚,凤怀志节。抗战后一战于淝水,再战于临沂,三战于徐州,四战于随枣,皆建殊勋。而临沂之役,率所部疾趋战地,一日夜达百数十里。与敌板垣司令号称铁军者,鏖战七昼夜,卒歼敌师,为我抗战以来克敌制胜之始焉。此后豫鄂会战,敌北窜钟祥,司令轻骑侧击之,诇为反噬,在南瓜店附近激战,自辰至午,敌始稍却,而司令左臂忽中弹,左右请其回部治疗,司令毅然却之,振臂当先,奋战如故。不意飞弹又中胸部,将军自知伤及要害,乃拔委员长所赠佩剑,欲以自裁,为部下所夺。慨然曰:某于国于家于己,可谓无愧。杀敌致果,待诸君之努力矣! 言毕遂卒,享年五十。有子一、孙二。

　　浩气荡荡充天地,气不可夺生可弃。将军百战弃虎躯,大汉从兹有正义。喜峰口外初扬威,淝水滔滔倭魂飞。大洪山上骨如雪,云梦泽中奇布围。豫南鄂北名雷起,转斗苦争更不已。鏖战临沂七昼夜,夜走羌营二百里。芳声还与敌尸高,意气直欲秋云比。无何会战襄阳道,横拉残敌如朽草。轻骑追风不顾身,困兽临危反相咬。杀气连云不见天,黄沙漫漫白日窅。三军大呼如疯狂,怒将铁甲裹金创。贼援如山杀不尽,征袍血透刀无芒。飞弹忽中将军臂,振臂一呼臂如铁。纷纷人马尽辟易,创痛复起战更烈。飞弹忽中将军胸,挺胸三跃转从容。手刃百贼贼愈众,天昏地暗围重重。拔剑自拟左右夺,慨然顾语气滂渤。于国于家心无惭,杀敌致果待奋发。一声大呼眦血流,金创迸裂忠魂殁。天愁地惨生阴霾,残军舍死争忠骸。忠骸入都万人拜,万人意气更慷慨。

以上《抗战组诗》

一位不应被遗忘的作家

——姚戾创作简论

潘　丽*

摘　要：在新疆抗战时期的文学创作队伍里，姚戾是一位颇值得关注和研究的作家。在新疆居留期间，他以新疆抗战和社会生活为素材，创作过许多小说、散文和戏剧，还译介苏联政论文章和文艺作品，是抗战时期新疆文坛最为高产的作家之一。作为一名在北平中学肄业的中国共产党党员，姚戾的文学创作中既能自觉表达党的新疆方略，其作品中反封建、同情弱小者和主张妇女解放等主题又充分汲取了五四新文化内质。姚戾的创作具有丰富历史特质和浓郁地域色彩，是抗战时期中国共产党人在新疆的革命文化活动的杰出代表。

关键词：姚戾；新疆；抗战；启蒙

在抗战时期新疆文学的创作队伍里，姚戾①是一位颇值得关注和研究的作家。1938 年 4 月至 1945 年 12 月，姚戾在新疆居留七年有余，先后在塔城行政公署、新疆督办公署翻译室、库车骑兵第三连、督办公署参谋处翻译室、新疆军校高级军事研究班等处任职。在库车骑兵第三连担任翻译期间，结识时任库车县县长的中共党员林基路；在军校任职期间，团结张伯中、赵普琳等进步青年，参加了"新疆共产主义者同盟"（以下简称"同盟"）。姚戾在新疆工作之余，笔耕不辍，不仅翻译了十余篇刊载于《真理报》的苏联时政文和文学作品，还一直持续进行文学创作，小说、戏剧、散文等均有涉及，其作品频繁发表在民国时期新疆第一大报《新疆日报》和文艺刊物《西北文艺》等多种报刊，是抗战时期新疆文坛最闪亮的作家之星。姚戾的文学创作多以新疆社会生活为素材，抒写"抗战""建新"时代主题，在艺术上取得了诸多成就。姚戾的创作堪称新疆抗战文学的缩影，展现了抗战时期中国共产党人在新

---

　*　**作者简介**：潘丽，新疆师范大学中国语言文学学院暨黄文弼中心讲师，主要研究方向为中国现当代文学、新疆现代报刊。本文系新疆师范大学 2024 年度智库重点项目"近现代中国西北科学考察与西北开发研究"（ZK2024B05）、2024 年自治区高校科研项目《中国近现代吐鲁番考察研究》（XJEDU2024J074）、新疆哲学社会科学创新团队项目"中国现代西北科学考察文献整理与研究"、新疆师范大学 2024 年度人文社科类"揭榜挂帅"项目"近现代吐鲁番考察文献整理与研究"（ZK2024J08）阶段性成果。

　①　姚戾（1912—2010），又名姚廷枢、姚冬麦，黑龙江省双城县人。1931 年 2 月加入中国共产党，曾任中共北平市委通县支部书记、通州区委书记。1932 年 9 月，由黑河渡江到苏联布洛戈维申斯克城，后被苏联保安部门以"日本间谍"罪名逮捕入狱，1938 年 2 月获释。1938 年 4 月回国。

疆文艺活动的实绩。

一、从抗战到五四：姚艮创作的广阔思想空间

姚艮在新疆的创作涉及小说、散文、戏剧，以小说最为丰硕。其中短篇小说有《四口半人的家庭》《渭干河畔》《无花果》《一个"体面"商人的日记》《娘在等着你!》《最后的一个平凡的日子》《猴副官》《神医》《洋博士》《哈吉·阿西木》《没有祖国保护的人们》，共11篇,中篇小说《祖国之恋》，长篇小说《在阿尔泰山上》；散文《自由幸福的诞辰琐记》《胜利的明天》《信》《悼亡友》《到迪化去》《夏伯阳——纪念夏伯阳逝世廿三周年》《老家的故事》等十余篇；另有独幕剧《晚了》。

从内容来看，姚艮的创作既叙说东北民众遭受到的战争的苦难、军民不畏艰险奋起抗敌，也赞颂了新疆各族民众在大后方积极支援抗战,关注新疆妇女从婚恋、走出家门到受教，以及书写新疆民众对文化教育的渴求等。

（一）战争的苦难与英勇的抗争

姚艮原籍东北，曾在北平读过高中，又参加过东北义勇军。他以自己的亲身经历创作的东北题材作品生活底蕴浓厚，饱含爱国激情，故事曲折动人。《老家的故事》[①]讲述了父子两人在日军到来之际，仓皇出逃，一路风餐露宿，最终父亲不堪艰辛，悲惨死去。小说中，父亲曾连夜给儿子写下县城市民大会的讲演稿："日本鬼子欺到我们门上来了! 黄帝子孙四五千年来没有吞占过别人的国土；可是自己的国土也决不让给外人! 鬼子能毁灭我们的房屋田园，可是他毁灭不了我们民族的自尊心! 只要还有一个中国人活着，他是不能灭亡我们的；只要还有一个敌人在我们国土，我们是不能放下手的!"父亲临终时一再叮嘱儿子："你不要难过，你要报仇! 你祖宗、你祖父和我几辈子在这里开拓的地，不能交给敌人，我们的几十辈子的骨头都埋在这里，你是我们的子孙不要忘了! 永远不要忘了，谁是我们的不共戴天的仇人!"还告诫儿子："你,你不要忘了，谁烧掉了我们的房子! 谁杀死了你的母亲! 谁践踏了你祖宗的坟墓!"这些充满仇恨的言辞体现了东北题材小说在情感诉求上常见的策略，就是突出家、家人、家园、家乡被日本侵略者践踏毁灭的家仇国恨。《渭干河畔》中的县长之所以离开东北老家，就是因为在那难以忘怀的9月，"自己的房子在燃烧着，母亲像疯子般的号喃着，父亲撕着自己的头发，搥着自己的胸膛，弟弟像小鸡般的战抖着，已经熟了的黄金般的麦海，瓜田叫敌人践踏了，夺去了"[②]。

哪里有压迫，哪里就有反抗。姚艮笔下的中国军民团结一致，奋起抗敌，誓将侵略者赶出中华。中篇小说《祖国之恋》[③]的主人公马凯原本是 H 工大电气科学生，家境殷实，还是家中独子。"九一八"事变后，他投笔从戎，参加了抗日义勇军。带领弟兄们试制炸药，在铁道下埋地雷，炸毁日军列车；一次作战中被伪军所俘，后来杀死舅父保长后逃出。1933 年马凯因受伤和肺病发作，在严冬的长白山里去世，年仅 24 岁。小说通过马凯的经历，描述了经

---

① 姚艮:《老家的故事》,《新疆日报》1943 年 2 月 21 日第 4 版。

② 艮:《渭干河畔》,《新疆日报》1942 年 9 月 4 日第 4 版。

③ 姚艮:《祖国之恋》,《新疆日报》1943 年 10 月 2 日—10 月 24 日第 4 版。

历国仇家恨的东北人民,不畏强暴,勇敢地拿起武器,向敌人奋起反抗,颂扬了东北人民的抗日武装斗争。小说是作者依据主人公留下的一本日记而作,更增添了几分真实感。

《没有祖国保护的人们》以良知未泯的伪警察李秀生的视角,讲述了一个发生在沦陷区的故事。老实本分的虎爹因莫须有的罪名被抓入狱,遍体鳞伤,满是青肿、烫焦的痕迹,双手被残忍地钉上许多钉子。受尽折磨后,惨遭日军杀害,头颅都被砍去半个。小说中的王大叔只因家中有一柄带锈的马刀,就被诬指为游击队员,全家遭砍头示众……东北人没有被残酷的压迫吓倒,虎子长大后,参加了山里的游击队,走上了抗日道路。小说结尾,男女老少汇成复仇的队伍,在戴着破白羊皮帽子的抗日武装司令的带领下,将警察署长和为虎作伥的伪警押到关帝庙,举行公判。李秀生潜伏在内心深处的爱国热情也沸腾起来,加入群众的行列。戴着破白羊皮帽子的司令说:"我们斗争了这些年,流了这些年的血,吃了这些年的辛苦,今天我们终于回来了!"①

《娘在等着你!》②中的老何,18岁时因输钱逃出家乡,流浪东北。后参加游击队,"九一八"事变后把枪、马都献给了祖国,腿也落下了残疾。《信》③中老×太太的儿子刚从中学毕业就参加了抗日的骑兵队,后来随队开到前线。老太太想让儿子回来,于是每天到村口等候邮政员,盼望着儿子传来平安、胜利的消息。《胜利的明天》④中"我"和战友们骑着战马,将日军赶进鸭绿江,战友们看着在江里挣扎的日军,开怀大笑:"这下我们才对得起自己的祖先! 自己的后代!"在战士的笑声中,村民们从废墟、乱草堆、破马棚里爬出来,男女老幼,手里拿着各式各样的工具——叉子、扫帚、抬筐、扁担、铁锹,他们要在废墟上重建家园,迎接抗战的最后胜利。

(二)新疆民众支援抗战、建设新新疆

姚艮小说中反复出现的一种情感模式就是把人物置于"离乡—怀乡"情景中抒发东北人民的沦亡之情。由于故土沦陷,身在新疆的东北人难免飘零之感。他们在建设新疆之时,仍时刻思念遭受日寇铁蹄践踏的故乡和亲人,期待早日能重回故乡、重见亲人。短篇小说《渭干河畔》⑤便是其中的典范之作。小说中的县长离开东北家乡已经十年,为了父母的爱,为了复仇,主人公奔向他方。而今身处边塞,白天参加新新疆的生产建设,晚上梦回萦绕的是关东的草原、松花江畔的夜晚,一起瓜棚守夜的弟弟,还有年迈的母亲。而为了能够早日重回故乡,现在的工作就是要多多生产,要把西北的瀚海变成绿洲! 这样,小说就把大后方的生产建设与沦陷的东北在情感上联系起来。同样,长篇小说《在阿尔泰山上》⑥中的边防军排长董光华,也是从东北沦陷区流落新疆,以优异成绩毕业于军校后进入边防军,渴望以自己的生命保卫新疆这个抗战大后方。

新疆各族民众为了支援抗战,加紧工作,建设新新疆,巩固抗战大后方,这也是姚艮创

---

① 姚艮:《没有祖国保护的人们》,《西北文艺》1945年第3期。

② 姚艮:《娘在等着你!》,《新疆日报》1942年12月27日第4版。

③ 姚艮:《信》,《新疆日报》1945年9月20日第4版。

④ 姚艮:《胜利的明天》,《新疆日报》1944年7月8日第4版。

⑤ 艮:《渭干河畔》,《新疆日报》1942年9月4日第4版。

⑥ 姚艮:《在阿尔泰山上》,《新疆日报》1943年1月7日—7月30日第4版。

作的主题之一。《四口半的人家》①中的维吾尔族农民,和妻儿、猴子过着四口半之家的幸福生活。他原来是靠祖传的耍猴技艺和乞讨为生,四处漂泊,后来在县长的劝说、引导下才开始在南疆定居,拿起坎土曼,种田种菜,为的就是建设新疆、支援抗战。《无花果》②中的局长则劝喻买小媳妇的巴依:"有钱干什么不好",修学校、修育儿院、开工厂、开荒地、做买卖,"现在只赞美那样的人——谁能多修几个桥梁,建几座俱乐部和学校"。日记体短篇小说《一个"体面"商人的日记》③刻画了一个囤积居奇的商人,为了发财,藏匿物资、行贿关店,但最后还是被检举处罚,关进了监狱。小说告诉读者,在全民抗战时期,哄抬市价、囤积居奇的垄断者只能有如此下场。还有那位平凡的小公务员,先是在办公室与同事争夺一根骨头落败,回家后看到妻子做的又是豆渣馍馍,很是不满。妻子说前方将士还在流血,应该满足。小公务员深感惭愧,下决心,这就是"最后的一个平凡的日子"!《自由幸福的诞辰琐记》描绘了一幅库车人民祭奠英雄的图景:城里的人们走出家门,乡村的人们赶着车、骑着驴、挑着担子、背着筐,人群汇合后,经过长街,穿过龟兹古渡,来到南疆剿匪阵亡将士的墓前,"高亢的口号像澎湃的怒涛,在庆祝着中苏抗战的胜利,在向法西斯蒂的恶魔示威!"④

(三)五四新文化的重启

30 年代初在北平就读高中的经历留给姚艮的思想财富之一,便是五四新文化的熏陶。于是,妇女解放、男女平等、妇女走出家门、民众接受教育等等都成为姚艮小说创作的关注点。妇女解放是衡量社会文明和发展程度的重要标准之一。由于新疆是多民族多宗教地区,新疆妇女不仅受政权、夫权、族权的压迫,对于少数民族妇女而言,还会受到深重的宗教的压迫。因而,新疆的妇女解放运动受到的阻碍也是多重的。对于这些妇女来说,婚恋自由、从闺房走向社会,是体现其人格自由和社会价值的两个重要层面。这在姚艮的作品中也有着生动的呈现。

实际上,婚恋问题是中国现代女性题材文学创作中的一个重要内容,一般体现为鼓吹婚恋自主、批判买办婚姻两个方面。姚艮与五四文学在这个问题上的姿态一样。姚艮的短篇小说《无花果》透过一对年轻夫妻的视角,描写了一个只有八九岁模样的维吾尔小姑娘的悲剧。小姑娘原本天真活泼,爱唱爱跳。却被年老的母亲做主,嫁给五六十岁的老巴依为妾。小姑娘的身价是 100 元,还有 50 元买靴子、80 元买丝盖头……婚后,小姑娘每天都被锁在家里不能出门,只能从门缝里偷看外面的世界,还经常遭打骂欺辱。一个青春美丽的少女就这样精神、肉体都受到极大摧残。姚艮通过描写邻家小姑娘的婚恋悲剧,批判不合理的买办婚姻,也反映出妇女的婚姻自主仍是新疆当时亟须解决的一个社会问题。

尽管鲁迅先生的《娜拉走后怎样》警示了妇女走出家门的风险,但走出厨房、闺房,走向社会,仍然是五四以来妇女解放运动中和婚恋自由同样诱人的口号。《到迪化去》⑤中的一个片段叙写了一个家庭主妇的成长史。过去的她,总是远远跟在丈夫身后,现在却开始讨

①　艮:《四口半人的家庭》,《新疆日报》1942 年 6 月 12 日第 4 版。

②　艮:《无花果》,《新疆日报》1942 年 8 月 22 日第 4 版。

③　艮:《一个"体面"商人的日记》,《新疆日报》1942 年 10 月 28 日第 4 版。

④　艮:《自由幸福的诞辰琐记》,《新疆日报》1942 年 5 月 13 日第 4 版。

⑤　艮:《到迪化去》,《新疆日报》1942 年 5 月 21 日第 4 版。

论妇女职业问题、婚姻问题、教育问题了，虽然一说话还是脸涨得绯红，但敢于当众发表自己的意见："现在还有些老巴依一个人娶几个一二十岁的女娃娃给他当奴婢；这成什么话！应当提高女人的地位呀！"丈夫询问她是否知道参加妇女大会的女代表还要进行测验，她说："考就考吧！我把八大宣言，九项任务，政府政策问答和自己的提案都背熟了……"还说自己去省城开会是莫大的福气，一定不会给五万妇女丢脸！

发展教育是五四新文化关注的重点之一，也是文化启蒙的必要条件。扫除文盲、发展教育，成为抗战时期新疆文学的重要主题。省城迪化作为新疆文化教育的中心，是新疆各族青年孜孜以求的灯塔，"到迪化去"也成为姚艮创作书写的内容。《到迪化去》中有一群从外区县去迪化上学的青年，他们不畏长途，赤脚徒步，向迪化走去："押尔吆车吱吱地碾着霜晨的原野，灰色的驴子，摇着大头。像一群寻食的耗子，跳着、跑着。一群年青人，在朝阳中显出他被风吹得黑黑的脸，赤着的脚，各式各样的衣服，嚷着、跑着，靴子搭在肩上、抛在车上、驴子上。"就是这样的一群年青人，已经走了一个多月，天气已经转凉，"他们的赤脚下飞起带着白霜"。可是在路上相遇的老大爷眼里，他们是那样的快乐，仿佛"一阵黑风荡着喧笑声，沿着公路驰去"。还有刚新婚三个月的男青年，为了能去迪化念书，甚至动了离婚的念头。最后在县长的劝导下，小伙子带着妻子，一起跳上去迪化的汽车，因为"迪化去给房子，给吃的，不必离婚了"①。

二、人物、环境、语言：姚艮创作的艺术追求

姚艮是一个有着自觉的艺术追求的作家，凭借北平时期和苏联生活时期累积的艺术素养，他在新疆的文学创作形成了若干鲜明的特色。

第一，人物形象的塑造。小说是姚艮创作的重镇，他也由此较成功地塑造了一系列性格鲜明、血肉丰满的人物形象。其中最引人瞩目的，是工作尽职尽责、善于动员群众、讲究工作方法、以身示范的干部形象。《渭干河畔》中的县长即是一例。我们知道，这位县长的原型即姚艮有过交往的中共党员林基路，他拖着干咳不止的病体，满面风尘来到渭干河检查工程进度。为尽早修好大渠，将河水引入亟须灌溉的庄稼地，县长严厉批评消极怠工的大肚子区长，教育做作懒散的技术员，用通俗易懂的话动员民工加紧干活，并且身体力行，和大家一样每天挖十米，宣称干不完自己就不回县里。休息的时候，他还给大家讲分田分水、"口里"打仗（指内地抗战）以及乌鲁木齐和苏联的事情。人们亲近他、爱戴他，兴奋地说："县长！你不像县长，你是我们自己家的人……"②

《四口半的人家》中的县长为了让乞讨的耍猴人定居下来，过上好生活，用自己的老马车送耍猴人患重病的家人进城治疗，又雇了大车把他家其他人也送进城里去。耍猴人感动地说："我耍了三四十年的猴，走遍南疆和北疆，由救济院逃跑了三次，由公安局逃跑了一次……可是这回是我最末后的一回了，我一定要像别人似的干活，养家……"③《无花果》中

① 艮：《到迪化去》，《新疆日报》1942 年 5 月 21 日第 4 版。
② 艮：《渭干河畔》，《新疆日报》1942 年 9 月 4 日第 4 版。
③ 艮：《四口半人的家庭》，《新疆日报》1942 年 6 月 12 日第 4 版。

的警察局长,不仅让苦命的维吾尔族小姑娘跟着妈妈回自己家去,还严厉斥责老巴依做了按人情、道理、法律、宗教来说都是罪恶之事,警告他下回再有这样的事就要受法律的制裁!

姚艮在东北参加过游击战,新疆居留期间在库车做过骑兵连的俄文翻译,后来又在阿山随军征战,亲历的军旅经验为他塑造反帝军人形象积累了丰富的素材。《在阿尔泰山上》的主角董光华从东北沦陷区流落新疆,后以优异成绩从军校毕业,进入边防军,渴望以自己的生命保卫新疆这个抗战大后方。小说用大量的篇幅讲述董光华的英雄事迹:单骑跳入奔腾的大河营救被激流冲走的战友,善待哈族俘虏感化教育促其转变,一次次率领战士克服种种艰难险阻,身先士卒,冲锋陷阵,智藏面柜、窃听对方机密,两次负伤,最后英勇牺牲。作家显然力图把董光华塑造为一个理想化的军人,勇敢机智,亲切和善,宽以待人。还有《祖国之恋》中的马凯,参加抗日义勇军后,试制炸药,在铁道埋地雷,炸毁日军列车……还有单纯、朴实、粗犷的少数民族农牧民,外强中干的投机商人,甚至是反面人物,也在姚艮笔下得以生动地呈现。

令人称道的是,姚艮在塑造人物形象时,善于调动多种艺术手法。其一,注重描写人物的动作、语言。《渭干河畔》中县长参加修渠劳动,先是脱去上衣卷起袖子,再用小毛巾扎头,手心吐上点儿唾沫,将坎土曼举得高高的,"嘿"了一声砍下去。一连串的动作,生动刻画出与百姓同甘共苦的县长形象;《四口半的人家》中,太阳西斜,由北面的天山上吹过阵阵凉爽的风,过上幸福生活的老农民"像猴子似的"起来说:"你坐着,我得把这块地平完了,明天好浇水……"①他拿起坎土曼走到地里,抢开两臂用力掘着。还有描写董光华过河,只见他"把缰绳一提,那大青马在柳树林里,飞向前去,帽子被柳枝刮掉了,他仍旧疯狂地飞奔着,直到追上那再一次出现的黑点时,把勒缰一提,刺马针一样跃进水去"②,充分显示了董光华的超群能力和过人胆识。

其二,用大段的独白或对白来展现人物丰富的内心世界和性格特征。比如写到半梦半醒中的董光华,想起母亲、战友和自己,一个年轻的爱国军人形象跃然纸上:

> ……虽然阴雨,可是在冰冷石头下,却做了个甜蜜的梦。母亲又用手抚摸着我。好似我还很幼小,母亲给我穿衣裳,还不停地说:"好孩子穿上吧! 看冻出病来!"醒来,母亲没有了,由石头上流下来的水已把皮肤浸透了。晓风吹着,草木啸着,由败垣上泻下破晓的晨光。……是的应当给妈妈写封信。不,不必写了! 最好还是等几天胜利的回去,胸间悬上奖章,叫他们忽然在不意中见到我,叫她哭叫她笑。那时我在母亲的欢笑中将变的更加幼小,更加快乐。那时我将把战争的故事讲给她听;那时爱我的人将更加爱我,因为那时我将是个英雄。③

《猴副官》④中那个伪善的官老爷,把长得像猴子似的跟班叫到跟前,用手摸着自己"转

---

① 艮:《四口半人的家庭》,《新疆日报》1942 年 6 月 12 日第 4 版。
② 姚艮:《在阿尔泰山上》,《新疆日报》1943 年 1 月 9 日第 4 版。
③ 姚艮:《在阿尔泰山上》,《新疆日报》1943 年 3 月 17 日第 4 版。
④ 姚艮:《猴副官》,《新疆日报》1944 年 5 月 16 日第 4 版。

圈的毛当间光的头"说："你从小没有父母,我不管你谁管你,我不说你谁说你,几天我就能升职很大的官,那时我就提升你作副官,那时大家都不再叫你'猴子',而要叫'猴副官'……"事实却是这个"猴副官"常常被官老爷打骂。官老爷还不知廉耻地说什么："我指着狗说是驴,你就要说:看,耳朵有多么长!我说鸡蛋是树上头结的,你就要说'看,还有把呢'!我要说我抓过'野猪',你就要说:'是的,那猪是黑的,还有半尺来长的獠牙。'明白吗,这就是'当官'的'真经',说真话是要挨打的。"

其三,以周围人物甚至对立人物来对比衬托主人公的高大形象。《渭干河畔》中的区长不关心修渠进度,还挺着大肚子劝说县长："到屋里喝点茶去吧!羊都宰了,挖坎土曼这是下苦人干的事。县长哪会。"尖嗓子的技术员也匆匆赶回工地,满脸做作的笑容,身穿宽腿和田绸裤、大领的绸衫,貌似关心地说："你有病还没好呢,休息,我来挖吧!"[1]辩称自己是去弄给养了。这都与县长形成了鲜明的对照,更加凸显出主人公的光辉形象。《在阿尔泰山上》也从第三人称正面描写或旁衬,利用周围人物甚至对立人物的感佩羡慕甚至嫉妒来衬托主人公董光华的高大形象,给读者留下清晰的印象。

第二,独具匠心的艺术构思。姚艮艺术创作的这一特点在《晚了》一剧中表现得尤为突出。剧作者通过人物的对白、人物之间的对话,来实现对于舞台表演中虚与实之间关系的处理。《晚了》[2]讲述的是一个小牧场在一个上午发生的故事,作家显然企图把这个故事设置在一个特定历史背景内。于是,作家安排了老夫妻的两段对话。哈老爹忆苦思甜,感慨今昔巨变："唉!……你忘了吗,在头十年我们这里是个什么样子?乡约呀!总管呀!衙役呀!一下乡就弄得鸡飞狗跳墙!现在想起来还头皮发冷。……你看我这只残废的腿,还不是因为一匹马吗?咳!我们那时简直还不如牲口!"哈老妈回应说："那是一场恶梦啊!"哈老爹还感慨道："我们也算做一回人!青年的时候在地狱中过去了,到现在老了,一个大字不识。你看现在的青年带着枪,扎着武装带,抬起头来挺着腰,有多么威风,有多么幸福!唉!我们在地狱里住了一生,没有老天爷的□□,没有做人的幸福。四月革命成功了,督办把我们的眼睛拨开了,使我们重见天日,给我们带来了幸福。可是我们,我们已老了,我们不能报效政府,我们每月只是坐吃政府发的六十斤给养面粉,唉!真叫人惭愧呀!"通过这段话,作家便以极简的笔法拉长了戏剧背景的历史纵深,把聚焦于一个上午发生的故事拉长到绵延了十多年的沧桑人生,虚实相间,运思巧妙。

剧作的结尾更是显示出作家精妙的构思。剧本名为《晚了》,何以为"晚"?读者一直不明就里。直到结尾处,大姐和沙迪克被捕,作家才肯"破题",告诉我们何以"晚了":

大姐:(跪在地上)"我再不——"
沙迪克:"我再不——"
哈老妈:"贼皮披上了,晚了!"
(秀妹跑上,警察押解众人下去)
秀妹:"什么事?"

①　艮:《渭干河畔》,《新疆日报》1942年9月4日第4版。
②　姚艮:《晚了》,《新疆日报》1943年4月8日第4版。

> 哈文良:"来晚了,没看着这场剧!"
> 大姐:"唉!（回头)后悔晚了!"①

　　大姐和沙迪克后悔被敌人收买而为时已晚,秀妹来晚了未能目睹精彩场面,几个角色分别感叹"晚了",读者终于明白剧名《晚了》的含义。这样的构思不禁令人想到丁西林先生《一只马蜂》结尾的破题。仅就此而言,两者或可以说有异曲同工之妙。

　　第三,新疆方言土语中少数民族语言词汇、谚语的吸收和运用。新疆是一个多民族聚居地区,各民族之间,在日常的生活交流中难免会有不同语言——比如维吾尔语与汉语——的交替混杂使用。这种情况直至今日仍然存在。姚艮在作品中就很注重吸收,在此略举几例:

> 晚上,我又和妻在无花果下纳凉,她忽然对我说:"——你知道吗?南邻的老巴依又抓'洋哥子'了。"(《无花果》)

> 老巴依在门槛上坐着,她倚在门后张望着,人们走来。她便躲了起来,人们走去,她又把盖头掀起来死盯盯的看着⋯⋯(《无花果》)

> 接着一阵"麻虎! 麻虎!"——她说完了默默地看着那无限的蓝天,⋯⋯一阵风似的跑了。(《无花果》)②

> 当你问他们为什么搬家?讨饭?不干活?他们便会泰然自若地告诉你:"老爷!桑子! 桑子、杏子熟了,卡判就可以卖了,逛逛园子,干活作什么⋯⋯"(《四口半的人家》)③

> 为了一板布,关了我的"骚达街",这是九牛一毛,我有几十个呢,只要把档子紧一紧,几板布就找出来了。(《一个"体面"商人的日记》)④

> 秀妹:"以后怎么的,还不是那一套! 我呀! 我就不喜欢大姐。她和沙迪克亲嘴,'卫昂'都行,可是一看见我和你说话呀,就担起老婆舌头来了!"(《晚了》)⑤

> 失掉了羊群徒步走着的牧夫;骑着短腿大肚子马,拿着大头棒、土枪、扎枪、铅枪、钢枪的"巴郎子",他们都是深陷着两只眼,赤着脚,露着肉⋯⋯(《在阿尔泰山上》)⑥

---

① 姚艮:《晚了》,《新疆日报》1943 年 4 月 8 日第 4 版。
② 艮:《无花果》,《新疆日报》1942 年 8 月 22 日第 4 版。
③ 艮:《四口半人的家庭》,《新疆日报》1942 年 6 月 12 日第 4 版。
④ 艮:《一个"体面"商人的日记》,《新疆日报》1942 年 10 月 28 日第 4 版。
⑤ 姚艮:《晚了》,《新疆日报》1943 年 4 月 8 日第 4 版。
⑥ 姚艮:《在阿尔泰山上》,《新疆日报》1943 年 1 月 19 日第 4 版。

　　他挺起来胸脯，戴着大狐皮帽子，骑着大白马驰骋在自己管制下的各游牧上。他觉到自己是一个盖世无双的"智格特"！（《在阿尔泰山上》①）

　　上述摘例，都包含一到两个新疆少数民族语言或外来词语，其中，"洋哥子"意为已婚妇女；"巴依"意为地主；"麻虎"意为好的；"卡判"（今日写作"袷袢"）意为对襟长袍；"骚达"意为商业、贸易；"卫昂"意为跳舞；"巴郎子"意为孩子；"智格特"意为男子汉。

　　此外，姚艮还有意识地吸收了一些少数民族谚语和新疆汉语方言俗语。如《一个"体面"商人的日记》中投机商人所说"斯迪克没剪上羊毛，剪着了自己的手指头"，也是维吾尔族谚语，意即"偷鸡不成蚀把米"、弄巧成拙。《晚了》中哈老爹感慨说："一年只有一个春天，一生只有一个青春！"剧末，哈迪克和大姐向母亲求饶，哈老妈说："贼皮披上了，晚了！""贼皮披上了"是较典型的新疆汉语方言俗语。这些语言都包含着多民族混杂区各民族语言交融中形成的俗语或惯用词语，具有鲜明的新疆汉语口语特色。

　　第四，自然环境的描写。姚艮对新疆的自然风光情有独钟，这种喜爱体现在几乎所有的作品中。在此仅以《在阿尔泰山上》为例，略作说明。

　　无论是行军途中、战斗间隙，还是部队驻扎地，作家都忍不住要为读者描绘一番视野所及的自然景物。在笔者看来，这类描写如一节节优美的散文，就语言而论，可以说是其小说语言最富艺术魅力的部分：

　　由阿尔泰山的雪峰上吹过来凉爽的秋季的早风，镶着金红边缘的美丽的秋云在蔚蓝色的天空上，红黄的霜叶轻轻的落在那已冻了薄冰的河面上。昨夜的小雨和早晨的微寒把小溪边的绿草挂了层闪亮的蜡光，在黄绿交织的绒毯似的牧场上，还藏着寒雨后碎玉米般的雪粒。拖着沉重的肥大尾巴的羊群，嘶鸣的马，蹒跚的骆驼，都在啃着甜蜜的霜草。②

　　作家有时会把自然环境的描写与人居环境的描写融为一体，相映成趣。比如，作家笔下的柯克托海：

　　旧柯克托海是更加活跃了。充满着穿灰军衣的兵士、扎武装带的军官、在街上跑着的传令兵、携着筐子买菜的差遣，持着类刀宰羊的屠夫；在新建筑的大面包炉前流动着扎白围裙，满身涂着面粉的归化姑娘；在靠近河岸埋着的几口大锅前站着煮肉的厨夫；在新埋的掌桩前围着的兵士，掌工和马匹；在各家门口逗留着藉购买牛乳、乳油的机会和女主人攀谈着的兵士。③

---

①　姚艮：《在阿尔泰山上》，《新疆日报》1943年1月22日第4版。
②　姚艮：《在阿尔泰山上》，《新疆日报》1943年1月21日第4版。
③　姚艮：《在阿尔泰山上》，《新疆日报》1943年2月16日第4版。

　　姚㘵对自然风光和景物的描写兴趣与语言风格似乎与所受外国文学的影响有关,小说中夹杂着大量修饰语的长句有着明显的欧化痕迹。作家自述在苏联期间阅读了《铁流》《夏伯阳》等经典作品。这类描写在给读者以强烈的审美享受的同时,还使人对远隔时空的异域环境产生些许"现场(present)感"。

　　第五,追求细节描写的真实性。

　　《渭干河畔》中写到县长用坎土曼挖渠,但是提起来的时候,土却顺着坎土曼的把子流了下来,洒了一脸。只好改用铁锨。这是因为坎土曼挖起的土是向里落的,而铁锨挖起的土是要往外扬的,外地来的汉族干部还不习惯当地的坎土曼。午饭时间,修渠的人们沿着大渠奔向河岸,拿出自己带来的干馕,用葫芦从河里掬出来清凉的水,蘸着水吃着。馕蘸水吃,也是新疆民众的一种饮食习惯。年轻的小伙子们则跳到河里去洗澡,任情地唱着。这也符合维吾尔族民众热爱歌唱的性格。

　　《一个"体面"商人的日记》中,商人吃完抓饭,靠在躺椅上,"真有欲仙之势"。又因觉得天气凉爽,需要"喝几瓶马奶子"。最后被抓入狱后,肚子饿了,只能啃着硬的"锯嗓子的干包谷馕"①。抓饭营养丰富,味道鲜美,是新疆少数民族的传统美食,深受人们的喜爱;发酵过的马奶略带酸味,可调节肠胃健康;包谷馕因是粗粮制成,偏干硬,吞咽自然比较费力。这种真实性还贯穿于小说《在阿尔泰山上》始终。比如小说描写边防军的褴褛衣衫:"士兵们披着那一路上受尽寒风的袭击、烈日的蒸晒、雨水霜露的浸蚀、丛林岩石的棘刺、野火熏烧弄的有皮无毛、缺襟露肘的破皮袄,穿着那各色的靴鞋毡筒,上面补着带毛的马、牛、驼皮,围坐在野火的周围。"②这类充溢着真实感的细节来源于作家的耳闻目睹。第一次阿山事件爆发时,姚㘵就在当地的一个骑兵连做俄文翻译,曾随军征战,一路记下了大量的笔记,这成为他后来创作《在阿尔泰山上》的素材。亲历的经验和目睹的大量细节成为小说最为鲜活的内容,增强了小说的立体感和感染力。

三、姚㘵创作的历史地位

　　对姚㘵文学创作的历史评价必须置于具体的历史环境。杨增新治下长期坚持闭关锁疆,导致新疆孤悬塞外,内地仅一份《申报》可以入疆,且常迟到半月以上。各种文化毫无建树,新文学亦不知为何物。毫不夸张地说,在杨增新和金树仁时期,现代汉语文学在新疆地区完全是一片未开垦的处女地。30年代后期,随着盛世才主政,在苏联共产党和中国共产党帮助下,报纸杂志陆续创办,白话文学开始获得一席之地,一批文学青年筚路蓝缕,开始了新疆现代文学的草创期。姚㘵就是这批文学爱好者中的佼佼者,他创作的以《在阿尔泰山上》为代表的一批文学作品正是新疆现代文学的丰硕成果。

　　第一,姚㘵的文学创作是三四十年代新疆文学的一个缩影,集中、全面诠释了"抗战"与"启蒙"这一双重变奏的主题。启蒙与抗战是中国现代文学的基本主题,新疆文学也不例外。但在新疆,启蒙文学的发生要远远滞后于内地,直到1935年左右才发出迟到的"回声",

①　㘵:《一个"体面"商人的日记》,《新疆日报》1942年10月28日第4版。
②　姚㘵:《在阿尔泰山上》,《新疆日报》1943年1月7日第4版。

并且是与抗战文学同步发生。在之后的发展过程中,"启蒙""抗战"也如影相随。姚艮的创作推崇现代教育,宣传妇女解放,鼓吹女性走出家门,批判买办婚姻,体现出浓厚的启蒙主义倾向。此外,又不断讲述日本侵略者的暴行给中国人民带来的深重苦难,热情讴歌前方军民大无畏的抗日斗争和后方民众的积极支援。

第二,姚艮是新疆现代文坛众多文学爱好者中的"大家"。专业作家是衡量文学发展和成熟的重要参照。但在新疆现代文学发展历程中,前期始终没有形成一支稳定的专业作家队伍。创作者的来源,或是《新疆日报》等报刊的编辑,或来自政府机关、军队、学校,文学创作只是这些创作者业余的事业。他们多偏于一种或一两种文学体裁的创作,姚艮则不同,他是一位"多面手"。姚艮不仅有十余篇译文,包括苏联政论文、托尔斯泰等人的作品,对小说、戏剧、散文均有涉猎,题材丰富,内容广泛。需要说明的是,诗歌虽然是新疆现代文学的"重镇",但即便是当时最知名的诗人,如怒涛、冷血,诗作也仅十余首(其中还包括一些译诗),足见这一时期新疆的业余作者创作体量也十分有限。姚艮虽无诗作,但他对新疆现代小说的贡献巨大。他基于新疆社会现实,用一年时间完成的 13 章长篇小说《在阿尔泰山上》是新疆新文学前期的第一部也是唯一一部长篇小说。这部小说在《新疆日报》连载数月,是新疆文学的大事件,标志着新疆文学前期达到的高度。

第三,姚艮最早在新疆现代文学中塑造了以林基路为代表的中国共产党人在新疆的光辉形象。抗战时期,中国共产党与盛世才建立了抗日民族统一战线,一批中国共产党人陆续来到新疆工作。中国共产党员来到新疆后,遵照延安的指示,不公开身份、不建立组织、不举行党内活动,但宣传抗战、发展和巩固党的统一战线无疑是他们实际工作的核心。中国共产党人为新疆各项事业的发展和进步作出了巨大历史贡献。林基路 1939 年夏至1941 年在库车工作期间,业绩卓著。他大力改革弊政,精简机构,提拔正直可靠有能力的各族官员,惩办欺压百姓的警察,释放被关押的无辜群众;发展经济,废除"包税制";重视教育,修建学校;奖励开荒,发动群众修大坝,这座大坝被命名为林基路坝,至今仍发挥着作用。这样一位关心人民疾苦、为百姓办实事做好事的县长,在姚艮的笔下得以全面真实地再现。姚艮在《四口半人的家庭》《渭干河畔》《晚了》中都刻画了一个务实尽责的县长形象,《无花果》中有一个关爱百姓的区长形象,还有《在阿尔泰山上》中的董光华、杨佩珊等英雄群像。前文已述,姚艮在库车骑兵第三连当翻译时就与时任库车县县长的林基路常有往来,林基路在库车的业绩和精神,给作者留下深刻的印象。

《在阿尔泰山中》中董光华对哈萨克牧民的态度,也体现了姚艮作为一个颇有文化素养的中国共产党人对民族政策的理解。有一次,部队俘获了一个夜袭部队营地的哈萨克牧民哈迪,行军途中,负责看守的士兵把干粮扔在地上,让被捆着胳膊牵在马后的哈迪捡起来吃。董光华看到后,骂道:"谁叫你把他捆上?快给我松开!把你的马给他骑!"然后他与俘虏并辔同行,一路亲切交谈,终至感化了哈迪。对于周围几个不太理解的战士,董光华告诉他们:"政府把武器交给我们,不是叫我们来报仇,而是要我们以武力来感化和教育他们,巩固国防后方需要他们和需要我们是一样的。"[1]我们知道,盛世才标榜的"六大政策"之一便是"民平",即民族平等。如果说这一政策对于盛世才只是一纸挂羊头卖狗肉的空文,那么,

---

① 姚艮:《在阿尔泰山上》,《新疆日报》1943 年 1 月 7 日第 4 版。

对于董光华来说,则是一条身体力行奉为圭臬的信条。当然,由于盛世才治新时期复杂的政治生态,姚丨对林基路等中国共产党人的塑造,只能以较曲折甚至隐晦的方式予以呈现。但我们不难看出,作家通过董光华等人的言行表现出的对于哈萨克族武装及其挟裹的哈萨克普通民众的真实态度,这几乎达到了盛世才文化专制下有限写作空间的极限。

第四,在新疆现代文学发展历程中,中国共产党和左翼人士引领了1938年至1942年文艺的发展,创造了文学的"黄金时代"。姚丨也以自己丰富的优秀的多题材的创作,为此作出了重要贡献。但从1942年8月开始,由于盛世才的政治变色,新疆进入国民党接管和控制时期。政治生态的动荡,带来文学环境的巨变。中国共产党人在负责《新疆日报》时,始终致力于将其建成一块抗战的文学公共园地。但之后,《新疆日报》编辑便宣称今后的方针和计划就是"综合化""杂志化"!要把文艺副刊版面培植成一块"可以游览的园地"。怒涛、冷血、彭荫、翰章等知名作者不再出现,青年学生又重新成为创作的主力,作品虽然仍体现"抗战""建新"主题,但总体而言,文学中的政治热情有所消退,创作也开始转向曲折低回,许多作品回归个人生活和自我情绪。但此时姚丨仍能坚守初心,勉力创作,以《在阿尔泰山上》《祖国之恋》《胜利的明天》等作品,体现出中国共产党人引领新疆抗战文学的一种坚韧的战斗精神。

四、结语

新中国成立后,姚丨长期担任公安部办公厅主任,远离文学队伍,这可能也是他1940年前后在新疆创作的各类文学作品尘封历史的重要原因。但是当我们从大半个世纪以前的纸张已经发黄变脆的《新疆日报》等报刊一页页翻去,找出姚丨埋藏在其中的一篇篇作品,拼出一张姚丨创作的完整拼图,不禁感叹,他不应该被遗忘,他笔下的一个个生动鲜活的人物形象,他的作品反映的波澜壮阔的新疆社会生活,他在艺术构思方面的才能与心血,无疑都是新疆现代文学丰硕的收获,理应得到我们新时代的礼赞!

旷达历史时空中的"独在"诗魂

——论昌耀

周安华*

摘　要：青海诗人昌耀以高原神性和殉道者情怀,给当代中国诗坛吹来一股强悍而灼热的风,赋予本土汉语诗歌以真力弥漫的锋利质感。长期寓于蛮荒边地,昌耀之诗富有深邃的家国感慨、人生体味与哲学思考,灵活组合的色调意象冷凝而明净,是动荡时代怪诞狰狞的投影,也言说地火般奔突的激情,他以粗犷诚挚的诗式,将个体情感作为叩响读者心弦的鼓锤,表达末路英雄的悲凉与自许的激情,其独特的美学氛围、恢宏的历史幽思、进取的生命态度,闪射着当代诗歌艺术精髓的品格。昌耀对爱与恨、苦与乐、生与死的品咂,映现着诗人鲜明的主体情志和人格理想,是自由心灵对客观世界的溶解和拥抱,他对荒原、阳刚之美、铜锣钹深挚而痛苦的恋情,复合着个人和社会双重的忧患意识,是裸陈于苍穹下骚动不安的灵魂的写照,尽显一位智者忧虑民族未来的悲剧意识。在邪恶与美善的角力中,昌耀描画心灵蒙垢、黯淡而又重放异彩的历程,探寻生命永恒的蕴含,参悟着历史列车运行的真谛,最终完成了灵魂的询唤与救赎。

关键词：历史时空；独在；诗魂；昌耀

　　2000年3月,青海诗人昌耀的生命戛然而止。然而,在猎猎招展的中国当代诗的旗帜上,昌耀绚烂的高原神性和殉道者情怀犹在——从高原那"疾去的蹄声",从"与激流拼命周旋"的皮筏,从"先驱者的雕塑"、"块垒峥嵘的个性",人们时时感到这位隐忍而酷厉的诗人有声有色、可感可触的存在。昌耀以其独具美学品格的抒情诗作给当代中国诗坛吹来一股强悍而灼热的风,展开一片奇崛刚劲的沃野,点化出严酷而旷达、中原与边关汇合、古代与当代贯通的静默世界,赋予本土汉语诗歌以真力弥漫的锋利质感。

　　的确,还没有哪个如此痴情而执拗的诗神膜拜者,就着坎坷不幸,蘸着泪血希冀,二十多年,在祖国最不起眼的荒芜一角,耕耘不图收获;贡奉不思酬答,昌耀以全部的生命蕴涵在青藏高原诡异无垠的纸页上,写下属于开拓者的风骚,赤子的诗情,掺杂着悲凉的期待,交织着欣悦的忧伤。鹿角,铜锣钹及土伯特女人……诗人背倚大西北寥廓的天空大地,面

----

　　* 作者简介：周安华,山东大学特聘教授、南京大学文学院教授,主要研究方向为电影与传媒理论、中国现代戏剧。

对画页般叠映的时间更替和生命沧桑,真挚地向我们叙述智者对自然奥秘的追寻探索,他深邃的家国感慨、人生体味与哲学思考,关于燃烧的冷雾、关于希望的幻船;关于深埋地层的琥珀,善与恶的角力,关于净土、断崖、偶像……是,这是昌耀。灵魂与诗熔汇成一条金河的昌耀,生命与信念铸就一组和谐音符的昌耀。坚毅、沉雄、潇洒。峨日朵雪峰虽然辛涩、凛冽,啜饮她乳汁的诗人却如饮温热可人、沁人心脾的甘泉。走进昌耀的抒情世界,那潜动在清新的塞外风情下的机敏和灵性,那来自戈壁的博大而细腻的情思,那深沉而天真的品格,那扑面而来、灵活组合的色调意象,似潮汐般冲刷洗涤着我们的心堤,使人无法平静,为眼前神奇的景观晕眩、慨叹、倾倒!不禁想起站在青山的这面坡仰天长啸,一吐发自肺腑的欢悦,谛听旋荡在苍山云海、大河漠野高亢肃穆的回声……

这就是戈壁诗人昌耀。青藏高原上的昌耀。

一、深沉昌耀:冷凝与明净的抉择

昌耀的生命和诗是悲怆而崇高的。

昌耀不是张学梦、骆耕野式的长于理性思考的思辨型诗人,也不是梁上泉、晓雪那类清音轻唱、明朗柔婉的垄原歌手。由于严峻的戈壁生活加给他无情的精神折磨,因而有相当长一段时间,他没有诗,不能有诗。历史曾剥蚀了诗人纤巧华美富于理想的情思,劫难粗糙了他真挚甜润的歌喉,他被命运挟裹到人间的底层。于是,在非诗的境遇里,在茫茫雪原上,昌耀获得了神启。我们从他炽烈音流中,会不经意地听到一两声尖利的变音,仿佛昭示危难与不祥;而在诗人勾勒的春天温暖妩媚的画景上,也总叫人感到几许透彻的寒意,顿悟"暮色渐浓"。由这里,凸现出他特有的昌耀式的深沉:冷凝与明净的交融。具象的明净、情思的冷凝构成昌耀抒情诗独异的美感层面,参差错落的意象暗示再现了诗人在忧患中成熟的艺术品格。因而,读昌耀的诗,就像吃干酸莓果,你得用滚烫的舌融解,一点点吮吸,才能品味诗人内心奔突的酸甜苦辣。

炼狱的岁月毕竟太凄惨了,以至于诗人在经过几番透彻的灵魂肉体洗礼之后,就像自己"沉默的伴侣"(马)一样,"似乎/叱咤也不复使它抖擞,/雷霆亦不复使它感奋"(《山旅》)。那段扭曲的社会奉与他的不是通常的艰辛委曲,而是真正失去丝毫盼头的绝望,是打在心叶上的烙印。他和自己居栖的"赭黄色的土地"一道,经受了"最沉重的爱情的磨砺"。那是"疯狂的一瞬",是"破裂的木筏划出最后一声长泣"的痛楚,是奇寒天"雏鸟/在暗夜里敲不醒一扇/庇身的门窦"的战栗(《慈航》),是"大海冻结了……小船深深沉落于涡流的洼底"的恐惧(《生命》)。感知世事,心宇倾斜,从血色黄昏诗人那苍凉的境遇,看得到动荡时代怪诞狰狞的投影。

然而,昌耀并未沉沦。他依然深情而执着。血是热腾腾的,心脉嘭嘭有声。信念像一轮明朗而凝重的秋月,生命在与严酷境遇的摩擦中爆出片片火花。他不会沉沦,因为——雄伟挺拔的巴颜喀拉山系不会沉沦,莽原上山野民族古朴的爱不会沉沦。土伯特人的胸怀是温热的,这是遭难者生的彼岸,这是流浪者最终的归宿。一方净土,给昌耀孤苦的灵魂以净化和超度。边陲的雪山冰峰,"情意胶粘的乡土"以旷达,筑起诗人信仰的坚壁;瀚海、柴达木热风和流放者生涯重塑了诗人的性格、体魄。于是,江南故土赋予他的柔弱外表与缠绵悱恻的情怀不见了,他成了一个与"昆仑的雄风"相称的大碗喝酒、大声谈笑的青海人,成了一个永别了篙橹和芭蕉林,纵马戈壁的地道的北方汉子。他捧着"粗放不修的诗页",沙哑地虔诚地吟诵着高原贫瘠、苍凉、广袤的土地,抒写着他对"那些占有马背的人,/那些敬畏鱼虫的人,/那些酷爱酒瓶的人,/那些围着篝火群舞的,/猛兽的征服者"崇敬与依恋之情。他那为苦涩人生的乳汁所养育、为严酷且充满魅力的戈壁生活所冶炼的诗魂,紧紧依偎着群山环抱中被偏见冷落了的绵绵荒原。

昌耀领有的地平线是辽远而迷人的:亚细亚大漠,喧嚣的黑河,大坂与雪线,林中石斧的钝音与弓弦上骨镞的流响,弃绝姓氏的部族,天火与鹰,山神的祭坛,寂寞的雪豹与多彩的流风,落日下消散的吆喝,披红的征鞍,运动的地幔与生命的晕环,古堡,青春,一瓣足迹,焦盼幸福的眸子,逶迤而去的钢铁的轨道……

因此,诗人那一管被牛粪饼熏烤过的芦笛粗犷而雄浑了:那地火般奔突的激情,那巴颜喀拉横卧东西的力度,那徐徐移动的旋转音流,那荒僻的自然和雄奇悲壮的人生构成的历史节奏……

你得承认,这是一种不同凡响的气韵——西部的,苍凉的,进取的,戈壁的。诗人把青藏高原拙朴的山原作为耕耘开发的田野,将灵感的触须伸进绵延的岁月,从过去、今天、未来的交界处提炼明净的意象,描摹山那边的欢乐、寂寞、壮美、忧伤和慷慨。古丝绸之路豁达融通的流风,灌注昌耀诗以探险者的豪气和独具一格的自信,马蹄耕耘的雄迈带给他放眼天外的视界。他以饱含追索的辛酸捕获希冀的欣喜,以真切的情感体验为青藏高原塑造着温暖而奇伟的形体,为西北,为淳厚善良、怀揣美好向往走向未知的各族儿女唱着心底涌出的歌——犷悍、冷凝、深情的歌。

昌耀复合色调的深沉诗风,既是苦难人生给他的馈赠,也是他对观念中的抒情意旨悉心领悟、执着叩求的结果。命运之神使他选择了高原风情,选择了粗犷诚挚的诗式,智慧之母却教他拒绝简单直露的比兴和鼓动意味极浓而又颇土气的西北调子。昌耀始终在意"革命",刻意于富有抒情蕴味的诗美追求,始终将个体情感作为叩响读者心弦的鼓锤,力图让人们在丰富多样的情感体验、映照中获得哲学启迪,获得美感享受。《草原》所写的是"……新月,萌生在牧人的/拴马桩"的宁静夜晚。一切都充溢着静谧平和之美。然而,此刻在诗人内心世界被唤起的是怎样一种情思呢?

夜牧者,/从你火光熏蒸的烟斗/我已瞻仰英雄时代的/一个个通红的夕照/听到旋风在浴血的盆地/悲声嘶鸣……

是刀戟相撞,杀声震天的生命之搏!是静与动,客观景物与内心感受的浑然一体。

昌耀深深懂得抒情艺术之根本,在于自我的确立。因此,他从不过分专注客观事物本身的形态、魅力和色泽,以便于将自己想象的翅膀牢牢捆扎在戈壁生活的风帆上,而是以最大的耐心和敏捷苦苦扫描滑过心屏的每一份隐秘的微毫的却富于新意的情思、每一个石破天惊的意象。他执拗地坚守着抒情诗的操守,对生活对主流对"真理"保持一定距离静观、凝视,以求排除具体琐屑的肤皮,获取"自我独享的印象"。内在世界是昌耀生活和艺术的交融点、升华点,客体对象则是他主体心灵之象征与外化,染有他自身的美学气质和人格风采。从《草原》所勾勒的诗境，人们触摸到的正是诗人英雄末路的悲凉，空怀壮志，报国无门的深切忧思。"通红的夕照"、"浴血的盆地"和旋风的"悲声嘶鸣"表达的正是诗人潜意识层面献身的渴望和自许的激情。

在昌耀作品中，大自然与诗人内心是充分和谐的。与其说像有的诗评家所云，是"大自然向人的心灵空间和历史空间延伸"①，不如说，昌耀心灵空间不断营造着"拟自然"的神奇景观。现实嬗变的每一款步履、每一声喧闹与叹息，都在诗人主体的琴弦上变幻出无比奇妙、悲悯的诗行。

在这里，我们看到了一种比获得高原人强健的体魄更令人着迷、惊喜的东西。这就是——那种大诗人、大哲学家的素质，那种令人惊异的超越地域和时代的悟性、透视力以及化腐朽为神奇的卓绝才情。

的确，你从朝圣者"在银楼耸动的玻璃墙看到自己耸动的形象／显示了另一种圣迹"的描摹（《圣迹》），从"深深的山谷／旃檀树不朽的十万叶片有十万佛的鼾息吗？"的询问（《古本尖乔——鲁沙尔镇的民间节日》），从"我是历史的回声"，"我们从殷墟的龟甲察看一次古老的日食。／我们从圣贤的典籍搜寻湮塞的古河。／我们不断在历史中校准历史。／我们在历史中不断变作历史。／我们得以领略其全部悲壮的使命感／是巨灵的召唤"的思考（《巨灵》），所看到的决不是偏安一隅的怡然自得或不思奋进的浅尝辄止，而是一种"上穷碧落下黄泉"的韧性探求，一种对生命、历史、自然和社会本源、真谛融会贯通的直觉。

昌耀当然不是一个"小家子"，而是真正有现代风度、拓进精神和人类意识的诗人。在他颇具威仪的丰采上，我们看到了雪原与大漠的哺育、空旷无所阻隔的紫外线的熏陶，也看到了使他得益的宏大抱负、对东西方诗文化的努力汲取以及他看似木讷却不乏聪慧的天性。固然，大风范、大气度，"穆然肃然纷然杂然整然的宏观大境界"的获得并非易事，但是，我们从昌耀诗中的确可以感到那种突破了传统新诗框架和惯常思维模式的态势，那种具备了非凡的想象力和灵活自由的抒情视角而不使人感到狂浪、突兀的本体气性。无疑，昌耀诗所领有的独特的美学氛围、恢宏的历史幽思、进取的人生态度，体现的是一种当代诗歌艺术精髓的品格。在他那饱经失望与希望、贫困与富有之后，以冷峻的历史目光打量周围一切的仿佛哲人似的抒情形象背后，人们总能看到一束虔诚的信仰之光，体味到融冰化雪的人性的温热和充满着青春气息的纯情力量。举世闻名的青藏高原是戈壁诗人昌耀艺术透视的中心，但他从不拘于高原贫穷刚健的风物人情，而始终取浪漫的姿势眺望着天边外：乌篷船、白果树、夜光杯的故乡、石臼港……风云变幻的现实人生是他用心灼照的对象，他却不时地往逝去的天国遨游：泥盆纪，鱼贝和海藻的精灵，残缺的篆字，壮士与美人一去不返及古帆船的追怀，日月的谶语……

诗人在偌大生命空间启动机智，抖展自由的联想，从而使自己的诗作获得了空前幽深蕴蓄的美的感召力，获得堪与舒婷、北岛等人媲美的冷凝和明净交并的现代性诗魂。倾斜的天宇、飘浮的冰排、西羌雪城、万千条挽动经轮的纤绳、紧握刹绳的唐古特车夫，走向绝域的司机、迎亲使者、燃烧的树、潜伏达旦的猎人、剧院前庭的女歌星……似乎都在昌耀古铜色的诗页上领有新的生命、意志和蕴涵，为他那睿智的笔锋所点化：复活了，升腾了。于是，

---

①　任洪渊：《当代诗潮：对西方现代主义与东方古典诗学的双重超越》，《文学评论》1988 年第 5 期。

在这种真诗的感觉里,我们隐隐约约触到了诗人现代风度、人类意识的内在因子,即:那种深邃悠长的历史意识,那种由生机盎然的奋发精神和永恒绵延的历史景观碰撞生成的悲剧感、生命感和史诗质,那种能把一切抒写对象纳入自己情绪轨道的思辨能力,以及那种融叙事、抒情于一体,熔崇高与悲戚于一炉,化历史、现实、未来于一瞬的整合的高艺术情趣。

这是昌耀式的深沉,也是戈壁诗人昌耀诗的魅力。

二、苍凉昌耀:严酷人生的况味

你倾倒着白色的水流,/象仙乳从云端泻下,/象群山顶上积雪倾塌,/又象朵朵白云涌下山岗……/你跳下千百丈的悬岩,/在深深的谷底下旋转打滚,/又变成碧绿碧绿的溪水/匆匆地匆匆地流向远方……(晓雪:《黄果树瀑布》)

这是50年代诗人典型的抒情方式:清丽、柔美,纯客观的描绘,有些浮泛的热情。火热的新生活唤起了诗人们无限美好的憧憬和进取的崇高感。在他们眼里,自然风物美得纯净透明,新生的祖国散射着油画般迷人的釉彩。诗人们用近乎粗朴的诗歌技巧描摹着新生活。

然而,昌耀是别致的。他走上诗坛伊始,就表现出与众不同的个性。同是1956年多雪的秋天,当诗人晓雪在《黄果树瀑布》一诗中唱着热情温柔的黄果树之歌时,诗人昌耀《鹰·雪·牧人》却展示出一片灰濛濛的冷色:

鹰,鼓着铅色的风/从冰山的峰顶起飞,/寒冷/自翼鼓上抖落。/在灰白的雾霭/飞鹰消失,/大草原裸臂的牧人/横身探出马刀,/品尝了/初雪的滋味。

冰冷的苍穹,冰冷的意象,冰冷的剪接,冰冷的情怀。你看不到些许暖色,听不到直抒胸臆的吟诵,整颗心却被打动了,那力度,那雄悍,那沉重的搏击和隐约的气概。遐思是悠远的,感触是严峻的。诗人并不避讳"铅色的风"、"灰白的雾霭"这样一些色调不甚明朗的语词意象,甚至在他笔下,英武的牧人也因品尝了"初雪的滋味"而带有几分感伤。但是,就因为这些,诗的深度大大加强了,美从诗人那近乎严酷的真情实感中冉冉升起。

《黄果树瀑布》和《鹰·雪·牧人》,前者呈示了明快的自然之秀,后者展露了复调的人生之美,二者各有所长似乎是不言而喻的。但是,对它们加以深入对比就可见出,昌耀诗创作一开始就背离了时代潮流和抒情诗艺术的常规思路,以一种失去了"蜜一般的感情和歌声"的凝重踏上了十分崎岖坎坷的登攀之路。它自开始就把意象的点抹、情境的创造和美感的发掘作为自己艺术创作的路标,矢志不渝,孜孜以求。这种颇有些先知意味的对现代格调的趋就,虽然非自觉非理性,却透露了昌耀作为戴望舒、徐志摩式的美文派诗人表现的才干,也透露出一个涉世未深的青年对未来生活的坎坷不平,敏感而清醒的顿悟和预见。

《鹰·雪·牧人》问世未久,昌耀就在政治风暴之下落寞了,作品中最后一点潮红渐趋褪尽,那牧童似的甜美歌声从此与诗人无缘。昌耀的诗更冷,更洗练深幽,人们从《踏着蚀洞斑驳的岩原》《风景》都能真实感受到诗人心头飘浮着的浓云、苦寒。凌厉生活磨炼着他的意志和体格,也磨炼着那像隆冬青叶一样宽慰着他孤苦生命的诗。仿佛一束傲雪红梅,他和他的诗在荒岭巨石的夹缝中顽强伸展。

昌耀 60 年代中期以前的诗作,常常闪现出诗人对爱与恨、苦与乐、生与死的深切品咂。诗人眷恋至深的是戈壁淳朴、奇诡的土地。这是受难者对庇护着他的荒原山洞的由衷感激,是受难者对支撑着他人生信念与创造诗情的民族"母亲"的亲昵贴近,是混合着期待和悲哀、包容着解脱和困苦的青藏高原的回声。《筏子客》写"当圆月升起",横涉激流,"一个托举着皮筏的男子/走向山巅辉煌的小屋",显然可以看作诗人情感指向的自喻和自白。无疑,我们从诗人所描绘的自然与社会画面上所看到的,不仅是恬静深沉的美,而且是强悍洒脱的美;不仅有新生的欣悦,而且有不能自抑的忧伤。诗人为柔情和迷茫浸泡的诗页,"象一张张光谱",扫描着青藏高原无垠的荒甸——"这夜夕的色彩/这篝火,这荒甸的/情窦初开的磷光……"(《荒甸》)。你看到肃穆与悲壮,那是教人"难于忘情"的青海的高车,"从地平线渐次隆起"、"从北斗星宫之侧悄然轧过"(《高车》);你看到雄奇,那是"老鹰的掠影",在寸草不生、"蚀洞斑驳的岩原"上,"遁去如骑士"(《踏着蚀洞斑驳的岩原》);你看到苍凉,那是"一匹跛行的瘦马","一步步落下的蹄足","沉重有如恋人之咯血"(《踏着蚀洞斑驳的岩原》);你看到勇毅,那是雪峰的征服者,薄壁深渊,"指关节铆钉一样揳入巨石的鳞隙。/血滴,从撕裂的千层掌鞋底渗出"(《峨日朵雪峰之侧》)。诗人笔端升起的是高原崇高、悲凉和坚毅、坦荡的形象,是诗人普罗米修斯式的与命运抗争的不屈情怀。与诗人共存的大漠的生灵,是凛冽的风、滚烫的沙之造化,也是诗人信念的对象化。高原的水鸟是无畏的,"飞越于浪花之上,栖息于危石之巅,在涡流溅泼中呼吸,于雷霆隆隆中展翅",甚至它遗落的每一根羽毛,都"叫人想起那磅礴的涛声"(《水鸟》);高原的马驹是豪烁的,迎着久违了的主人,孔雀石河堤上,"踏出狂欢的火星","望空傲啸了三声"(《黑河》)。对民族阳刚之气的怀想,对高原上芨芨草一样顽强的生命的倾心,重构着诗人作为血性男儿豪壮的心理空间,也表明诗人在殷殷期待着山河理性意识的复归。

昌耀前期诗作无一例外凝聚着诗人鲜明的主体情志和人格理想。作为当时少数几个获得超脱的飘逸和入世的深邃并将两者巧妙糅合在一起的诗人,昌耀的飘逸表现为无处不在的冷色,他的深邃反映在洞烛幽微的敏感。而它们都是在强烈的个性色彩上交汇并获得真切显现的。如果我们把昌耀的诗作和李季、邵燕祥等人对生活场景进行直接描摹的作品相比较,把它们与郭小川、贺敬之等人带着强烈思辨色彩和理性力量的作品相比较,就会发现:由于特殊的苦难境遇和经历,昌耀在诗创造上是趋奉写意的,是重视自我对题材的升华和改铸的。他十分看重诗歌的个人性,几乎是不经意地把诗同自由心灵等同起来,努力实现着自由心灵对客观世界的溶解和拥抱,努力通过抒写心灵完成对生活经验的阐发。于此,诗人对客体对象表现出异乎寻常的宽容和随意。他常常借平凡而质朴的物象,表达大动荡时代的悲欢、苦乐,诉说一己内心的矛盾、隐衷。比如,从峪口几棵相对默然的老瘦的白杨,诗人体味并传达着生命升腾不息的主题(《风景》);在崖畔一扇窗口和窗口盛开的牡丹中,诗人寄寓着对未来、幸福的深情期待(《筏子客》);透过"奶汁洗涤过"的柔美天空和垄亩般的烟囱,以及雪线旁一匹骒马的睨视,他感受到人的自尊、爱的温热(《天空》);而由太古遗留下的一爿盐泽、几茎荒草,诗人看见希望之船在波影中扬帆,焕发出炽烈的献身的激情(《柴达木》)。

融情于景、景中见情抒情方式在昌耀诗中被娴熟地运用,写透了诗人的内心,使得昌耀的寓意世界成为阐释诗人主观情感的符号、探窥诗人灵魂的钥匙。由是,我们领略了诗人精深、蕴蓄、奇绝、剔透的心绪。与此同时,由于诗人彼时身处社会底层,他以底层所没有的哲学家的深刻和艺术家的敏锐、细腻来体味那苍凉的人生蕴涵,因而他一己思索的结晶——诗作,就不能不跨过个人悲欢的藩篱而走向广阔的历史,他那苦涩的诗情就不能不负载起整整一代人的希冀和梦想,融合许许多多人的遭际和叹息,从而引发读者强烈情感共鸣。我们从"鹰,在松上止栖。我们在松下成长。"的诗句中感受的决不是个人偶发的闲情;同样,我们在深渊"一派嚣鸣","石砾不时滑坡",抒情主人公面临生死考验的图景中品咂出的也绝非挑战者个人的安危。

对部族生活的美学灼照,是昌耀此期诗创作的又一探索和追求。尽管在这些表现少数民族题材的作品中,明净甚至欢快的色调时常掩蔽了沉重与冷凝的情思,但我们丝毫没有觉出它们与诗人整体艺术追求有什么背离。因为,和前面那些作品一样,它们流贯的也是为主体心灵所化的冰雪世界,它们揭示的也是遮蔽在粗陋、豪放不羁外表下善良、天真的高原人活的魂灵,它们传达的也是诗人对荒原、对阳刚之美、对铜锣钹深挚而痛苦的恋情。只是,一切更爽洁,更富动感,更具韵律了。读它们,人们获得的不是关于民族习俗、情致、生活的浮光掠影的印象,而是真正戈壁西部大美之启迪与享受。《猎户》采用白描技法写一次夜中聚餐。青年猎手烤炙野牛头的强健身形,牧羊女娇羞幸福的回首,都被篝火映照得通红透亮,动人无比。这是美好心灵间的灵犀相通,是力与美、阳刚与阴柔完美的化合。油烟照亮的是猎人手腕上精巧的手镯,透过它你不难想象草原夜幕下发生的许多甜蜜而意味悠长的故事,感受到粗犷豪烁的马背民族蕴蓄细致的心,进而发现诗人逆境中对自由和幸福孩子般的憧憬。《酿造麦酒的黄昏》写"酿造麦酒的黄昏",炊烟、巷陌、风儿都醉了,视界所见,一派迷离的雾濛濛的醉情醉意。在这般诗意空间,一幅动人的情景展开了:

河岸上,雪花是红的。/扎麻什克人迎亲的马队正在出征。/向着他们颤动的银狐皮帽,/冰河在远方发出了第一声大笑……

何等强烈的视觉效果!喜气映红了雪花,喜气飘起了狐帽,更豪迈是那冰河的第一声大笑,扎麻什克人的全部性格和欢乐都被它传递殆尽。只有九行诗,乐天民族的迎亲场面就被渲染得可嗅、可闻、可见,壮美无比。诗人卓尔不凡的才气确实令人称道。

三、生灵昌耀:让自我融入历史进程

进入新时期,诗坛的演变分化十分迅捷。从中老年诗人带着哀痛吟唱的归来者之歌,到青年一代创作的以朦胧诗为主体的新诗潮叛离众好、强调自我价值的反传统美学观,再到"把诗看作完整的生命形式"的第三代诗人反理性的追求……新诗艺术沸沸扬扬,匆匆忙忙走过了不算辉煌却颇为壮观的历程。

在诗坛无间歇的躁动之中,昌耀无疑是个颇特殊的存在。从年龄和遭遇上看,他应该是属于"归来者"诗群的。共同的心灵创伤和苦难生涯以及对五星红旗升起的美好记忆,使他很容易与归来者们找到感情的共熔点，从而凸现出彼此相近的诗美品格。但是，从昌耀复出后的诗作，我们竟找不到这种理所当然的相似性，相反，我们在他诗歌的精神蕴涵和总体气蕴上，却时时惊奇地发现与新诗潮所追求的审美品格极相似的东西：那冷重的人的主题，那以相抗衡来实现相统一的矛盾心绪，那复合着个人和社会双重因素的忧患意识，那依赖于意象之间的跳跃来隐喻的空间感，等等。在我看来，昌耀与新诗潮颇具戏剧性的"不约而同"，其实是必然的。他走上诗坛就以蓄满主体性意旨的冷凝而明净的诗性昭告了他的追求，而二十多年的悲剧命运又大大深化了他的人生感受，他不会趋时附势，他只能在既有空间、在神启似的先锋派诗歌氛围中实践自己恢宏的生灵之思。

应该说，戈壁诗人昌耀是具备年轻一辈诗人那种天生的颇有些神经质的郁愤性格和不拒八面来风的现代意识的。他的心总是灵敏地测出"当代呈示的生活流向与社会心理背景"，他总是对"传统断裂之发生、审美视点的位移"给予怂恿和鼓励。对这种自由开放的心态的把握是我们理解昌耀诗之现代精神的基础。十分显然，随着现实斗争意识的消亡而带来的自由向度、顺应历史规律的自觉明智，昌耀复出后的每一首诗、每一行诗都力避创造意识的"疲惫"和情感诗意的钝化，而显示斑驳多姿的生命绿色、生命光辉。

"融入历史的进程"[①]，是昌耀的艺术信念，也是他新十年的追求。

昌耀新时期作品给人印象最深的，是那突破了社会禁锢和自我封闭，裸陈于苍穹下的骚动不安的灵魂，那对民族未来的深切关注和忧虑的悲剧意识所呈现出来的崇高美。贯穿在昌耀诗中的骚动与忧患，是以观照自我来观照社会、以表现个体来辐射家国的。它是一缕庄重而悲怆的思绪，是一份对历史、山河和大众的挚爱。正是它们使昌耀新时期的诗游离乃至悖离了饱经沧桑的诗人常有的世故油滑，而表现出民族精魂的品格和年轻而真诚的气息。

昌耀不是天生的忧郁症患者。在那充满希望的晨曦，他也留意过车轮"旋转着健美的圆弧"，狂恋于"线条明快的旋律"，渴望像一条飞鱼，"去追逐蓝天的帆影，去追逐未知的世界"（《车轮》）但是，诗人不理解遗忘，不习惯麻木，个人遭遇的不幸使他总要想到国家民族的兴衰安危。他总要"不时展示状如兰花的五指，朝向空阔弹去——触痛了的是回声"（《慈航》），而弹回来的是哀伤、疑惧和愤激。像梁小斌、北岛、顾城一样，诗人的心在不安宁的渴望中蠕动。

是的，回首关山，满眼锦绣，但沉思的诗人不能不感到惊悸："夕阳里覆满五色翎毛，/——是一座座惜春的花冢"（《慈航》）；山腰，被人遗忘的土高炉，路口，空有半堵颓垣残壁的哨亭，无不勾起诗人"种种悲烈的情思"，他意识到生命和历史的严峻：

> 我们会有自己的里程碑。/我们应有自己的里程碑。/可那旋涡，/那狰狞的弧圈，/向来不放松对我们的跟踪，/只轻轻一扫/就永远地卷去了我们的父兄，/把幸存者的脊椎/扭曲。（《划呀，划呀，父亲们！》）

由此诗人不能幸福和安逸了。在理应沉醉的时代，他大睁着灵魂的眼睛，仿佛看到

---

①　昌耀：《以适度的沉默，以更大的耐心》，《诗刊》1988 年第 5 期。

当年——

　　　　自己与砂灰草浆/凝固在这壳体的两抹带血的掌痕,/那里分明有一个服役的苍头,/朝天捧举的良心……(《山旅》)

　　新时期的现实生活在诗人心底唤起的感受是奇特的,它给久经磨难的诗人以深情的抚慰,却无法面对诗人的赤诚隐藏起花团锦簇下的忧患与危机。由此,昌耀诗中客观生活的沸腾火热和诗人心灵中苦痛记忆幻化出的严酷情景,构成一种鲜活奇异的对比色,我们只感到相互抗衡的诗意情绪在心扉上哗哗有声的拍击……只感到一种悲剧感在岁月之野缓缓上升。

　　预见到未来坎坷与牺牲的浓郁悲剧感,希图唤起的不是无望的悲哀,而是进击的沉雄。因为,搏动在诗人胸膛的"忧心",本身就是有所作为的乐观心态烘托下的"忧心"。诗人不会,也没有踯躅——他把相思留给那列华灯中,"一团燃烧的冷雾",润湿那"曾经铁血淬沥的铺砖"(《广场上的悼者》);他一遍遍叩响虚空中的回声,听着"失道者败北的消息",让早慧的孩子们记住(《慈航》);他用古铜色的云彩描述沉默的马,让它那失落荒草的思索、悔恨,给历史以如镂似雕的启悟(《山旅》)。

　　这里,忧郁色调已与崇高颜料重叠,苍凉的悲剧感和神圣的使命感吻合,一个富有丰厚精神内蕴的情感磁场形成了,它是来自现实的忧虑,也是不甘于忧虑的追求;它表达着个人的困惑,却传递着时代的复兴与艰危。我们从"象一个/七十五度倾角的十字架","稳住了支点","牵引身后的重车"的雕塑(《雕塑》),从"火红的山楂"剪作的一串甜蜜的蓓蕾(《卖冰糖葫芦者》)便理解了诗人"总要坐卧不宁"的内心焦灼;从《慈航》《湖畔》渗透肌肤的激滟真情,从《节奏:123……》温柔的鸽群、归帆、飞碟、星,便悟到了戈壁诗人昌耀对生活的笃诚和肯定。

　　由现实所唤起的内心崇高而痛苦的骚动,由骚动点燃升腾起的对时代、未来勇于尽责的自许的激情,构成昌耀回旋跌宕的抒情格调,也构成昌耀抒情形象极其蕴蓄复杂的心象世界。隐隐的深沉的爱表现为过敏的疑,沉淀着欢悦的欣慰体现为痛切的焦虑。昌耀诗中的情感变格显然是对当代西方诗歌艺术的学习借鉴,却更加圆润深幽,真正吐露了以内心观照为主要特征的现代诗歌艺术借以打动读者的那种背离美、多味美、复色美。

　　"求索命运怪异莫测的流星",是昌耀新时期许多作品反复表现的主旨,是昌耀抒情诗一个极有价值的侧面。这些诗,对灾难的岁月和辛酸的往事进行了充分的反思检索,从中展示人性的美丽与邪恶,探寻生命永恒的蕴涵和意义,显示了诗人对历史的深一层思考。

　　作为社会、历史、灵魂的拷问,《慈航》和《山旅》是饱蘸着诗人的人生忧患和痛苦经验,凝聚了诗人毕生希冀与幸福的作品,是诗人心灵的"慈航"和"山旅"。它们记录了从人性的极度扭曲到人性的超然复归,再到生命真谛的全面参悟之充满着传奇意味的整体心理进程。《慈航》对劫难的反思可谓触目惊心。横卧在气象哨顶的风向仪,在归来的抒情主人公脆弱的脑皮层竟幻化为一支可怖的"安详的箭镞",看起来荒唐可笑,似乎主人公过于庸人自扰了。但是,这"不经意的"一笔却深刻揭示了那个年代,精神与肉体围剿所带给人们的惨痛的心灵创伤。当然,这还不是最可怕的。最可怕的是与人类的隔膜、对自身属性的疑惑："那在疏松的土丘之后竖起前肢/独对寂寞吹奏东风的旱獭/是他昨天的影子?"那"带箭失落于昏溟的大雁"、"手持石器追食着蜥蜴的万物之灵","是他昨天的影子"? 一个有文明教养的高贵生灵——人,竟时时怀疑自己乃无所归依、惊魂不定的兽类。抒情主人公的内心分裂,他的被逐出人类圈的辛酸悲哀是一望可知的。诗人将极其怪异反常的现象不露声色地摆置在自己的诗页上,摆置在人们对美好人性、理想社会的神往渴望中,使读者从合理中看到了不合理,从瑰丽中感知了丑恶。当抒情主人公终至于踅身于"猛兽出没的林莽",终至于像夕阳里,"飞动的鹿角/猝然倒仆……",我们的心中升起了一种历史的悲凉与惆怅。

　　诗人从不囿于对个人精神变异的痛苦咀嚼,从不囿于个人所受的精神苦刑,而是由个人的体验引发出对人类、社会和历史命运、生存状态的多层次把握和传达。诗人明了:"青春只与红颜作伴",自己明天也将"翻然白发",但"寄存在这大山之后的记忆,却不纯是属于我个人的文物"。因而,他执拗地启开"心灵锈蚀了的泉眼",透过那些阴暗的故事、镀金的骗局,那些冷酷的纸帽、癫醉的棍棒、嗜血的猫狗……追踪"将鸣鸟和西天的羊群一同裹挟"的横扫温情、仁爱、自重的妖风,捡拾那些被席卷殆尽的个人尊严的落叶。诗人的情思是沉重的:

　　　　啊,是谁说/时势造英雄? /分明又:英雄主宰生灵万物。/从秦陵墓坑/始皇帝地下操戈的兵俑……我看到个人权欲骄纵无度。(《山旅》)

　　由个体掌握亿万人的命运,透露着一种非理性、一种荒谬、一种畸形。它是我们这个失控的星球曾出现的一道惨烈月食,也是我们民族可悲生存状况的无情检讨。诗人对"文革"时代作为人的生存处境感到了深切悲哀,他才把阴冷与惨淡的生命色彩全部抛洒到世情人生的画面上,以表达自己对改变人的怪诞境遇的无限希望。

　　如果昌耀仅仅停留在上面这种不乏深刻的历史叩问上,那么,他的反思就未免显得单薄了。一味地揭露血脓淋漓的疮疤必然使失重的心理更趋失重。值得欣慰的是,在鞭笞玷污人性的历史浊流的同时,昌耀就在《慈航》《湖畔》《雪。土伯特女人和她的男人及三个孩子之歌》《烟囱》等诗中,深情地抒写了山那边质朴、纯净的鲜活生命。是的,这是土伯特人、扎麻什克人的部落,"被称为荒蛮的一角","野性的土地","大山崚嶒的体魄/和逼人的寒光/填塞了这一方的半边天宇"(《山旅》)。是的,这也是遗存着人类所有美好品德、人情风致的神话般的世界,一个尽善尽美的近乎原始的和平之域,一个未被环境污染的世外桃源。在这,从"以手背遮羞的处女",献出护身的香草为遍体流血的受难者裹伤救治,人们看到了毫无矫饰的纯洁、无私;从土伯特老人临去天国之际对爱女和家族殷殷的叮嘱:"他是你们的亲人,你们的兄弟,是我的朋友,和——儿子!"人们看到透露着真挚的宽厚、仁慈;从她"将红绡拉过肩头"的深情暗示,从黄昏里放射的银耳环,看到了珍贵的爱情、献身和人际的信任……高山草甸拙朴的民族,使人重又获得了人的自尊,使人重又获得了土地、劳动、欢愉,获得了美与善的憧憬、力量与胸怀的验证。于是,那个"躬着背脊,小心翼翼"踽行的"亡命徒",那个曾蜷缩在陶器作坊里的流浪汉,终于能挺直身子,以人的自豪与自信大声宣告:"我是织丝的土地。我是烈风,天马与九部乐浑成的土地。"(《旷原之野》)一个健全的大写的人霍然站立起来了。

这是戈壁的精灵。昌耀在邪恶与美善的角力中,描画一颗心蒙垢、黯淡而又重放异彩的历程,在历史严酷的天平上估量它倾斜与失重的社会悲剧。正是通过对于人性得而复失、失而又得的玩味默写,诗人探寻了生命永恒的蕴含,参悟着历史列车运行的真谛。反过来,对人性现实状态的考察又进一步加深了诗人对生命本质的领会。

诗人在更高一级的社会历史发展命定论中找到了历史恒变的启示:"一切无可抗拒。/一切无可反悔。""那曾使万物毂觫的一声狼的长嗥/原不过是大自然本身固有的律动。"(《赞美:在新的风景线》)阅尽了世间固有的乡俗、惰性和行进,诗人最终认清了生命的不可逆转:

　　　　在轨道和轨道之交织里/欢快的憧憬和艰险的记忆不可磨灭。/工业润滑油的气息不可磨灭。/轨道,和我们对轨道之炽热的追求不可磨灭。(《轨道》)

垫付了二十多年"黄金般的岁华,黄金般的血汗",诗人终于对爱与死获得深层的感悟:

　　　　在善恶的角力中,/爱的繁衍与生殖/比死亡的戕残更古老、更勇武百倍!

诗人谓之"爱",显然是抽象笼统的,正是谓之心灵的奢物、春天的煦风之爱。当一个诗人试图唤醒人们对自己受到漠视的人格尊严与价值予以重新认识时,一颗温馨的爱心就显得柔弱了。但是,它毕竟是诗人数十载含辛茹苦的生命体验的结晶,人生探求的答案,它毕竟以一种理性支柱的威仪,支起过一片即将坍塌的心灵天空,使他不至颓丧,不至坠入空无。在这个意义上,我们愿意给戈壁诗人昌耀甘苦自知的历史觉悟以高度评价。

当戈壁诗人昌耀完成对生命内涵的初步领悟,他实际上已经不觉地进入一个神思更加开放、视界更加广阔的创造境地。诗人审美心理的嬗变是伴随他对数十年来自己反思作品主题、意蕴、情调的再反思而来的。那渐趋唱尽、渐趋失去听众的土伯特之歌,那一律的淳厚、恬静而温馨的帐幕、畜群、牧笛,那在"十年浩劫"心理历程前后比照中灌注的细腻的历史感,在诗人看来,都缺乏深厚的穿透力了。诗人需要更繁复的情绪印证、历史神晤和心理认同。于是,他同那些厌倦了帆影、山风的同道者们向人类生存发展的历史和东方民族的深层内心溯本寻源,着力使诗作走向更宏观、更抽象的艺术把握,也走向超越自我、超越具象的空灵。时空复合于混沌,人、自然与社会胶粘在一起,以感觉性顺序聚合的意象获得了极强的情感张力与延伸力。由此,昌耀作品辐射出更多智慧的光芒和审美的能量。《青峰》《赞美:在新的地平线》《天籁》《放牧的多罗姆女神》《旷原之野》以及《青藏高原的形体》(一、二、三、四、五、六)都体现着这种新鲜的尝试和追求。《天籁》里那洪荒时代喧闹的大自然,生灵跃起、呼号,做着亡命之拼搏,猛士跣足披发而高蹈……正是对人类漫长、曲折、艰辛生命延续环境的浓缩与描述。《旷原之野》在纷乱的意象中,主观化地支起三大宗教流汇之地、多民族生息杂居之域——西疆壮阔的立体景观。在这里,遥远的古代,农垦者的今天,中华内廷,边陲城郭,嫘姐熠熠生辉的织物,铁路岔道口的铁臂,五碑刻、汉五铢钱、行行止止乔其纱筒裙,穆天子西行驻跸……交相浮现,"纵横沟通",五千年西部沧桑在一个横截面共时地呈露着它们隐秘的内容。于是,在对先民生活种种真实体验与想象中,一种复归生命本体的意向黯然滋生。昌耀由此完成了对灵魂的询唤与救赎。

尽管昌耀对人类史全部复杂的经验、对本土民族心理有时还缺乏整体解悟的灵性,还需要从哲学观上去俯瞰,他布满了当代高原生活影像的视网膜对凝聚着深厚族群意识的古老素材、神话传说还缺乏彻底的体贴入微的阐释力,但是,昌耀无疑是大气磅礴、才华横溢的。人们从这位戈壁诗人50年代那些冷色的蕴涵丰沛、情思奇巧的诗作就已看到他超拔的艺术创造力,从他80年代一系列辉煌而隽永的诗意建构,更强烈感受到诗人生命活力跳荡的脉搏。他"独在"的诗魂厚重而清灵,苍郁如莽原,大美似天籁。我想我们有十足理由对昌耀,对这个崇尚自由和美的戈壁诗人,对这位旷达历史时空中的诗坛"唐吉诃德"表达由衷的崇敬。

过程意识的建构

——读程章灿《走进古典的过程》

陈　亮*

摘　要：程章灿先生的《走进古典的过程》是一部融文献学与文艺学于一体的力作。作者在中国古典研究中具有强烈的"过程意识"，即作为研究对象的人物成长过程，文献的生成过程，文本的造作过程，以及观念的锻造过程。过程无疑比结果更为丰富复杂。作者凭借高超的文字驾驭力和深刻的历史洞察力，一边发掘史料，一边发表议论，抽丝剥茧，条分缕析，胜义纷呈，从而揭示了"古典"的丰富过程性，为古典研究开辟了全新的研究范式。

关键词：过程意识；人物成长；文献生成；文本造作；观念锻造

　　程章灿先生的《走进古典的过程》于 2022 年 1 月由广东高等教育出版社出版。此书凝聚了他在中国古代文学与中国古典文献学领域三十余年的研究心血，体现其阶段性的反思与总结。全书展露了作者扎实的学术基础、追求卓绝的学术精神以及对古典文献学深入的独到研究，这些特性与他丰富的学术阅历和严谨的治学态度紧密相连。作者本科就读于北京大学历史系，但一直对文学怀有浓厚的兴趣。他坚持不懈地学习中国古代文学，并于 1983 年考入南京大学中文系，在程千帆先生的指导下攻读研究生。正如作者所述："我现在意识到，也许北京大学当年没有把我录取到中文系，对我今天的发展来说更好。"① 本科四年，他系统地学习了中国历史和世界历史，并提高了外语能力，为进一步研究中国古代文学、中国古典文献学、国际汉学以及中外文化交流奠定了广泛而深厚的基础。

　　该书一方面沿袭文史并重的传统治学观念，另一方面结合书籍史、文化史以及文章学等研究视角，揭示了作者作为研究主体的成长之路。作者对于书名《走进古典的过程》中每一字的选取均有其深远之意。首先，"走进"一词作为书名而非"走近"，对中国古典研究而言，"走近"是远远不够的。"走近"意指接近，仅停留于事物表面，尚未深入内核。对于两三千年中国学术的沉积，学者必须"走进"作品、作家内部，批郤导窾，深度挖掘和展现其文献价值、文学价值、文化价值。其次，"古典"是指作者历经三十余年所研究的中国古典文学与古典文献学。"古典"与"古代"实质上有所不同。"古代"是一个时间概念，而"古典"还蕴含

----

　　*　**作者简介**：陈亮，南通大学文学院教授，主要研究方向为中国古代文学、国际汉学。
　　①　程章灿：《走进古典的过程》，广东高等教育出版社 2022 年版，第 365 页。

了一种经典的意味,"古典文学"和"古典文献"是古代的经典文学和经典文献。"过程"二字也语带双关。"过程"不仅指事物发展所经过的程序,还需要在研究古典时拥有"过程意识"。作者曾在不同场合、从不同角度多次提出在中国古典研究中要重视"过程意识"的想法。所谓"过程意识",主要指作为研究对象的人物成长过程、文献的生成过程、文本的造作过程以及观念的锻造过程。作者转换视角,将中国古典研究与过程意识相融合,抽丝剥茧,条分缕析,充分揭示了"古典"的丰富过程性,为古典研究开辟了全新的研究范式。

一、探寻人物的成长过程

研究人物的成长过程,注重考察这些人物成长过程中的各种人生经历、心理体验以及社会互动,这与我国古典文学批评中的重要观念"知人论世"有相似之处。"知人论世"最早由孟子提出。"颂其诗,读其书,不知其人,可乎？ 是以论其世也,是尚其友也。"①这段话涉及"人"(作者)、"世"(社会生活)、"书"(作品)三者之间的联系。孟子看到了作品、作者及作者所处环境之间的紧密联系。"知人论世"可以分为"知人"和"论世"两个部分。"知人"即深入研究了解作品的作者,既包括其成长过程、人际关系、政治经历,也包括其创作个性、文学修养和审美情趣等。"论世"指的是研究作品与其产生时代的关系。

程章灿先生在篇章《宋刻〈南岳稿〉考论》中,通过刘克庄的仕履和交游经历,以及南宋的时代背景,全方位地剖析了刘克庄的人生经历与时代背景之间的关系。宋理宗宝庆三年(1227)发生的江湖诗案,使得《江湖集》被劈板,名列其中的刘克庄《南岳稿》亦成为禁书。更重要的是,《南岳稿》中的某些诗句,包括《落梅》《黄巢战场》等诗在内,被人笺注为政治讽喻之作,从而给刘克庄的仕途带来很大影响。诗案发生后,不仅《南岳稿》遭到禁毁,时任建阳县令的刘克庄也差点被免职②,整个诗坛也因此几乎噤若寒蝉。1233 年,权臣史弥远逝世后,江湖诗案终于画上了句号。宋理宗亲政,次年(1234 年)改元为端平,这一时期被称为"端平更化"。多年来备受冷落的刘克庄终于有机会重返政治舞台,他的处境得到明显改善,同时诗坛也开始复苏。然而,在接下来的三十多年中,他的对手一再提及过去的《落梅》诗案,寻找排挤他的借口,仿佛这是他政治上的原罪,始终不放过任何打击他的机会。尽管刘克庄晚年的政治地位逐渐提升,但他对曾经遭受的政治打击仍感愤慨不平,同时也对可能面临的诬陷和迫害保持高度警惕。这种心理可以从刘克庄的《病后访梅》绝句中看出:

　　　　梦得因桃数左迁,长源为柳忤当权。
　　　　幸然不识桃并柳,却被梅花累十年。

　　　　一联半首致魁台,前有沂公后简斋。
　　　　自是君诗无警策,梅花穷杀几人来。③

---

① 　朱熹:《四书章句集注》,中华书局 1983 年版,第 324 页。
② 　程章灿:《刘克庄年谱》,贵州人民出版社 1993 年版,第 98—102 页。
③ 　刘克庄著,辛更儒笺校:《刘克庄集笺校》(第 3 册),中华书局 2011 年版,第 578—579 页。

在第一首诗中,刘克庄以唐代诗人刘禹锡和李泌的两个典故,列举前人因为咏桃花和柳树而遭遇祸事的例子。这为接下来的转折提供了背景。他说:"我很幸运,不知道桃花和柳树,但却被梅花拖累了十年。"在第二首诗中,他引用北宋王曾和陈简斋的两个典故,展示了前人凭借咏梅花而取得成功的事例。然而,作者在这里再次转折,自嘲地说:"因为我自己的诗作太差劲,没有警句,才导致了我现在贫困潦倒的境地。"这两首诗都流露出自嘲之情,同时也带有一丝心酸之意。程先生对《南岳稿》进行了全面而深入的研究,分析了刘克庄的心理体验和诗歌特色,同时将其置于特定的时代和学术背景中进行考察,展现了《南岳稿》在文献学和文学领域中的多重价值。

二、研究文献的生成过程

关注文献生成的全程,意味着我们需要考量文献生成过程中包括书籍与石刻、写本与刻本在内的各种形态选择,以及文献生产与流通中的各种责任人和参与者等。程先生曾经写过一本学术随笔《鬼话连篇》,全是对于鬼的叙述和研究,涉及鬼的方方面面。在《鬼样子》里提到罗聘的《鬼趣图》,还附了插图。① 但是在《一场同题竞赛的百年雅集——读南海霍氏藏本罗聘〈鬼趣图卷〉题咏诗文》一文中,程先生则另辟蹊径,不讨论鬼图,而是把目光投射到图画之外的题咏诗文,分析了南海霍氏珍藏本《鬼趣图卷》的特质,以及如何成为众多诗人争相赞颂与评论的对象。通过各位诗人的独特诠释与创新表达,《鬼趣图卷》题咏呈现出集中且丰富的主题,形成了一本以"鬼趣"为核心的专题诗文集。这个活动吸引了来自不同阶级、身份背景各异的作者参与,形成了一场声势浩大的同题创作活动。

这些题咏不仅可以看作特定形式的同题创作,更是一场超越时空限制的文学雅集。参与者遍及清代乾嘉之盛至民国初年的各类人士,他们并非仅凭旧友同僚间的社会关系,而是借助地缘、同道、同行等社会关系来共同创作。例如在扬州举办的文酒之会、张世进等扬州同乡、朱孝纯等艺术同行以及一些少数民族的文人雅士等,不断拓宽了这一同题创作的空间范围,并超越了中国文人圈子,加入来自朝鲜的官员朴齐家等,从而具有东亚文化圈的国际背景。

此外,程先生还考察了题跋的文体。这百余位作者采用了各种不同的样式,从不同角度对题目进行开掘,各种文体相互关联、相互映发,为读者阅读和理解这些诗文作品提供了特殊的背景支撑。题咏者不断地延续、继承风雅传统,形成了良性文学比赛的氛围。程先生针对《鬼趣图卷》题跋的深入研究,为研究题画诗跋以及诗画关系开辟了新的视角与思路。

在《文儒之戏与词翰之才——〈文房四友除授集〉及其背后的文学政治》一文中,程先生剖析了《文房四友除授集》的形成历程。《文房四友除授集》共收录了刘克庄、郑清之、林希逸、胡谦厚的20篇除授文。起初,郑清之为了表达自己"健笔雄词,不少减退"以及追求闲逸湖山生活而不干预朝政的态度,撰写了四篇除授文。作为"备数校雠府"的林希逸,则以四篇表启回应郑清之,并表示酬答和致敬之情。然而,出于避免他人误解的考虑,林希逸并没

---

① 程章灿:《鬼话连篇》,广西师范大学出版社2011年版,第6—7页。

有立即公开发表这些文稿,而是在确认自己无缘词翰之职后才予以刊刻。这样做既是对郑清之的风雅才华的赞美,也展现了自己的词翰才能,同时加强了与郑清之的关系,对自己的政治生涯有所助益。随后,刘克庄继续创作了八篇除授文,既是对郑清之的恭维,又是对家乡行政长官林希逸的推崇。胡谦厚的四篇除授文则故持异论,弹驳四友,有意翻案,展示才华。这个案例展示了文本创生与流通过程中,个体如何利用文学创作和社会资源构建身份、争夺文化权力。对于围绕"文房四友除授"展开的同题创作,程先生将其形成过程纳入具体的历史背景,解读了这 20 篇除授文的创作动机和政治含义。这种分析有助于我们更深入地理解宋代四六文、文人与政权之间的互动,增进对《文房四友除授集》中的文人、晚宋政局以及文学与政治象征的理解。程先生在将文本解读、感悟和理论阐释结合起来的过程中,展示了其独特的学术才华和社会洞察力。

三、剖析文本的造作过程

　　文本的造作过程,注重从文章学角度深入剖析作品的题目、韵式、章句等形式结构及意义生成。以江淹的《杂体诗三十首》为例,以往研究者较多注重江淹拟作与被拟诗家的比较,以江证古,或以古证江,但是程先生则以江证江,从命题方式、结构形式、生成方式等方面,揭示了《杂体诗三十首》在诗歌创作和诗史批评中的重要地位,并强调了江淹作为创作者的主体性及其主动性。程先生认为,拟古相当于扮演古人。江淹《杂体诗三十首》既是对 30 家各具特色的古代诗人风格的模拟,也是对 30 位古人的扮演。在拟古作品中,亦不可避免地表露作者个人的情感倾向和表达习惯。他从现象学和创作角度出发,对江淹诗中的"芜词累句"进行了正面解读,揭示了江淹在字词选择和雕琢上的用心与巧思。

　　因为程先生本身就是一位诗人,他不仅自己写诗,还开设课程"古典韵文格律与习作",教本科生写诗,所以他在研究江淹的拟古诗时,能从创作的角度去揣摩。比如江淹"南山有绮皓"句,清代学者汪师韩批评他生造词语,"绮里季特四皓之一,何独摘举?"[1]程先生认为,江淹特别将商山四皓中的绮里季挑选出来,组合成"绮皓"这个词,可能有趁韵的考虑。然而,作为诗文高手的江淹为什么会在趁韵这样的小事上栽跟头呢? 实际上,他只需要写作"商山有四皓"就可以实现谐韵了。但问题在于,这种简单平凡的句法并不符合江淹追求用字奇崛的修辞习惯。因此,他不惜将常见的"商山"改为不常见的"南山",并通过剪裁和拼合词语,创造出了"绮皓"这个全新的词汇。这种雕琢和锻造的创作方式正是江淹诗文的重要特色。他在拟古作品中,无意中流露出了自己的艺术个性。江淹把古人当作自己扮演的角色进行模拟,程先生又把江淹当作自己的同行,用诗心去体悟诗心,进入诗歌的创作过程之中,才得到其中三昧。

　　同时,程先生又是一位金石学家,因此他能看出江淹拟古诗中的意象错误。《潘黄门岳述哀》一诗中写道:"驾言出远山,徘徊泣松铭。"江淹创造了"松铭"一词,用来指代"松下之碑碣"。然而,在魏晋时代,立碑是被严格禁止的,即使是达官贵人去世后也需要获得特许才能立碑,一般人无缘享受到这种哀荣。潘岳的妻子坟墓上可能有松树,但不可能有碑碣。

---

　　① 汪师韩:《诗学纂闻》,见王夫之等撰,丁福保辑《清诗话》,文明书局 1916 年版,第 12 页。

因此,描述潘岳在妻子墓前"徘徊泣松铭"的形象,完全是江淹这位南朝人的想象,西晋时期的潘岳是不会这样写的。运用金石学知识考察文学问题,揭示出江淹创作时的构思路径与知识误区,不禁令人拍案叫绝!

梁代文学家陆倕的《新刻漏铭》是南朝铭文的杰作,也是研究梁代初年政治文化的重要文献。梁武帝高度重视这项工作,亲自选择了陆倕作为作者,并在铭文完成后亲自审阅和修改。根据李善注,我们可以确定梁武帝具体做了哪些改动。在《新刻漏铭》的"乃诏小臣为其铭曰"一句下面,李善注云:"《集》曰:'铭一字至尊所改。'敕书'辞曰故当云铭。'"①这表明陆倕最初的版本是"乃诏小臣为其辞曰",而梁武帝有意突出这篇文章的铭文属性,将"辞曰"改为"铭曰"。此外,梁武帝又请当世的大文豪沈约审阅了它。现存的铭文中有"属传漏之音,听鸡人之响"这两句,其中"鸡人"一词就是沈约所修改的。李善注云:"《周礼》曰:'鸡人掌大祭祀,夜呼旦以叫百官。'《集》云:'鸡人二字,是沈约所改作也。'"②读到程先生发掘的这些史料,我不禁联想到更深层次的内涵:审读、修改的过程,既是作品不断完善的过程,也是作品得到学术权威和政治权威肯定、加持的过程,反映了梁朝统治阶层打造经典、重建历史统绪的努力。

四、揭示观念的锻造过程

观念的锻造过程,注重词汇、术语、意象等在历史中演变定型的过程。在《郭象"碑论""文论"考》一文中,作者深入探析了"文论""碑论十二篇"及其著述的性质与内容,使读者能够全方位理解郭象个人著作的关键内容。他以《晋书·郭象传》为起点,推理"碑论十二篇"的可能内容,对学界普遍认同的观点——"碑论十二篇"为专门探讨碑文的著作——提出疑问。尽管在郭象的时代可能出现专门讨论碑文的文章或著作,但他指出:"假如'碑论十二篇'真是一部论碑之作,它是这么专门,篇幅又这么可观,不应该不引起人们的注意,至少应该在文学批评史上留下一些痕迹,发出某些回响。可是,从两晋南北朝经唐宋直到元明清,后代那么多文学理论批评文献,从无齿及郭象及其'《碑论》'者。"③从反证角度推测,郭象的"碑论十二篇"并不是一部专论碑文的书,而是碑、论两种体裁作品12篇的合称。此外,他还从"文论"在历史演变定型这一特定视角入手,指出:"从汉代到宋代,'文论'一词的语义有所发展:汉代泛指论说,六朝指与口头上的玄言清谈相对的形诸文字的论说文,宋代则偏指策论,其核心都是论说一类的文体。"④他的探索,挖掘了碑志文体和文学理论批评史的发展,从一个特定的角度,展示了郭象的文学才华,证明了魏晋论说文的繁荣。

"无心插柳柳成荫",在中国文学中,柳树一直是文人吟诵的重要对象。在《"树"立的六朝——柳与一个经典文学意象的形成》一文中,作者解析了"柳树"这一经典文学意象在历朝历代的演变过程:在《诗经》中,柳树主要作为情感的投射,其含义主要在审美和艺术层

---

① 萧统编,李善注:《文选》,中华书局 1977 年版,第 777 页。
② 萧统编,李善注:《文选》,第 776 页。
③ 程章灿:《走进古典的过程》,第 219 页。
④ 程章灿:《走进古典的过程》,第 225 页。

面,而非历史和文化层面;在曹丕的《柳赋》中,柳树带有深邃的生命哲思,被纳入人类社会的历史进程;在陶渊明的诗歌中,柳树充满了六朝特色,直至象征五柳先生自然超脱的隐逸姿态,柳树意象逐渐经典化。其经典化主要体现在两个节点上:《世说新语》中的金城柳和陶渊明的《五柳先生传》。东晋末年的金城柳故事,在梁代已经经典化,成为文人笔下常用的历史事实;在唐诗中,五柳先生的自然超脱的隐逸姿态也被进一步放大和变形,柳树被深深印上了陶渊明、隐士、闲逸等各种标记,并且都与六朝紧密相连。程先生对柳树意象的经典化进行了深入探究,将柳树意象放置在特定的时代和学术背景中研究,展示了柳树意象在六朝文学史和思想史上的演变过程。这篇文章充分体现了程先生深厚的学术造诣和处理历史材料的能力,无疑将为文学意象研究提供学术参考。

五、评析作者的治学过程

此书不仅聚焦于主题研究,同时也展示了作者程先生研习古典的过程,可视为其学术研究自选集。作品横跨三十余年,最早一篇诞生于20世纪80年代末,最晚一篇则于2020年初发表。在此漫长学术历程中,程先生主要专注于中国古代文学、中国古典文献学、国际汉学以及中外文化交流等领域。

在中国古代文学方面,程先生对刘克庄的《后村诗话》进行了深入而细致的研究,并将其置于中国诗歌批评的历史脉络中进行探讨。他的研究兴趣和重点大多围绕文体展开,深信从文体角度研究中国古代文学,无论是赋、诗还是碑文,除了能够丰富个人的学养,也具有现实的意义。当代社会中,这些文体依然有其适用性和生存空间,掌握这些文体特性并能够运用其表达当下的思想、观点和情感,其实际意义更为突出。

关于中国古典文献学,他先后出版了《石刻刻工研究》和《古刻新诠》,成功主持并完成了国家社会科学基金重大项目"中国古代文献文化史"。他努力从文献角度撰写文化史,从文化角度重新诠释文献,将传统文献与当代学术研究话题融合,创新并拓展了古代文献文化史的范畴,也提升了其理论观念和研究视角。

在国际汉学和中外文化交流方面,程先生从批判性的视角理解国际汉学,完成了《迷楼:诗与欲望的迷宫》《神女:唐代文学中的龙女和雨女》《朱雀:唐代的南方意象》等五部书的翻译。他利用国际汉学的资源,学习其研究视角,感受其问题意识,借鉴优秀的研究方法,并进行批判性的对话。同时,他也致力于向外界传播中国文化和学术。

该书从多角度呈现了程先生的学术基础、深厚的实践能力以及综合研究实力,展示了他在30年间一步一步走进古典的学习足迹,是他研习中国古典文学和古典文献学过程的回顾和阶段性总结。

程先生以坚实的专业基础和宏观的研究视野,挖掘新的文献资料,解读新的文本,在深入理解中发现文本的新含义,提炼出新的问题,打开新的研究视角。他强调在分析、研究诗词时,应重视知能并重、学以致用,实践诗词歌赋的创作,这样才能对传统文本有更加亲切的体认和更加深入的理解。在做古典学术研究时,应立足中国,与世界对话,批判性地吸收国际汉学的成果与观点,把国际汉学研究成果作为一种文献资源,善于利用,才能开阔视野,胸怀全局,知己知彼,百战不殆。

唐代墓志综合研究的典范

——评孟国栋《墓志的生成及其在唐代的衍变研究》

杨向奎　　张仕萌*

摘　要:《墓志的生成及其在唐代的衍变研究》是武汉大学孟国栋教授多年锲而不舍,遍阅群籍,长期致力于唐代文学与新出石刻文献研究的重要成果。本书以新出土墓志铭资料为立论基础,结合传世文献、域外文献,以广阔的视野,对唐代墓志铭的发源与衍变进行了综合研究,上溯先秦两汉墓志之发源,下延唐代墓志文体的流衍,既弥补了以往学界对新出土石刻关注的不足,又突破了单篇墓志考证的局限,厘清了墓志的发源与在唐代的衍变脉络,对于中国古代社会文化、文章学、金石义例学等研究具有重要的学术价值。

关键词:墓志生成;文体衍变;题署;合作撰文;创作程式化

作为文化礼制高度发达的国家,国人向来重视丧葬之仪。墓志作为饰终的重要礼典,可上溯至先秦时期的志墓传统。有唐一代,厚葬之风盛行,古人更将墓志铭视为丧礼中的必备之物,恰如韩愈《中散大夫河南尹杜君墓志铭》所云:"葬宜有铭,凡与吾弟游而有文者谁乎?"①墓志铭记录了墓主一生中的重要信息,明代王行《墓铭举例》更有"十三事"之论,故具有很高的历史、艺术、文学研究价值。

有宋一代的金石学家最早关注墓志铭研究,如欧阳修、赵明诚等。元代潘昂霄作《金石例》开创了金石义例之学。明清两代,尤其是乾嘉学派对金石文章学的贡献尤大。20世纪80年代以来,随着传统文学观念的复归及大量墓志文献的出土,对于墓志铭等古代散文的研究更趋兴盛,相关成果不胜枚举,如叶国良《石学蠡探》、赵超《中国古代石刻概论》、程章灿《古刻新诠》、胡可先《出土文献与唐代诗学研究》、杨向奎《唐代墓志义例研究》等。

唐代文学与石刻文献是武汉大学孟国栋教授重要的研究领域之一。孟教授在这块田地上耕耘多年,取得了一系列成绩。《墓志的生成及其在唐代的衍变研究》②是孟国栋教授在其博士学位论文《新出土石刻与唐文创作研究》的基础上增订而成,以前人关注不足的新出土唐代石刻文献为立论渊薮,以文体学、文章学研究为视角,综合研究,稽古钩沉,集腋成

---

*　**作者简介:**杨向奎,石河子大学文学艺术学院教授,主要研究方向为传状碑志文研究;张仕萌,石河子大学文学艺术学院硕士研究生,主要研究方向为唐宋墓志铭、域外汉籍研究。

①　董诰等编:《全唐文》,中华书局1983年版,第5730页。
②　孟国栋:《墓志的生成及其在唐代的衍变研究》,浙江大学出版社2023年版。

裘,提出诸多新见解,对于助推唐代文史与出土文献研究,无疑具有重要意义。

全书分为绪论、正文、结语三部分。绪论主要勾稽 20 世纪以来六朝隋唐墓志出土与研究现状,回顾了墓志研究的历史沿革并指出六朝隋唐墓志的研究价值,亦梳理了六朝隋唐墓志的整理与刊布情况。作者将 20 世纪 80 年代以来陆续出版的大型汇辑划分为三类:偏重录文的整理、注重拓片的汇辑、录文与拓片并重,并举例略作说明。随后,孟国栋教授还总结了六朝隋唐墓志研究面临的困境,主要表现在:(一)对新出土石刻的关注依然不足,目前出版的不少专门研究墓志铭的论著仍以传世典籍为立论出发点,未能顾及新出资料。(二)多数文章仍局限于单篇墓志的考证。单篇墓志考证虽在墓主的研究方面用力颇深,对厘清其生平履历有很大贡献,却显得较为零碎和孤立,亟待综合宏观的审视研究。叶国良先生认为石学分为二支,"一为括例之学,一为考证之学……复以忽略括例之学,缺乏归纳分析观念,故有见树不见林之弊,所得或趋琐碎,或有重要结论而竟失之交睫,实为可惜"①。本书实与叶先生观点一致,力图跳出个案研究的窠臼,对新出墓志进行综合和立体的研究。正文分为八章,前两章主要对墓志起源及该文体的成立、碑志一体论的考辨,对墓志铭起源、墓志文体确立、墓志与墓碑的体性差异问题进行了深入探讨。第三章则是聚焦于唐代墓志的地域差异,分举石质墓志、吐鲁番出土砖志、江南瓷墓志,并挖掘背后深层文化与地域原因。第四至七章依次对墓志题署、合作撰文、创作程序化、文体文风等方面考察,第八章则为唐代墓志铭刻石流布及校勘方面的研究。

纵观本书,笔者认为有以下创获。

第一,该书是作者十余年的心血之作。石刻与唐代文学是孟国栋教授较早涉足的学术研究领域,从 2011 年《碑志所见唐人合作撰文现象研究》(《唐研究》第 17 卷,2011 年)一文发表,到 2023 年 9 月此书出版,已经十年有余。作者在动笔之初,已在考虑墓志研究领域中亟待解决的问题。本书的核心问题是墓志的生成及其在唐代的衍变,研究者必然需要对数以万计的墓志文献进行整体把握,梳理墓志的发展脉络。近 40 年来,地下新出土的唐代墓志数量巨大,据孟教授估计,现存六朝隋唐墓志总数应不下 17000 篇,这些墓志大多被系统整理辑录成册出版,但仍有相当一部分散见于各报刊甚至流落于民间或海外。另外,近年来墓志铭研究成为热点问题,学界成果丰硕,大量的墓志铭相关研究专著与单篇墓志考证论文成果如雨后春笋。而单就搜罗查阅以上墓志石刻资料、阅读已有的墓志铭研究成果而言,已浩大不易。此外,纵观全书,本书还大量征引了墓志文体以外的其他资料,仅就立论资料方面而言,其艰困繁苦就是难以想象的。

第二,全书布局、章节编排凸显了作者的研究脉络。墓志溯源→文体确立→地域生成因素→墓志创作→刊刻与流布。太史公曰:"二十八宿环北辰,三十辐共一毂,运行无穷,辅拂股肱之臣配焉。"②司马迁对《史记》在整体编排上的独特理念由此彰显,本书亦然。全书第一章先对墓志的起源进行追踪考察,依次分述了前人对墓志起源的七种不同说法,并将观点分为两类,即"墓志"一词的最早用例与真正具备墓志功能的志石产生,作者认为二者结合形成有机统一才是真正的墓志起源。随后,对墓志文体的成立展开论述。第二章接续

---

① 叶国良:《石学蠹探·序》,中华书局 2022 年版,第 3—4 页。

② 司马迁:《史记》,中华书局 1982 年版,第 3319 页。

第一章反驳了碑志一体论,考释碑、志两文体虽有相似和关联之处,但二者实为不同之文体,故陆机《文赋》云:"碑披文以相质,诔缠绵而凄怆。铭博约而温润,箴顿挫而清壮。"①萧统《昭明文选》也将碑与志分类收录,同样说明了在当时,碑与志实乃两种不同的文体。第三章大量甄录新出土墓志资料,对前人所较少关注的墓志地域性差异及文化内涵,专设讨论。再到随后章节的题署、撰者、创作程式化、文体文风、刊刻流布研究。"墓志溯源"与"文体确立",是以文体发展的宏观视角,梳理整体趋势,可帮助读者更加清晰地认识墓志文体生成发展的脉络。从"地域生成因素"到"刊刻与流布"又微观地聚焦了墓志生产流布的过程。从第三章到第八章,其轨迹是:环境地域(生成因素)→题署→撰者→序→铭→文风,此布局安排符合墓志的阅读顺序,如亲观墓志石本,从首题到题署,再到志文、铭文,最后综合体量其文风特征。巧妙的布局编排既体现了此书作者的研究理念与中心思想,即研究墓志文体的生成和墓志从撰写到刻石再到流布的过程,又使得读者阅读时整条脉络明朗清晰。

第三,推进唐代墓志、出土石刻文献和唐代文体文章学研究的纵深发展。作者在大量搜罗新出土石刻资料的同时,稽古钩沉,兼顾旧资料,提出了不少新的见解。(一)梳理了墓志起源问题。文体的起源与确立历来是文章学研究的核心问题,孟教授将"墓志"与"墓志文体"二者分开论述,材料精审,自成体系。如在第一章第一节墓志的起源中,面对前辈学者关于"墓志"一词的最早用例的分歧,孟国栋追本溯源,明确了"墓志"一词的最早用例实为汉和帝永元四年(92)所刻的刑徒砖志,该砖上刻有如下一段文字:"永元四年九月十四日无任陈留高安髡钳朱敬墓志。"②此外,作者通过归纳墓志文体成立的条件,结合新出土石刻,再综合《陈蕴山墓志》《大儒管夫子碑》《江夏任君墓铭》和《徐及刘氏合祔铭》的记载,明确了墓志文体成立的时间当为魏晋时期。(二)对于具有地域特色的墓志,本书专设一章进行了考察。之前同类著作对墓志的地域性问题鲜有涉及,孟国栋教授因多年从事出土石刻与唐代文学研究,并且在江南求学、生活了二十余年,较早察觉到墓志文体的地域性特征,并关注到浙江新出土的罐状瓷墓志所具有的显著的地域特征,由此深入,别创一功。这些瓷墓志绝大多数会对墓地的由来、四至、买卖情况甚至棺位的走向进行记录,宁波出土的部分石志和砖志也存在类似现象,由此可知上林湖地区在墓志中交代墓地买卖与四至是当地独特的葬俗之一。此外,作者还关注到晋东南出土墓志志盖上多刻有八卦符号、铺首、题诗现象,吐鲁番地区的墓志则多用朱、墨两笔直接书写在志砖上。这些现象对于推进唐代墓志创作的地域文化背景、地域性特征、唐代区域丧葬文化研究具有积极的作用。(三)关于陶渊明在宋代地位突然抬升之原因,前人多是以诗学角度来阐释,孟国栋则另辟蹊径,以第六章墓志中的程式化写作为切入点,指出其文学意义之一即在于推动诗人形象的经典化。唐代墓志形成了诸多用于表达墓主隐士身份与归隐行为的套语,志文多描述陶渊明为隐逸之宗和表达对挂冠归隐行为的钦慕,如《大唐故处士董君(僧利)墓志铭》《大唐故苏州吴县丞杜府君(荣)墓志》等,由此使我们知道陶渊明作为高洁、豁达的文学意象在唐代就已经大

---

① 陆机著,张少康集释:《文赋集释》,人民文学出版社 2022 年版,第 99 页。
② 黄士斌:《汉魏洛阳城刑徒坟场调查记》,《考古通讯》1958 年第 6 期。

量运用,唐人在抬升陶渊明地位方面功不可没。(四)揭示诗歌经典的生成路径,作者通过大量翻阅石刻文献资料,发现许多脍炙人口的经典诗句并非诗人的原创,实由墓志铭中常见的套语化出。如杜甫《春望》的"感时花溅泪,恨别鸟惊心"与总章二年(669年)的《唐故李夫人墓志铭》《唐故赵□□墓志》的"看花落泪,听鸟心惊"①二句高度相似,同时期其他墓志铭铭文中也有相同的用例,说明该意象在杜甫生前相当长的一段时间内就已经广泛流传了。再如李清照《夏日绝句》的"生当作人杰,死亦为鬼雄",张说《赠凉州都督上柱国太原郡开国公郭公碑》中有"生为神将,死为鬼雄"②,《大周故骑都尉辛君墓志铭》铭文里有"生为人杰,死作鬼雄"③,这应该是最早将"人杰""鬼雄"对举的案例。再如《大唐故左卫司戈刘府君墓志铭》铭文云"生作人杰兮死为鬼雄"④,李清照的诗句亦当脱胎于唐代墓志。作者通过长期积累石刻文献研究经验,梳理唐代石刻资料,将墓志与诗歌两种不同文体联系起来,也为唐诗研究开辟了一条新的研究线索。(五)关于出土石刻文献数字缩写的问题。传世文献与出土石刻在数字的写法上存在差异,石本多缩写,集本多全写,究其原因,前人多认为是古人为了节约志石空间造成的,而孟国栋经过精审原石、拓片,对照传世集本,认为并非如此,应当是写本时代遗留下来的书写习惯。

第四,资料完备,长于比较,论述精深,视野广阔。

本书所用材料以新出石刻为主,兼具传世文献、域外文献,所论问题深入而全面。如第四章墓志题署专题,先梳理题署之风形成与发展的脉络,次按照撰者、书者、刻者、篆额者、排文、校字者顺序依次介绍单人题署与多人题署的不同形式,再述说题署内容与价值,囊括了题署研究的方方面面。第五章讨论唐人合作撰文现象,先提出问题并印证文献,随后聚焦新出土唐墓志和其他应用文的合撰,归纳时间分布,深挖合撰现象原因,最后介绍从新出墓志中发现的合撰协作之特殊形式。论证细密,资料全面。

作者善于考索不同资料之间的关系。如对于墓碑与墓志体性异同的考辨中,借助《高力士神道碑》与《高力士墓志铭》,将二者行文内容进行对比,非常生动简洁地为读者说明了墓碑与墓志在行文方式上的差异。考察集本与石本的异文时,以《文苑英华》所收《李密墓志铭》和1969年出土的《唐上柱国邢国公李君之墓铭》为例,对集本和石本的异文进行了深入剖析,深刻对比不同版本之间的差异点,归纳总结,挖掘出异文现象的背后原因。

作者虽聚焦于墓志,但并不囿于墓志本身。作者以广阔的视野,审视中国古代墓志研究,材料翔实。如在论述"志文与铭文各自的功用"时,举《史记》《汉书》《三国志》为例,说明史传文学的渊源对墓志志文的深刻影响,此外又以白居易《淮南节度使检校尚书右仆射赵郡李公(绅)家庙碑铭》说明钟鼎铭文赞颂的功用在碑与墓志的铭文中得以继承下来。又如在考察古代石刻题署风气的生成时,作者举出西汉甘露五年(公元前49年)的"治河刻石"、

---

① 周绍良主编:《唐代墓志汇编》,上海古籍出版社1992年版,第499页。
② 张说著,熊飞校注:《张说集校注》,中华书局2013年版,第828页。
③ 周绍良、赵超主编:《唐代墓志汇编续集》,上海古籍出版社2001年版,第362页。
④ 周绍良主编:《唐代墓志汇编》,第1355页。

《杨淮表纪》《巴郡朐忍令景云碑》、刻于建宁五年(172)的《郙阁颂》等说明先秦至汉代的"物勒工名"传统,并指出同时具有撰者、书者题署的石刻至迟在东汉已经出现。又引用刻于北凉承平三年(445)的佛教文献《沮渠安周造像记》,指出其为题署位于题后文前的最早例证,并得以迅速蔓延。此外,作者还引用祠观记、廊庙碑、器物铭、颂赞文等多类不同文体的石刻资料,展开对唐代墓志文体的研究,充分显示出取材的广泛性,正如作者在结语中所说"通过材料的拓展,扩大唐代文学的研究范围"①,这正是未来依靠出土石刻推动唐代文史研究的必由之路。

正所谓予齿去角,金无足赤,虽然孟国栋教授对本书倾注了很多心血,若进一步严格要求,仍存在可提升完善的空间。(一)有些观点没有举出具体的数据说明,给人以证据不足之惑。如第四章第一节题署之风在唐代迅速流行的原因,作者认为当与唐代文章撰、书者的大力提倡有关,并特别归功于欧阳询、崔行功等人。作者虽然运用了大量笔墨论证此点,但缺乏将二人题署作品之数量与同年代(年号)墓志总数比率的展示,或可将该时段有题署的墓志放置于整个唐代,对比前后题署数量之走势,制成图表,以百分比数字说话,想必会更有说服力。(二)存在重复论证之嫌。唐代古文运动在文学史上的地位,以及它对唐及后世文学发展走向产生的深刻影响向为学界熟知。本书第七章唐代墓志铭的文体新变,以墓志序铭篇幅比例消长为视角,意在强调序文篇幅的增长,实为序铭功用分野、序之地位与写实功能提升的写照,还指出在古文运动背景下,墓志文体发生的细微变革,但对于唐代墓志文体骈散消长的原因,并没有跳出以往研究之"窠臼"。墓志铭从起源与特征上本就属于散文,而古文运动的口号即"复兴古文,反对骈文",本章是在古文运动的大背景下审视墓志铭创作的骈散变化,得出的结论是墓志也和其他文体一样,墓志中的散体成分亦因古文运动的兴衰而增减,似乎是又一次论证了唐古文运动的历史地位。笔者认为初唐时期就已有整篇散体或部分散体的墓志,如《薛元超墓志》、新出土的《上官婉儿墓志》等等,那么墓志序文的散体成分是否与墓志序文本身写实功用的需要有关呢?或者是否与撰者的喜好、才学有关呢?再或者是否与撰者、志主的社会地位有关呢?以俟立言之君子进一步考证。(三)序铭分撰的原因。第五章概括序铭分撰的原因有三:一是序文撰者才力不足;二是欲借助他人名望抬高志主身价;三是弱化谀墓现象。但作者缺少对序铭撰者与墓主之社会关系的分析。《礼记·祭统》云:"子孙之守宗庙社稷者,其先祖无美而称之,是诬也;有善而弗知,不明也;知而弗传,不仁也。此三者,君子之所耻也。"②若将分撰情况以撰者身份差异为中心,分为请托分撰、亲属分撰,从墓志撰者身份对志铭分撰的内在驱动来考察此问题,想必会更加深刻。

孟国栋教授多年来一直关注唐代文学与出土石刻研究,锲而不舍,遍阅群籍,对唐代墓志考证源流,梳理衍变。本书以新出土资料发现新问题,以综合研究囊括零碎的考证研究,其对中国古代文体学研究的价值和贡献不言而喻。作者曾将其称为十年之"锈剑",实乃君子之谦。本书引用的新资料、新观点,又将进一步激活以往的传世典籍,刺激新出土资料的

---

① 孟国栋:《墓志的生成及其在唐代的衍变研究》,第368页。
② 郑玄注,孔颖达正义,吕友仁整理:《礼记正义》,上海古籍出版社2008年版,第1893页。

热度,进而产出新的成果。例如制策、启、状、颂、赞、檄、契约等都是我国古代重要的文体,既有唐代"墓志"的衍变研究,那么能否有其他文体的研究呢,即"某文体的生成及在某朝代的研究"?"会通"之学是我国文化中的一个重要特点,可否突破具体某一朝代的限制呢?特别是唐以后的墓志仍有大量出土,如辽、金、元、明、清甚至民国等等,而当今学界则格外热衷于对唐代的研究,若将此类研究扩及其他朝代或放眼整个古代岂非更佳? 同时,又可否更加关注具有地域性特色的墓志呢,如本书中提及的上林湖瓷墓志、晋东南石墓志、吐鲁番墓志砖等。因此,本书的问世也隐形之中为出土文献与古代散文研究带来许多新的启示。可以预见,此后的唐代散文研究,中国古代文章学、金石义例学的研究必将沿着本书开创的路径继续发展下去,结出更加丰硕的成果。

竹外桃花三百枝：从《竹枝词三百首》说开去

焦梦娟*

摘　要：竹枝词作为一种特殊的文学形态，自产生以来就颇受关注。马大勇、赵郁飞所选编《竹枝词三百首》，名为诗竹枝词选，实含竹枝词史。是书以三百篇之体量容纳竹枝词之前身后世，将夔州之源头、历代之迭衍乃至港澳台之呼应三部分合为一体，串联出一幅竹枝词全景。附之以综论、诗评，微观复刻出竹枝词的生长路及文化态，再通过内寻外扩的方式，以三百篇为核心，连缀出竹枝词的千年史迹。其选以小见大，见微知著，窥见了竹枝词个性特征与文化延续力，并延及"广竹枝词"之设想，正是编选价值所在。

关键词：竹枝词；全流域；自由表达；文化形态

苏东坡题《惠崇春江晚景》有云"竹外桃花三两枝，春江水暖鸭先知"[①]，诗性哲理融入生活化场面，用以摹写《竹枝词三百首》的世界，颇有类近之处。中唐以来兴起的唐人竹枝词，采用巴蜀地区民间歌谣之基调，就地取材，就景歌咏，以"泛咏风土"为精神，如同竹枝丛生，别开出"零度写作"[②]的一支桃艳。唐人首开风气之后，以竹枝词为名的作品络绎不绝，于清大盛，其势如一江春水，焕发出勃勃生机。面对超十万首的竹枝词，如临浩荡江水。没有如竹外桃花、探水鸭雏的先导，其中的韵味还是无从知晓。需要掬一捧春水的知春探春人，引以观之。

马大勇、赵郁飞所选编的《竹枝词三百首》（以下简称《三百首》）即是探春之尝试。是书以三百篇之选，牵动相关作品，贯通一千二三百年竹枝词发展源流之经，融汇近数百年新变之纬，兼顾竹枝词的外部形态与内在肌理，点画出竹枝词的生长之态。每一选篇都是竹枝词源流中的节点与定格，从时间维度给我们提供了自古而来的竹枝词长成状貌，凝聚成竹枝词全景之缩影；这一过程每一阶段，都赋予了竹枝词不同的文化印记，叠加出竹枝词由简单至繁复的多重文化样态，诠释出竹枝词发展的内在文化理据；所选竹枝词又如同一些外

---

　　* **作者简介**：焦梦娟，吉林大学文学院博士研究生，新疆师范大学中国语言文学学院讲师，主要研究方向为清代及民国诗词。本文系国家社科基金重大项目"现当代旧体文学史研究"（23&ZD284）、国家社科基金重点项目"晚清民国旧体诗史"（21AZW012）阶段性成果。

　　① 苏轼著，孔凡礼点校：《苏轼诗集》，中华书局1982年版，第1401页。

　　② 马大勇、赵郁飞编著：《竹枝词三百首·代前言》，时代文艺出版社2023年版，第13页。以下正文所引有关文字皆出此本，不另注版本信息。

部接口,既能界定畛域,又可广开其路,不断探索竹枝词发展的完全态。这些借助《三百首》形式展现出的竹枝情貌,连接着竹枝词的过去和未来,映射出竹枝词不断更新的生长过程。

一、微观复刻竹枝词的成长之路

殷璠编选《河岳英灵集》时提到"诠拣不精,玉石相混,致令众品销铄,为知音所痛"①,可见选本非精不选。鲁迅先生评论选本说:"凡选本,往往能比所选各家的全集或选家自己的文集更流行,更有作用。"②也可知选本需要凝聚原本的特点,体现精而全的功能,起到综览全书的作用。《三百首》"小而精、少而全",并非停留在一元层面,而是以全结构、全样态、全流变构建出一个竹枝词微景观。

选编者在自序中称本书是一部"兼顾源头与'全流域'视角的竹枝词选本"③。在《三百首》之前,类似性质的竹枝词选本主要用三种结构组织全篇。一是以时间为主线,按朝代或作家编选,前者如李宏建编《历代竹枝词选》等,后者则如航宇编《历代竹枝词选》等;二是以地域空间为界,如顾炳权《上海历代竹枝词》等;三是以特定时空为限定,如吴华峰、周燕玲编《清代西域竹枝词辑注》等。以上三种,大体没有离开平面排序模式,而马大勇、赵郁飞吸取融合了以上各种结构,以时地为经纬,在源头和流域之间排列竹枝词发展主线,形成了看似各成章节,却又互相联系的三编。上编专选"竹枝词发源地"夔州竹枝词50篇,在源头说源流,可与中编所选历代竹枝词两相照看;中编所选220篇是以时间为脉络的竹枝词发展小史,上可承夔州源头,下则启后编地域新篇;后编所选30首,选取港澳台地区及海外竹枝词来体现竹枝词的深远影响。三编跨越了竹枝词发展的时代与地域,互为犄角,包容了现有的选编结构,涵括竹枝词之面目于其中。在这种结构安排中,竹枝词的全样态也易于展现,具体表现在形式的融通与内容的汇聚之上。

竹枝词属诗属词尚未定谳,《三百首》为此给予我们一个"反向性的思考"④。从非诗非词转化为亦诗亦词,更强调其诗词融通的特点,即如选编者所言:"竹枝词是一种相对解放、自由的诗词体裁,可拗可范,可松可紧,可庄可媚,可雅可俗。"⑤书中所选清人梁玉绳《黔中竹枝词·选一》首两句"怪杀天无三日晴,怪杀地无三里平"⑥,以俗谚入之,并不遵守传统格律,却被选编者评为"俗谚点缀之,即成妙谛"⑦。而清人钱大昕《竹枝词和王凤喈韵六十首·选一》末两句"一自樊川曾夜泊,至今清露白云多"⑧,化自杜牧《吴淞夜泊》"清露白云明

---

① 殷璠编选,沈相辉评注:《河岳英灵集·序》,岳麓书社2023年版,第17页。
② 鲁迅:《集外集·选本》,人民文学出版社2006年版,第135页。
③ 马大勇、赵郁飞编著:《竹枝词三百首·代前言》,第2页。
④ 马大勇、赵郁飞编著:《竹枝词三百首·代前言》,第4页。
⑤ 马大勇、赵郁飞编著:《竹枝词三百首·代前言》,第5页。
⑥ 马大勇、赵郁飞编著:《竹枝词三百首》,第131页。
⑦ 马大勇、赵郁飞编著:《竹枝词三百首》,第131页。
⑧ 马大勇、赵郁飞编著:《竹枝词三百首》,第122页。

月天，与君齐棹木兰船"①，格律整齐，选编者评为"韵味永长"②。足见是否符合诗或是词的固定格式，与选篇标准无关，而这正与选编者去除格律审美枷锁，不把竹枝词塞回死板的笼子里的选篇理念是一致的。非但格律不受限制，甚至竹枝词传统的七言四句平韵体的形式也不能成为束缚竹枝词发展的规范。选编者于序言中列举大量竹枝词变体形式，不仅有五、六、七言，还有长短句体（杂言体）和以词调所作竹枝词。《三百首》主要选取七言四句、七言八句、五言四句，以及词调竹枝词四种，形式上与诗或词相近，力图展现"亦诗亦词的自由属性"③。

　　竹枝词形式上的融通，引发了一个新的问题，即"竹枝词的名实之辨"④：如此多样的形式变化，是否都可容纳在竹枝词的范围之内。选编者就这一问题提出自己的观点："有没有可能'遵实归名'，提出一个'广竹枝'概念，将这些泛咏风土、记讽时事的诗作统摄起来。"⑤在竹枝词的发展历程中，竹枝词已经不再是简单的以"泛咏风土"⑥为主体的采风型竹枝词，而是囊括了风土人情、时事世俗、史实故事等多方面的记讽社会的内容。乃至于以此为创作主题的百咏、杂咏、棹歌等也被吸纳其中。选编者在选本之中收录非竹枝词为名的作品有 60 篇之多，而有似于讽刺时政的《台疆杂咏·选一》、怀古伤今的《莫愁湖棹歌》以及展现世情的《济南百咏·鬻女》等皆列于篇中，其汇聚性不言自明。形式和内容的融汇使得竹枝词庄媚兼有，雅俗齐备，成就了一幅体态多变、异彩纷呈的竹枝词绘卷。尽管《三百首》还是以排列作品的表层结构来组织诗歌，但其中的时间、空间、形式多种元素标识，已经把静态罗列升级成动态流变。

　　竹枝词经历了一千二三百年的时间洗礼，它并非一成不变，而是在发展过程中不断蜕变而新生。选编者在界定竹枝词标准时提出了"作者的'他者'视角及作品的'外指性'特征"⑦，很好地诠释了这种流变的主要动因。"他者"所扮演的观察员角色，使得他们的写作对象必须围绕外部世界而展开，随同外部世界而变化。选编者将此种变化潜行于作品之中，选本主脉也渐趋清晰。上编以顾况《竹枝词》为第一首，从时间和篇名两处点题，用"巴人夜唱竹枝后"⑧等句确立竹枝词的创作来源和主题场景。其后，刘禹锡竹枝词在场景之外融入了"东边日出西边雨，道是无情却有情"⑨的情感投射，晴与情的双关既是客观实录，也是文学描述，比之顾况更多一重文思。中编以降，竹枝词走出巴渝，在地理上突破了原有的区域，以唐人袁郊在传奇小说中所写杭州葛洪川畔《竹枝词》为起首，至金陵百咏、乌鲁木齐杂诗在各地涌出；在内容上，也不专书身边琐事，更有种种社会风俗、记言论事之写照。下编所选东西文化冲突之下，清末及民国港澳台地区、海外创作的竹枝词，则别开一种世界眼

①　马大勇、赵郁飞编著：《竹枝词三百首》，第 122 页。

②　马大勇、赵郁飞编著：《竹枝词三百首》，第 122 页。

③　马大勇、赵郁飞编著：《竹枝词三百首·代前言》，第 6 页。

④　马大勇、赵郁飞编著：《竹枝词三百首·代前言》，第 15 页。

⑤　马大勇、赵郁飞编著：《竹枝词三百首·代前言》，第 15 页。

⑥　马大勇、赵郁飞编著：《竹枝词三百首·代前言》，第 12 页。

⑦　马大勇、赵郁飞编著：《竹枝词三百首·代前言》，第 13 页。

⑧　马大勇、赵郁飞编著：《竹枝词三百首》，第 3 页。

⑨　马大勇、赵郁飞编著：《竹枝词三百首》，第 11 页。

光,在地域和内容上都拓展出又一种新境界。选本中不同时期的作家,以"他者"身份,催动笔下的竹枝词以不同的样貌去顺应时代的潮流,并在竹枝词的流变之中完成了量的累积和质的转变。

选编者借助不同的选篇组合,在三百篇的有限篇幅里,打造了一个从单一到多元、从静止到动态、从平面到立体的多重结构,展露了竹枝词的历史发生、地域凝聚和发展模态,是十余万首竹枝词作品的缩影,复刻了竹枝词的成长之路。

二、多重还原竹枝词的文化面貌

竹枝词是从地域文化的土壤中生长而出的,其中必然会天然带有丰厚的文化基因。这种生动而有"性灵"的民歌,吸引了中唐以后以刘禹锡为代表的文人雅士的关注和参与,于不自觉间孕育出充满生命力的竹枝词文化。选编者称之为"妙手偶得"之作的竹枝词,呈现出天性与自然的契合。《三百首》关注到的不仅是竹枝词的外在形式,还有其中所蕴藏着的文化体系。选编者借助作家、作品本身的客观呈现和点评的主动挖掘,共同阐释竹枝词自由表达之下、各类地域文化元素叠加而成的作品文化内涵,从不同的表现点对竹枝词文化面貌进行还原。

首先是竹枝词文化起点的还原。刘禹锡自言创作竹枝词的原因是巴蜀民歌有《淇奥》《九歌》之余韵,他的竹枝词创作秉持了"兴观群怨"文化传统。选编者认为除此之外,"竹枝词是性灵诗学的一个非常显要的标本,重中之重的一个组成部分"[1],他将竹枝词视为"性灵"之一隅,其"自我表现""破而不立"[2]的文化表达,自然贯穿在竹枝词创作历程之中,呈现为生动的个例。刘禹锡《竹枝词九首·其一》评云"朗畅天籁,正与刘氏之豪宕凿合"[3];杨万里《竹枝歌七首·选一》又评云"诚斋于宋代诗坛最可追配刘禹锡,撷取俗歌,略为点染,便成妙谛"[4]。《三百首》中此类以诗人情性、创作情境与竹枝词本体自然吻合的评点频频可见。再如评刘基《竹枝歌》"一代名臣,多豪宕深邃之作……本篇愁色弥满,即此种心绪之折映"[5],评袁宏道《竹枝词·选一》"其笔势如刀,胆气如戟,正是《竹枝词》中大文章,非一般吟风弄月者可比"[6],亦是此类。

其次,正是此种重视自我的表达,使得竹枝词有着格兼雅俗的文学特点,也是《三百首》还原竹枝词文化表达的出发点。所谓作品之雅俗,并非社会之轨范,而取决于诗人之心境,选编者在选取和评点的过程中都十分重视这一特点。曹学佺《蘷府竹枝词四首·其四》所写虽是田间农事,但其评云"思致奇峭,竹枝词亦不肯为庸熟语"[7],而张九钺《昆明竹枝词·

---

① 马大勇、赵郁飞编著:《竹枝词三百首·代前言》,第5页。
② 蒋寅:《清代诗学史(第二卷):学问与性情》,中国社会科学出版社2019年版,第325页。
③ 马大勇、赵郁飞编著:《竹枝词三百首》,第7页。
④ 马大勇、赵郁飞编著:《竹枝词三百首》,第51页。
⑤ 马大勇、赵郁飞编著:《竹枝词三百首》,第22页。
⑥ 马大勇、赵郁飞编著:《竹枝词三百首》,第79页。
⑦ 马大勇、赵郁飞编著:《竹枝词三百首》,第33页。

选一》摹写昆明地理风土之作，评为"近乎民歌，取其复沓之美，则不为病"①，故而形式与内容的雅俗，不必一一对应。竹枝词本可以俗语写俗事，亦可以雅语写俗事，故而能在雅与俗的交错之间流动。选编者在竹枝词的发展轨迹中将朱彝尊《鸳鸯湖棹歌》定位为第三个节点，也是关注到竹枝词雅俗的内部转化之流势。朱彝尊"最大的贡献在于将此前形于耳目的'采风型'写作转化为重视文献知识的'纪风型'写作"②，"进一步提升了竹枝词'雅化'品味，推动其进入更高阶的诗歌殿堂"③。选编者在朱彝尊《鸳鸯湖棹歌》的评注以及序中"竹枝词方志学辐射价值"一节对此种"雅化"的趋变，作出前置导引。一是朱氏通过知识型书写、方志化形式、"数典征实"语言改造"棹歌"，使之以俗文学之名归流于竹枝词之中；二是这种改造使得竹枝词出现了由采风到纪风，以及组诗联章之面貌，显现出方志化倾向；三是紧随朱彝尊之后，形成了以棹歌为体的竹枝词创作群。此三变把文学化的雅意提升为史家式的雅正笔法，可谓竹枝之雅的升级。这种雅俗之间的转换不仅在于自由的俗，也在于自由的雅。

我们还可以看到竹枝词的自由表达背后，有其强大的文化包容力。采风或纪风，都是对社会现实的书写，容纳着丰富的文化元素，选编者同样很好地还原了竹枝词时代文化史特性。以晚清民国竹枝词为例，选编者看到在文化碰撞之下的中国社会，是如何通过报刊新媒体刊登竹枝词的方式，起到记录社会现象、讽喻时势世事的作用，并将此总结为"从你侬我侬、男欢女爱，到泛咏风土、记写时事，最终居然走上了'铁肩道义、辣手文章'的强力介入社会批判的道路"④。深刻的批判必然基于深刻的社会认识，在深入社会的创作过程中，所涉及的文化层面中的各种元素会不断被挖掘，填补在竹枝词之中，构成它的文化底色。因而，送灶、饭堂、卖菜、报馆、双簧、大会等无一不可入竹枝词，为竹枝词在社会变革中扮演非常出彩的角色提供了现实文化基础。而记讽功能的广泛应用，又使得社会现象背后更深层的文化内涵不断被揭示。选编者评《女子解放竹枝词·选一》为"可觇百年前一时风尚"⑤，《官场竹枝词·选一》评为"刻画官场丑态，语浅而意思较深"⑥，《汉口竹枝词·文明新剧》评为"眼光颇为开明"⑦，既有动态发展的文化增量，又有静态共存的文化百态。

《三百首》以作家、作品、注释、评价四个层级组合出作品之共同体，它们各具功能，又彼此交相呼应。以点评的形式将竹枝词自由文化表达、多种文化元素分别还原，再以一体之形铺陈而出。选编者凡例特说点评之语"不强求篇幅之均匀"⑧；所选篇章虽取三百，然"点评"所提挈"应数倍之"⑨，自由的篇幅和联动的选篇系统，实际是基于文化理解去进行文化阐释的表现，这有别于同类作品，实属本著之一大特色。就文化理解而言，常识不需言，隔

① 马大勇、赵郁飞编著：《竹枝词三百首》，第118页。
② 马大勇、赵郁飞编著：《竹枝词三百首·代前言》，第20页。
③ 马大勇、赵郁飞编著：《竹枝词三百首·代前言》，第20页。
④ 马大勇、赵郁飞编著：《竹枝词三百首·代前言》，第25页。
⑤ 马大勇、赵郁飞编著：《竹枝词三百首》，第238页。
⑥ 马大勇、赵郁飞编著：《竹枝词三百首》，第225页。
⑦ 马大勇、赵郁飞编著：《竹枝词三百首》，第224页。
⑧ 马大勇、赵郁飞编著：《竹枝词三百首·代前言》，第40页。
⑨ 马大勇、赵郁飞编著：《竹枝词三百首·代前言》，第40页。

阁要打通,重点要分明。竹枝词本发源于民间,常态化的感情和常识化的民俗本就不需要解读,也就无须占用篇幅,贺复征《夔州竹枝词》评语"饶具画意,'几夜'二字最显空灵"①,小诗所述风土一目了然,评语反以用词艺术为重点,寥寥数字,不过一行;而触及有延伸价值的作品,则言尽为尚,张雨《湖州竹枝词》为竹枝词第一大"创作范式"②代表,故不吝笔墨,从版本考订和选编者考证到十余首同作举证,洋洋一千五百余言,贯通文史。其他竹枝词发展历程中的重点之作,亦配有节点性的文学史定位说明。民恭《辛亥广州竹枝词十咏·选一》评其为"以诗而言,殊少回旋……或为民国第一首向黄花岗烈士致悼之作"③,把重要节点也视为诗作价值之一。

如前文所揭,竹枝词在积极的自我表达之中,生长出千姿百态的竹林盛貌,并不断提升自己的样态。它的文化特性使之易于行世,而非束之高阁,从而在社会浪潮中不断吸取多角度的文化元素,与诗歌的文化表达共同构成了竹枝词简约外表下的文化之心与纪史之质。选编者在文史的范畴内,从多点还原这些作品的文化内质,为之理清轮廓,勾勒出竹枝词的生命线。

三、内寻外扩竹枝词的完全形态

我们不难看出,《三百首》的选篇方式、组合结构以及文化层累都显示出其编选目的远不止于导读功能,而是以选摘评注的方式向读者推出一个竹枝词的微景观,其中所列作品的语言面貌、艺术特点以及文化元素都是在指向其背后的竹枝词发展态势。因而,认识《三百首》的理论价值尤为重要。选编者在序言中基本搭建了《三百首》的理论架构,作为选篇的作品与评注则成为呼应序言的应用明证。这一点在谈及《三百首》的结构与文化时已然引论。而我们还需要关注的问题是,《三百首》所呈现的"小竹园"中,还可牵引出一片内生外扩、尚待深耕的"研究园地"。

选编者阐述其查找竹枝词文献时,对总量做了大致说明,相较于竹枝词全编,可增补之数至少有3万首,涉及小众版本、地域箧藏甚众。同时又增加了海外竹枝词和报刊数据库竹枝词的新检索区,无形中加入了数字信息和跨地域两个维度,让竹枝词文献的收集进入广角镜内。选《日本竹枝词集》《鸭东四时杂词》为代表的海外竹枝词,选编者以为其"虽不属于'中华竹枝词'之畴,却是竹枝词走向世界、在东亚文化圈产生巨大影响的力证"④;用数据库来找寻报刊竹枝词,不仅能挖缺补漏,更对"这部容量仅有三百首的选本构成了很明显的艺术品质与新颖程度的提升"⑤。梦秋生《都会女人竹枝词·选一》载于《新天津画报》1939

① 马大勇、赵郁飞编著:《竹枝词三百首》,第31页。
② 马大勇、赵郁飞编著:《竹枝词三百首》,第61页。
③ 马大勇、赵郁飞编著:《竹枝词三百首》,第221页。
④ 马大勇、赵郁飞编著:《竹枝词三百首·代前言》,第39页。
⑤ 马大勇、赵郁飞编著:《竹枝词三百首·代前言》,第39页。

年第 13 期,选编者评:"'美丽冻人'之都会习尚如今仍在,且愈演愈烈矣"①,是一幅新潮的时尚剪影,但"竹枝词未必皆有大意义,能追摄时代气息,即可称道"②。精细且全面的全景式蒐讨足见选编者在"文献"上注入的心力,极具特色的作品都被囊括在《三百首》之中,既作出竹枝词文化辐射与内在个性的细节扫描,也以系统性观照之眼光为文献研究注入了新的动能。

选编者认为竹枝词在历史发展过程中有文体扩张现象,应该"适度"扩大竹枝词的收录范围。与其说是扩张,不如称为吸纳。竹枝词简明扼要、生动活泼的形式,在突破了诗体界限后,本身就具有更灵活的适用空间和更自由的表达张力。从"竹枝即风土"转变为"风土即竹枝",其外延不断扩展,由描摹风俗世情的一部分"部分体"变成了风俗世情本身"完全体"。更为进阶的是,风俗世情版的竹枝词推升为评价与讽喻的"纪讽时事"大文章,也因为其全覆盖性将其他各体框入其中。洪亮吉《伊犁纪事诗四十二首·选一》、贝青乔《咄咄吟·选一》、张光藻《龙江纪事·选一》等,皆是如此。贝氏《咄咄吟》历来少有人视之为竹枝词,贝氏亦自言此为军中纪事之作,然选编者以其鲜明的外指性特征吸纳于竹枝词之中,以内容判定形式,拓宽了竹枝词的体量,此正如选编者所说"增加一个沉甸甸的砝码"③。

内部的挖掘和外部的吸纳使得竹枝词的文献数量不断被刷新。竹枝词描摹了一个包容着各类学科的社会全态,"文学本位与多学科价值辐射"这一问题就显得格外重要。竹枝词生长在文学土壤之中,选编者却找到它在其他学科领域所"闪现出的夺目光彩"④。以文学为外形的风土记录逐渐扩大为方志实录,方志又与地理密不可分,一到地理,则社会、经济、交通、人口、民族、饮食就都进入研究的范畴,从而形成以"竹枝词"为中心的跨学科研究集群,由不同学科赋予竹枝词研究本体不同的方法和视域,也就构成了选编者所说的"可耕田"⑤,更待"有心于竹枝词研究者驰骋作育"⑥。

选编者在为我们擘画的竹枝词蓝图中,描绘出一个深广多元的竹枝词生长前景。文献基础、文体样态、文学外延在选编者的理念构建中,显现出旺盛的生命力量和严密的内在体系,进而拓展为以"广竹枝词"为核心的更开阔的研究园地。

四、余论

"文学作品的选本,不但是让普通读者进入文学殿堂的方便通道,而且是反映选者的文学观念的重要文本"⑦,《三百首》以精悍的体量、准确的指向为读者打开了一座竹枝词古今穿越之门,门后所见诗作不单是作品本身,更凝聚着选编者纵览竹枝词史所提取的认知、观

①　马大勇、赵郁飞编著:《竹枝词三百首》,第 253 页。
②　马大勇、赵郁飞编著:《竹枝词三百首》,第 253 页。
③　马大勇、赵郁飞编著:《竹枝词三百首·代前言》,第 18 页。
④　马大勇、赵郁飞编著:《竹枝词三百首·代前言》,第 27 页。
⑤　马大勇、赵郁飞编著:《竹枝词三百首·代前言》,第 31 页。
⑥　马大勇、赵郁飞编著:《竹枝词三百首·代前言》,第 31 页。
⑦　莫砺锋:《重读程千帆先生、沈祖棻先生〈古诗今选〉》,《古典文学知识》2010 年第 3 期。

念和态度。但是《三百首》终究数量有限,或不能完整体现选编者的深度认识。我们可尝试从以下两处做出一些补充:

受篇幅所限,既求其精又求其全,不易统筹。尽管选编者选篇主要以艺术标准,兼顾时间、空间、思想、反映社会现实等维度的平衡,但还是主次有别。选编者将竹枝词视为性灵诗学的一个重要的外现,所谓性灵当具有"'风趣''风情''天籁''贵真''平浅而意味深长'等信条"①。从所选三百篇整体艺术风貌来看,选编者突出性灵,摹情为尚,实得竹枝词"风骚"之本体,但是就竹枝词本身而言,写实补史之作占相当大比重,其风格不尽是性灵之作。清人王苢孙有《西陬牧唱词六十首》,系读《西域图志》后所作,学者之气有胜于文人之气,堪称诗歌化的方志。如其四十三"诵经结发妇随夫,细马驮来不用扶。珍重证盟羊胛骨,定情昨夜在毡庐"②,通篇都是客观描述,几乎不注入诗人个人情感,与选编者在序言提到的竹枝词方志化书写和方志化来源一致,若从展现竹枝词艺术表达全貌的角度来看,亦可适度胪列。选编者注重性灵的另一点是评语标准的"有话则长至千字,无话则短至数字"③,使得有部分基础知识未及融入,对于入门者而言或有不便理解之处。选编者选明人李东阳《茶陵竹枝词》一首,肯定其得"楚骚遗韵"之气④。对于熟知李东阳者自然不待多言,而对于略闻其名、不察其实,尤其是李氏于竹枝词领域所作贡献者,是否有必要介绍其地位、影响,以及作品《茶陵竹枝词》组诗十首概貌,以便让读者从作品本身出发,串联起作家、作品与竹枝词史之间的联系,也就更能理解选编者选篇的深意。

《三百首》之妙,就在于其将时间与空间贯通于三编之中,既得一地流变,又具全域视角,在结构上已然齐备。然如何让三百的体量承载更多的信息,选编者已在点评中做出有益的尝试,将与选篇有关的诗歌,在点评中予以适度吸纳,如其凡例所云"本书名为'三百首',实际选入者应数倍之"⑤。我们也可以效仿选编者,在深度和广度之上做出一些探寻。《三百首》以刘禹锡、杨维桢、朱彝尊为节点坐标的方式定位了竹枝词的发展轨迹,呈现出一条清晰的大脉络。竹枝词顽强的生命力,在不同的时代展露出纷繁的样貌,如果能以大脉络为纲、小节点为目,编织出一幅璀璨琳琅的竹枝群星图,可将选编者潜在的编选意图以一种更为具象的方式凸显出来。《三百首》本是群英谱,在序言、点评或标目中,将它们的特点明晰化,则能按图索骥,让竹枝词生长的态势一目了然。宋代有五言四句竹枝和百咏两种新变,其代表作者贺铸、曾极虽都在《三百首》编选之列,若不加留意,则无以体察选编之目的。又竹枝词不择地而出,遍及各地,"与新兴的文学地理学学科之间存在着极大的密合性"⑥,其地理分布和地域特性具有很强的学术研究价值。实际上《三百首》已经包括竹枝词发展的全地域性,只是还没有以地域集合的方式将它们标识出来,难免会弱化竹枝词的地

---

① 马大勇、赵郁飞编著:《竹枝词三百首·代前言》,第 6 页。
② 吴蔼宸选辑:《历代西域诗辑注》,新疆人民出版社 2001 年版,第 106 页。
③ 马大勇、赵郁飞编著:《竹枝词三百首·代前言》,第 40 页。
④ 马大勇、赵郁飞编著:《竹枝词三百首》,第 72 页。
⑤ 马大勇、赵郁飞编著:《竹枝词三百首·代前言》,第 40 页。
⑥ 马大勇、赵郁飞编著:《竹枝词三百首·代前言》,第 26 页。

理基因。又何妨以地域为中心，在三百篇外，搭建一个侧重地域分布的平行空间，实为《竹枝词三百首》外《三百首》。

选编者在蒐讨文献、编定《竹枝词三百首》的过程中，发现现有竹枝词全编中对竹枝词的界定、范围以及概念尚有可商榷之处。故而提出"广竹枝词"的理念，并在选编中付诸实践，让我们看到现有竹枝词之外还有更为广阔的空间。《三百首》之后，选编者在《浙江社会科学》2024 年第 6 期刊发了《竹枝词的"诗体汇流"现象与"广竹枝"概念的生成——兼谈"历代竹枝词全编"之构想》一文，从内外两个层面，更为深刻地解析了竹枝词"密如织网的水系结构"。无论是理论还是实践，《竹枝词三百首》都可以看作"历代竹枝词全编"的先导之作。我们期待选编者以其为发端，带来竹外桃花三百篇以外的阔大春景。

出版说明

　　1992年，原南京大学中文系（现南京大学文学院）开始编辑出版学术论文集《文学研究》，由南京大学出版社出版。1997年，中文系与中国社会科学院文学研究所《文学评论》编辑部合作，以《文学评论丛刊》的名义编辑出版，共出版15卷。因合作期满，2014年，南京大学文学院决定重新编辑出版《文学研究》，内容包含文艺学研究、中国古代文学研究、中国现当代文学研究、比较文学研究等领域的学术成果。

　　《文学研究》依托南京大学中国语言文学学科，坚持严格的学术研究规范和优良的学术传统，努力编辑高水平学术论文，追求学术深度与广度，推进文学理论、中国文学与比较文学的研究，依循严格的送审与推荐程序，认真持久地办好论文集。

　　欢迎学界同仁提供高质量的学术成果，对《文学研究》的编辑工作给予批评和帮助。